晚唐八雄

王平客 著

知识产权出版社

图书在版编目（CIP）数据

晚唐八雄 / 王平客著. — 北京：知识产权出版社,2019.3（2019.8重印）
ISBN 978-7-5130-6087-5

Ⅰ.①晚… Ⅱ.①王… Ⅲ.①长篇历史小说－中国－当代 Ⅳ.①I247.5

中国版本图书馆CIP数据核字（2019）第025868号

内容提要

晚唐三十余年的历史风起云涌。874—907年，先有王仙芝、黄巢农民大起义，后有藩镇混战与兼并，最终形成朱温（朱全忠）、李克用、杨行密、钱镠、王建、李茂贞、马殷、王审知等人割据的局面，继而进入五代十国时期。本书忠于史实，历史事件及人物对白均来自史书；注重挖掘史书中的细节；注重知识性，详细介绍了事件的时间、地点、相关的晚唐诗词特别是晚唐的藩镇。本书主要人物朱温、李克用的故事与传统演义差别很大，对朱温这个争议人物也有不少新看法。

责任编辑：李　娟　　　　　　　　　　　　　责任印制：孙婷婷

晚唐八雄
WANTANG BA XIONG
王平客　著

出版发行：	知识产权出版社 有限责任公司	网　址：	http://www.ipph.cn
电　话：	010－82004826		http://www.laichushu.com
社　址：	北京市海淀区气象路50号院	邮　编：	100081
责编电话：	010－82000860转8689	责编邮箱：	lijuan1@cnipr.com
发行电话：	010－82000860转8101	发行传真：	010－82000893
印　刷：	北京建宏印刷有限公司	经　销：	各大网上书店、新华书店及相关专业书店
开　本：	720mm×1000mm　1/16	印　张：	23.75
版　次：	2019年3月第1版	印　次：	2019年8月第2次印刷
字　数：	342千字	定　价：	58.00元

ISBN 978－7－5130－6087－5

前　言

唐朝与汉朝有很多相似之处。唐朝与汉朝都是非常伟大的朝代，雄汉盛唐一直为后人津津乐道，"汉人"与"唐人"的称谓至今仍在使用。我们还要说一说唐朝与汉朝相似的另一面。

第一个是汉朝分为西汉与东汉，中间隔了一个十五年的新朝，而唐朝中间也隔着一个十五年的武周。不过有所不同的是，由于王莽新朝的存在，一般认为西汉已经灭亡，东汉是一个新的朝代。而武则天所建立的武周似乎给人的印象是唐朝没有灭亡，武则天似乎是唐朝的一位皇帝，只不过是女皇而已。其实从武则天称帝、改国号、改元来看，唐朝已经灭亡，所以武周之后的唐朝，一般也称为"李唐复辟"。不管你承认不承认，由于武周的存在，唐朝已经不是一个完整的朝代。

第二个是东汉出现宦官干政，唐朝复辟后不久也出现宦官干政，这两个宦官干政时期与明朝后期的宦官干政时期被称为"三次宦官时代"。有所不同的是，东汉的宦官与外戚争权，而唐朝的宦官与朝臣争权，即所谓的"南衙北司之争"。宦官一度执掌朝廷大权，出现废杀皇帝并拥立皇帝之事。在唐朝，宦官不仅干预朝政，大量的宦官还在地方担当监军，宦官的职能已经完全改变。

第三个是东汉末年出现长达三十年的军阀混战，最终东汉灭亡，形成三国分裂局面，而唐朝末年也出现长达三十年的藩镇混战，最终唐朝灭亡，形成五代十国分裂局面。在东汉末年的军阀混战中，曹操、孙权、刘备最终胜出，各据一方，但拥有中原且实力最强的曹操未能一统天下，按成王败寇的理论，还被冠上一个"汉贼"的骂名。在晚唐藩镇混战中，朱温、李克用、杨行密、王建、李茂贞、钱镠、马殷、王审知等最终胜出，各据一方，但拥有中原且实力最强的朱温未能一统天下，按成王败寇的理论，他所建

立的朝代一度被称为"伪朝",不为当世及一些史家所承认。

由于曹氏最终篡夺的是汉朝的皇位,所以在最终胜出的诸侯之中,名声就最差,而朱温也同样如此。往事越千年,曹操的名声正在发生逆转,越来越多的人把他称为英雄,而朱温似乎不能翻身了。那么朱温到底干了什么样的事,落得如此坏的名声呢?而事实上又是怎样的呢?

首先要声明一下,本人与朱温没有任何关系,写这本书并不是为朱温"平反"。本人只是按计划在写晚唐与五代十国的历史故事,是出于把当时的历史事件说清楚的原则在写朱温。本书的主角当然不会只是朱温一位,但朱温无疑是最重要的一位,所以必须先将朱温的情况做个大概说明,不能让读者戴着有色眼镜去看这段历史。

朱温于907年四月逼迫唐哀帝李柷禅位,唐朝至此灭亡。在正统史家的眼中,是朱温消灭了唐朝,消灭了他们心中最为美好的唐朝。朱温取代唐朝,是属于"篡位",是很多正统史家不能接受的,就连朱温的亲大哥朱全昱也不能接受。史书记载,在朱温即将称帝时,朱全昱就质问朱温道:"朱三,你配当天子吗?"不久朱温称帝,朱全昱又对着朱温骂道:"朱三,你本是砀山的一个平民,跟着黄巢做贼。后来唐朝天子任命你为四镇节度使,富贵到了极点,你为何一夜之间灭了唐朝三百年社稷,自己称帝?你这是要全族被灭,还赌什么?"

那么唐朝到底能不能灭?该不该灭?

唐朝是很多人心中最美好的朝代,也是封建王朝历史上最了不起的朝代,不仅有唐太宗李世民的贞观之治,还有唐玄宗李隆基的开元盛世。而李世民更是封建帝王中最为后人称颂的一位。然而我们必须清楚地知道,李世民也好,李隆基也罢,他们只是两百多年唐朝中的一个阶段。我们还必须了解唐朝的另外几个阶段。

唐朝一般分为四个阶段,那就是初唐、盛唐、中唐与晚唐。

初唐主要是唐高祖李渊、唐太宗李世民以及唐高宗李治在位时期。这个时期的唐朝国力逐步走向强盛,这其中就有李世民的贞观之治,李治的永徽之治。

盛唐主要是唐玄宗李隆基时期。这个时期的唐朝国力达到最高峰,有著名的开元盛世。所谓物极必反,当唐朝进入顶峰之际,暴发了八年之久的"安史之乱",唐朝的国力开始走向衰退。

中唐虽然也出现几位还算有为之君,比如元和中兴的唐宪宗,会昌中兴的唐武宗,大中之治的唐宣宗,但国力明显不及盛唐,也不及初唐。中唐时,宦官开始干政,与朝臣争权,废立皇帝。唐宣宗去世后,其子李漼继位,是为唐懿宗,就是有名的昏君。唐懿宗在位十四年,政治极为腐败,大中之治的成果也随之而失。

873年七月,唐懿宗去世,十二岁的李儇在宦官拥立下登基,是为唐僖宗。第二年,王仙芝起义,第三年六月,黄巢起兵响应王仙芝,唐末农民大起义正式暴发,标志着唐朝进入晚唐时期。唐末农民大起义也从一个侧面说明当时的唐朝极为腐败,民不聊生。不仅如此,当时的唐朝早已藩镇林立,各镇节度使拥兵自重,一些藩镇不听朝廷号令,自行确立节度使,藩镇间的战火随时爆发。经过长达十年的与黄巢农民军的作战,唐朝虽然最终消灭了黄巢,但从此更多的藩镇做大做强,不再听从朝廷号令,藩镇间的混战也随之而起,百姓从此如同陷入地狱之中。你如果是生活在晚唐的普通百姓,一方面连年天灾,一方面兵祸不断,一方面各级统治者残酷压榨,你难道不盼望唐朝灭亡吗?唐朝这样一个美丽的"标签"还能吸引百姓的眼球吗?

那么唐朝到底灭亡于谁的手中呢?大部分人都会说是朱温,因为是朱温篡了位。然而有见识的史家早已说过,唐朝亡于黄巢,亡于藩镇,亡于宦官干政,亡于统治者的腐朽统治。说到这里,无非是想说唐朝到了后期,应当走向灭亡了,是它自己要灭亡,谁也救不了它。这时候的唐朝也没有什么值得留恋的。如果这样想,就没有必要把灭亡唐朝的罪责加到朱温头上,篡位在历史上早就不是什么新鲜事。

朱温篡唐后,宿敌李克用第一个不承认,称朱温的后梁为"伪朝",仍然使用唐朝最后一个皇帝的年号。如果朱温最终消灭了李克用,也许不会有人再称其为"伪朝",可偏偏最终是李克用的儿子李存勖消灭了只存

在十六年的后梁。本是沙陀族的李存勖自称为唐朝后人,建立的朝代也称为唐朝,史称后唐。一些史家自欺欺人,把后唐甚至南唐看作正统,拿后唐承接唐朝,拿南唐承接后唐。其实李存勖的后唐无论从哪个方面来说,都不能掩盖唐朝灭亡的事实,所以最终后梁还是被史家承认,只是朱温的名声好像始终好不了。

一些史家还拿朱温的私德大做文章,丑化朱温,败坏他的名声。在强调以德治国的社会里,一旦一个人的品德出了问题,纵有天大功劳,似乎也能一笔勾销,更何况朱温篡了位,已是"乱臣贼子"。朱温的私德方面有什么问题呢?两个字"好色"。然而好色似乎不算是帝王的品德问题,因为帝王似乎大都好色。但朱温的好色却到了不顾伦理的地步。一个是朱温将败军之将的美貌妻子纳为妾。这个好像不能算什么问题,好多帝王都干过。还有一个是朱温一次到大臣张全义家,在三日之内,将张府上下妇女全部淫遍。这个问题,已经有人分析过,基本不可信。因为朱温当时年老多病,三日之内根本无力淫遍张府妇女。《旧五代史》中也没有这样的记载。最后一个是,朱温在病重时刻,几个儿媳轮流服侍,朱温便与儿媳淫乱。这个问题,同样也有人分析过不可信,《旧五代史》中也没有记载。众所周知,唐玄宗李隆基抢占儿媳杨玉环,二人一段风流韵事还被白居易写成《长恨歌》,说什么"在天愿为比翼鸟,在地愿为连理枝。天长地久有时尽,此恨绵绵无绝期"。李隆基与杨玉环的事,似乎没人去说什么伦理问题,为什么还要把是否存在的事强加到朱温身上呢?

那么朱温有没有做过对百姓有益的事呢?这往往被一些史家所掩盖。这里不妨引用大师吕思勉的话:"当大局阽危之际,只要能保护国家、抗御外族、拯救人民的,就是有功的政治家。当一个政治家要尽他为国为民的责任,而前代的皇室成为其障碍物时,岂能守小信而忘大义?在唐、五代之际,梁太祖确是能定乱和恤民的,而历来论者,多视为罪大恶极,甚有反偏袒后唐的,那就未免不知民族的大义了。"

史学家葛剑雄认为,唐朝从"安史之乱"开始,便走向分裂。如果勉强将北宋消灭北汉看着再次统一的话,整个分裂的过程长达二百余年。如

此漫长的分裂过程中,有一个由分裂转向统一的拐点。这个历史的拐点就是唐末农民大起义。从"安史之乱"到大起义,分裂达到极限,唐朝对众多藩镇的控制力逐渐丧失。大起义之后,众多割据的藩镇开始兼并。五代十国时,众多藩镇割据变成少量国家割据,直到北宋实现统一。如此说来,致力于藩镇兼并的朱温等人推动了历史的进程。

说了朱温的事,再说一说唐朝的藩镇。到了晚唐,藩镇混战已经如火如荼地展开,我们将不断地提到藩镇。讲到这里,不得不感叹唐朝的藩镇真的很多,不少藩镇的名称还会更改,让人无法记住。

唐朝的行政区划最早是道州县三级,但实际是州县二级行政管理,道这一级只对属州进行监察,并不具有实质的行政管理。唐太宗李世民将全国分为十个道,分别是关内道、河南道、河东道、河北道、山南道、淮南道、江南道、陇右道、剑南道及岭南道。这里的关是函谷关,河是黄河,山是秦岭,淮是淮河,江是长江,陇是陇山,剑是剑阁,岭是南岭。唐玄宗李隆基又将全国分为十五个道。每个道有若干个州,与州同级还有府,每个州府有若干个县。负责道的监察官员一开始称巡察史、按察使、采访使,后来统一称观察使。州的最高官职称刺史,府称尹,县称令。

天宝年间,唐玄宗李隆基为了加强边疆防御,在沿边设立九个节度使一个经略使,合称为天宝十节度。每个节度使管辖的就是一个藩镇,当然一个人可以兼任几镇节度使,比如安禄山就曾担任范阳、平卢、河东三镇节度使。"安史之乱"后,内地也遍设藩镇。一个藩镇与道一样管辖多个州,节度使的权力也不只是军事,连行政、财税都管。道与藩镇之间关系已经开始混乱。有的道就是一个藩镇,长官已经升格为节度使,比如淮南道。有的道分为多个藩镇,每个藩镇长官称节度使或观察使。比如河北道境内就有魏博、成德、卢龙三个有名的藩镇,被称为河朔三镇。再如十五道中的江南东道,就划分出福建道、宣歙道、浙西道、浙东道等。

藩镇的名称一般称为某某军,长官称为节度使,比如宣武军、镇海军。还有一些藩镇的名称仍称某某道,长官一般仍称为观察使,比如浙西道、浙东道。从道到军,有升级的含义,长官一般由观察使升为节度使。名称

为道的藩镇，其地理含义比较明显，比如淮南道、浙西道、浙东道、岭南东道、岭南西道等，而升为军的藩镇则政治含义更为浓厚，名称也更为响亮，比如宣武、义武、忠武、忠义、昭义等。

随着节度使权力的增大，一些骄藩强镇开始不听朝廷号令，逐渐成为朝廷的祸患。中唐时也曾有过削藩，但最终藩镇还是越来越多，也越来越强，朝廷反而越来越弱。晚唐开始后，众多藩镇帮助朝廷消灭了起义军，藩镇之间的大混战也随之而起。

下面列举黄巢大起义爆发时，大唐十道境内的藩镇。

关内道境内有七个藩镇，分别是凤翔军、邠宁军、鄜坊军、镇国军、夏绥军、泾原军与朔方军。凤翔军，治凤翔府（今陕西省凤翔县）。邠宁军，治邠州（今陕西省彬县），884年十二月升为静难军。鄜坊军，治鄜州（今陕西省富县），882年四月升为保大军。镇国军，治华州（今陕西省渭南市华州区）。夏绥军，治夏州（今陕西省靖边县），881年十二月升为定难军。泾原军，治泾州（今甘肃省泾川县），891年十二月升为彰义军。朔方军，治灵州（今宁夏灵武县）。

河南道境内有九个藩镇，分别是宣武军、平卢军、天平军、兖海军、感化军、忠武军、河阳军、义成军与陕虢道。宣武军，治汴州（今河南省开封市）。平卢军，治青州（今山东省青州市）。天平军，治郓州（今山东省东平县）。兖海军，治兖州（今山东省济宁市兖州区），876年二月升为泰宁军。感化军，治徐州（今江苏省徐州市），894年六月改为武宁军。忠武军，治许州（今河南省许昌市）。河阳军，治孟州（今河南省孟州市）。义成军，治滑州（今河南省滑县），890年六月更名为宣义军。陕虢道，治陕州（今河南省三门峡市），889年四月升为保义军。

河东道境内有五个藩镇，分别是河东军、大同军、昭义军、河中军与振武军。河东军，治太原府（今山西省太原市）。大同军，治云州（今山西省大同市）。昭义军，治潞州（今山西省长治市）。河中军，治河中府（今山西

省永济市），885年十二月升为护国军。振武军，治安北都护府（今内蒙古和林格尔县）。

河北道境内有五个藩镇，分别是卢龙军、义武军、成德军、义昌军与魏博军。卢龙军，治幽州（今北京市）。义武军，治定州（今河北省定州市）。成德军，治镇州（今河北省正定县），905年十月更名武顺军。义昌军，治沧州（今河北省沧州市东南）。魏博军，治魏州（今河北省大名县），904年闰四月更名为天雄军。

山南道境内有四个藩镇，分别是山南东道、荆南军、金商军与山南西道。山南东道，治襄州（今湖北省襄阳市），888年五月升为忠义军。荆南军，治江陵府（今湖北省江陵县）。金商军，治金州（今陕西省安康市），898年升为昭信军，后又更名为戎昭军。山南西道，治兴元府（今陕西省汉中市）。

淮南道境内的藩镇就是淮南道，治扬州（今江苏省扬州市）。

江南道境内有八个藩镇，分别是浙西道、浙东道、宣歙道、鄂岳道、江西道、湖南道、福建道与黔中道。浙西道，治润州（今江苏省镇江市），后来升为镇海军。浙东道，治越州（今浙江省绍兴市），883年十二月升为义胜军，896年十月改为镇东军。宣歙道，治宣州（今安徽省宣城市），890年三月升为宁国军。鄂岳道，治鄂州（今湖北省武昌市），后来升为武昌军。江西道，治洪州（今江西省南昌市），889年升为镇南军。湖南道，治潭州（今湖南省长沙市），883年八月升为钦化军，886年七月改为武安军。福建道，治福州（今福建省福州市），896年九月升为威武军。黔中道，治黔州（今四川省彭水县），890年升为武泰军。

陇右道境内有两个藩镇，分别是天雄军与归义军。天雄军，治秦州（今甘肃省秦安县西北）。魏博升为天雄军后，大唐有两个天雄军。归义军，治沙州（今甘肃省敦煌市）。

剑南道境内有两个藩镇，分别是西川军与东川军。西川军，治成都府（今四川省成都市）。东川军，治梓州（今四川省三台县）。

　　岭南道境内有五个藩镇,分别是岭南东道、岭南西道、桂管、容管与静海军。岭南东道,治广州(今广东省广州市),895年七月升为清海军。岭南西道,治邕州(今广西南宁市)。桂管,治桂州(今广西桂林市),900年升为静江军。容管,治容州(今广西容县),897年六月升为宁远军。静海军,治交州(今越南河内市)。

目　　录

第1章　不愿耕作，投奔义军

朱温是宋州砀山县（今安徽省砀山县）午沟里人。朱温与许多开国帝王一样，出生时也有异常天象。史书记载，朱温出生于852年（唐宣宗大中六年）十月二十一日。那天晚上，朱家房屋顶部有红色的雾气腾空而起，乡里人看到后，以为朱家失火了，连忙跑了过来救火。到了朱家一看，房屋安然无恙，原来是朱家生了一个小孩。这个小孩就是朱温。朱温的出生让人想到四百七十六年后明朝的开国皇帝朱元璋。朱元璋出生时，也让邻里之人以为家中失火。朱家的开国帝王出生何其相似，看来史书上也有雷同之处。

朱温在家中排行老三，上面还有大哥朱昱与二哥朱存。朱温的父亲朱诚在乡里教书，不幸的是，很早就去世了，朱温家一下子很贫困。朱温的母亲王氏便带着三个儿子到邻近的萧县（今安徽省萧县）刘崇家做佣工。老大朱昱没什么才能，但为人有长者风度。老二朱存与老三朱温勇武有力，而朱温更为凶悍。朱温还不太爱做事，常常以英雄自许，乡里人都讨厌他。刘崇看到朱温常常偷懒，经常用鞭子抽打朱温。

奇怪的是，这个人人讨厌的朱温却有一个人爱护他，也看得起他。这人便是刘崇的母亲。刘崇的母亲经常给朱温梳头，还对家人说道："朱三不是平常的人，你们应当好好地对待他。"家人不解，问她为何这么说。刘崇的母亲说："我曾经看到朱温睡觉时变成了一条红蛇。"家人听后都不相信。

朱温在后人的印象中是一个无赖。那么在正史中是如何描述朱温的呢？《旧五代史》中说朱温"既壮，不事生业，以雄勇自负，里人多厌之。崇以其慵惰，每加遣杖"。《新五代史》中说朱存、朱温"勇有力，而温尤凶悍"。《资治通鉴》中写得比较简单："温少孤贫，与兄昱、存随母王氏依萧县刘崇

家,崇数笞辱之,崇母独怜之。"从这些描写中大致可以看出,朱温身强力壮、勇武有力、个性凶悍,不是那种老老实实耕田种地的人。

如果在太平时期,朱温这样的人也许不会有什么作为,但就在其青年之时,大唐进入了乱世。

873年七月,唐懿宗李漼病逝,十二岁的皇子李俨在宦官拥立下即位,是为唐僖宗。唐懿宗留下的大唐江山早已光辉不再,朝廷里宦官干政,出现南衙北司相争;地方上藩镇林立,一些骄藩强镇拥兵自重,不听朝廷号令;西南边陲不断告急,大礼国又来犯边。当年,关东一带又发生严重旱灾,麦子半收,百姓"砘蓬实为面,蓄槐叶为齑"。各级官僚不顾百姓死活,不断向百姓催缴赋税,"动加捶挞",百姓"撤屋伐木,雇妻鬻子"。874年(唐僖宗乾符元年)正月,翰林学士卢携上疏奏请诏令各州县,停征所欠赋税,发放义仓中的粮食赈济百姓。唐僖宗虽按卢携所奏建言下诏,然而各级官员竟不予执行,诏令如同一纸空文。唐末大起义的烽火终于在这一年点燃,首先聚众起兵的便是王仙芝。

875年(唐僖宗乾符二年)六月,王仙芝打到家乡濮州(今山东省鄄城县)。王仙芝攻克了濮州,连不远处的曹州(今山东省曹县)也攻克了,起义军达到数万人。曾经与王仙芝一起贩卖过私盐的曹州冤句县(今山东省东明县南马头集)人黄巢聚众响应王仙芝,并与王仙芝合兵一处,一同掠夺州县。

876年(唐僖宗乾符三年)七月,王仙芝、黄巢的义军在沂州(今山东省临沂市)遭到平卢(治青州)节度使兼"诸道行营招讨草贼使"宋威的重创,转而向西。八月,义军逼近许州(今河南省许昌市),又遭到忠武(治许州)节度使崔安潜的强力抵挡,又转而向北。九月,王仙芝、黄巢在郑州再被昭义(治潞州)监军判官雷殷符击败,便一路南下,经过九个州,于十二月到达蕲州(今湖北省蕲春县)。在蕲州,因不满招安条件,黄巢与王仙芝分道扬镳。

877年(唐僖宗乾符四年)二月,黄巢北上攻打郓州(今山东省东平县),杀死天平(治郓州)节度使薛崇。七月,黄巢与王仙芝再度联合,在宋州（今河南省商丘市）将宋威包围。二月至七月，黄巢再度杀回北方，靠近朱温所在的萧县。不愿耕田种地的朱温便与二哥朱存去投奔黄巢义军，朱温当时二十六岁。

二十六岁这个年龄，在一般人家，早应当娶妻生子了。那么朱温在投奔黄巢义军之前，在家乡有没有娶妻生子呢？史书上对此记述不详。根据分析，朱温在参加义军之前，在家乡已经娶妻生子，长子朱友裕便是朱温在家乡所生。不仅如此，二哥朱存在家乡也已娶妻生子，朱友宁、朱友伦便是朱存在家乡所生。朱温与二哥朱存离家投义军后，家人便由大哥朱昱照看。

如果朱温早年已经娶妻生子，那"丽华之叹"的故事便失色许多。孙光宪在《北梦琐言》中说朱温在老家砀山时，便看上了一位财主家的小姐，这位小姐名叫张惠。张惠不仅貌美、贤能，而且其父张蕤曾当过宋州刺史，那可是一位不小的地方官。朱温当时就有东汉开国皇帝刘秀那样的感叹："仕宦当作执金吾，娶妻当得阴丽华。"然而"丽华之叹"只是小说中的故事，在正史上没有记载。如果朱温这辈子非张惠不娶，或者在先娶了张惠为正妻之后，再娶别人为妾，那这个"丽华之叹"才有意义，否则便是后人附会。朱温后来确实娶了张惠，不过是在投奔黄巢义军之后的一次战乱中。有人希望"丽华之叹"这个故事能够完美，便坚持认为朱温在参加义军之前没有娶妻生子，朱友裕只是朱温的养子。那么朱友裕是不是朱温的亲子呢？我们后面再讲。

史书中关于朱温在黄巢义军中的记载很少，只是笼统地记了一句，说朱温"力战屡捷，得补为队长"。我们可以想象，在宋州与宋威作战，一定能见到朱温勇猛奋战的身影。不过宋州这一战，黄巢又遭到重创。宋威本已被围困城中，应当不足为患，不想就在这时，左威卫上将军张自勉率忠武军所派的七千兵马前来增援，杀死义军两千余人。王仙芝、黄巢传令撤围，而且两大首领再度各奔前程。朱温与二哥朱存继续跟着黄巢。

黄巢率领义军南下一千余里，于十月再度到达蕲州。黄巢没有攻陷蕲州，只是抢夺粮草，接着又折向黄州（今湖北省武汉市新洲区）。在黄州，

黄巢与"诸道行营招讨草贼副使"曾元裕发生激战,四千多人被杀。黄巢又北上一千余里,于十二月到达匡城(今河南省长垣县西南)。黄巢攻陷了匡城,接着又攻打濮州。朝廷诏令张自勉率各藩镇派来的兵马攻打黄巢。黄巢于是离开濮州,掉头南下,行进四五百里,到达亳州(今安徽省亳州市)。

878年(唐僖宗乾符五年)二月,黄巢还在围攻亳州,尚让带领人马来与黄巢会合。尚让是王仙芝义军中的二号人物,为何会来找黄巢?原来就在当月,一路转战到达黄梅(今湖北省黄梅县)的王仙芝大军被已经升任"诸道行营招讨草贼使"的曾元裕击败,义军五万余人被杀,王仙芝力战身亡。尚让便带领残部人马去寻找黄巢。尚让到了亳州后,推举黄巢为首领,称黄巢为"冲天大将军"。黄巢虽然没有称王称帝,但开始设置百官,还宣布改元,以示推翻唐朝的决心。黄巢的年号很有意思,竟然叫"王霸"。

黄巢放弃攻打亳州,北上五六百里攻打沂州,又向西五六百里攻打濮州。黄巢攻陷了濮州,便不想再打下去了。黄巢给天平节度使张裱修书一封,请张裱上奏朝廷招安。朝廷接到张裱的奏书,也接受招安,并给黄巢一个不小的官职,那就是卫军第二军右卫的将军,从三品,仅次于正三品的大将军。黄巢应当能够接受朝廷赐予的这个官职,但朝廷的另一个条件黄巢就不能答应,那就是让黄巢在郓州解散兵马,然后一个人到京城长安赴任。黄巢岂能放弃自己的人马?黄巢当然不能接受这样的招安。

三月,黄巢从濮州南下攻打宋州、汴州(今河南省开封市)。朝廷任命张自勉为"东南面行营招讨使",令其讨伐黄巢。黄巢又去攻打卫南(今河南省滑县东)、叶县(今河南省叶县)、阳翟(今河南省禹州市)等城。

黄巢又一次杀回中原地区,朝廷非常担心东都洛阳的安危。唐僖宗立即下诏,令河阳军(治孟州)派一千兵马,宣武军(治汴州)与昭义军各派两千兵马前往保卫东都洛阳。唐僖宗再任命禁军左神武大将军刘景仁为"东都应援防遏使",统领这三个藩镇所派兵马,并让刘景仁在东都再招募两千兵马。唐僖宗还不放心,又诏令曾元裕率所部兵马返还东都,再调义成军(治滑州)三千士兵分守轘辕、伊阙、河阴、武牢等处。面对唐朝的严密部署，黄巢决定放弃在中原的作战，向富庶且藩镇稀疏的南方转移。朱温与二哥朱存跟着黄巢义军，一路南下。

唐朝消灭了王仙芝，也将黄巢的兵马赶出了中原，东都洛阳安全了，远在关中的京师长安也安全了，然而北边的沙陀族人李克用却起兵叛唐了。

第2章 背叛唐朝，败投达靼

李克用与朱温这个"草根"不同，李克用出生于沙陀贵族，本姓朱邪。沙陀本是西突厥别部，因所居之地有大沙漠名为沙陀而称沙陀突厥。856年（唐宣宗大中十年）九月二十二日，李克用出生于神武川的新城（今山西省代县雁门关以北），比朱温小四岁。李克用的出生也很神奇。史书上说，李克用母亲秦氏怀孕十三个月还不能生产，异常痛苦，情形十分危急。族里人非常担忧，便让人到雁门去买药。买药人在路上遇到一位神奇的老人，老人说："这不是巫师、医者能够治疗的，赶快回去，带领所部人马，全部身披铠甲，手持旌旗，擂起战鼓，纵马高声呼喊，围绕秦氏的住处跑三圈，然后停下。"买药人听后便赶了回去，按路上老人所说的方法去做，秦氏果然顺利产下李克用。这时，虹光照亮屋宇，白气充满庭院，井水暴涨。

李克用学说话时，特别喜欢说军中用语。童年时，李克用便喜爱骑马射箭，在同龄人中，出类拔萃。十三岁那年，看到两只野鸭飞翔于空中，李克用张弓搭箭，接连射中，众人无不拜服。唐懿宗在位期间，暴发了庞勋起义，李克用的父亲、朔州（今山西省朔州市）刺史朱邪赤心奉命南下讨伐，十五岁的李克用也随军出征。李克用冲锋陷阵，勇猛超过众将领，被军中称为"飞虎子"。庞勋起义被镇压后，朱邪赤心因功而被任命为振武（治安北都护府）节度使，还被唐懿宗赐姓，更名为李国昌。李克用因功被任命为云中（今山西省大同市）牙将。李克用还有一个重要特征不能不说，那就是一只眼睛略有些瞎，人称"独眼龙"。

878年（唐僖宗乾符五年）正月，云州（今山西省大同市）沙陀兵马使李尽忠看到黄河以南一带义军蜂起，便与牙将盖寓、康君立、薛志勤、程怀信、李存璋等人谋划道："如今天下大乱，朝廷号令不能到达四方，这正是英雄建立功名、谋求富贵的好时机。我们拥有不少兵马，李振武功大位高，名闻天下，其子又勇冠三军，如果拥立他起事，代北（今山西省北部）不难夺取。"众人都认为有理。李尽忠所说的李振武便是李国昌，当时仍是振武节度使，而其子李克用已是沙陀兵马副使，驻屯在蔚州（今河北省蔚县），时年二十三岁。

当时代北一带连年饥荒，统辖云、蔚、朔三州的大同防御使段文楚下令减少军士的衣物、粮食，将士们都抱怨、怒气。李尽忠认为此时起事正是时候，便派康君立悄悄前往蔚州，劝说李克用起兵，杀掉段文楚，由李克用取而代之。李克用不能决定，对康君立说道："我的父亲在振武，等我禀报后再说。"康君立说道："现在事情已经泄露，一旦延缓必将生变，哪有时间到千里之外去禀报呢？"

就在李克用犹豫不决之际，李尽忠在云州已经开始行动了。一天夜里，李尽忠率兵攻打云州内城，将防御使段文楚、判官柳汉璋等擒获，将他们囚禁在狱中。李尽忠暂且统管云州军政，同时派人前往蔚州，请李克用前来。李克用此时不再犹豫，带领所部兵马前往云州。一路西行，李克用还不断招兵买马。

二月四日，李克用到达云州，扎营城东的斗鸡台下，部众已达万人。二月六日，李尽忠派人将大同防御使的符节印信送给李克用，请李克用担任防御留后。二月七日，李尽忠把段文楚、柳汉璋等五人押至斗鸡台下，命士兵将段文楚等人身上的肉剐下来吃，最后只剩下骸骨，还让骑兵践踏。二月八日，李克用派人前往长安，请朝廷任命其为大同防御使，朝廷没有批准。

李克用的所作所为，可以说是大逆不道，朝廷没有批准是应该的。那么李克用的父亲李国昌得知此事后，会如何处置呢？李国昌倒还显得忠心，连忙给朝廷上奏道："请朝廷尽快任命新的大同防御使，如果克用拒绝接受，臣将率本道兵马前往讨伐，绝不会因为一个儿子而有负国家。"朝廷当时也准备派李国昌去劝谕李克用，正好接到这份奏章，于是任命司农卿支详为大同宣慰使、太仆卿卢简方为大同防御使，同时下诏给李国昌，由其转告李克用。诏书说如果李克用能以正常的礼节迎接新的长官，必定

给他任命一个满意的官职。

尽管朝廷做了这样的安排，仍担心李克用不会接受。朝廷决定用计解决李克用割据云州的问题。四月，朝廷颁诏任命大同防御使卢简方为振武节度使，而任命原振武节度使李国昌为大同节度使。朝廷认为李克用无论如何不会抗拒其父前来赴任。值得注意的是，大同这个统辖云、蔚、朔三州的藩镇已经由防御使级提升为节度使级。

朝廷的这个安排看起来非常高明，其实忽视了一个问题，那就是李国昌的忠诚度到底有多高。从李国昌最早的表态来看，忠诚似乎没有问题，也许这正是朝廷做出这样安排的原因。但李国昌的表态真是其本意吗？一旦动了他的利益，他还会忠诚吗？果然，当李国昌接到朝廷的任命诏书后，马上改变了想法。李国昌根本不会放弃他镇守多年的振武，他甚至想父子二人各据一个藩镇。李国昌将诏书撕毁，杀掉朝廷派来的监军宦官。李国昌还准备南下用兵，攻打河东（治太原府）所辖州县。

五月，李国昌、李克用父子派沙陀兵南下攻打河东所辖的岚州（今山西省岢岚县）。当时卢简方正前往振武赴任，不想刚到岚州就去世了。李国昌、李克用父子南下侵犯河东辖区，一个可能的原因是想阻止卢简方北上赴任。卢简方刚到岚州，无病而终，难保不是被人杀掉的。

李国昌父子的沙陀兵打到岚州，河东节度使窦浣就非常担忧。窦浣不仅担心他所在的晋阳城（今山西省太原市），也担心北部代州（今山西省代县）的安危。窦浣先发动民众挖掘河沟以护卫晋阳城，再派一千人组成的"土团"去增防代州。岂料"土团"士兵发生骚乱，将马步都虞候邓虔剐死。

朝廷认为窦浣无能，于六月调前昭义（治潞州）节度使曹翔任河东节度使，同时也诏令其他藩镇派兵前往河东，抵挡沙陀兵南下。七月，曹翔到达晋阳，先整肃军纪，杀掉剐杀邓虔的十三名"土团"士兵。八月，曹翔北上抵御沙陀兵，不能取胜。九月，曹翔突然中风而死。

十月，朝廷下诏，令昭义（治潞州）节度使李钧、吐谷浑酋长赫连铎等人率兵讨伐李国昌父子。十一月，朝廷再下诏，任命河东宣慰使崔季康为河东节度使、兼代北行营招讨使。十二月，崔季康与李钧一同讨伐李国昌、李克用。李克用得到消息，马上率兵迎战。两部兵马在岚州城东的洪谷激战。当时正是寒冬，下着大雪，南方来的士兵不堪严寒，连弓弦都因寒冷而折断。洪谷这一战，李克用大胜，李钧中流箭而死。

前来助战的李钧战死了，赫连铎正在寻找时机，准备出击。机会很快就出现了。当年冬天，李国昌派兵去攻打党项人，振武一时空虚。赫连铎得到消息，立即率部攻打振武，很快就攻克了振武。消息传到云州，李克用立即前往接应父亲李国昌。李国昌、李克用回到云州时，守兵紧闭城门不让进入。李国昌父子于是攻掠蔚州、朔州，得到三千兵马，从此割据蔚、朔一带。

此后的一年中，李国昌父子没有再兵犯河东，而河东内部却不断发生变乱，节度使不是被杀，就是被调。880年（唐僖宗广明元年）三月，朝廷派宰相郑从谠前往河东任节度使。朝廷认为只有宰相前来，才能镇得住骄横的河东兵。郑从谠不仅在朝中担任要职，也曾在宣武、岭南担任节度使。更为重要的是，郑从谠在十余年前，曾在河东担任过节度使。朝廷还授权郑从谠可以自行选择幕僚。郑从谠于是挑选了不少得力之人，时人将郑从谠的节帅府称为一个"小朝廷"，足以说明能人名士之多。

河东安定了，朝廷便开始考虑讨伐割据蔚、朔一带的李国昌、李克用父子。四月，朝廷任命太仆卿李琢为蔚朔节度使，兼蔚、朔等州招讨都统，汝州防御使诸葛爽为北面行营副招讨。从朝廷的这个任命可以看出，大同这个藩镇已经撤销，并成立了新的藩镇，这也表明李国昌的大同节度使一职也已被撤销。

六月，李琢率一万兵马驻屯在代州，准备攻打李国昌、李克用父子，卢龙节度使李可举、吐谷浑酋长赫连铎也率兵共讨沙陀。面对几路人马来讨，李克用派大将高文集守卫朔州，自率兵马向东迎战李可举。赫连铎派人前往朔州，劝降了高文集，还擒获了李克用的将领傅文达与李克用的堂叔李友金。

七月，李克用听说高文集背叛，立即回军朔州攻打高文集，李可举派行军司马韩玄绍在药儿岭阻截李克用。这一战，李克用大败，七千余人被

杀,将领李尽忠、程怀信战死。这时,李琢、赫连铎攻打蔚州也取得胜利,李国昌的部众全部溃散。李国昌、李克用父子最后带领族人向北逃往达靼部(今内蒙古阴山以北)。

　　唐朝平定李国昌、李克用父子的叛乱,前后为期两年多。朝廷决定撤销蔚朔这个藩镇,恢复大同军,仍然管辖云、蔚、朔三州,任命赫连铎为云州刺史、兼大同防御使。赫连铎仍想杀掉李国昌、李克用父子,以绝后患。数月后,赫连铎派人贿赂达靼部贵族,让他们杀掉李国昌、李克用父子。不想这一消息被李克用得知。李克用当时正与达靼部的贵族们游猎,于是挂起马鞭,取箭射击,又对着木叶、悬针射击,无不命中,达靼部的贵族们都很佩服。李克用又与他们一同饮酒,酒至正酣,李克用说道:"我得罪了天子,想报效国家而无门。听闻黄巢南下又北上,必将成为中原的大患,一旦天子赦免我的罪过,我便与诸位南下,共建奇功,岂不是快事? 人生几何,谁愿老死沙漠呢?"达靼部知道李克用不会久留,便没有加害他。

第3章 转战南北，攻取长安

唐朝平定了沙陀李克用的叛军，但不能抵挡黄巢的农民军。

878年(唐僖宗乾符五年)三月至五月，黄巢南下一千余里，经淮南道(治扬州)、宣歙道(治宣州)，进入镇海军(治润州)境内。黄巢开始攻打镇海军的治所润州(今江苏省镇江市)。

六月，朝廷调荆南(治江陵府)节度使高骈出任镇海节度使。朝廷为何要调高骈来对付黄巢？因为高骈在当时是一位名将。高骈祖籍渤海蓚县(今河北省景县)，时年五十八岁。唐懿宗在位期间，大礼国不断入侵边境，并于863年正月攻陷交州城(今越南河内市)。864年七月，唐懿宗任命高骈为安南都护。866年十月，高骈攻克交州，收复安南。十一月，唐朝在安南设立静海军(治交州)，高骈为节度使。由于大礼国又不断侵扰西川(治成都府)，朝廷又于875年正月，调高骈任西川节度使。高骈到西川后，击退大礼国的入侵。878年正月，由于荆南节度使杨知温对王仙芝义军的抵御不力，朝廷再调高骈任荆南节度使。可以说，高骈每一次调任，都肩负重要使命。

面对名将高骈，黄巢也不敢恋战，继续南下攻打杭州(今浙江省杭州市)。八月，黄巢攻克杭州不守，于九月进入浙东道(治越州)，攻占越州(今浙江省绍兴市)。黄巢虽然离开了镇海军的辖区，但镇海节度使高骈仍在派兵追杀。高骈的将领张璘、梁缵奉命袭击黄巢，一直追到越州。张璘在越州大胜黄巢。越州这一战非常激烈，黄巢的将领毕师铎等不敌而降。

黄巢不敢再战，一路南下，经福建道(治福州)，进入岭南东道(治广州)，朱温与二哥朱存也跟着到了岭南。879年(唐僖宗乾符六年)五月，黄巢抵达广州城下，又一次向朝廷提出招安，想回老家当天平(治郓州)节度

使。朝廷虽然接受招安，但给黄巢的官职太小，黄巢没有接受。黄巢怒攻广州城，当日即克，杀死岭南东道节度使李迢。广州城下这一战本不算激烈，但朱温的二哥朱存却阵亡了。

岭南一带多有瘴气瘟疫，黄巢的农民军死去十之三四，将领们都劝黄巢回到北方再图大事。黄巢决定北上，先发布檄文，公然宣称将前往关中推翻唐朝的统治。十月，黄巢大军离开广州，经桂州、永州、衡州，于下旬抵达潭州（今湖南省长沙市）。拥有五万精兵的湖南道（治潭州）观察使李系不敢出战，只传令固守城池。黄巢下令猛攻潭州城，只用一天时间便将潭州城攻破，李系在乱军之中逃走。黄巢下令屠杀城中守军，尸体塞满湘江。

黄巢派尚让乘胜北上攻打江陵（今湖北省江陵县），号称有五十万大军。当时各地派来讨伐黄巢的兵马尚未集结，江陵城中的守军不足一万人。自告奋勇来到江陵任荆南节度使的王铎惊慌异常，一刻也不敢留在城中。王铎命将领刘汉宏坚守江陵，自己则向北边的襄州（今湖北省襄阳市）逃去。刘汉宏也没有替王铎守城送死，而是在城中大肆抢掠、放火焚烧，百姓都逃往山谷之中躲避。当时正下着大雪，漫山遍野都是尸体。刘汉宏在烧杀抢掠之后，带着人马奔向北方成为一支盗贼。

十一月，黄巢的大军经过满目疮痍的江陵，继续北上攻打王铎逃至的襄州。镇守襄州的山南东道（治襄州）节度使刘巨容没有坐以待毙，主动南下迎战。这时前来讨贼的江西招讨使、淄州刺史曹全晸也已抵达。刘巨容会同曹全晸的兵马一同南下到达荆门（今湖北省荆门市）。刘巨容将兵马埋伏在树林之中，令曹全晸率轻骑迎战黄巢，只许败不许胜。曹全晸边战边退，黄巢紧追不舍。突然，刘巨容的伏兵杀了出来，黄巢大败，义军十之七八被俘杀。黄巢与尚让率残兵南渡长江，向东逃去。有人劝刘巨容乘胜追杀，定能消灭黄巢。刘巨容说了一通话，让人感叹当时的唐朝已经腐败不堪。刘巨容说道："朝廷常常辜负人，有事则抚慰将士，不惜赏官赐爵。一旦事情平息，则把人抛弃，甚至还加以罪责。不如让贼寇留在世间，作为我们获取富贵的资本。"

黄巢义军不久到达江西道(治洪州)境内，不想再次遭到高骈的袭击。高骈当时已是淮南节度使，且被任命为"诸道行营都统"，以代替临阵脱逃的王铎。高骈传檄天下，征调各藩镇兵马以剿灭义军，兵马一时达到七万，威望大振，朝廷十分倚重。880年(唐僖宗广明元年)三至四月，高骈的大将张璘屡次击败义军，义军将领秦彦、李罕之等投降，黄巢一路撤到信州(今江西省上饶市)。

五月，黄巢军中出现瘟疫，士兵死亡很多，真是雪上加霜。黄巢正在一筹莫展之际，又报张璘杀至。黄巢此时不想再战，也不想再撤。黄巢派人带上金银贿赂张璘，再给高骈修书一封，请求招安。高骈接到黄巢的书信却有自己的打算。高骈假装为黄巢上表谋官，实是为了引诱黄巢上当以将其擒获。这时昭义、感化、义武等藩镇所派兵马已经来到淮南，高骈担心这些藩镇分食其功，于是向唐僖宗上表说不日就将平定黄巢，请将各镇兵马遣返。唐僖宗准奏。

信州城中的黄巢也探得各镇兵马已经北渡淮河而返，马上改变主意，决定放弃招安，再与高骈交战。高骈得到消息非常生气，传令张璘向黄巢开战。高骈做梦也没有想到，他的得力大将张璘竟然战死在信州。史书中虽然没有记载朱温在信州这一战的情况，但如此激烈的战斗，一定少不了朱温的身影。经此一战，黄巢的声势再度振作。

七月，黄巢经采石(今安徽省当涂县西北)渡江北上，不日到达天长(今安徽省天长市)，威震高骈镇守的淮南道。可叹一代名将高骈，原本对剿灭黄巢信心百倍，此时却无心应战。高骈认为各藩镇派来的兵马已返，大将张璘又已战死，自己已经不能抵挡黄巢。义军降将毕师铎建言道："数十万贼寇长驱直入，如入无人之境。如果不据险要之地迎击贼寇，贼寇必将越过长淮关(今安徽省凤阳县西北)，成为中原的大患，到那时就无人能够控制。"高骈不为所动，只传令严加戒备，力求自保。高骈还向朝廷告急道："六十万贼寇进驻天长，离臣所在的扬州只有五十里。"

面对气势逼人的黄巢大军，名将高骈已经不闻不问，朝廷只好继续调兵遣将。朝廷任命淄州刺史曹全晸为天平节度使，兼东面副都统，令其与

黄河以南各藩镇兵马进驻溵水（今河南省项城市西北），阻止黄巢北上。九月，黄巢将曹全晸击破。在此关键时刻，忠武军（治许州）发生内乱，大将周岌赶走节度使薛能，自称忠武留后，向黄巢投降。黄巢于是毫无阻挡地渡过淮河，所过之地不再抢掠，只选取青壮年编入军中。

十一月，黄巢到达汝州（今河南省汝州市），离东都洛阳不到两百里。黄巢自称天补大将军，向唐朝守将发布文告称："你等各守营寨，不要冒犯我的兵锋！我将进入东都洛阳，再到京师长安，问罪朝廷，与众人无关。"汝郑把截制置都指挥使齐克让无力抵挡黄巢大军，只能派人向朝廷告急。

从黄巢的文告可以看出，他要推翻的是唐朝的统治者，主要是指唐僖宗以及朝中重臣。那么唐僖宗是个什么样的人呢？唐僖宗即位之初只有十二岁，朝中虽有宰相辅政，但北司的宦官也执掌大权。唐僖宗本就无力管理这个已经腐朽的国家，而且只会玩乐。唐僖宗喜爱音乐、斗鸡、赌博，而最喜欢的莫过于蹴鞠，也就是击球。有一回唐僖宗对戏子石野猪说道："如果让朕去考击球进士，一定能中状元。"石野猪倒很清醒，说道："如果主考官是尧、舜，恐怕陛下就要落榜。"唐僖宗听后也不生气，一笑了之。

唐僖宗本是宦官拥立，也特别依赖宦官。大宦官田令孜本姓陈，唐懿宗时只是一位小马坊史，唐僖宗即位前与其关系甚好。唐僖宗即位后，竟称田令孜这位太监为"阿父"。唐僖宗不断提升田令孜，直到出任左神策军中尉、左监门卫大将军。当年三月时，田令孜就担心关东一带义军会杀进长安，于是悄悄为退据巴蜀作准备。田令孜有一位兄长叫陈敬瑄，在田令孜的帮助下进了左神策军，几年时间就得到大将军之职。田令孜还有三位心腹：杨师立、牛勖、罗元杲，也在左神策军担任大将军。田令孜为了控制巴蜀，向唐僖宗提出让陈敬瑄等前往西川、东川（治梓州）、山南西道（治兴元府）三个藩镇担任节度使。四个人如何担任三位节度使呢？唐僖宗爱蹴鞠，便让四人比赛蹴鞠，最后陈敬瑄得了第一名，便担任西川节度使。罗元杲第四名，仍在在神策军中担任将军。

再看当时的朝中宰相。本有三位宰相一直在为唐僖宗分忧，即卢携、王铎与郑畋。卢携外靠高骈、内附田令孜，一直得到唐僖宗的重用。当年六月，卢携患病在床，无法上朝。王铎主动请缨外任为荆南节度使，岂料临阵脱逃，已被贬至东都任太子宾客。郑畋也因与卢携、王铎意见不一，而调任凤翔(治凤翔府)节度使。当时朝中还有两位宰相，就是豆卢瑑与崔沆。

十一月十二日，冬至，寒冷的冬天开始了。唐僖宗驾临延英殿，各位宰相与宦官田令孜参加朝会。这已是齐克让送来告急奏报的第三天，各位大臣还没有应对之策，唐僖宗急得哭了起来。田令孜启奏道："请让臣在左右神策军中挑选弓弩手，前往防守潼关(今陕西省潼关县)，臣亲自担任都指挥制置把截使。"唐僖宗担忧道："他们都是侍卫将士，并不善于征战，恐怕没什么用。"田令孜早有准备，说道："当年安禄山叛乱，玄宗驾幸巴蜀以避之。"唐僖宗并不想马上就前往蜀地避难，便对田令孜说道："卿就为朕发兵防守潼关吧。"

朝会结束，唐僖宗来到左神策军，检阅将士。田令孜向唐僖宗推荐了三个人：左神策军马军将军张承范、右神策军步军将军王师会以及左神策军兵马使赵珂。唐僖宗召见了这三个人，任命张承范为"兵马先锋使"兼"把截潼关制置使"，王师会为"制置关塞粮料使"，赵珂为"句当寨栅使"。唐僖宗给田令孜的职务就更高了，名称也很长，叫"左右神策军内外八镇及诸道兵马都指挥制置招讨使"。田令孜从两神策军中挑选了两千八百名弓弩手，命张承范率领奔赴潼关前线。

十一月二十五日，张承范率领两千八百名弓弩手从长安出发。唐僖宗说得没错，那时的神策军士兵真的没有作战能力，早已今非昔比了。这些士兵都是长安的富家子弟，靠贿赂宦官混个军籍，以得到皇帝的赏赐。这些人平时都穿着华丽的衣服，骑着优良的骏马，趾高气昂。现在听说要出征，这些人都与家人抱头痛哭，还有人用金钱雇佣患病的穷人代为出征，这些病人竟然连兵器都拿不动。让张承范更为寒心的是，就要出征了，粮草还没有着落。

十二月一日，张承范到达潼关，准备修筑防御设施，苦于没有劳力，因为村民早已不知去向。张承范命人到野草丛生的地方去搜寻，终于搜到

一百多名村民,强迫他们前来搬石担水。尽管如此,张承范以及一直守在潼关城外的齐克让兵马粮草已绝,士兵毫无斗志。

就在当天,黄巢的前锋兵马抵达潼关城下,白旗布满原野,看不到边际。齐克让传令与义军交战,没想到竟取得了小胜,黄巢的前锋兵马略有后撤。就在这时,黄巢到达潼关城下,义军士兵兴奋异常,高声欢呼,声振山河。齐克让兵马竭力抵抗,从午时一直战斗到酉时。连续半天的作战,齐克让的士兵又饥又累,终于不能再战,一齐喧哗着,烧掉营寨,往潼关城内撤退。在潼关城北边有一条山谷,称为"禁坑"。这条"禁坑"平时不许进入,只在征税运粮时使用。由于农民军突然杀至,官军也忘记防守,齐克让的溃散之军竟从"禁坑"涌入。"禁坑"中原本灌木、藤蔓茂盛如网,一夜之间,竟被踏成坦途。

张承范看到齐克让的兵马溃败,担心所部兵马也出现溃散,连忙将所剩辎重、粮草全部发给士兵。张承范还派人向朝廷告急:"臣离京师已经六天,兵马未增一人,粮饷也不见踪影。臣到达潼关之日,强大的贼寇就已到来,只能用两千余人抵挡六十万贼众。关外齐克让的守军发生溃散,禁坑也已被踏开。臣有失职守,即使处以鼎镬之刑也很甘心,然而朝廷各位谋臣颜面何在?臣听说陛下准备西巡,殊不知銮舆一动,上下崩溃。即使冒着杀头的危险,臣也要大胆直言。请陛下与朝中宰臣征调兵马来救潼关,只有这样,才能保住高祖、太宗的大业,让黄巢像安禄山一样灭亡,微臣则能比哥舒翰死得光荣。"

十二月二日,黄巢的农民军开始攻打潼关,张承范带领士兵在关上防守。从寅时到申时,整整六个时辰,关上的箭全部用完,张承范的弓弩手只能向关下投放石块。夜晚之时,张承范忽然想到城北的"禁坑",担心农民军会从"禁坑"闯入关内。张承范马上调拨八百人前往防守"禁坑"。然而当张承范派出的人到达"禁坑"时,农民军已经闯入了。次日早晨,农民军内外夹攻潼关,关上守兵顿时崩溃,将领王师会自杀,张承范换上普通衣服向西逃走。

黄巢已经入关的消息很快报达长安,朝廷此时竟然决定给黄巢授予天平节度使的官职，以期黄巢能够放弃攻打长安。不知道这是谁的主意，出的确实不是时候。在一年多前，黄巢逼近广州的时候，朝廷不答应黄巢任天平节度使，这时黄巢眼看就要攻入长安了，黄巢还会满足节度使这样的地方官职吗？黄巢此时想得到的已经是唐僖宗的皇位了。

黄巢的农民军很快攻至长安城，城中官员都忙着躲避。田令孜率五百名神策军护卫着唐僖宗悄悄从金光门逃走，只有四位亲王以及几位嫔妃跟随，朝中百官无人知晓。唐僖宗离开长安逃往巴蜀，诗人罗隐有《帝幸蜀》：

> 马嵬烟柳正依依，
> 又见銮舆幸蜀归。
> 泉下阿蛮应有语，
> 这回休更冤杨妃。

韦庄有《立春日作》：

> 九重天子去蒙尘，
> 御柳无情依旧春。
> 今日不关妃妾事，
> 始知辜负马嵬人。

唐朝左金吾大将军张直方带领数十名官员前往灞上迎接黄巢。黄巢乘坐金装肩舆进入长安，其卫士头发披散，用红巾扎束，身穿锦绣衣服，手执兵器，紧紧跟随。一路上，铁甲骑兵多如流水，辎重车辆塞满道路，络绎不绝。黄巢大军进入长安，虽然吓跑了唐僖宗，但长安城内的百姓都夹道观看，并不害怕。义军二号首领尚让沿途对百姓说道："黄王起兵，本为百姓，非如李氏不爱汝曹，汝曹但安居无恐。"黄巢的部众见到贫苦的百姓也不断地施舍。

十二月十一日，黄巢下令将长安城内的李姓皇族全部杀掉。第二天，六十一岁的黄巢在含元殿登基称帝，定国号为大齐，改年号为金统。黄巢任命尚让为太尉兼中书令，孟楷、盖洪为左右仆射、知左右军事。曾经屡试不第的黄巢当了皇帝，此时如果吟诵当年的《不第后赋菊》："待到秋来九月八，我花开后百花杀。冲天香阵透长安，满城尽带黄金甲。"不知是何感慨？

黄巢建立大齐，做了皇帝，朱温怎么样了呢？朱温跟随黄巢三年多，纵横百余州，大小百余战，此时已是一名将领。朱温正率部驻扎在长安城东不远处的东渭桥，为黄巢守卫京师东大门。

第4章 扼守荆襄，激战邓州

880年（唐僖宗广明元年）十二月，大齐皇帝黄巢交给朱温一个任务，那就是劝降诸葛爽。诸葛爽曾是唐朝"代北行营招讨使"，数月前参与平定李克用叛军，之后奉命南下讨伐黄巢，正驻屯在栎阳（今陕西省西安市临潼区北），离朱温驻扎的东渭桥（今陕西省西安市高陵区南）非常近。朱温还真有两下子，不用出兵，竟将诸葛爽劝降。黄巢任命诸葛爽为河阳（治孟州）节度使，让诸葛爽自己去夺取河阳。当诸葛爽到达河阳时，田令孜的心腹、河阳节度使罗元杲下令出城迎战，岂料士兵都脱下铠甲，迎接诸葛爽。罗元杲看到情势不妙，赶紧逃出城，去找唐僖宗与田令孜。

黄巢当时实际控制的领地虽然只有关中，但在其入关之前，忠武（治许州）节度使周岌、河中（治河中府）留后王重荣都向其投降，现在再派诸葛爽镇守河阳，关东一带应当比较安全。黄巢此时担心的是长安的东南大门，因为荆襄一带的兵马可以从邓州（今河南省邓州市）方向杀入关中。邓州在长安城东南方向六七百里之外，属山南东道（治襄州），当时还不为黄巢所控制。

黄巢决定派人夺取邓州。881年（唐僖宗广明二年）二月，黄巢任命朱温为"东南面行营都虞候"，派朱温去夺取邓州。三月，朱温到达邓州城下，唐朝邓州刺史赵戒坚守城池不出战。朱温下令强攻，赵戒不能固守，城破被擒。

四月，大齐的三位刺史来到邓州，对朱温说，皇帝黄巢已经失去长安。这三位刺史是同州（今陕西省大荔县）刺史王溥、华州（今陕西省渭南市华州区）刺史乔谦及商州（今陕西省商洛市）刺史宋岩。三位都是关中地区重要州郡的刺史，朱温对他们的话不能不信。那么朱温该当如何呢？是投降唐朝，还是坚守邓州？我们先说说刚刚夺取长安的黄巢是如何这么

快就丢掉长安的？

话说唐僖宗逃出长安后，一路西去，途中遇到前来迎接的凤翔（治凤翔府）节度使郑畋。郑畋请唐僖宗驾临凤翔，唐僖宗说道："贼势太甚，朕不想与贼离得太近，朕准备暂且驾幸兴元府（今陕西省汉中市），然后征调各镇兵马收复长安。卿当集结兵马，前往东方抵御贼寇，再建大功。"郑畋说道："陛下西去，道路阻塞，奏表不畅，请准许臣便宜从事。"唐僖宗恩准。唐僖宗又给西川（治成都府）节度使陈敬瑄、东川（治梓州）节度使杨师立、山南西道（治兴元府）节度使牛勖下旨，说京城失守，暂且驾幸兴元，如果贼寇势盛，将驾幸成都，宜早作准备。

郑畋返回凤翔（今陕西省凤翔县）后，召集将领商议抵御黄巢。将领们看到黄巢兵马强大，都担心难以抵挡，纷纷说道："贼寇势力正盛，应当从长计议，等各镇兵马集结，再决定收复长安事宜。"郑畋正想早日建立奇功，不想听到将领们说这些丧气话，一时怒起，大声说道："诸位这是在劝我郑畋向贼寇称臣吗？"郑畋说完一口气没上来，晕了过去，跌倒在地，把脸都刮破了，从中午到第二天早上都不能说话。

就在郑畋昏迷之时，黄巢派使节来到凤翔，带着黄巢赦免郑畋的诏书，以期郑畋能够投降。由于郑畋昏迷在床不能说话，监军宦官袁敬柔与众将商议认为，应当向黄巢投降，于是与众将站成一排听使节宣读诏书。袁敬柔还代表郑畋拟表以谢黄巢。

不久，郑畋醒来，得知向黄巢投降一事，马上划破手指，用鲜血书写奏表，派亲信从小道送往唐僖宗处，以表明对唐朝的忠心。郑畋还向众将阐明什么是逆，什么是顺，众将都愿听从号令。郑畋再次划破手指，与众将盟誓。统一了军心鼓舞了士气后，郑畋传令整修城墙与护城河，打造兵器，训练士兵，秘密与邻近藩镇联络一同讨伐黄巢。

不久，曾任朔方（治灵州）节度使的唐弘夫与泾原（治泾州）节度使的程宗楚率部来到凤翔与郑畋会合。郑畋还拿出钱财发给各军，军势一时大振。为了让郑畋名正言顺地统领各镇兵马攻打黄巢，唐僖宗任命郑畋为"京城四面诸军行营都统"。唐僖宗还给郑畋授权道："凡奔赴国难有功将士，不论是蕃人还是汉人，都可直接任命官职。"郑畋于是任命程宗楚为"副都统"，唐弘夫为行军司马。

　　唐僖宗到达兴元府后，还给全国各藩镇下诏，出动所有兵马收复京师。当时全国有数十个藩镇，除北方少数藩镇割据一方，大多数藩镇都能够听从朝廷调遣。即使在唐僖宗逃往巴蜀之后，朝廷对这些藩镇还有一定的号召力。义武(治定州)节度使王处存听闻长安失守，大哭数日，不等唐僖宗的诏书，便派出全部兵马前往救援，还派两千人从小道前往兴元府，以保卫唐僖宗。

　　河中留后王重荣本已投降黄巢，后来黄巢不断派使前往河中，征集物资还有兵马，前后有数百名使节，河中官民不堪其苦。王重荣对众人叹息道："我屈节投降，就想纾解军府之患，现在不断征调财物，还要征兵，我灭亡的日子不远了，不如发兵抵抗。"王重荣于是把黄巢派来的使节杀掉，再与王处存结盟，以一同入关勤王。

　　王重荣、王处存即将从东边入关，郑畋则在西边继续号召各藩镇勤王，长安城里的黄巢决定再派将领王晖为使，前往招降郑畋。郑畋很坚定，仍然不为所动，还当场杀掉王晖。黄巢得到消息，非常恼怒，马上派出五万人马，由太尉尚让与将领王播统领，前往攻打郑畋。郑畋的兵马没有尚让多，决定以计取胜。郑畋派唐弘夫带领人马埋伏在要害之地，自己率数千兵马，带着旗帜，稀疏地插在高高的山冈上。尚让、王播认为郑畋不过是一位书生，根本没有把郑畋放在眼里，兵马竟然连队形都没有。当尚让到达一个叫龙尾坡(今陕西省岐山县西)的地方时，唐弘夫的伏兵突然杀出，尚让措手不及，两万余人被杀，尸体长达数十里。此战之中，来自博野军的一位叫宋文通的队长作战英勇，被升为神策军指挥使。

　　龙尾坡一战，鼓舞了正在向长安挺进的各镇勤王将士，就连已经投降黄巢的河阳节度使诸葛爽都向唐僖宗上表，请求回归唐朝。唐僖宗接受诸葛爽的回归，诏命诸葛爽还任河阳节度使。唐朝宥州刺史、党项族人拓跋思恭也聚集汉夷兵马，与鄜延(治鄜州)节度使李孝昌结盟，共讨黄巢。次月，朝廷任命拓跋思恭为夏绥(治夏州)节度使。奉天镇使齐克俭也派

人前往凤翔拜见郑畋,请求效力。

郑畋准备向黄巢发起主动攻击。881年三月,郑畋传檄天下,号召各藩镇合兵讨贼。黄巢得到消息,也感到非常害怕,不敢谋取京城以西的领地。郑畋及各路兵马很快就逼近京师。四月,行军司马唐弘夫屯于渭水北岸,河中留后王重荣屯于沙苑(今陕西省大荔县东南),义武节度使王处存屯于渭桥,夏绥节度使拓跋思恭屯于武功(今陕西省武功县),郑畋进驻盩厔(今陕西省周至县),泾原节度使程宗楚已经逼近长安。

面对各路兵马的逼近黄巢决定暂时撤出长安,向东而去。黄巢是四月五日离开长安的,也就是说,黄巢已在长安城里做了整整四个月的皇帝。黄巢东出长安后,程宗楚率先从延秋门攻入,唐弘夫随后也抵达长安,王处存率领的五千精锐也于当夜进城。城中百姓都非常欣喜,争相出来欢迎官军。有人还用瓦砾投掷农民军,有人拣起箭羽给官军使用。

黄巢离开长安,大齐的三位刺史来到邓州投奔朱温。朱温当时对黄巢还是非常忠心的。朱温坚定地相信,黄巢一定还会收复长安。朱温甚至对三位刺史来投一点也不感激,反而非常生气。朱温下令将王溥、乔谦斩首,而让宋岩返回商州。至于朱温为何要释放宋岩,史书上没有说明。

事实表明朱温的决定是正确的,黄巢不会这么快就失去多年奋战夺来的长安。却说唐朝各路兵马虽然攻入长安,但这些唐军真是乌合之众,特别是程宗楚还心怀鬼胎。程宗楚担心其他各路兵马分其功劳,因而并不告知凤翔、夏绥、鄜延三镇节帅他已攻入城中。程宗楚的军纪也极为败坏,将士们入城后不再战斗,反而闯入民宅,抢掠财物、民女。当时身陷长安的诗人韦庄有一首诗《睹军回戈》,述及唐朝官兵军纪败坏一事。诗曰:

> 关中群盗已心离,关外犹闻羽檄飞。
> 御苑绿莎嘶战马,禁城寒月捣征衣。
> 漫教韩信兵涂地,不及刘琨啸解围。
> 昨日屯军还夜遁,满车空载洛神归。

　　黄巢的农民军当时就露宿在长安城东的灞上,探知唐兵胡作非为,而且其余各部尚未抵达,于是传令反攻。唐朝官兵只顾抢掠,财物太多不便行动,被黄巢的农民军杀得惨败,程宗楚、唐弘夫也被杀死。这一战,唐军死亡十之八九,只有王处存收拾残兵返回大营。

　　五日后,即四月十日,黄巢再次返回长安城。大齐将士对长安百姓帮助唐朝军队非常愤怒,下令屠杀,一时血流成河。唐朝各路兵马撤退后,黄巢的农民军再次强盛。四月十三日,夏绥节度使拓跋思恭、鄜延节度使李孝昌的兵马才靠近长安,不想在长安西北的土桥被农民军击败。

　　郑畋率领的各路大军第一次攻打长安,先胜后败。唐僖宗便梦想着高骈能够发兵攻打黄巢。高骈作为淮南节度使,拥有唐朝最富有的江淮宝地,却不想帮助唐朝消灭义军。唐僖宗派去催促的宦官一个接一个,高骈仍是不发兵。唐僖宗仍抱幻想,又加授高骈为"东面都统"。然而高骈以风高浪急、日期不吉为由没有出兵。

　　与高骈相比,忠武监军宦官杨复光就非常忠于唐朝,也在积极谋划进京勤王。一天晚上,已经向黄巢称臣的忠武节度使周岌摆下宴席,请杨复光赴宴。杨复光不担心此宴可能是鸿门宴,毅然前往赴宴。酒过三巡,周岌谈到了唐朝,杨复光不禁潸然泪下。过了好久,杨复光终于说道:"大丈夫不能忘却的,就是恩义。节帅从一介平民升为公侯,为何舍弃大唐十八世天子而向贼寇称臣?"周岌听后,也流下泪道:"我不能独自抵御贼寇,故而表面上称臣,而心里实要图谋之。今天请公来,正是为了此事。"说完,二人洒酒在地,一同盟誓。当天晚上,杨复光就派义子杨守亮到驿站将黄巢的使节杀掉。

　　忠武辖区内有一个州,叫蔡州(今河南省汝南县),这个州的刺史名叫秦宗权。秦宗权不接受周岌的决定,也就是仍想忠于黄巢的大齐。杨复光带领三千人马前往蔡州,劝说秦宗权一同发兵讨伐黄巢。秦宗权终于同意,便派将领王淑率三千人马跟从杨复光。岂料王淑也不肯去攻打黄巢,故意逗留不进。杨复光攻打黄巢的决心很强,便将王淑杀死,将其兵马兼并。

　　杨复光将合并后的将士分为八都,任命牙将鹿晏弘、晋晖、王建、韩建、张造、李师泰、庞从等人为都头。遗憾的是,史书上只列出七位都头的名字。其中鹿晏弘、王建与韩建三人在本书中多次提到。三人中,王建更是一位了不起的英雄。王建时年三十五岁,字光图,许州舞阳县(今河南省舞阳县)人。秦宗权招募兵马时,王建开始从军。《新五代史》说王建长得相貌奇伟,眉额宽凸,年轻时是个无赖,以杀牛、盗驴、贩卖私盐为业,乡里人都称他为"贼王八"。《旧五代史》中倒是没有这样描述王建。

　　再看杨复光带着八都兵准备首攻何处。杨复光还真有头脑,他决定到邓州攻打黄巢的将领朱温。倒不是杨复光与朱温有仇,而是杨复光认识到邓州的重要性。杨复光不日来到邓州城下,与朱温发生激战。史书未能详细记载这场战斗,只是简略地说朱温战败撤向长安。我们完全可以想象,杨复光的八都兵马一定非常英勇,八位都头也一定冲杀在前。值得注意的是,邓州城下的这场战斗,朱温与王建应当是第一次见面,只是第一次见面就是一场激战。

　　杨复光击败朱温,夺取邓州,长安的东南大门就失守了。然而黄巢并没有因此而责怪朱温。史书记载,朱温于当年六月回到长安时,黄巢亲自到灞上慰劳他。不久,黄巢又将朱温派往前线。原来是拓跋思恭与李孝昌重整兵马,于七月进驻东渭桥,逼近长安城。九月,朱温与李孝昌、拓跋思恭在东渭桥发生交战,不利。黄巢又派太尉尚让率部前来增援,李孝昌与拓跋思恭大败,撤向北边的富平县。十一月,朱温与将领孟楷一起再向李孝昌与拓跋思恭发起进击,取得大胜,李孝昌与拓跋思恭率残部逃回本镇。

第5章　背叛黄巢,朱温归唐

　　勤王军统帅郑畋怎么也没有想到,就在各路勤王军不断遭败之时,他的节度使大权竟然被属下给夺了。881年(唐僖宗中和元年)九月,行军司马李昌言奉命带领凤翔(治凤翔府)兵马驻屯在兴平(今陕西省兴平市)。当时凤翔府库中已经没有军资,粮草不济,士气低落。李昌言便以犒劳不足为借口,激怒部众,并于十月率部返回凤翔。郑畋看到李昌言突然返回,一刻也不敢留在城中,只想平安地离开。郑畋对士兵们说道:"行军司马如能带好兵马,爱护民众,为国讨贼,也算是顺守。"郑畋将藩镇事务交给李昌言,便前往西川(治成都府),投奔唐僖宗。十一月,唐僖宗任命郑畋为太子少傅,同时任命李昌言为凤翔节度使。

　　郑畋被削了职,勤王军便没了统帅,另一宰相王铎便被起用。王铎曾在朝中与卢携、郑畋一同为相,后在荆南(治江陵府)御敌不力被贬。当年二月时,王铎已被起用,由太子少师升任守司徒、兼门下侍郎、同平章事,恢复了宰相职务。十二月,王铎听说郑畋解职,认为担任东面都统的淮南(治扬州)节度使高骈无心讨贼,自己又身居宰相之首,便想带兵作战,以助朝廷讨伐黄巢。唐僖宗一开始并不准许,后来王铎不断上表请求,还痛哭流涕,唐僖宗只好恩准。

　　882年(唐僖宗中和二年)正月,唐僖宗任命王铎兼中书令,担任"诸道行营都都统",还暂时担任义成(治滑州)节度使。唐僖宗又任命太子少师崔安潜为"诸道行营副都统","右神策观军容使"西门思恭为"诸道行营都都监",忠武(治许州)节度使周岌、河中(治河中府)节度使王重荣为左右司马,河阳(治孟州)节度使诸葛爽、宣武(治汴州)节度使康实为左右先锋使,义武(治定州)节度使王处存、鄜坊(治鄜州)节度使李孝昌、定难(治夏州)节度使拓跋思恭为京城东北西面都统,忠武监军杨复光兼"南面行营

都监使",感化(治徐州)节度使时溥为"催遣纲运租赋防遏使",陕虢道(治陕州)观察使王重盈为"东面都供军使",凤翔节度使李昌言为"京城西面都统",邠宁(治邠州)节度使朱玫为"河南都统"。

唐僖宗也授权王铎可以自行任命将领,同时罢免淮南节度使高骈都统及诸使之职,只担任"盐铁转运使"。高骈接到诏令,心中十分不悦,便写了一首诗。这里要交代一下,高骈在晚唐不仅是名将,也是一位诗人。高骈的这首诗是《闻河中王铎加都统》:

炼汞烧铅四十年,
至今犹在药炉前。
不知子晋缘何事,
只学吹箫便得仙。

王铎集结兵马准备攻打长安,而长安城里的大齐皇帝黄巢也在行动。黄巢这回要解决的是同州(今陕西省大荔县)。同州距长安两百里,是长安的东大门,本来一直在黄巢的统辖下,后因刺史王溥的弃守而被唐朝兵马占领。那么黄巢会让谁来夺取并镇守同州呢?黄巢又将这一艰巨任务交给了朱温。黄巢先任命朱温为同州刺史,令其攻取后赴任。朱温率所部兵马前往攻打同州,唐朝同州刺史米诚不敌,弃城向河中(今山西省永济市)逃去。朱温不想放过米诚,率部向东追击,一直进入河中辖境。河中节度使王重荣得到消息,立即率部抵御朱温。朱温不敌王重荣,便返回同州,当起刺史来。

同州是拿下了,但唐朝各路兵马在王铎的带领下再次逼近长安城。四月,王铎率西川、东川、山南西道三镇所派兵马进驻灵威寺(今陕西省富平县西),泾原(治泾州)兵马进驻京城西郊,义武、河中兵马驻屯渭水北岸,邠宁、凤翔兵马进驻兴平,保大、定难兵马进驻渭桥(今陕西省西安市高陵区南),忠武兵马进驻武功(今陕西省武功县)。随着唐朝各路大军向长安城进逼,大齐皇帝黄巢的领地越来越小,号令不出同、华(今陕西省渭南市华州区)二州。

唐朝的兵马与黄巢的农民军对峙于长安,一时没有交战。由于战乱连年,百姓为躲避战乱,都逃到深山远谷之中,构筑坞栅自保,耕田播种之事全部荒废。长安城中严重缺粮,一斗米卖到三十贯钱。不仅城中的黄巢缺粮,唐朝的官军也同样缺粮。史书上说,黄巢的士兵将人肉卖给官军,官军也到山寨中捉拿百姓来卖,一个人值数百贯钱,按肥瘦论价。

五月,长安城内的黄巢还是先发兵了,可能是被困得吃不消了。黄巢首先攻打长安城西边的兴平。兴平一战,黄巢的义军获胜,邠宁、凤翔兵马撤往西北方向的奉天(今陕西省乾县)。两月后,黄巢又派太尉尚让率兵北上攻打宜君寨(今陕西省宜君县)。宜君寨在长安城北两百余里之外,两月前王铎亲率的三川兵马就驻屯在长安城北一百余里外的灵威寺。限于史料,不知王铎当时是不是已经北撤到宜君寨?如果王铎已经北撤,那黄巢派尚让这样的重要人物去攻打是可以理解的。如果尚让获胜,再消灭了王铎,那唐朝各路兵马就失去了主帅,遗憾的是,老天在刚刚入秋的时候却下起了一场特别大的雪。雪深一尺有余,尚让的兵马冻死十之二三。

尚让北征失利,唐朝各路兵马再度向黄巢的领地逼近。八月,河中节度使王重荣联合各路兵马逼近朱温驻守的同州。朱温不能抵敌,多次向黄巢请求增援。如果黄巢接到朱温的求援奏书,不会不理朱温,毕竟朱温是其重要将领,还镇守一方,也得到其高度信任。然而有人从中作梗,这人便是知右军事孟楷。我们不知道从什么时候开始,孟楷便与朱温不和,要知道在去年十一月时,二人还一同北上富平攻打李孝昌与拓跋思恭,也取得了大胜。现在朱温面临强敌,孟楷却压住他的告急文书不上报。

史书上说朱温一共上达了十次告急文书,都被孟楷压着不报给黄巢。朱温此时可能还没有动摇,但其门客谢瞳却在劝其择主而事了。谢瞳说道:"黄巢起于草莽,趁着唐朝衰乱,不过是侥幸夺得长安,根本没有什么功德以建立帝王的基业,不可能与其共成大事。现在天子在蜀,各藩镇兵马正向长安逼近,这表明唐朝尚未被人厌弃,其功德仍在。再者,将军奋

力在外作战，而庸人在内控制，这就是当年章邯背秦归楚的原因啊。"元从都将胡真也劝朱温弃暗投明。

朱温终于心动了。九月，朱温派人与王重荣联络，准备向唐朝投降。为表决心，朱温还杀掉了黄巢所派的监军宦官严实。王重荣接到朱温投降的请求，也感到非常高兴，当天就派人快马奏报唐僖宗。在成都的唐僖宗接到王重荣的飞章奏报，大喜道："这真是老天赐予朕的啊。"唐僖宗马上下诏，任命朱温为左金吾卫大将军、河中行营副招讨使，还给朱温赐名"朱全忠"。

且不看唐僖宗给朱温所任命的官职大小，就看给朱温所赐的名字，就说明唐朝当时对朱温的归降多么重视，也说明朱温这个人在唐朝与黄巢之间是多么关键。传统小说上讲，赐名"全忠"二字有些过分，拆开来就是"人王中心"四个字，对唐朝来说不吉利。朱温一生三个名字，每个名字代表了其不同的人生阶段，从现在开始，本书就要称朱温为朱全忠了。朱全忠还与王重荣叙亲。由于朱全忠的母亲姓王，朱全忠就攀认王重荣为舅舅。从此朱全忠率部与河中兵马同行，所到之处无不获胜。

由于朱温归唐，也得到唐朝的厚待，黄巢所任命的华州刺史李详也准备向唐朝投降。如果华州也失去，黄巢所控制的领地将更加狭小，对黄巢将极为不利。也许是黄巢气数未尽，李详的密谋竟然被监军宦官得知。监军宦官马上派人将此事秘密报与长安城中的黄巢。黄巢岂能任由华州丢失，马上派人将李详杀掉，还派兄弟黄思邺前往华州担任刺史，由此可见黄巢对华州的重视。

河中节度使王重荣眼看着就要像收复同州一样收复华州，不想华州又来了一个黄思邺。王重荣感到黄巢的势力还很强，王重荣对此非常忧虑。王重荣对南面行营都监使杨复光说道："向贼称臣则有负国家，讨伐贼寇则又力量不足，如之奈何？"

杨复光向王重荣推荐了沙陀叛将李克用。杨复光说道："李克用骁勇异常，手握强兵。李克用父亲李国昌曾与我的先人一起共事，关系友善。李克用也有报国之志，之所以没有前来，是因为与河东（治太原府）结下仇隙。如果将皇上的谕旨送给河东节度使郑从谠,再诏令李克用南下勤王,李克用一定能够到来。李克用一旦到来,贼寇就不难平定。"诸道行营都都统王铎也在河中,听了此言,也认为有理。王铎承制下诏,令李克用南下勤王,同时也给郑从谠送去诏书,说明此事。

第6章 入关勤王,击破黄巢

李克用入关勤王是有波折的。

早在881年三月,为响应郑畋号召而南下勤王,代北监军陈景思与沙陀酋长李友金等人在代州(今山西省代县)招募兵马。十天时间,陈景思招募了三万兵马,都是北方的杂胡。这些胡人士兵粗犷凶悍,根本无法控制。李友金对陈景思说道:"现在虽有数万兵马,如果没有有威信的将领统领,最终仍是不能成功。我兄长李国昌及其子李克用勇略过人,为众所信服。当快马奏请天子赦免其罪,再将他们召来为帅,旌旗一挥,则代北民众会群起响应,贼寇不难平定。"

陈景思便派使前往叩见唐僖宗。唐僖宗这时也不再计较李国昌、李克用之前的叛逆行为,马上下诏赦免李国昌、李克用,并命李克用率兵勤王。李友金接到朝廷的回复,立即派五百名骑兵带着唐僖宗的诏书前往达靼(今内蒙古阴山以北)迎接李克用。李克用接诏后,率达靼部一万人马前往代州,与沙陀兵马会合后,继续南下。

五月,李克用到达河东(治太原府),将兵马驻扎在汾水东岸,与河东节度使郑从谠所在的晋阳城(今山西省太原市)一河之隔。李克用用牒文通知郑从谠,称自己奉诏率五万兵马南下讨伐黄巢,请沿途准备酒食、军资。面对李克用的沙陀兵,郑从谠非常谨慎,虽然也在准备酒食粮草,但同时也传令紧闭城门,严加戒备。郑从谠如此谨慎,不是没有道理,因为李克用曾经入侵河东,而且郑从谠并不知晓唐僖宗已经赦免李克用。郑从谠没有马上将粮草送与李克用,决定先到李克用军中犒劳,答复李克用正在准备。然而一连几天仍未见粮草发放,李克用很不高兴,亲自来到晋阳城下大声呼叫,要郑从谠出来答话。郑从谠只好登上城楼道歉。数日后,郑从谠只拿出一千贯钱、一千斛米。

　　李克用对郑从谠提供的这些钱物非常不满意，第二天就命令将士们在晋阳城外四处抢掠，城中大为惊恐。郑从谠连忙派人快马北上，向振武（治安北都护府）节度使契苾璋求救。契苾璋率突厥、吐谷浑兵马不久便抵达晋阳，击破沙陀两处营寨。李克用反击，契苾璋不敌，便撤回晋阳城中，李克用则在阳曲、榆次抢掠一番。

　　六月，连降大雨，李克用决定放弃南下，准备北返。北返途中，李克用又攻陷了河东的忻州（今山西省忻州市）、代州。消息传到晋阳，郑从谠派教练使论安率军进驻百井（今山西省阳曲县西北），严密戒备。不久，契苾璋也率部北返。此后的一年多，李克用一直占据着河东的忻、代二州。从李克用私自攻占忻、代二州来看，李克用已经再度叛唐。

　　882年八月，李国昌觉得儿子李克用已经在忻、代二州站稳脚跟，有了属于自己的领地，便带领部众从达靼来到代州。李克用也想回归唐朝，便多次给唐僖宗上表，只是一直没有得到批准。十月，唐僖宗还给义武（治定州）节度使王处存下诏，让王处存告诉其亲家李克用："如果诚心归附，就回到朔州（今山西省朔州市），等候朝廷诏命。如果横行如故，必将诏命河东、大同两军一同讨伐。"李克用没有奉诏。

　　不数日，王铎承制下达的诏书到达代州，令李克用进京勤王，李克用决定率部南下。随同李克用出征的将领有李克修、康君立、薛志勤、李存信、李存进、李存璋、李存贞等。李克修是李克用的堂弟，二十四岁，年少时便能骑马射箭。康君立三十六岁，蔚州兴唐人，世代为边地豪强。薛志勤四十六岁，蔚州奉诚人，小字铁山，勇猛绝伦。李存信二十一岁，李克用义子，本名张污落，回鹘族人，机智、狡猾，懂四夷语言、通六蕃文字。李存进二十七岁，与李克用同年，也是李克用义子，本名孙重进，振武人，沉稳果断。李存璋年龄不详，也是李克用义子，云中人。李存贞在史书上记述不详，从名字上看，也像是李克用的义子。

　　顺便说说李克用的另一义子李存孝，这位可是大名鼎鼎的晚唐第一好汉。李存孝本名安敬思，年龄不详，代州人，沙陀族，李克用代北起兵时得到他。小说家把李存孝写成李克用身边的主要将领，尤其在入关攻打黄

巢时，不能少了李存孝，但遗憾的是，史书上没有明确记载李存孝跟随李克用入关。

十一月，李克用率一万七千名沙陀兵绕道从岚州、石州前往河中（今山西省永济市），不敢再进入太原境内。当从太原西边经过时，李克用还是想到晋阳城去向河东节度使郑从谠道别一下。李克用当然没有带着全部兵马前往晋阳，否则还可能出现与上次一样受阻的情况。李克用只带数百名骑兵来到晋阳城下，向郑从谠道别。郑从谠当时也接到了王铎发来的诏书，知道李克用南下是为了讨伐黄巢。李克用非常恭敬，郑从谠也不能无礼，便给李克用送了名马及财物。

唐僖宗也原谅了李克用，毕竟唐朝当时太需要李克用这样的勤王军。唐僖宗在外流亡也快两年了，各路勤王大军仍没有消灭黄巢而夺回长安。唐僖宗可不想老死在成都，一定想着像当年唐玄宗那样有朝一日返回长安。唐僖宗还要给李克用一个满意的官职。十二月，唐僖宗下诏对大同、河东这两个藩镇做一些调整：撤销大同这个藩镇，成立新的藩镇，名称为雁门，同时将河东所辖的代州也划归雁门管辖，李克用为雁门节度使。

就在当月，李克用率沙陀兵抵达河中，与王重荣会合，兵马已达四万。此时的王重荣已经被任命为同平章事，当了使相，而且还收复了华州。这倒不是王重荣击败华州刺史黄思邺，而是华州士兵对刺史李详被杀不满，便发动兵变赶走黄思邺，再拥立镇使王遇为首领，并以华州向王重荣投降。王铎也承制任命王遇为华州刺史。至此，黄巢的大齐国范围更加狭小，东边的同、华二州已经全部丢失，长安城东边门户大开。

李克用到了河中，并没有做多少休整，即准备投入战斗。一直很自负也有些嚣张的李克用这回也很谨慎。李克用先派堂弟李克修带领五百人西渡黄河，做试探性地进攻。岂料李克用的四万沙陀兵尚未入关，便让黄巢的农民军感到害怕。史书上说，唐朝各路勤王军都惧怕黄巢的农民军，现在李克用来了，轮到农民军害怕了。农民军纷纷说道："乌鸦军来了，应当避避其锋芒。"乌鸦军就是指李克用的沙陀军，因为这支士兵都穿着黑色的衣服，李克用也被称为"李鸦儿"。

听闻沙陀兵马到来，黄巢也感到担忧。黄巢决定向李克用示好。却说数年前李克用背叛唐朝时，兄弟李克让正在长安。李克让害怕朝廷捉拿他，便和奴仆浑进通逃往南山之中。南山寺庙中的一个和尚杀害了李克让，浑进通逃了出来，投奔了黄巢。现在黄巢命人逮捕南山寺庙中十多个和尚，派将领米重威与浑进通带着这群和尚以及诏书、重金前往拜见李克用，以图与李克用结好。浑进通到了河中，见到李克用。李克用首先痛哭一番，接着传令将这十多个和尚全部杀掉。李克用将黄巢的诏书烧毁，将重金分给众将，再将米重威送回长安。

李克用不再试探攻击，直接率兵从夏阳(今陕西省合阳县东南)西渡黄河，进驻同州(今陕西省大荔县)。朱全忠当时就镇守在同州，很可能就在这时与李克用首次相见。我们不妨对比一下朱全忠与李克用这两位冤家。李克用时年二十七岁，而朱全忠已经三十一岁。李克用已是雁门节度使，而朱全忠是河中行营副招讨使。显然李克用当时无论是官职还是实力都要强于朱全忠。限于史料，我们无法知道李克用与朱全忠相见的情形，不知是惺惺相惜还是互为猜忌？

883年(唐僖宗中和三年)正月一日，本是新年第一天，李克用的兵马就与大齐的兵马发生交战。李克用派的将领是李存贞，大齐的将领是黄巢的亲兄弟黄揆，交战地点在同州城东南方的沙苑。沙陀兵确实勇猛，首战告捷，李存贞大胜黄揆。第二天，李克用进驻沙苑。当天，王铎任命李克用为"东北面行营都统"，杨复光为"东面都统监军使"，陈景思为"北面都统监军使"。

随着李克用的沙陀军加入勤王大军，唐僖宗准备撤销王铎的"诸道行营都都统"一职。这当然也是大宦官田令孜的决定。田令孜这样做，主要有两个目的。一是将大权收回北司；二是取悦杨复光。田令孜对唐僖宗所说的理由是王铎统领各道兵马讨伐黄巢，久而无功，最后还是采用杨复光的建议，将背叛唐朝的沙陀兵召来。唐僖宗完全听从田令孜，马上下诏，让王铎只任义成(治滑州)节度使，令其立即前往滑州(今河南省滑县)赴任。田令孜也认为自己在建议唐僖宗驾幸蜀地等事务上有功，让各位

宰相、各藩镇上表为自己请赏。唐僖宗任命田令孜为"十军兼十二卫观军容使"。

李克用的沙陀兵在渭水北岸继续向西推进。二月十五日,李克用挺进到同州西边的乾坑。河中、义武、忠武三藩镇的兵马也陆续抵达乾坑,与李克用会合。李克用与各部兵马会合于乾坑,目的何在?原来大齐太尉尚让正率十五万兵马驻屯在渭水南边的梁田陂(今陕西省华阴市西南),与李克用一河之隔,李克用想与尚让的主力兵马决战。李克用于是率先南渡渭水,于第二日到达梁田陂,尚让也立即传令迎战。这场战斗非常激烈,从中午一直战斗到傍晚,结果是尚让大败,被俘被杀者数万人,尸体横卧三十里。

史书关于梁田陂一战记述得不够详细,但这场战斗非常关键。这场战斗之所以唐朝兵马获胜,至少有两个原因:一个是李克用率领的沙陀兵非常英勇,起了重要作用;另一个是尚让未能利用渭水防备唐朝兵马,比如半渡而击。当然我们在肯定沙陀兵马在这场战斗中的作用时,也不能抹杀唐朝各镇兵马的作用。以前郑畋也好,王铎也罢,各路兵马时胜时败,最终未能取得决定性的胜利,主要是各路兵马中没有坚定作战的主力兵马,现在有了李克用的沙陀兵,各路兵马也就跟着踊跃向前了。

就在尚让与李克用大战梁田陂时,黄巢的兄弟黄揆与将领王璠攻克华州,黄巢再次任命兄弟黄思邺担任华州刺史。华州再度归属大齐,也成了李克用攻打长安的障碍,李克用下一步便准备攻打华州。二月二十七日,李克用到达华州城下。黄思邺、黄揆坚守城池,李克用不能攻克。李克用担心大齐的兵马会从渭水北岸进袭,便又分一部兵马北渡渭水,驻屯在渭水北岸。

消息传到长安城,黄巢开始考虑后路。黄巢所在的长安城,由于长期被各路兵马围困,城中粮草早已不济。黄巢这回可不是考虑暂时撤退到不远处的灞上,而是要完全撤出关中。为了顺利撤出关中,黄巢先派出三万兵马前往东南方向的蓝田(今陕西省蓝田县),以控制向东南方向撤出的通道。虽然黄巢在秘密部署撤离,但仍在调兵援救华州,毕竟两位兄弟被围困在华州。三月六日，黄巢再派太尉尚让率部前往华州。尚让自从惨败于梁田陂，所部兵马伤亡严重，能战兵马也为数不多。

且说李克用与王重荣得到尚让来援华州的消息，决定分兵西进迎战尚让。这是一个围城打援的战例。两部在零口（今陕西省西安市临潼区东北）发生激战，尚让再次大败，率残兵向长安城撤退。李克用率部向前挺进到渭桥，离长安城只有数十里远，长安城内一片惊慌。这时李克用又施一计，命将领薛志勤、康君立带少部人马悄悄进入长安城，焚烧黄巢粮草，杀死黄巢士兵，随即又迅速返回渭桥。李克用这个计策让长安城中的大齐兵马更为恐慌。

从三月上旬到下旬，李克用没有向长安城发起进攻，但这已经让黄巢的将士如同惊弓之鸟。李克用此时在考虑什么呢？那就是收复华州。李克用认为，只有收复华州，才能毫无后顾之忧地攻打长安。三月二十日，当李克用再度向华州城发起进攻之时，被困已久的黄揆、黄思邺兄弟弃城而逃，李克用终于收复了华州。

李克用继续向西挺进，不日到达长安城外，会合忠武、河中的兵马在渭水南岸与大齐兵马交战。数日后，义成、义武两镇兵马也已抵达，立即投入战斗，大齐兵马慌忙退到城中。四月五日，这是一个特别的日子，两年前的这一天，黄巢曾撤出长安城。现在，李克用与各路兵马一起从光泰门向长安城攻入，黄巢亲率兵马迎战。黄巢不能取胜，下令焚烧宫殿，向蓝田方向撤去，李克用率部追击。黄巢兵马死伤很多，投降的也很多。史书记载，进入长安城的唐朝各路兵马竟忘记与黄巢作战，开始抢劫城中财物。一直对黄巢义军不作正面记载的正史这样评价唐朝官军："官军暴掠，无异于贼。"黄巢一路上也扔下不少财物，唐朝官军争相抢夺，致使黄巢逃出长安城。

有意思的是，黄巢于880年十二月五日进入长安，又于881年四月五日暂撤长安，最后于883年四月五日完全撤离长安，从此再也没有返回长安。黄巢在长安城整整待了两年四个月，虽然只拥有关中一小块地方，但两年多的时间也不算短，长安一带的百姓一定已经记得黄巢与他的"大齐"。

晚唐著名诗人韦庄便陷在长安两年有余。却说黄巢刚占长安时,四十五岁的长安人韦庄正准备参加科举,尽管他曾经屡试不第。科举没有参加成,韦庄还与弟弟妹妹失散。韦庄对黄巢控制下的长安以及唐朝官兵与黄巢的交战都有见闻,长诗《秦妇吟》便记述当时之事。韦庄也正是凭借这一首长诗被人称为"秦妇吟秀才"。在这首诗中,韦庄不仅讲述黄巢义军击败官兵占领长安后的景象,还讲到了官兵抢掠百姓,给人民带来的巨大灾难。限于篇幅,此处不录此诗,读者自可查阅。

京城长安终于收复了,这样的大好消息当然要快速地奏报给远在成都的唐僖宗。忠武监军杨复光马上派人前往成都报捷。唐僖宗及朝中百官听到消息都非常高兴。五月,唐僖宗论功行赏,加授李克用等人为同平章事,李克用从此也当了使相。李克用时年二十八岁,在各路将领中年龄最小,而破黄巢、收长安功劳居首。李克用的沙陀兵马也是各路兵马中最为强盛的,各路将领都敬畏李克用。

讲了唐朝对李克用的封赏,不得不再提一下本书的第一主角朱全忠。在五月的封赏诏书中,没有提到朱全忠,这是为什么呢?难道朱全忠没有功劳?当然不是。因为早在三月,唐僖宗就专门为朱全忠颁诏,升任朱全忠为宣武(治汴州)节度使。宣武正是朱全忠老家宋州所在的藩镇。由于朱全忠正参与攻打长安,所以朝廷令朱全忠在收复长安后再前往宣武赴任。现在长安收复了,李克用北返雁门,朱全忠也前往宣武赴任。

第7章 赴任宣武,增援陈州

宣武军(治汴州)共辖四个州,即汴州、宋州、亳州与颖州,治所在汴州(今河南省开封市)。其中汴、宋二州当时正发生饥荒,无论是官府还是百姓都很穷困。不仅如此,宣武军内有蛮横的骄兵,外有强大的贼寇,没有一天不发生战斗,危机重重,军民忧惧。时年三十二岁的朱全忠面对宣武这样一个藩镇又是什么样的心情呢?史书上说,朱全忠是信心百倍,还更为振奋。看来,平民出身的朱全忠也有着坚韧不拔的毅力,在艰难困苦面前不会退缩。883年(唐僖宗中和三年)六月,朱全忠只带数百人便前往汴州赴任了。

有哪些将领跟随朱全忠到达宣武呢?根据史书记载,比较明确的有朱珍、庞师古、丁会、徐怀玉、邓季筠、胡真、张存敬、郭言、刘康义等。这些将领在黄巢义军中便跟随朱全忠。朱珍,徐州丰县(今江苏省丰县)人,非常善于治军,到宣武后就负责训练兵马、制定军纪。庞师古,曹州南华县(今山东省东明县)人,性格忠正,常侍朱全忠左右。丁会,寿州寿春县(今安徽省寿县)人,年轻时擅长挽丧之歌,歌声特别凄厉而感人,丁会为此沾沾自喜。徐怀玉,本名徐琮,亳州焦夷县人,和朱全忠一样出身微贱。邓季筠,宋州下邑人,到宣武后担任牙将。胡真,江陵人,体貌雄壮,身高七尺,善于骑射,曾劝朱温归降唐朝。张存敬,亳州人,性格刚直,很有胆量,因甘居人下而受人亲近,到宣武后任右骑都将。郭言,太原人,刚直、勇猛,被朱全忠称为自己的虎侯,到宣武后担任骑兵将领,很得士兵之心。刘康义,寿州安丰县人,本以农桑为业,被义军掳去为兵,善使矛槊,沉默寡言,勇武有力。

史书上说朱全忠只带数百人到达宣武,那么宣武作为一个藩镇,自当有一支兵马,也有一些官员。这里介绍刘捍、寇彦卿、杨彦洪、李思安与王

檀。刘捍是汴州人，宣武牙军，朱全忠到宣武后，看到刘捍聪明机敏，熟悉宾礼，善于迎送，便擢升其为副典客，担任客将。寇彦卿时年二十二岁，字俊臣，汴州人，是将门弟子，身高八尺，高鼻梁，四方脸，声如洪钟，善骑射，喜爱看书读史。寇彦卿善于揣测朱全忠的想法，深得朱全忠的信赖。杨彦洪在史书上记载不详，只知其是宣武的一位旧将。李思安时年二十三岁，陈留张亭里人，身高七尺，有志向，爱好拳术，善使飞矛，早年便是杨彦洪麾下的骑兵。朱全忠看到李思安，甚为赞赏，为其取名思安，字贞臣。王檀时年十八岁，字众美，京兆人，聪明英武，仪表俊美，好读兵书，通晓兵略，出身官宦之家，早年便在宣武跟随杨彦洪。朱全忠到达宣武后，王檀担任小校。

　　朱全忠到了宣武不久，裴迪、氏叔琮、王虔裕三人来到汴州。裴迪，字升之，年龄不详，河东闻喜人，聪明机敏，善治财赋，精于簿书。朱全忠任命裴迪为节度判官。朱全忠征战四方，常留裴迪在汴州调拨军需、掌管钱财。朱全忠还在府门前张榜，声明把军中事务留给自己，而把财物、狱讼之事交给裴迪。氏叔琮，年龄不详，尉氏人，勇猛沉毅，胆力过人。朱全忠到宣武后，招募兵马，氏叔琮入伍为骑兵，隶属庞师古麾下。王虔裕，琅琊临沂人，有胆有勇，善于射箭，起初为河阳节度使诸葛爽的将领，朱全忠到达宣武时，其部人马划归朱全忠，朱全忠让王虔裕统领骑兵。

　　朱全忠来到汴州担任宣武节度使后，有半年没有出战。在这段时间内，朱全忠做了些什么呢？一个是操练兵马，将领朱珍功不可没。还有一个便是派人前往萧县（今安徽省萧县）把母亲王氏接到汴州。

　　王氏当时仍在刘崇家做佣工，听说有官府公差来找她，还听说她儿子当了节度使，不仅不相信，还感到非常害怕。王氏对刘崇的母亲说道："一定是朱三走投无路，没有品行，做了贼寇死了，他怎么能有本事当上节度使呢？"王氏吓得竟躲了起来。

　　当然躲是没有用的，节度使大人的官差既然来了，不可能不找到王氏。官差见到王氏后，将朱全忠这些年的英勇事迹原原本本地说了一遍，王氏这才相信了，当时是悲喜交加。王氏最后同刘崇的母亲一起坐车前往汴州享福去了。关于刘崇的母亲也一起去汴州,不会是刘崇母亲自己的要求,一定是朱全忠的想法,这也说明朱全忠非常感激刘崇的母亲,因为小时候在刘崇家时,只有刘崇的母亲爱护他。顺便说一下,朱全忠也没有记恨刘崇,也让刘崇当官,一直做到刺史。

到了汴州,朱全忠为母亲摆宴,非常开心。出身平民的朱全忠这时不免有些骄傲,对母亲说道:"父亲读了一辈子的书,也没能考上个什么官。现在有我这样的儿子做了节度使,也无愧于先人了。"王氏听后并不高兴,过了片刻才说道:"你能当上节度使也算是英勇杰出,但德行未必比得上先人。"朱全忠听后不能理解,问母亲何出此言。王氏说道:"朱二和你一起投奔黄巢,却死在荒远的山岭之中,他的子女全在午沟里,你现在富贵了,难道不该关心他们吗?"朱全忠听后,马上哭着向母亲道歉。朱全忠于是又派人来到午沟里,把二哥朱存的子女全部接到汴州。《旧五代史》上说朱全忠对母亲非常孝顺,是士大夫的表率。朱全忠性格刚暴,杀人很多,母亲王氏常常告诫他,很多人得以活命。

讲完了朱全忠接母至汴州,还要讲一下朱全忠的"丽华之叹"。如果让小说家来编排的话,宁愿让朱全忠在当了宣武节度使之后,来一次衣锦还乡,然后再迎娶心中爱慕已久的富家女张惠。朱全忠早年在老家砀山(今安徽省砀山县)时,是一位穷困的农民子弟,而张惠却是砀山县的富家女,其父亲张蕤还曾做过宋州(今河南省商丘市)的刺史,那可是一位仅次于节度使的地方大官。那个时候的朱全忠根本配不上张家大小姐。然而,如果朱全忠在做了家乡的节度使之后,再来与张家大小姐谈婚论嫁,那会是怎样的情景呢?这恐怕是很多平民子弟的梦想吧,也是平民子弟最爱听的剧情了。

遗憾的是,正史上没有详细记载朱全忠与张惠的爱情故事。我们再来看看《北梦琐言》里关于二人爱情故事的记载。《北梦琐言》里说朱全忠在同州(今陕西省大荔县)时,在一次战斗中得遇张惠,二人遂结成夫妇。从这个情节来看,朱全忠尚未到汴州赴任节度使时便娶了张惠。如果是在同州相遇,那说明朱全忠当时仍是同州刺史,或者已经归唐但仍驻守在同

州,时间不会早于882年二月。按这个时间推算,朱全忠与意中人张惠成亲时不会小于三十一岁。在这个年龄之前,朱全忠已经娶妻生子,长子朱友裕便是朱全忠在离开家乡投奔义军前生的,后面再详加细述。

半年之后,战端又启。其实在朱全忠到达宣武不久,唐僖宗就曾颁下诏书,认为黄巢尚未平定,朱全忠还有招讨大任,因而加授朱全忠为东北面都招讨使。朱全忠一时并没有向黄巢用兵。883年十二月,陈州刺史赵犨派人向朱全忠求救,朱全忠遂再次发兵攻打黄巢。

话说大齐皇帝黄巢从长安撤出后,一路向东,于五月到达蔡州(今河南省汝南县)。蔡州本是忠武军(治许州)的辖区,秦宗权任刺史。881年八月,蔡州升为奉国军,秦宗权任防御使。当黄巢的前锋兵马在孟楷率领下到达蔡州时,秦宗权传令迎战。秦宗权一战即败,便向黄巢的义军再次投降。孟楷攻克蔡州后,进驻项城(今河南省沈丘县),准备攻打数十里外的陈州(今河南省淮阳县)。

陈州刺史赵犨是一位很有远见的人。当时黄巢还在长安城里时,赵犨便对将领们说:"黄巢如果不死在长安,就会向东逃走,而陈州首当其冲。再说黄巢一直与忠武有仇,我们不可不防。"赵犨于是传令加固城墙,修缮兵器,操练人马,广积粮草。陈州城以外六十里内的百姓都将粮草运到城中。赵犨还广招勇士,令其兄弟赵昶、赵玥、儿子赵麓、赵霖分而统领。

赵犨也是一位很会用兵守城的人。当黄巢的前锋孟楷开始攻打陈州时,赵犨下令先隐藏实力,示敌以弱。孟楷果然没有把赵犨放在眼里,竟然不加设防。赵犨看准时机,率部出城攻打孟楷,竟将孟楷生擒、斩首。黄巢听报孟楷战死,非常吃惊,便将所有兵马全部进驻溵水县(今河南省项城市西北),准备大举进攻陈州城。

六月,黄巢会合秦宗权的兵马,开始围攻陈州。黄巢命将士挖掘五重深沟,兵分十处攻打陈州。陈州城内的兵民看到农民军这样的架势,非常害怕。赵犨对众人说道:"咱们忠武军向来以义勇著称,陈州更是劲旅。再者,我们赵家很久以来就吃陈州的薪俸,誓与陈州共存亡。大丈夫应当死中求生。就是殉国而死,也比向贼寇称臣而活着强。"赵犨多次带领精锐，打开城门出战，总能将农民军击败。黄巢听报后，更加恼怒，决定在陈州城北营建宫室，设立百司，以作持久之计。

从六月到十一月，黄巢一直在围困陈州。陈州城中的赵犫知道，虽然自己城中的粮草可以坚守一年，但黄巢一直围困不走终不是办法。十二月，赵犫派人悄悄出城，向邻近的藩镇求救。忠武节度使周岌、感化（治徐州）节度使时溥、宣武节度使朱全忠率兵响应，纷纷来援陈州。朱全忠的兵马在鹿邑（今河南省鹿邑县）与黄巢的农民军发生激战，杀死农民军两千余人。

884年（唐僖宗中和四年）正月，忠武、感化、宣武三镇兵马仍不能战胜黄巢的围城大军，周岌、时溥、朱全忠三位节度使认为还得请来救兵方能解陈州之围，于是派人北上，再请李克用率沙陀兵南下。

第8章　王满渡口，再创义军

883年(唐僖宗中和三年)七月，雁门(治代州)节度使李克用率沙陀兵从长安北返，前往代州(今山西省代县)。途中，李克用接到唐僖宗的诏书，调其任河东(治太原府)节度使，原河东节度使郑从谠调往朝中任职。李克用没有直接前往晋阳(今山西省太原市)赴任，而是从晋阳东边的榆次县(今山西省晋中市)绕道前往代州，先拜见父亲李国昌。经过河东辖区时，李克用命人四处张贴告示，对河东军民说道："勿为旧念，各安家业。"意思是，过去的事就不要再放在心上了，大家都安居乐业吧。

八月，李克用到达晋阳，就任河东节度使。这时唐僖宗又颁诏，将雁门军改为代北军，并任命李国昌为代北(治代州)节度使。至此，李国昌、李克用父子均为节度使，并且所掌管的两个藩镇还靠在一起。尽管如此，李克用并不满足，一旦周边藩镇有事，李克用便趁机出兵，可以说比宣武(治汴州)节度使朱全忠率先开启了藩镇兼并的先河。

却说在河东南边有一个藩镇叫昭义，治潞州(今山西省长治市)，共辖五个州，分别是潞州、泽州(今山西省晋城市)、邢州(今河北省邢台市)、洺州(今河北省邯郸市永年区东南)与磁州(今河北省磁县)。昭义这个藩镇地跨太行山两侧，太行山西边是潞州、泽州，太行山东边是邢州、洺州、磁州。

昭义节度使原是高浔，曾率本镇兵马南下勤王。881年九月，高浔被将领成麟杀害，成麟又被天井关(今山西省晋城市南)的守将孟方立杀死。孟方立是邢州人，在杀掉成麟后，便率军返回邢州。昭义一时没有节度使，潞州将士请求监军宦官吴全勖担任"知留后"。一年后，孟方立将吴全勖囚禁起来，把昭义治所从潞州迁到邢州，自称留后。孟方立再上表推荐他的将领李殷锐为潞州刺史。

孟方立之所以把藩镇的治所迁到邢州,一来邢州是其家乡,也是他的根基所在;二来他认为潞州地势险要、民风剽悍,担心节度使的职位被人夺取。由于孟方立迁移治所,那些大将的家属与富户人家也要跟着迁移,潞州人非常不情愿。883年九月,昭义监军宦官祁审诲看到人心动荡,便命武乡镇使安居受带着蜡丸藏书悄悄前往晋阳,请李克用出兵,帮助把治所迁回潞州。

李克用接到祁审诲的书信,决定趁机占领潞州。十月,李克用派将领贺公雅带领兵马前往攻打潞州,不能取胜。李克用再派堂弟李克修率部前往。李克修攻克潞州城,杀死潞州刺史李殷锐,占领潞州。李克用虽然得到潞州,但太行山以东的三州仍在孟方立控制之中。李克用还不断派兵攻打太行山以东的三州,不少百姓成为俘虏,田地荒芜。

884年(唐僖宗中和四年)正月,李克用接到朱全忠等人的书信,决定再次南下,与黄巢的农民军作战。此次跟随李克用南下的将领有薛志勤、李嗣源、李存孝、史敬思以及监军陈景思等。李嗣源是李克用的义子,时年十七岁,沙陀人,本名邈佶烈,姓氏不明。

二月,李克用率五万汉胡兵从河东出发,为了走近路,准备从昭义辖区内的天井关经过,最后从河阳(治孟州)南渡黄河。由于昭义所辖的潞、泽二州已在李克用的控制之下,所以经过天井关没有什么顾忌,但要想经过河阳境内,就不得不向河阳节度使诸葛爽借道。

面对李克用率五万兵马借道,诸葛爽不敢答应。这也不能怪诸葛爽,李克用此次南下用兵,根本没有得到唐僖宗的旨意,谁知道会不会发生类似昭义那里的事情。而且诸葛爽之前曾经奉命征讨过李氏父子,难保李克用不会趁机报复。诸葛爽于是回复说黄河大桥尚未修建而成,无法通过。为防不测,诸葛爽还屯兵孟州(今河南省孟州市)城北数十里外的万善。李克用没有办法,只得率部绕道从河中(治河中府)辖区南渡黄河。

三月,李克用尚未到达陈州,援救陈州的宣武节度使朱全忠再次与黄巢的农民军发生交战。朱全忠攻陷了农民军构筑的瓦子寨,黄巢的将领李唐宾向朱全忠投降。李唐宾是陕州(今河南省三门峡市)人,骁勇绝伦,

善使长矛,投降朱全忠后,先任宣武排阵斩斫使,后任都押牙。李唐宾从此经常与朱珍一同出战,二人威名相当。由于朱全忠对二将的偏爱,使得二将心生嫉妒,后面再讲。

再说黄巢包围陈州城已经快三百天了,陈州刺史赵犨兄弟带领陈州兵民与黄巢的农民军大小数百战,虽然兵马锐减,粮草将尽,但是守城兵民越发坚定。三月底,李克用率领的沙陀兵终于到达陈州。此时,泰宁(治兖州)所派兵马也到达陈州,至此陈州城外共有五镇兵马。

面对五镇兵马逼近陈州,黄巢仍然围困陈州不撤。黄巢之所以敢长期围困陈州,是其有两支兵马就在附近。一支在太尉尚让率领下驻屯在太康(今河南省太康县),离陈州只有数十里远。另一支在黄巢兄弟黄思邺率领下驻屯在西华(今河南省西华县),离陈州也是数十里远。这两支兵马一个在陈州之北,一个在陈州之西,可谓是拱卫黄巢围困陈州。

李克用与各位节度使商议认为,应当避开黄巢,先攻尚让、黄思邺的兵马。四月三日,五镇兵马一齐向太康的尚让大军发起进攻。尚让不敌,太康被攻克。五镇兵马接着攻打西华,黄思邺不敌逃走。黄巢听报尚让、黄思邺兵败,传令撤围陈州,将兵马驻扎在陈州北边的故阳里。

朱全忠在西华攻打黄思邺,《新五代史》上还讲了其长子朱友裕善射的故事。《新五代史》说朱全忠与李克用都在攻打黄思邺,黄思邺的士兵肩扛长矛登上城楼大骂,李克用派沙陀骑兵不断射击,都没能射中。朱全忠回头让朱友裕射击,朱友裕一箭便射中,士兵高声欢呼。李克用非常高兴,送给朱友裕良弓百矢。《旧五代史》则说朱全忠与李克用在华州围攻固守城池的黄思邺时,黄思邺的士兵登上城墙大骂,李克用命沙陀士兵射击,连射数箭都不中。朱全忠让朱友裕射击,一射即中,大军欢呼,声震山谷。李克用非常赏识朱友裕,把良弓和一百枝箭送给朱友裕。两本史书讲述的事件大致相同,但事件发生的地点与时间不同。那么哪个版本值得相信呢?

我们先来推算一下朱友裕的年龄。从朱友裕的表现来看,一定不会在十岁以下。从朱全忠投奔义军到攻打黄邺,最长不过八年,显然朱友裕出生在朱全忠投奔义军之前。如此说来，朱友裕当是朱全忠在家乡时所生。只有《新五代史》对朱友裕善射一事记载时间比较合理，因为此时的朱全忠已经到宣武任节度使，也从老家接来家人，朱友裕此时也才能够随军出征。朱友裕的出现，再次说明朱全忠在离开家乡投奔义军前，就已经娶妻生子了，"丽华之叹"似乎只是一个传说。当然，也有研究者认为朱友裕不是朱全忠的亲子，而是养子，这个也只能是推测，没有依据，我们在后面还会谈到。

被围将近三百天的陈州终于解围了，陈州刺史赵犨与城中兵民总算可以松一口气了。故事讲到这里，我们一边为黄巢的农民军感到惋惜，一边也为很会守城的赵犨感到敬佩。之后将近一个月，双方没有大的战斗，而形势对黄巢越来越不利。五月三日，天降大雨，平地积水三尺，黄巢的大营被雨水冲走。这时又报李克用的沙陀兵即将杀来，黄巢感到更为担忧，决定率部离开陈州，北上夺取汴州。

黄巢即将到达汴州，朱全忠连忙率所部兵马北返汴州。朱全忠在汴州城西南的繁台与大齐太尉尚让的兵马遭遇，发生激烈的战斗。繁台这一战，史书记述很是简略，只说朱珍、庞师古将尚让击退。面对尚让大军，实力还不强的朱全忠如何才能取胜？朱珍、庞师古二将定有不凡的表现，读者于此要发挥想象。还有三位将领在这场战斗中也非常出色。两位是宣武旧将杨彦洪与王檀，还有一位是庞师古麾下士兵氏叔琮。王檀冲锋陷阵正是在此战之中，被朱全忠得知，不断提升到"踏白副指挥使"。氏叔琮从陈州作战开始，总是冲在将校之前，被朱全忠视为壮士，并将其从士兵提升为后院马军都将。

尽管朱珍、庞师古把尚让击退，朱全忠还是向已到许州（今河南省许昌市）的李克用告急。也许朱全忠认为黄巢的兵马还很强大，光凭他的宣武军根本抵挡不了。五月六日，李克用与忠武都监使田从异率兵从许州北上，增援朱全忠。两日后，李克用到达中牟县北的汴水渡口王满渡。这时黄巢正率农民军北渡黄河。李克用看到农民军有一半人马已经渡河，传令半渡而击。王满渡之战，黄巢的农民军大败，有一万多人被杀，兵马

全部溃散。大齐的太尉尚让向东逃去,投降了感化（治徐州）节度使时溥。将领葛从周、霍存、李谠以及张归霸、张归厚、张归弁三兄弟投降了朱全忠。

黄巢绕过汴州,继续向北逃去,李克用率部追击。五月九日,李克用在封丘（今河南省封丘县）追上黄巢,再破黄巢。黄巢继续向东逃去,李克用仍然紧追不舍。第二天,天降大雨,李克用仍在追击黄巢。此时的黄巢已经不足一千人。第三天,李克用一直追到了黄巢的老家冤句（今山东省东明县南）。从王满渡到冤句,将近三百里,李克用因为追得过快,不仅人困马乏,而且粮草不济。李克用决定先回到汴州补足粮草,然后再来追击黄巢。

最后交代一下黄巢的结局。五月二十日,感化节度使时溥派将领李师悦率一万人追击黄巢。值得注意的是,已经投降时溥的尚让也率兵与李师悦一同追击黄巢。我们很难想象,时溥怎么敢派尚让去追杀黄巢?尚让可是刚投降不久且又是黄巢义军中的二号人物。六月十五日,李师悦与尚让一直追到兖州,与黄巢发生激战。这场最后的战斗,黄巢几乎全军覆没。最后,黄巢只带着数十人,逃入了一个叫狼虎谷（今山东省莱芜市西南）的地方。从名字上看,狼虎谷一定是一处人迹罕至的地方,然而黄巢未能幸存。黄巢的外甥林言杀掉黄巢及其家人,带着黄巢的首级前往徐州,准备献给时溥。途中,林言被官军杀死,官军带着黄巢及林言的首级,一同献给时溥。黄巢于875年六月起义,到884年六月被杀,前后九年整。

第9章　上源驿中,身陷险境

884年(唐僖宗中和四年)五月十四日,李克用抵达汴州(今河南省开封市),扎营于汴州城外。我们知道,李克用二度南下攻打黄巢的义军,不是朝廷的诏命,而是朱全忠等几位节度使请来的。如果从这个角度讲,朱全忠也不算欠李克用的人情,毕竟朱全忠也是受陈州刺史赵犨所请,才去援救陈州(今河南省淮阳县)的。然而,当陈州解围后,黄巢率义军北上威胁汴州时,朱全忠担心不敌,而请李克用增援,所以才有李克用与黄巢的王满渡之战。从这个角度讲,朱全忠又欠李克用一个人情。所以,当李克用来到汴州城外时,朱全忠赶紧请李克用入城。李克用当时有些顾虑,不肯入城,但朱全忠坚决请李克用到城中的上源驿下榻。李克用最后接受邀请,带着亲兵、随从三百余人进了汴州城。跟随李克用入城的有监军陈景思,将领薛志勤、史敬思,义子李嗣源、李存孝,侍从郭景铢等。

朱全忠在汴州城中的上源驿宴请李克用,一来向李克用的增援表达谢意;二来也算是尽地主之谊。朱全忠此次宴席非常丰盛,还置酒、奏乐,连宴席用具也非常精美。朱全忠本人对李克用也十分恭敬。李克用那天也非常高兴,喝了不少酒。李克用乘着酒兴,说了不少对朱全忠不太尊敬的话语,朱全忠听了非常生气。宴席结束,李克用与他的随从都喝得酩酊大醉。朱全忠与将领杨彦洪秘密商议,准备杀掉李克用。二人决定用车辆、树木阻塞街巷,然后再派兵包围上源驿。杨彦洪还提醒朱全忠道:"胡人遇到紧急情况就会骑马逃走,一旦看到骑马的,就放箭。"

夜间,朱全忠的将士向上源驿杀了过来,而李克用仍在醉梦之中。李克用的亲兵薛志勤、史敬思等十余人手拿兵器与宣武(治汴州)的士兵格斗。侍从郭景铢将房间蜡烛吹灭,把李克用从床上推到床下,再用水浇李克用的脸。李克用清醒了一些,郭景铢便将情况告诉了李克用。李克用

睁开眼睛,拿起弓箭,但仍跌跌撞撞。勇猛的薛志勤酒后胆壮,独自登上驿楼,大声呼叫道:"朱仆射(朱全忠)忘恩负义,要谋害我们司空(李克用),我们虽有三百人,但足以成事。"话毕,弯弓射箭,一连射死数十人。不料此时四面火起,李克用危在旦夕。

故事讲到这里,我们完全有理由相信,李克用一定死在上源驿。一来李克用已经醉酒,其亲兵虽勇毕竟数量不足;二来朱全忠的将士也很勇猛,数量上一定不会少;三来火烧上源驿,李克用无论如何都逃不出去了。然而李克用没有死。如何才能死里逃生呢?只有天助了。就在这时,突然下起大雨,一片漆黑,不时还电闪雷鸣。薛志勤扶着李克用,与众人一起翻越院墙突围,乘着闪电的光亮而行。李克用等人出了上源驿,一路向汴州城南门冲去。途中有一条河,虽然河面上有桥,但宣武士兵已经把守。薛志勤、史敬思等拼死战斗,李克用才得以通过,但负责断后的史敬思战死。到了城南的尉氏门,李克用缒城而逃。李克用等人虽然逃出了汴州城,但监军陈景思等三百余人均被宣武士兵杀死。当天晚上,杨彦洪骑马经过,朱全忠未能看清是谁,突然想起杨彦洪的提醒,一箭射去,杨彦洪倒地身亡。

这里还要再赘述一下,李克用之所以能够逃脱,除了天助之外,其所收的义儿也功不可没。史书上说,李克用收的义儿很多,但这次跟随李克用在上源驿的可能只有李嗣源与李存孝。李嗣源当年只有十七岁,但勇猛异常,护卫李克用从上源驿突围,冒着矢石,竟然毫发不伤。遗憾的是,被小说家描绘成晚唐第一猛将的李存孝,在上源驿的记述不详,读者要自己想象了。

却说李克用的夫人刘氏当时在城外军中。刘氏虽是一名女子,但有智慧有谋略。李克用身边有人先逃了回来,向刘氏禀报城中之事,刘氏听后不动声色,下令将此人斩首。刘氏然后再悄悄召见将领们商讨撤退之计。天亮之时,李克用也逃回军中,打算率所部兵马攻打汴州城,找朱全忠算账。刘氏劝道:"公为国讨贼,救东方诸侯之急。现在是朱全忠忘恩负义,想谋害公,公应当向朝廷申诉。如果擅自出动兵马,互相攻击,则天下人如何知道孰是孰非。那时朱全忠更会振振有词。"

李克用听后，也觉得有理，便率部离开汴州。李克用并没有就这样走了，而是修书一封，派人送给朱全忠，把朱全忠谴责一番。朱全忠也回书道："昨天夜间之事，我实不知。后来才知道，这是朝廷使者与杨彦洪的密谋。现在杨彦洪已经被杀，请公多多体谅。"朱全忠拿宣武旧将杨彦洪抵罪，看来也是经过深思熟虑的。

七月，返回晋阳（今山西省太原市）的李克用开始招募记室人员，主管奏章之事，因为原有记室人员在上源驿都被杀死。李克用招募数人，多不合意，这时有人推荐李袭吉。李袭吉，洛阳人，自称是唐朝左丞相李林甫的后代，父亲李图曾任洛阳县令。乾符末年，李袭吉进京赶考，适逢战乱，逃到河中，依附节度使李都，任盐铁判官。王重荣接替李都任节度使后，不喜文士，李袭吉寻访故人来到太原，被李克用任命为榆社县令。现在有人推荐李袭吉，李克用忙命人召见。也许此时李克用才发现李袭吉的才能，当即用其为掌书记。李袭吉学问广博，擅长写作，起草檄文军书，文采浑厚雄健，很多妙句流传。

李克用仍对上源驿一事耿耿于怀。李克用一边大造铠甲兵器，准备报复朱全忠；一边派人给唐僖宗上表。李克用在奏章中说道："臣有破黄巢之大功，却被朱全忠暗算，仅臣一人幸免于难，将佐以下随从官兵三百多人全部被杀，而且令牌、印信也被夺去。朱全忠还在东都洛阳、陕州、孟州等地张贴告示，说臣已死亡，河东兵马已经溃散，令属地官兵拦截屠杀，一个不得漏网。将士们都痛哭流涕，请求伸冤、报仇。臣以为朝廷必将主持公道，因而等候诏令，百般安抚将士，总算平息怨气，回到本镇。臣请陛下派使明察此事，并派兵马讨伐朱全忠，臣已派兄弟克勤率一万骑兵在河中（今山西省永济市）待命。"

唐僖宗当时仍在成都，尚未回驾京师长安。唐僖宗及朝廷官员接到李克用的奏章感到非常害怕。当时的唐朝刚刚剿灭黄巢，只求平安无事，现在听闻李克用与朱全忠结仇要开战，当然非常紧张。唐僖宗只好派人带着语气温和的诏书，劝二人和解。李克用不接受唐僖宗的调解，前后八次

呈递奏章。李克用称，朱全忠嫉妒有功之人，阴险狡诈，将来必定成为国家的祸患，请唐僖宗下诏削去朱全忠的官爵。李克用还说将率本镇兵马前往讨伐朱全忠，不用朝廷调拨粮草。唐僖宗也不能接受李克用的请求，屡次派宦官带着口谕对李克用说道："朕深知卿受到冤屈，只是国家正值多事之秋，望能顾及大局。"李克用只好接受，但心中仍然愤愤不平。

此时的朝廷是既不能得罪李克用，也不能得罪朱全忠。接着发生的事，完全可以看出朝廷对河东、宣武这两个藩镇的态度。八月，李克用奏请将属于振武军（治安北都护府）的麟州（今陕西省神木县）划给河东，朝廷准许。李克用又奏请由堂兄弟李克修担任昭义（治潞州）节度使，朝廷又准许。从此以太行山为界，出现两个昭义，李克修在西，孟方立在东。不久，朝廷又封李克用为陇西郡王。李克用为进一步扩大河东，又奏请将云蔚防御使撤销，将所辖云、蔚、朔三州划归河东，朝廷全部恩准。朝廷对李克用如此厚待，也不能得罪朱全忠。九月二日，唐僖宗下诏，任命朱全忠为同平章事，朱全忠从此也当了使相。

唐僖宗在调解了河东、宣武两镇的矛盾之后，便准备回驾长安了。然而此时的唐朝忧患更大，不少藩镇势力增强，从此不听朝廷号令，互相攻击，争夺他镇州郡，出现藩镇兼并的现象。史书上说："时藩镇相攻者，朝廷不复为之辩曲直。由是互相吞噬，惟力是视，皆无所禀畏矣！"由此可见，朝廷当时已经无力控制一些强大藩镇，藩镇之间的混战已经开始。在这场藩镇混战兼并中，朱全忠逐渐由弱变强，成为其中的佼佼者。李克用本是最强的藩镇之一，却未能在这场争夺战中得到更多利益，所以本书的第一主角当属朱全忠。

第10章　先援义武，再救河中

还记得忠武(治许州)监军杨复光与他的八都兵吗？杨复光曾带领八都兵击败了黄巢的邓州守将朱温，又与各镇兵马一道攻入长安，赶走了大齐皇帝黄巢。883年(唐僖宗中和三年)七月，杨复光在河中府(今山西省永济市)去世。杨复光为人慷慨、忠义，也很会带兵，深受将士爱戴。杨复光去世后，其营中将士一连几天痛哭不止。一向猜忌杨复光的大宦官田令孜听说杨复光去世，非常高兴，立即将杨复光的兄长杨复恭由枢密使贬为飞龙使，也就是管理宫中马匹的官员。杨复恭则向唐僖宗称病，请求回乡养病。

杨复光的八都兵没有留在河中，也没有返回忠武。十一月，八都兵以鹿晏弘为首从河中南下，声称前往成都唐僖宗处。鹿晏弘一路经过邓州、襄州、金州、洋州，所过之地，大肆抢掠。十二月，鹿晏弘到达兴元府(今陕西省汉中市)，将山南西道(治兴元府)节度使牛勖赶走，自称留后。从鹿晏弘夺取山南西道来看，朝廷当时确实没有什么实力了，要知道牛勖可是田令孜的心腹，而且山南西道与东川、西川一起，也是田令孜与唐僖宗部署的根基所在。

884年(唐僖宗中和四年)正月，唐僖宗任命鹿晏弘为山南西道留后，也就是承认了鹿晏弘自称的官职。一直跟随鹿晏弘的王建、韩建、张造、晋晖、李师泰等被鹿晏弘任命为藩镇辖区内的各州刺史。鹿晏弘猜忌这几位都头，虽然任命他们为刺史，但不让他们前往赴任。王建与韩建关系最为亲密，鹿晏弘也最不放心这二人，二人非常担忧。这时田令孜又派人悄悄前来，以厚利诱惑王建与韩建。王建与韩建决定前往成都，投奔田令孜。

十一月，王建与韩建、张造、晋晖、李师泰等带领部众数千人到达成

都。田令孜将五人全部收为义子,赏赐万钱,并让他们担任各卫的将军,仍带领原有人马,称为"随驾五都"。从此,王建等人就认大宦官田令孜为义父。田令孜削弱了据守兴元的鹿晏弘,便开始派兵讨伐鹿晏弘。鹿晏弘自知不敌,率余部弃城而走。鹿晏弘后来回到忠武,又被朝廷任命为忠武节度使。一年半后,鹿晏弘被秦宗权消灭,不再细述。

885年(唐僖宗中和五年)正月,在外流亡四年多的唐僖宗终于从成都北返。三月,唐僖宗到达长安,大赦天下,改元光启。作为"随驾五都"之一,王建也跟着唐僖宗回到了长安。当然,与唐僖宗一同到达长安的还有田令孜及其招募的五十四都新军,共有五万余人。这五十四都新军已经重新组成十个军,分属左右神策军统领。此外,还有南衙、北司官员一万余人。这么多人一下子来到已经破败不堪的长安城,最大的困难是用度不足。经过黄巢大起义,此时的唐朝朝廷诏令能够到达的地方只有河西、山南、剑南、岭南数十州而已。很多藩镇已经不向朝廷缴纳赋税,只有京畿、同州、华州、凤翔等地还在缴纳,但远远不足。田令孜对此十分忧虑。田令孜决定用盐利来供养神策军,不想又与河中(治河中府)节度使王重荣产生冲突。

却说在河中境内的安邑、解县有两处盐池,都由朝廷的盐铁使掌管。黄巢攻入长安后,王重荣控制了这两处盐池,每年只向朝廷上缴三千车食盐。已到长安的田令孜上奏唐僖宗,请求恢复旧制,两池仍由朝廷盐铁使直接掌管。四月,田令孜便自兼"两池榷盐使"。

田令孜的这一做法严重损害了王重荣的利益,王重荣不断上表反对。唐僖宗当时只会听田令孜的,哪管王重荣这位勤王功臣的感受。唐僖宗当然也不会不理王重荣,便派使前往河中劝说王重荣。王重荣不仅不接受,还得罪了田令孜的养子,使得矛盾更加激化。却说田令孜当时派了不少亲信到各藩镇,如发现有不听从自己的,便设法铲除。当时在河中的这位亲信便是田令孜的养子田匡祐。王重荣也知道田匡祐与田令孜的关系,因而对田匡祐非常优厚。可是田匡祐非常骄横,经常得罪河中的将士。王重荣斥责田匡祐无礼,并准备与田令孜翻脸。

田匡祐逃回长安,向田令孜告了王重荣一状,并劝田令孜除掉王重荣。田令孜便开始策划对付王重荣。五月,田令孜让唐僖宗下诏,调王重荣任泰宁(治兖州)节度使,调泰宁节度使齐克让任义武(治定州)节度使,再调义武节度使王处存任河中节度使。田令孜这一大动作,涉及王处存,那么忠于朝廷的王处存能够前往河中赴任吗?不能,因为王处存此时正遭到卢龙(治幽州)、成德(治镇州)两藩镇的进攻,河北一带藩镇正在混战之中,而且河东(治太原府)节度使李克用也参与其中。

却说河北道境内当时共有五大藩镇,即卢龙、成德、义武、魏博(治魏州)与义昌(治沧州),而由昭义(治潞州)分出来的东昭义(治邢州)暂且不算。河朔一带的藩镇一直是骄藩强镇,其中魏博、成德与卢龙三镇很早以前就割据一方,自任节帅。卢龙节度使是李可举,于876年三月其父李茂勋致仕时接任,在位已经九年。成德节度使是王镕,当时才十三岁,于883年正月其父王景崇去世时接任,在位已经两年。义武节度使是王处存,于879年十一月担任节度使,在位将近六年。义昌与魏博后面再讲。

卢龙的李可举与成德的王镕为何要攻打义武的王处存呢?说起原因,还与李克用有关。李克用两次南下,击败黄巢,在各藩镇中实力比较强大,李可举与王镕非常忌惮。然而二人竟将对李克用的忌惮发泄到王处存身上。这又是怎么回事呢?一个重要原因是王处存与李克用关系友善,两家还有姻亲,王处存的侄儿王郜便娶了李克用的女儿。还有一个原因就是,几年前李克用背叛唐朝时,李可举曾参与平叛,把李克用打得逃往达靼(今内蒙古阴山以北)。李可举与李克用早就有了仇怨,难保李克用不来报复。

李可举与王镕认为,义武所辖的易州(今河北省易县)、定州(今河北省定州市)本来就是燕赵的领地,分别属于卢龙与成德两藩镇。二人约定消灭王处存,瓜分义武这个藩镇。二人也担心,一旦向王处存动武,李克用必定会出兵帮助王处存。为牵制李克用,二人劝说云州防御使赫连铎攻打李克用的后背。计议已定,李可举便于885年三月派将领李全忠率六万兵马攻打易州,王镕则派兵攻打无极(今河北省无极县)。王处存获报

两镇兵马南北杀来,自知难以抵敌,遂一边迎战,一边派人向李克用告急。李克用立即派将领康君立率兵东出太行山,援救义武。

先看卢龙将领李全忠攻打易州。在这场攻城战中,一位不起眼的将士起了重要作用,此人便是刘仁恭。刘仁恭是深州(今河北省深州市)人,当时只是李全忠的一位裨将。五月,李全忠率兵抵达易州城下,传令攻城。也许是易州城池坚固,一时攻不下来。刘仁恭带领士兵从城外向城内挖掘地道,悄悄攻入城中,易州城便被占领。

再看成德兵马攻打无极。成德兵马很勇猛,义武守兵难以抵挡,增援义武的康君立也不能击退成德兵马。李克用得到消息,又亲率兵马赶来。当李克用到达无极时,成德的兵马也感到害怕,毕竟李克用曾经率领沙陀兵攻入长安,赶走了黄巢,早已威名无比。果然,李克用一战即胜成德兵马,成德兵马退往新城(今河北省高碑店市东南新城镇)。李克用再攻新城,又获大胜。成德兵马再向南退走,李克用一直追到九门(今河北省石家庄市藁城县西北),杀死一万多成德士兵。

李克用大败王镕的成德兵马,王处存便可专心地北上收复易州了。当时卢龙兵马占领易州后,开始骄傲懈怠。王处存派三千士兵蒙着羊皮在夜间来到易州城下。卢龙士兵以为真的是羊群,都争相出城抢掠,王处存突然传令进攻,取得大胜。李全忠看到兵马大败,无心守城,便弃城而走,王处存得以收复易州。李全忠兵败,担心回到幽州(今北京市)会受到李可举的责罚。李全忠干脆集结残兵杀回幽州,准备夺取李可举的节度使之位。幽州城中已经没有可战之兵,李可举走投无路,便与家人登上城楼,自焚而死。李全忠于是自称卢龙留后。次年八月,李全忠去世,其子李匡威任卢龙节度使,此为后话。

唐僖宗调动王处存的诏书早就送达定州,但王处存无法离开。唐僖宗也知道王处存身处危险之中,便诏命李克用派兵护送王处存前往河中赴任。七月,王处存已经击退了卢龙、成德兵马,才向唐僖宗上表道:"卢龙、成德的兵马刚刚撤退,臣一时还不能离开义武。再说王重荣不仅没有过失,而且有功于国家,不应该轻率地调迁。"

　　田令孜根本不接受王处存的说辞，让唐僖宗再下诏，催促王处存立即前往河中。王处存真的是河北几个藩镇中最听朝廷话的人，接到这份诏书后，马上离开定州，前往河中。八月，王处存到达河中的晋州（今山西省临汾市），晋州刺史冀君武紧闭城门，不让王处存通过。王处存没有办法，只好返回定州。

　　再说王重荣收到唐僖宗的调动诏书，认为自己有收复京师的功劳，却受到田令孜的排挤，非常生气，坚决不肯前往泰宁赴任。王重荣还不断上表，指责田令孜离间君臣，历数田令孜十大罪状。田令孜也不是好惹的，知道王重荣有兵，便结交静难（治邠州）节度使朱玫与凤翔（治凤翔府）节度使李昌符，对抗王重荣。王重荣则派人向河东节度使李克用求救。

　　李克用早已返回晋阳（今山西省太原市），正在招兵买马，准备南下攻打汴州（今河南省开封市）。李克用一直不忘宣武（治汴州）节度使朱全忠这个仇敌。李克用当时只想找朱全忠报仇，便派人给王重荣回话道："等我先消灭了朱全忠，再来扫荡这群鼠辈，如同秋风扫落叶而已。"王重荣再派人前往河东，对李克用说道："等公从关东回来时，我已经成为俘虏了。不如先清除君王身边的恶人，再去擒拿朱全忠，反而会更容易。"

　　李克用这回改变了主意，准备先帮助王重荣，这是为何呢？原来朱玫与李昌符暗中支持朱全忠，这一消息被李克用得知。李克用觉得消灭朱玫与李昌符，也是为了消灭朱全忠。李克用准备出兵，但又担心师出无名。李克用于是派人前往长安，向唐僖宗上奏道："朱玫、李昌符与朱全忠遥相呼应，想一同消灭臣，臣不得不自救。臣已集结十五万蕃汉兵马，定于明年西渡黄河，从渭水北岸前往讨伐静难、凤翔二镇，不靠近京师，保证不惊扰京城。待臣把二人诛杀以后，再回军消灭朱全忠，以报仇雪耻。"

　　唐僖宗接到李克用的奏表，当然不想看到藩镇互攻的局面，连忙派出使者，前往安抚，李克用不予理睬，使者前后络绎不绝。虽然李克用声称不到京城，不惊扰京师，但朱玫却在用计加害李克用。朱玫多次派人悄悄进入长安，焚烧粮草，刺杀唐僖宗身边侍臣，声称是李克用派的。不久，京师一片恐慌，谣言四起。

　　田令孜担心李克用与王重荣的兵马杀入长安,连忙令朱玫与李昌符率本镇兵马以及神策军进驻沙苑(今陕西省大荔县东南),以讨伐王重荣。田令孜此次调集的兵马共有三万,王重荣一边率部抵抗,一边派人向李克用告急。李克用接报,立即率部南下。

　　十二月,李克用到达沙苑,与王重荣会合。李克用决定"先礼后兵"。李克用派人给唐僖宗上表,请唐僖宗下诏诛杀田令孜、朱玫、李昌符三人。唐僖宗怎么能做得到呢? 唐僖宗只能下诏,请李克用与三人和解,李克用拒不接受,大战不可避免。十二月二十三日,李克用、王重荣与朱玫、李昌符发生激战。李克用的沙陀兵依然勇猛无敌,朱玫、李昌符大败,各自逃回本镇。朱玫、李昌符的溃败之兵所过之地,无不焚烧抢掠。

　　此时的李克用早已把承诺置于脑后,率部进逼京城。十二月二十五日夜晚,无比惊慌的田令孜带着唐僖宗从长安城西边的开远门逃走,前往凤翔(今陕西省凤翔县)。作为田令孜的义子,王建一直跟着田令孜。可怜二十四岁的唐僖宗,刚刚从成都回到长安还不到一年,再次外出逃亡。唐僖宗第一次逃亡,是因为不能抵挡黄巢的农民军;第二次逃亡,则是受到了李克用的进逼。史书上还说,两年多前黄巢离开长安时,下令焚烧皇宫,而且勤王军进城后又大肆抢掠,长安城内的宫殿以及百姓房屋被毁十之六七。而此次长安城再被乱兵践踏,已经荡然一空了。

第11章　大唐峰前,建功立业

885年(唐僖宗光启元年)十二月,还在逃亡中的唐僖宗下诏,给王重荣的河中军赐名为护国军(治河中府),王重荣成了护国节度使。唐僖宗的这个做法,显然有讨好王重荣的意思。然而王重荣似乎并不领情。886年(唐僖宗光启二年)正月,王重荣与撤兵河中(今山西省永济市)的李克用一同上奏,请唐僖宗回驾长安,但仍然指控田令孜罪状,请唐僖宗诛杀田令孜。

唐僖宗根本没有能力杀掉田令孜这位阿父。唐僖宗也不能返回长安,因为田令孜想挟持他再到巴蜀,毕竟那里才是田令孜的根基。正月八日,田令孜请唐僖宗前往兴元府(今陕西省汉中市),唐僖宗不肯。当天晚上,田令孜带着士兵进入行宫,劫持唐僖宗前往宝鸡(今陕西省宝鸡市)。当时跟随唐僖宗一道出发的只有数百名贴身卫士,朝中大臣只有"翰林学士承旨"杜让能与太子少保孔纬等数人。正月十日,唐僖宗停留宝鸡,任命孔纬为御史大夫,令其回长安召唤百官。

此次唐僖宗逃亡,虽是李克用率兵入关引起,但主要是田令孜弄权导致,因而天下人无不痛恨田令孜。就连曾经支持田令孜的静难(治邠州)节度使朱玫、凤翔(治凤翔府)节度使李昌符后来也觉得听命于田令孜是一种耻辱。朱玫、李昌符对李克用、王重荣的强大也感到害怕,又想向二人靠拢。朱玫、李昌符在宰相萧遘的建议下,决定去宝鸡迎请唐僖宗回驾长安。

正月十三日,孔纬来到凤翔(今陕西省凤翔县),长安城中的宰相及官员也大都到了凤翔,朱玫则率五千步骑兵来到凤翔。孔纬传达唐僖宗旨意,然而各位官员都不愿前往宝鸡。朱玫与李昌符于是派出兵马追赶唐僖宗,以图把唐僖宗追回来。

田令孜当然不希望唐僖宗被追回,派神策指挥使杨晟率兵在宝鸡城东阻截两镇追兵。两镇兵马击败杨晟,战鼓之声响彻行宫。田令孜带着唐僖宗从宝鸡仓皇南下。为了更好地防守,田令孜还请唐僖宗下诏,划山南西道(治兴元府)所属的兴、凤二州成立感义军,任命杨晟为节度使,令其坚守散关(今陕西省宝鸡市南)。

通往巴蜀的道路崎岖不平,军民混杂在一起,根本无法前行。田令孜为了打通道路,任命义子王建、晋晖为"清道斩斫使"。王建带领五百人,手拿长剑,冲在前面,奋力砍杀,终于杀开一条血路,唐僖宗的乘舆才得以前行。开始攀登大散岭(今陕西省宝鸡市西南)的时候,唐僖宗让王建将玉玺背在身上。这时李昌符的兵马追杀而至,还纵火焚烧栈道一丈有余,眼看就要崩塌。王建扶着唐僖宗从熊熊火焰和滚滚浓烟中跳跃而过。夜晚,唐僖宗就睡在用木板搭建的房屋里,没有床铺,唐僖宗就枕着王建的膝盖而眠。为让唐僖宗安稳睡觉,王建一直等到唐僖宗睡醒才吃饭。唐僖宗非常感动,脱下身上的御袍赏赐给王建。

诗人韦庄在唐朝收复京师后,已经离开长安前往江南,听闻唐僖宗再次逃亡,写了一首《闻再幸梁洋》:

才喜中原息战鏖,又闻天子幸巴西。
延烧魏阙非关燕,大狩陈仓不为鸡。
兴庆玉龙寒自跃,昭陵石马夜空嘶。
遥思万里行宫梦,太白山前月欲低。

唐僖宗的车驾刚进入散关,朱玫的兵马就已经攻占宝鸡。朱玫长驱直入,开始攻打散关,一时不能攻克。嗣襄王李煴是唐肃宗的玄孙,当时正在生病,没能赶上唐僖宗,留在宝鸡的遵涂驿中。朱玫将李煴带回凤翔,打算拥立李煴为帝,以取代唐僖宗。

四月,朱玫自行兼任左、右神策十军使,带领百官护送李煴回长安。五月,朱玫又任命自己为侍中、诸道盐铁转运使,裴澈兼判度支,郑昌图兼判户部,淮南(治扬州)节度使高骈兼中书令、江淮盐铁转运使、诸道行营兵马都统,淮南右都押牙、和州刺史吕用之为岭南东道(治广州)节度使。朱玫也给各藩镇都加封官职,派吏部侍郎夏侯潭宣谕河北,户部侍郎杨陟宣谕江淮,各藩镇有十之六七接受其封,高骈更是上表劝进。

有一个人对朱玫的做法感到不满,那就是凤翔节度使李昌符。李昌符开始也想与朱玫一起拥立李煴为帝,但看到朱玫大权在握,只顾任自己为宰相,便感到不悦。李昌符派人前往兴元,向唐僖宗上表,表明还尊奉唐僖宗。唐僖宗也不计前嫌,连忙下诏任命李昌符为检校司徒,位列宰相。

尽管李昌符转而支持唐僖宗,唐僖宗在兴元也是危机重重,因为朱玫又派部将王行瑜率五万兵马追杀而来。感义节度使杨晟奉命迎击王行瑜,不想屡战屡败。还有让唐僖宗痛心的事,那就是各藩镇的赋税都送往长安,并不送往兴元,唐僖宗缺粮缺物,不知所措,竟然哭了起来。那位让唐僖宗百依百顺的大宦官田令孜也无心帮助唐僖宗。田令孜对朱玫的所为已经感到不安,此时只想为自己考虑退路。田令孜推荐与自己有隙的杨复恭为左神策军中尉、观军容使,而任命自己为西川(治成都府)监军使,准备前往成都投靠兄长陈敬瑄。

杨复恭掌握大权之后,马上开始排挤田令孜的几位养子,将他们全部调出神策军:王建为利州(今四川省广元市)刺史,晋晖为集州(今四川省南江县)刺史,张造为万州(今重庆市万州区)刺史,李师泰为忠州(今重庆市忠县)刺史。那么杨复恭能否让唐僖宗摆脱困境呢?

关键时刻,还是宰相杜让能给唐僖宗出了个主意。杜让能对唐僖宗说道:"杨复光与王重荣共破黄巢,关系友善。而杨复恭又是杨复光的兄长,如果派重臣前往河中,对王重荣晓以大义,并传达杨复恭的心意,王重荣可能会重归朝廷。"唐僖宗接纳,派右谏议大夫刘崇望出使河中,带着诏书去见王重荣,王重荣果然愿意听命唐僖宗。王重荣还上贡十万匹绢,并请求讨伐朱玫以将功赎罪。

不久唐僖宗又得到河东(治太原府)节度使李克用的支持,形势开始扭转。五月,已经回到河东的李克用收到李煴的诏书,说唐僖宗已经驾

崩,其已被拥立为帝。谋士、右都押牙盖寓建言道:"皇上流亡在外,天下人都把罪责推给河东。如果不把朱玫诛杀,罢黜新皇帝李煴,就不能洗清河东的罪名。"李克用认为有理,当即将李煴的诏书烧掉,把使者囚禁起来,再向邻近藩镇发出檄文。檄文说:"朱玫竟敢欺骗藩镇,谎称皇上已经晏驾,河东已派三万蕃汉兵马前往讨伐凶逆,当与各藩镇共立大功。"

唐僖宗得知李克用准备讨伐朱玫,非常高兴。六月,唐僖宗又收到李克用的奏章。李克用在奏章中说:"臣正率领大军,西渡黄河,铲除逆党,以迎接大驾,请陛下诏命各道与臣同心协力。"当时山南一带谣传李克用与朱玫联合,都非常害怕。为安定人心,唐僖宗把李克用的奏章拿给众官员阅看,并传达山南各藩镇,人心终于安定。李克用仍念念不忘仇家朱全忠,在奏章中再次提到朱全忠,控告朱全忠的罪责。唐僖宗让杨复恭给李克用回复道:"等京畿的事平定,朕自会另行处置。"

李克用与王重荣的勤王大军尚未抵达,朱玫的大将王行瑜仍在攻打感义节度使杨晟。杨晟不敌,率部由凤州南撤到兴州(今陕西省略阳县)。七月,王行瑜再攻打兴州。杨晟不能坚守,只得再向后撤退,此次竟撤退到文州(今甘肃省文县),离唐僖宗所在的兴元越来越远。

王行瑜逼近兴元,唐僖宗危在旦夕。就在此危急时刻,一个重要的人物出场了。此人其实早就在军中,也曾多次作战立功。此人是谁?那就是宋文通。宋文通是深州博野(今河北省蠡县)人,与李克用同年。宋文通早年在博野军中当兵,因战功而升任队长。宋文通在龙尾坡与黄巢义军作战英勇,被升任为神策军指挥使,直到担任神策军五十四都之一的扈跸都都将。面对步步逼近的王行瑜大军,宋文通奉命与另两位都将李鋋、陈佩在大唐峰(今陕西省略阳县东南)驻兵以抵挡王行瑜。宋文通等拼死力战,王行瑜的兵马不能突破大唐峰。九月,朱玫的另一将领张行实也来攻打大唐峰,宋文通等又将其击退。

大唐峰真是一个很有意味的名字。在静难兵马攻到大唐峰之前,屡战屡胜,然而到了大唐峰就发生逆转。大唐峰真是守卫大唐的山峰。当然名字只是巧合,关键还是几位将领在大唐峰的不凡表现。史书上关于大唐峰抵挡静难兵马一战记载甚为简略，事实上这一战极为精彩，读者只能自己想象。

就在朱玫的兵马开始败退之时，嗣襄王李煴被朱玫拥立为皇帝。十月，李煴在长安登基即位，改元建贞，尊唐僖宗为"太上元皇圣帝"。这个消息很快传到了兴元，唐僖宗只能盼望勤王大军能够助其收复长安，但田令孜却不再抱任何幻想。也难怪田令孜会失望，朱玫当初本是依靠他的，现在朱玫已经放弃他与唐僖宗，重新拥立了一位皇帝。田令孜已不再想着有一天能够回到长安，甚至连兴元也不想待，一心想到成都去投靠兄长陈敬瑄。十一月，田令孜对唐僖宗说他有病，而且要到成都去寻医治疗。唐僖宗此时也不想再依靠这位"阿父"，甚至盼着他早点离开，便马上恩准。

田令孜走了，杨复恭便成了唐僖宗身边的重要宦官，也掌握着神策军的大权。在杨复恭的统一指挥下，宋文通、李鋋、陈佩这几位神策军将领不断取得捷报，卫军金吾将军满存也接连打败朱玫的人马，还收复了兴州。十二月，各军向前推进，朱玫的兵马节节败退，凤州也被收复。杨复恭又向关中发出一纸檄文，称："砍下朱玫首级者，赏其静难节度使。"

杨复恭的这个计策果然有效。朱玫的大将王行瑜两个月来一直不能战胜宋文通等人，还不断败退，接连丢掉兴州、凤州。王行瑜担心朱玫向其问罪，便与部下商议道："现在没有战功，回去必定被处死。不如与诸位回去斩下朱玫首级，恭迎皇帝大驾，出任静难节度使。"众人都认为有理。

十二月十日，王行瑜率部从凤州返回长安。朱玫当时正在处理公务，听报王行瑜突然返回，非常生气。朱玫责备王行瑜道："你擅自返回，是想造反吗？"王行瑜回道："我不想造反，只想诛杀造反之人。"王行瑜说完，拔出佩刀将朱玫斩首。

关于讨伐朱玫一事，李克用的沙陀兵到底有没有到关中作战？《资治通鉴》上讲得不够明确。《旧五代史》上只说李克用发檄文声讨，而《新五代史》上则明确地说，李克用只是假装答应，并没有出军。事实是，朱玫的兵马是被杨复恭的神策军击退的，朱玫是被其部下王行瑜杀掉的，李克用只

是发了一个檄文。

朱玫一死,京师大乱。宰相裴澈、郑昌图带领二百余名官员护卫着新皇帝李煴逃往河中,投奔护国节度使王重荣。让裴澈、郑昌图以及李煴没有想到的是,王重荣已经再度归向唐僖宗,他们来到河中,纯属找死。当李煴君臣进入城中时,王重荣下令将李煴杀死,将裴澈、郑昌图等囚在狱中。可怜李煴被朱玫拥立为帝,短短几个月就身首异处。王重荣用木匣装上李煴首级,派人送到兴元唐僖宗处。

唐僖宗平定了朱玫,自然庆贺一番。唐僖宗也不忘给有功之将升官。《旧五代史》上说宋文通在抵御朱玫叛军的战斗中功居第一,被唐僖宗赐姓为李,改名茂贞。唐僖宗还亲自为李茂贞取字为"正臣"。887年(唐僖宗光启三年)正月,唐僖宗任命李茂贞兼武定(治洋州)节度使,同时任命王行瑜为静难节度使,扈跸都头杨守宗为金商(治金州)节度使,右卫大将军顾彦朗为东川(治梓州)节度使,原金商节度使杨守亮为山南西道节度使。唐僖宗还下诏罢免田令孜所有官爵,长期流放端州(今广东省肇庆市)。由于田令孜人在成都,这份诏书无法执行。

唐僖宗决定从兴元返回长安。三月十八日,唐僖宗到达凤翔。凤翔节度使李昌符担心唐僖宗一旦回长安,赏赐就会变少。李昌符便对唐僖宗说,长安的宫室尚未修整完毕,恳请在凤翔驻跸一些时日。唐僖宗没有想到,他在凤翔一驻就是一年。

第12章　兼并义成,激战边孝

　　黄巢被杀狼虎谷,农民大起义被镇压了下去,然而已经投降黄巢的秦宗权仍在攻掠四方,势力越发强大。黄巢在正史上的评价多是负面的,被看作贼寇。到了后世,黄巢才有正面的评价,被称为义军领袖。黄巢的评价有两重性,正面的负面的都有,然而秦宗权恐怕只有负面的评价了,尽管他后来再次投降了黄巢义军。

　　884年七月到十二月,秦宗权派出多位将领,攻打邻近藩镇州县:秦彦侵犯淮南,秦贤侵犯江南,秦诰攻陷襄、唐、邓三州,孙儒攻陷东都洛阳及孟、陕、虢三州,张晊攻陷汝、郑二州,卢瑭攻打汴、宋二州。秦宗权的这些兵马所到之处,不是屠杀兵民,就是纵火焚烧,没有军粮,就以人肉为食。史书上说,当时"北至卫、滑,西及关辅,东尽青、齐,南出江、淮,州镇存者仅保一城,极目千里,无复烟火"。

　　885年三月,秦宗权在蔡州(今河南省汝南县)称帝。令人困惑的是,史书上没有载明秦宗权这个皇帝的国号与年号。有分析者认为,秦宗权的国号就是大齐,与黄巢的一样,因为秦宗权已经投降了黄巢,他是在继承黄巢的帝位。

　　秦宗权攻下了邻近藩镇二十多个州,势力不断增强,但中原一带仍不能全部占领,就是因为朱全忠的宣武(治汴州)仍然安然无恙。秦宗权决定亲自率兵攻打朱全忠,朱全忠则主动南下迎战。两部兵马对阵,将领王虔裕奉命出战,不利。秦宗权的兵马乘势杀了过来,朱全忠的坐骑突然跌倒,朱全忠掉下马来。

　　在此危急时刻,刚从义军中投降过来的濮州(今山东省鄄城县)人葛从周奋勇向前,将朱全忠扶上了马,随即和敌兵格斗,舍命保护朱全忠。葛从周杀得非常英勇,手臂中箭、脸部受伤,仍在拼死力战。朱全忠撤到

溵水(今河南省项城市西北)河边,整军再战,终将秦宗权击退。朱全忠对身负多伤的葛从周大加赞赏,将葛从周提升为大将,从此非常信赖葛从周。朱全忠对王虔裕非常恼火,下令将王虔裕囚禁军中。

朱全忠很想铲除秦宗权这个祸害,苦于能力不及。朱全忠决定先壮大力量,再与秦宗权决战。

886年(唐僖宗光启二年)十一月,朱全忠抓住有利时机兼并了义成军(治滑州)。义成是宣武北边的一个藩镇,节度使是安师儒。安师儒怠于军政,将大权交给"两厢都虞候"夏侯晏、杜标。谁知这二人骄傲蛮横,将士非常不满。一名小校名叫张骁,悄悄出了城,聚集两千人回攻滑州(今河南省滑县)。安师儒为了平息事端,便下令将夏侯晏、杜标二人斩首。尽管如此,叛军还是将安师儒驱逐,拥立张骁为义成留后。安师儒逃到汴州,投奔朱全忠。朱全忠派大将朱珍、李唐宾前往攻打滑州。

天平(治郓州)节度使朱瑄听闻义成内乱,也想趁机兼并义成。朱瑄派濮州刺史朱裕引诱张骁,将其杀害。朱裕接着便率兵前往滑州。当时已是冬季,老天下起了大雪。朱全忠的大将朱珍与李唐宾探知朱瑄也派人抢夺义成,便下令急行。大雪没有挡住朱珍与李唐宾行军,二人一夜之间便到达滑州城下,赶在了朱裕的前头。二人立即传令攻城,动用大量云梯,很快攻克滑州城。朱全忠得到义成后,表荐牙将胡真为义成留后。

朱全忠兼并义成军,实力有所增强,但朱全忠仍清醒地认为,光凭一个义成仍不能对抗强大的秦宗权,他必须有一支强大的兵马。887年(唐僖宗光启三年)二月,朱全忠派都指挥使朱珍到东方招募兵马。朱全忠交给朱珍的这个招兵任务并不好做,因为朱珍是要到别人的地盘上去招兵,而且夏季就要返回。朱珍前往招兵的地方是平卢(治青州),远在泰宁(治兖州)的东北边。朱全忠还给朱珍一个空头官衔,那就是淄州(今山东省淄博市)刺史,以便朱珍能够名正言顺地在那里招兵。要知道淄州当时由平卢管辖,朱全忠任命给朱珍这个刺史之职,其实是无效的。但朱珍就这样前往淄州了。值得一提的是,朱珍此次招兵,大将葛从周、朱全忠的亲从刘捍以及踏白副指挥使王檀也一同前往,刘捍担任监兵。

四月，朱珍到达淄州，十天时间，竟招到一万多人。限于史料，我们不能知道朱珍是如何在这么短的时间内招到这么多的兵马的。我们只能赞叹朱珍不仅有勇而且有谋。更令人难以想象的是，朱珍还准备在人家地盘上打上一仗，以抢夺战马。史书记载，朱珍就带领所招的一万多名士兵攻打平卢节度使王敬武所在的青州（今山东省青州市）。朱珍发动的是突然袭击，王敬武毫无防备，一千匹战马被抢。不久，朱珍带领一万兵马回到汴州，朱全忠大喜道："我的大事必成。"

却说秦宗权当时的兵马超过朱全忠，但始终不能彻底战胜朱全忠，秦宗权认为这是一种耻辱。秦宗权决定调集全部兵力向朱全忠发起大规模的攻击，以图彻底打败朱全忠。秦宗权甚至把攻打荆南（治江陵府）一年有余的部将秦宗言也调了回来，以为后备。秦宗权先派张晊与秦贤率兵进逼汴州，待命。张晊屯兵汴州北郊的赤冈，秦贤屯兵汴州西郊的板桥。二人都有数万人马，分成三十六个营寨，连绵二十余里长。

朱全忠与部将商议对策，朱全忠说道："他们是在养精蓄锐，等待时机向我们发起进攻。他们之所以敢这么做，是认为我们的兵马太少，只能守城，不会主动向他们发起进攻。他们做梦也没有想到，朱珍用很短的时日便为我带回一万兵马。现在我们可以向敌人发起进攻，打他个出其不意。"众将认为有理，赞同主动出击。

朱全忠计议已定，便传令出城，先向板桥的秦贤发起攻击。由于朱全忠亲自督战，宣武的将士们打得都非常勇猛。秦贤真的没有太多防备，四个营寨被攻破，一万多人被杀。秦贤的士兵看到朱全忠带来这么多兵马，都以为是天兵降临，根本无心再战。王檀在板桥一战中非常英勇。偏将李重胤追击敌将薛注时，战马被绊倒，李重胤被擒。王檀纵马向前夺回李重胤，反将敌将薛注擒获。

当时秦宗权还有一位将领卢瑭正驻扎在万胜（今河南省中牟县西北），就在秦贤的西边。卢瑭夹着汴水建立营寨，以阻断朱全忠的水路运输。朱全忠对此一直非常恼怒，只是一直没有能够拔掉这个据点。现在朱全忠击败秦贤，决定继续攻打卢瑭。这天早上，天降大雾，朱全忠向卢

瑭发起偷袭，卢瑭被打得措手不及，兵马几乎被杀光。卢瑭的残兵全部逃往张晊的营中。

朱全忠最后向张晊驻扎的赤冈发起攻击。史书记载，从黄巢义军中投降过来的将领张归霸在此次战斗中极为英勇。张归霸身中一箭，不仅不惧，还拔出箭射向敌人。敌将中箭落马后，张归霸抢过战马，返回阵中。当时朱全忠正在高处观战，盛赞张归霸，不仅赏其金帛，还将自己的战马赏给张归霸。赤冈一战，朱全忠大获全胜，杀死张晊两万多人。张晊集结余部，准备再战。朱全忠此时虽连获胜利，却不想持续战斗，传令返回汴州城中休整。

朱全忠休整数日，再度出城攻打张晊。五月三日，朱全忠派张归霸带领五百名弓箭手埋伏在低洼处，朱全忠则亲率数百名骑兵引诱张晊。张晊不知是计，率兵追击朱全忠，这时张归霸伏兵一齐杀出，张晊大败，连忙派人向他的皇帝秦宗权告急。秦宗权当时正在郑州（今河南省郑州市）作战，离汴州一百余里。秦宗权决定率精锐兵马前来援救张晊，同时也准备痛击朱全忠。

朱全忠获报秦宗权亲率精兵东来，也感到担忧，担忧不敌秦宗权。朱全忠也派人去搬救兵。朱全忠不仅传令义成留后胡真率兵来援，还派人去请天平节度使朱瑄、泰宁节度使朱瑾兄弟派兵来援。

朱瑄是宋州下邑（今河南省夏邑县）人，与朱全忠的家乡砀山县（今安徽省砀山县）是紧邻，可以说是半个老乡，说不定许多年前还是一家人。朱瑄年轻时与父亲一起贩卖私盐，其父后来被处死，朱瑄则到平卢从军，当了一名小校，隶属于将领曹全晸。曹全晸后来出任天平节度使，朱瑄也跟着来到天平。朱瑄因战功而被任命为马步军都指挥使，后又被任命为天平节度使。

朱瑄还有一位堂兄弟名叫朱瑾，此人勇冠三军、风流倜傥、胸有大志，但生性残忍。就在朱全忠兼并义成的次月，朱瑾准备夺取泰宁军。朱瑾先派人向泰宁节度使齐克让求婚，齐克让应允。朱瑾的迎亲队伍衣着华丽，车马壮观。朱瑾并不是真的去迎亲，而是将兵器、铠甲藏在车中。到了兖州（今山东省济宁市兖州区），见到齐克让，朱瑾突然下令，迎亲队伍中的士兵立即亮出兵器，将齐克让拿下。朱瑾夺了兖州后，也没有杀掉齐克让，而是将齐克让赶走。仍在兴元的唐僖宗当时也刚刚平定朱玫，对朱瑾计夺泰宁也无力责备，只得下诏任命朱瑾为泰宁节度使。从此朱瑄、朱瑾两兄弟一人一个藩镇，互为支撑。

五月八日，朱瑄与朱瑾亲自率兵赶来增援朱全忠，义成的兵马也及时抵达。一下子有了四镇兵马，朱全忠信心倍增，决定向秦宗权驻扎的边孝村（今河南省开封市北）发起攻击。这一战结果可想而知，那就是秦宗权大败，两万人被杀，秦宗权本人连夜向西北方向逃去。朱全忠率兵追击，一直追到武桥（今河南省原阳县南）才作罢。秦宗权这一败，其所占领的东都洛阳、孟州、许州、汝州、怀州、郑州、陕州、虢州等地的将领都弃城而走。郑州、孟州还被秦宗权、孙儒下令屠城。经此一战，秦宗权的势力大为减弱，与朱全忠的作战由攻势变为守势。

朱全忠非常感激朱瑄、朱瑾，与二人结为兄弟。朱全忠认朱瑄为兄长，对朱瑄非常恭敬。然而让人没有想到的是，朱全忠准备向这位刚伸援手的结义兄弟发起袭击，这是为什么呢？

第13章 讨伐义兄，器重敬翔

朱全忠非常感激朱瑄、朱瑾兄弟的增援，与朱瑄、朱瑾结义为兄弟。朱全忠也真心地把二人当亲兄弟看待。然而好景不长，朱全忠竟与朱瑄、朱瑾发生冲突，而且是朱全忠主动向两位结义兄弟用兵。朱全忠想谋取自己的结义兄弟，从情理上似乎说不过去，朱全忠怎能下得了手呢？

说到朱全忠发兵攻打朱瑄、朱瑾兄弟，史书的记载存在异同，笔者不能不说明。《旧五代史》之《太祖本纪》及《朱瑄传》上都说，朱瑄、朱瑾兄弟增援朱全忠、驻军汴州（今河南省开封市）时，看到朱全忠的士兵骁勇，心中很是喜欢。朱瑄返回郓州（今山东省东平县）后，就在天平（治郓州）、宣武（治汴州）两藩镇边界处用金帛引诱朱全忠的士兵，不少士兵贪图厚利，投奔了朱瑄。朱全忠得知后，致书责备朱瑄，朱瑄答词不恭，因而产生矛盾。《新五代史》则说朱全忠想兼并天平、泰宁（治兖州），为了找个借口，便诬陷朱瑄、朱瑾引诱其士兵。《资治通鉴》的记载与《新五代史》一样。那么到底谁是谁非呢？

从后面发生的史实来看，朱全忠兼并天平、泰宁两藩镇要在六年之后才正式开始，而且朱全忠用了将近四年的时间才兼并了这两个藩镇。由此看来，在887年（唐僖宗光启三年）八月的时候，朱全忠并没有做好兼并天平、泰宁的准备，不然不会再等六年。朱全忠当时与朱瑄、朱瑾已经结义，应当不会这么快就要吞并朱瑄、朱瑾。所以，一个最大的可能就是朱瑄确实在招募兵马时，吸引了朱全忠的士兵。朱全忠也不是一位好惹的人，当时一定火冒三丈，也就不再顾及什么结义之情，而立即下令报复朱瑄。

我们再从朱瑄角度看一看。朱瑄看到朱全忠的士兵骁勇，想招引朱全忠的士兵也属正常，谁不希望自己的藩镇强大？朱全忠不也到别人的藩镇去招募兵马吗？朱瑄、朱瑾当时不仅希望自己的藩镇强大，甚至也有兼并别人藩镇的想法。数月前朱瑾就不择手段地兼并了泰宁。

再者，晚唐时期藩镇林立，朝廷微弱，不能控制这些藩镇，在那个极为混乱的时代，人们如同生活在丛林之中，亲兄弟之间尚且刀兵相向，更何况结义兄弟。朱瑄在朱全忠面前可能真有兄长之态，这从后面"复书不逊"就可以看出。当然，朱瑄帮助过朱全忠，朱全忠对其也很恭敬，这也许让朱瑄忘乎所以。

不管朱全忠有没有诬陷朱瑄，朱全忠确实给朱瑄写了责备信，这是几本正史上都记载的，而且朱瑄的回复也极为不恭。朱全忠马上派都指挥使朱珍与大将葛从周率兵攻打天平所属的州县，小校牛存节随军出征。牛存节本名牛礼，青州博昌县（今山东省寿光市）人。牛存节本来在河阳（治孟州）跟随节度使诸葛爽。诸葛爽去世后，牛存节对部众说道："天下大乱，应当选择英雄投奔。"牛存节后来带领十余人投奔了朱全忠。牛存节为人淳朴刚强、忠心谨慎，朱全忠非常喜欢，为其改名为存节。

八月十一日，朱珍、葛从周攻克天平所属的曹州（今山东省曹县），杀死曹州刺史丘弘礼。朱珍、葛从周没有罢休，继续率部北上攻打天平所属的濮州（今山东省鄄城县）。

天平节度使朱瑄得到消息，马上派人联络堂兄弟朱瑾，准备迎战。朱瑄、朱瑾不日率两镇兵马南下，在刘桥（今山东省鄄城县南）与朱珍的兵马遭遇。这是一场非常激烈的战斗，可惜史书记载非常简略，只说天平、泰宁数万人被杀，朱瑄、朱瑾二人落荒而逃。当然，史书也提及小校牛存节在刘桥取得不小的战功。

战事还没有结束，朱珍继续向前推进，仍要攻打濮州。九月，朱珍抵达濮州城下。逃回郓州的朱瑄再派兄弟朱罕率一万骑兵前来援救濮州。朱全忠得到消息，也亲率兵马前来增援朱珍。朱全忠在范县（今山东省范县）阻截朱罕，朱罕不敌被杀。史书记载，小校牛存节在范县战功居多，深得朱全忠赞赏。

朱罕被杀，朱珍攻打濮州便无后顾之忧。十月，朱珍攻克了濮州，濮

州刺史朱裕逃往郓州。朱珍一鼓作气,继续向北攻打天平军的治所郓州。郓州城内的朱瑄不敢强行抵挡,决定用计。朱瑄将刚刚败逃回来的朱裕叫来,让朱裕给朱珍写信,向朱珍投降,表示愿作内应,请朱珍在夜晚率兵入城。从朱珍一路攻克曹州、濮州来看,朱珍当时一定求功心切,恨不得早点攻克郓州。另外,朱珍一路获胜,可能多少也有些轻敌。总之,朱珍相信了朱裕,准备在夜晚入城。

那天晚上,朱珍率部悄悄来到郓州城下,朱裕果真打开城门,将朱珍人马接入城中。朱珍没有想到,他进入了瓮城之中,突然,城门关闭,伏兵杀出,朱珍大呼上当。由于正是晚上,道路不明,地形不清,朱珍根本无法指挥作战,只能一边招架一边后撤。这一战,朱珍惨败,被杀数千人。朱珍不敢再战,率余部突破城门,杀了出去。出了郓州城,朱珍一路南归。朱瑄率部追击朱珍,朱珍所攻克的曹州被朱瑄收复。朱珍虽丢了一个曹州,但还有一个濮州在手中。朱珍当时就暂驻濮州。

朱珍败于郓州,损兵折将,朱全忠得知后,没有责备。然而朱珍此时却做了一件让朱全忠极不高兴的事,让我们不得不认为朱珍是一位只懂军事不懂政治的大将。十一月,朱珍派人前往汴州,将妻子接到军中,并没有向朱全忠请示。朱全忠得知此事,非常生气,开始怀疑朱珍。朱全忠一怒之下派人将朱珍的妻子追回,下令杀掉放其出城的守门官。朱全忠还要罢免朱珍的兵权,派亲信蒋玄晖前往濮州召回朱珍,命大将李唐宾接替朱珍。

故事讲到这里,我们不妨闲言几句。朱珍的做法固然有错,但朱全忠如果真的这样做了,必将带来严重后果。要知道,朱珍一旦被怀疑,就有逼反的可能,那对朱全忠来说损失就大了。从朱全忠的决定来看,朱全忠是一位性格暴躁的人。史书也说,朱全忠善于权术,将领幕僚大多不能看透其心思。朱全忠动起怒来也没人敢劝。当然也有人例外。那么面对朱全忠这样一位喜怒无常的人,什么人才能与其游刃有余地相处呢?此人便是朱全忠的第一谋士敬翔。

敬翔,字子振,同州冯翊(今陕西省大荔县)人。敬翔的父亲曾做过刺史，出身不算是平民。敬翔喜爱读书，文思敏捷，擅长刀笔，遗憾的是，敬翔参加科举，未能考中进士。黄巢攻入长安后，敬翔前往关东，客居汴州。敬翔有个同乡名叫王发，当时是宣武观察支使，敬翔便前往投奔他。王发也想帮助敬翔，但一直未能找到合适的事情推荐他，敬翔当时生活非常窘迫，便替人写笺帖度日，不想有一些好的字句流传到军中。

有特长的人总会被人发现。却说朱全忠没读过什么书，喜欢用浅显的字句书写奏章与檄文。朱全忠听说有个叫敬翔的人很会写这样的文章，便将王发叫来，对王发说道："听说你有一位同乡很有才能，把他带来。"王发正愁没有机会推荐敬翔，现在听到节度使要召见敬翔，非常高兴。王发很快就将敬翔带来见朱全忠。朱全忠见到敬翔，问道："听说你读过《春秋》，《春秋》上讲的是什么事？"敬翔回道："就是一些诸侯争战的事。"朱全忠又问道："那上面讲的用兵之法，可以为我所用吗？"敬翔答道："用兵作战，在于随机应变，出奇制胜，《春秋》上讲的是古代的兵法，不能用在今天。"朱全忠听后，非常高兴，将敬翔留在军中任职。然而敬翔对武职没有兴趣，请求担任文官，朱全忠便任命敬翔为馆驿巡官。

敬翔不仅敢于劝谏朱全忠，也能预先看出朱全忠的意图，还能弥补朱全忠的不足。朱全忠从此对敬翔另眼相看，认为这是一位难得的人才，有相见恨晚的感觉。后来，无论是军机还是政务大事，朱全忠都与敬翔商议，敬翔从此成了朱全忠的第一谋士。

当听说朱全忠要让李唐宾代替朱珍时，敬翔坐不住了。敬翔担心宣武将发生内乱，马上去见朱全忠。敬翔只说了一句话，便让朱全忠改变了决定，由此可见朱全忠对敬翔多么器重，朱全忠听了甚至还为自己的做法感到后悔。敬翔说："朱珍不可以轻易地取代，否则会让其生疑而发生变乱。"的确，朱珍与李唐宾一个是都指挥使，一个是都押牙，二人英勇、谋略以及声名都不分上下，朱全忠每次出战，都将二人带在军中，无往而不胜。二人之间也暗中较劲，谁也不服谁。如果让李唐宾取代朱珍，朱珍很有可能会带领兵马反叛，这对朱全忠以及宣武来说是个不小的灾难。朱全忠听了敬翔的话，立即派人去追回蒋玄晖。

　　再说驻屯濮州的朱珍可能也听到传闻,担心朱全忠怀疑自己。十一月七日的晚上,朱珍在军中摆下宴席,宴请各将。当时李唐宾也在军中,可能也听到汴州发生的事,担心朱珍会在宴席上对其下手。李唐宾决定三十六计走为上,连夜砍开城门,奔往汴州。朱珍得知李唐宾不告而别,也担心其到了汴州会对自己不利,遂也弃下兵马,单人匹马赶回汴州。

　　朱珍、李唐宾二人都来到汴州,置兵马于外而不顾,朱全忠没有发火。朱全忠对二人都没有责怪,让他们返回濮州,将兵马带回。说到这里,还要提一下敬翔。朱全忠的个性非常强,能够如此心平气和地对待二将,一定少不了敬翔的劝谏。当然,从朱全忠能够听从敬翔的建言来看,一方面说明敬翔的智慧很高;另一方面也说明朱全忠还是能够纳谏的。

　　朱全忠刚刚平息朱珍与李唐宾的冲突,便接到唐僖宗任命其兼任"淮南节度使"及"东南面招讨使"的诏书。这是怎么回事呢?原来淮南(治扬州)境内也发生大的战乱,驻跸凤翔(今陕西省凤翔县)的唐僖宗有心平定,但无力征讨,便想让一个有实力的藩镇节度使来协助解决。唐僖宗想到的人便是宣武节度使朱全忠。我们先从头讲述一下淮南发生的这场内乱。

第14章　淮南内乱，高骈遭囚

淮南(治扬州)节度使高骈特别相信神仙之道，左骁雄军使俞公楚便给他带来一位术士。这位术士名叫吕用之，是鄱阳(今江西省鄱阳县)茶商之子，一直客居扬州广陵(今江苏省扬州市)。吕用之对扬州风土人情十分了解，常在烧汞炼丹之余对众多事务提出看法，高骈觉得他是一位得道奇士。然而吕用之并不是一位只想得道升仙的人，他想掌控淮南军政大权。

高骈非常信任吕用之，便将淮南事务交给吕用之，自己则专心求仙问道。吕用之越发骄横，便有人抱怨俞公楚不该将吕用之引荐给高骈。俞公楚提醒吕用之注意收敛，吕用之便将俞公楚也记恨在心。

右骁雄军使姚归礼是一位耿直之人，敢怒敢言，对吕用之也是深恶痛绝。姚归礼经常在吕用之面前指出他的罪恶，还想亲手杀了吕用之。883年三月十七日夜晚，吕用之与他的党徒在妓院相聚。姚归礼得到消息，便派人前往纵火，还杀掉几个与吕用之长相差不多的人，然而吕用之已经换上别人的衣服逃脱。

第二天早上，吕用之命人严查纵火之人，原来全都是骁雄军的士兵。当天晚上，吕用之在高骈面前不停地说俞公楚与姚归礼的坏话，陷害俞、姚二将。高骈虽然信任吕用之，但没有马上下令诛杀俞公楚与姚归礼，吕用之只得再想计策。

没过多久，高骈获报慎县(今安徽省肥东县)有人造反，便派俞、姚二将率三千名骁雄军士兵前去讨伐。慎县就在庐州(今安徽省合肥市)城东数十里的地方。吕用之眉头一皱，计上心来，派人给"知庐州事"杨行密送去一封密报。杨行密何许人也？

杨行密，本名杨行愍，庐州合肥人，出生于852年，与朱全忠同年。杨

行密小时就成了孤儿,生活贫困。杨行密有两个特殊的本领,那就是膂力过人,而且日行三百里,可以说是"飞毛腿"。这样一位有力气又跑得快的人在乱世之中当兵就是极为寻常的事了。杨行密在战斗中多次立功,被升为队长,直到庐州牙将。庐州都将(史书未载其名)非常嫉妒杨行密,向刺史郎幼复建议,将杨行密派到外地驻防。杨行密接到命令后,知道是都将出的主意,但仍先到都将处告辞。都将假仁假义,说了不少好话,最后还问杨行密有什么需要。杨行密大怒道:"我就想要你的人头!"杨行密说完,举起佩刀,砍下都将的首级。杨行密控制了各营兵马,自称"八营都知兵马使"。

杨行密杀了都将,庐州刺史郎幼复也无计可施。郎幼复控制不了杨行密,便将杨行密推荐给淮南节度使高骈,请高骈任命杨行密为庐州刺史。庐州归淮南管辖,高骈不能不管。高骈接受了郎幼复的请求,表荐杨行密为淮南押牙、知庐州事。杨行密虽然还没有被正式任命为庐州刺史,但已经是事实上的庐州刺史了。杨行密也开始选取贤能之人治理庐州。

不久,杨行密收到吕用之的密报。吕用之在密报中谎称俞、姚二人率三千兵马前来袭击庐州。杨行密也不管是真是假,马上派兵迎战,可怜俞、姚二将毫无防备,全军覆没。杨行密接着派人前往扬州,向高骈禀报说,俞、姚二人阴谋叛乱,是故将其诛杀。高骈不知是吕用之之计,真以为俞、姚二人谋反,还厚赏了杨行密。后来,朝廷也正式任命杨行密为庐州刺史。

吕用之害死俞、姚二人之后,仍在蛊惑高骈、祸乱淮南。884年三月,高骈的侄儿、左骁卫大将军高澞将吕用之的罪状写了二十多张纸,秘密呈递给高骈,还哭泣道:"吕用之假借神仙之说,蛊惑尊听,盗用节帅大权,残害百姓。将领担心被害,无人敢言。时日一久,吕用之羽翼必将丰满。如果此时不除吕用之,高家世代功勋都将一扫而空。"高澞说完呜咽不能自已。高骈听后不以为然,问道:"你是不是喝醉了?"命人将高澞搀扶了出去。

第二天,高骈将高澞写的罪状拿给吕用之看。吕用之是何等狡猾之人，马上找了一个借口说道："四十郎曾经向我借钱，我没有借给他，因而怀恨在心。"吕用之还拿出几张借据给高骈看。高骈感到非常惭愧，对吕用之坚信不疑。高骈还把高澞打发到舒州（今安徽省潜山县）去当知州。

886年五月，朱玫拥立嗣襄王李熅为帝，任命吕用之为岭南东道（治广州）节度使。吕用之并没有到广州赴任，而就在扬州设立军府。吕用之名义上是岭南东道节度使，实际如同淮南节度使。吕用之逼迫高骈部属听从自己，不听的则设法迫害。

左厢都知兵马使毕师铎本是黄巢将领，因不敌高骈的大将张璘而投降。毕师铎有一位美丽的小妾，吕用之提出要见上一面，毕师铎不肯。后来毕师铎外出公干，吕用之便偷偷去见他的小妾。毕师铎知道后，恼羞成怒，将这位小妾赶出家门，从此便与吕用之结下了仇怨。

887年（唐僖宗光启三年）四月，高骈派毕师铎率一百名骑兵到北边的高邮（今江苏省高邮市）驻屯，以防秦宗权派兵来袭。让毕师铎没有想到的是，吕用之突然对其非常友好。毕师铎认为吕用之就要对其下手了。到了高邮，毕师铎对亲家、高邮镇遏使张神剑说了此事。张神剑劝毕师铎不用担心，认为吕用之不会加害他。然而淮南的官员们大都认为毕师铎就要被杀。毕师铎的母亲还让人给毕师铎带话道："如果发生事端，你只管自己逃走，不要担心年老的母亲、弱小的儿子。"

高骈的儿子四十三郎也非常厌恶吕用之。四十三郎想让毕师铎带领各将揭露吕用之的罪责，让高骈知道真相。四十三郎派人悄悄给毕师铎带话道："吕用之近来频频拜见家父，准备谋图你，文书已经送达张神剑处，赶紧严加防备。"毕师铎不知道这是四十三郎编造的消息，便去问张神剑道："昨夜节度使有文书到此，亲家翁为何不讲？"张神剑一脸茫然，说道："没接到什么文书。"

毕师铎听后，感到非常不安，赶紧回到大营之中，与属下商议。属下都劝毕师铎起兵杀掉吕用之。毕师铎说道："这些年来，吕用之所作所为，人神共愤。也许上天正要假借我手把他杀掉。"毕师铎准备再找一位帮手。当天夜里，毕师铎悄悄去找淮宁军使郑汉章。郑汉章是毕师铎的同

乡，与毕师铎很友善，也痛恨吕用之。郑汉章听了毕师铎的打算，大喜，当即带领兵马跟毕师铎前往高邮。

毕师铎到了高邮，又去向张神剑要高骈的文书。张神剑感到吃惊，不知道这位亲家为何一再要这份根本不存在的文书。张神剑只能回答道："没有文书。"毕师铎听了非常生气，神色严厉地对张神剑说道："你为何还看不明白，吕用之奸险凶恶，天地不容。吕用之贿赂权贵，被任命为岭南东道节度使，但一直不去赴任。这是为什么？有人说他想得到淮南，想当淮南节度使。如果吕用之得逞，我们岂不要去侍奉这个妖孽？我们应当杀掉此贼，以谢淮南。"一旁的郑汉章非常赞同，命人取来酒水，歃血盟誓。

第二天，众人推举毕师铎为行营使，郑汉章为行营副使，张神剑为都指挥。毕师铎命人撰写文告，送到淮南所属的各州，阐明起兵讨伐吕用之的缘由。张神剑虽然一同盟誓，但心怀鬼胎，担心毕师铎不能成功。为给自己留一条退路，张神剑请求将所部兵马留守在高邮。张神剑解释道："这样做，一来为你们声援，二来为你们供应粮草。"毕师铎已经看透这位亲家的心思，感到不高兴。郑汉章劝道："张尚书的想法也对，只要大家始终一条心，事成之日，金钱、美女共同分享。"毕师铎也就答应了。

四月五日，毕师铎、郑汉章率部从高邮出发。两日后，淮南的巡逻骑兵发现毕师铎的兵马正在向广陵进发，立即派人向高骈禀报，不想被吕用之截留。吕用之没有把这个消息报给高骈。吕用之立即派人前往庐州，以高骈的名义发布牒文，任命庐州刺史杨行密为淮南行军司马，并令其前来援救广陵。

四月八日，毕师铎到达广陵城下，广陵城中一片慌乱。四月九日，吕用之命精锐兵马出城迎战，还拿出钱财奖赏将士，毕师铎不敌而退。吕用之命人破坏护城河上的桥梁，还传令加强各城门的守备，以防毕师铎再攻。令吕用之没有想到的是，高骈听到城外有呼喊之声，问左右侍从发生了什么事。左右侍从说毕师铎起兵谋反。高骈吃了一惊，连忙将吕用之叫来问话。吕用之从容不迫地回答道："毕师铎的士兵想回家，守城官兵不让进城。刚才已经传令放行,此事很快就会平息。如果他们仍在闹事,只需九天玄女派一位勇士就能解决,节帅不要担心。"

毕师铎撤退到广陵城北的山光寺,脸上露出懊悔的神色。毕师铎没有信心再去攻打广陵城,但又骑虎难下。毕师铎思来想去,决定向宣歙道(治宣州)观察使、黄巢旧将秦彦求援。四月十日,毕师铎派其子与部将孙约前往宣州(今安徽省宣城市)。就在二人走了不久,毕师铎的门客毕慕颜从广陵城中逃出,来到山光寺。毕慕颜对毕师铎说道:"城中人心涣散,吕用之穷途末路,如果将军继续围攻,广陵城一定能破。"毕师铎听后,眉头舒展,信心倍增。

当天,高骈再次叫来吕用之,问到底发生什么事。吕用之只好如实禀报。高骈听后说道:"我不准备派兵去打毕师铎,你选一位诚实温和的将领,拿着我的亲笔信去见毕师铎。如果毕师铎执意要刀兵相向,再做最后决定。"吕用之只好应允。四月十一日,吕用之派自己的亲信、讨击副使许戡带着高骈的亲笔信、吕用之的誓言以及酒肉前往山光寺。毕师铎满心以为高骈会派一位亲信前来,那样就可以将吕用之的罪恶原原本本地诉说一遍,也可以宣泄心中的愤恨。现在来了个许戡,毕师铎是满肚子话不能说,怒道:"怎么派这种肮脏的东西来?"许戡还没有来得及答话,便被拉出去斩首。四月十二日,毕师铎修书一封,用箭射到城里,吕用之根本不拆封就把它烧毁。

四月十四日,吕用之在一百名卫士的护卫下来到高骈的延和阁。高骈听报,大惊失色,连忙躲在寝室之中。过了很久,高骈还是出来见吕用之。高骈生气地说道:"节度使的居所,你无缘无故带兵进来,是想谋反吗?"吕用之也感到一丝恐惧,便带着卫兵离开了。吕用之出了内城南门,对众人说道:"我再也不到这里来了。"从此吕用之与高骈公开决裂。吕用之传令将城中的中青年男子全部抓来,不管是官员还是书生,命他们全到城墙上守城,从早到晚不得休息。吕用之又担心这些人与毕师铎谋通,便不断地变换他们守城的地方,以致家人前来送饭都不知所在。广陵城中的人都盼望着毕师铎早点进城。

　　高骈终于不再信任吕用之,知道谋反的人是吕用之,而不是毕师铎。高骈将侄儿高杰叫来,一起商议对策。四月十五日,高骈任高杰为"都牢城使",把五百名亲信卫士拨给高杰。高骈当时甚感悲怆,还流下了眼泪。高骈又派大将高谔带着高骈的文书、毕师铎母亲的书信以及毕师铎的小儿子,前往毕师铎的军中。毕师铎让高谔将其小儿子带回广陵城中,说道:"节度使只要杀掉吕用之,我一定不敢忘恩,愿以妻儿作为人质。"高谔便又带着毕师铎的小儿子回到广陵城中,高骈担心吕用之加害毕师铎家人,便派人将毕师铎的母亲、妻儿全部接到节度使府衙。

　　毕师铎一直没有攻城,他一直在等待援军。四月十八日,秦彦派部将秦稠带领三千人马抵达广陵。第二日,毕师铎与秦稠开始攻打广陵城,毕师铎攻西南角,秦稠攻南门。秦稠一直没有能攻克南门,便改攻外城的东南角。秦稠几次都要攻破东南角,但都被守城士兵堵住。毕师铎攻打西南角两天也不能攻克。毕师铎正在无法可想之际,城内的守兵突然焚毁防御工事,接应毕师铎,毕师铎终于攻入城中。吕用之亲率三千亲兵前来抵挡毕师铎。毕师铎眼看就要失败,这时高杰率领牢城兵从内城杀了过来。吕用之知道大势已去,无心再战,便率人马从参佐门向北逃去。

　　四月二十二日,高骈任命毕师铎为淮南节度副使、行军司马,郑汉章等也都加升官职。可叹名将高骈,走了一个吕用之,又来了一个毕师铎。高骈知道毕师铎的势力已经壮大,只期望毕师铎能够保住他的荣华富贵。第二天,毕师铎住到节度使府院,宣歙道将领秦稠派一千人保护府院及府库。高骈已经失去斗志,只想保全,便向毕师铎请求解除所有官职,而让毕师铎掌管淮南军政大权。

　　毕师铎终于控制了淮南,但他却不想当淮南节度使,他想请秦彦来当淮南节度使。毕师铎又派部将孙约前往宣州,催促秦彦迅速渡江北上。有人劝毕师铎不要请秦彦来担任节度使,而是尊奉高骈为节度使,由毕师铎发号施令,没人敢不服。此人还说,如果秦彦来了,淮南所属各州刺史未必肯服从他,淮南从此必将战乱连年。此人还告诉毕师铎,秦彦的部将秦稠之所以主动派兵保护府库,就是对毕师铎不信任,而且秦稠的士兵骄横，不把淮南放在眼里。毕师铎没有听从，此人担心大祸临头，便离开扬州。四月二十五日，毕师铎请高骈移居城南别馆，还派一百名士兵护卫，实是把高骈软禁起来。高骈悄悄给这些士兵金钱，毕师铎听闻后，马上又把高骈软禁在道院，还把高骈家族中人全部软禁起来。

第15章 苦战半年，夺取扬州

884年三月，高骈任命侄儿高澞为"知舒州事"，把高澞打发到舒州（今安徽省潜山县）。高澞到了舒州不久，一个叫陈儒的人聚众造反，带着人马攻打舒州。高澞担心不敌，便派人向北边的庐州（今安徽省合肥市）刺史杨行密求救。杨行密担心兵马不足，救不了高澞，便与部将李神福商议对策。李神福是洺州人，很早就跟随杨行密。李神福根本不担心兵少，胸有成竹地说道："不用一刀一枪就能将陈儒赶走。"杨行密于是派李神福率兵前往援救舒州。李神福率领人马、带着大量旗帜从小路进入舒州，过了片刻，再带着舒州城中兵马举着庐州旗帜出城。李神福来到城外，指画地形，如同部署大的阵地。陈儒获报后，连夜逃走了。

后来，吴迥、李本又起兵攻打舒州，高澞不能坚守，弃城而走。高骈获报后，非常生气，派人将这个侄儿给就地正法了。杨行密得知此事，立即派将领陶雅、张训率兵前往攻打吴迥、李本。陶雅是庐州合肥人，寡言善用兵。张训是滁州清流人，勇敢强悍，果断有胆略，人称"大口张"。陶雅、张训攻克舒州，杀了吴迥、李本。杨行密便任命陶雅为舒州刺史。两年多后，滁州刺史许勍袭击舒州，陶雅不敌，逃回庐州，此为后话。

不久，秦宗权派其兄弟攻打庐州，兵马驻屯在离庐州数十里远的舒城（今安徽省舒城县）。杨行密再派将领田頵前往迎战。田頵时年二十七岁，字德臣，庐州合肥人，幼年即通晓经史，性格深沉有大志，与杨行密是同乡好友，情同兄弟。田頵是一员猛将，一出战便将秦宗权的兄弟击退。

887年（唐僖宗光启三年）四月，吕用之冒用高骈名义，任命杨行密为淮南（治扬州）行军司马，并令其前来援救广陵（今江苏省扬州市），讨伐毕师铎。杨行密不能决断，便与幕僚袁袭商议。袁袭是庐江（今安徽省庐江县）人，善于谋略，史书称其如同张良、陈平。袁袭对杨行密说道："高骈昏聩，吕用之奸邪，毕师铎叛逆。现在他们向明公请求救兵，这是上天把淮南交给明公，明公应当前往扬州。"杨行密听了此言，决定率兵前往扬州。杨行密不仅带领庐州所有兵马，还向和州（今安徽省和县）刺史孙端借兵，共得数千人。

五月，杨行密到达天长（今安徽省天长市），吕用之前来会合。杨行密尚未到达广陵，两位镇遏使又派人向其投降。一位是高邮镇遏使张神剑。张神剑得知毕师铎已经控制扬州，扬州城中大量财物也归毕师铎所有，张神剑便向这位亲家索要财物。毕师铎说他不能决定，要等宣歙道（治宣州）观察使秦彦到来后再说。张神剑非常生气，便派人向杨行密投降，还给杨行密送来粮草。另一位是海陵（今江苏省泰州市）镇遏使高霸。如此一来，杨行密的士兵达到一万七千人。杨行密率部继续东进，向广陵进发。

再说秦彦带领宣歙道三万余人马，乘竹筏沿江而下，前往广陵。经过上元（今江苏省南京市）时，秦彦遭到赵晖的拦截，兵马被杀及淹死者达一半。五月二十三日，秦彦到达广陵城中，自称"权知淮南节度使"，任命毕师铎为行军司马。秦彦也不想放弃宣歙道，又任命池州刺史赵锽为宣歙道观察使。

五月二十五日，杨行密、吕用之等到达广陵城下，比秦彦晚了两天。杨行密将所部人马分为八个营寨，以对广陵城进行包围。秦彦不想出城迎战，传令固守城池。杨行密也知道广陵城易守难攻，强行攻打必然死伤惨重，便决定长期围困广陵，以使城中的秦彦、毕师铎缺粮缺草。

整整二十天没有交战，秦彦已经不堪围困，准备派兵出击了。六月十六日，秦彦派毕师铎与秦稠率兵出广陵城西门，攻打杨行密。这一战打得非常激烈，秦稠阵亡，士卒被杀十之七八。遗憾的是，史书关于这一场战斗记载非常简略。我们完全可以想象，杨行密帐下名将李神福、田頵在这一战中一定表现不凡。由于秦稠战死，毕师铎也不敢再战，率残余人马退入广陵城中。这时的广陵城中已经严重缺乏粮草，出现人吃人的惨状。

杨行密仍在围困广陵，秦彦仍在城中困守。就这样又过了一个月，广

陵城中终于有人支撑不住了。七月十二日,淮南将领吴苗率所部八千人翻越城墙,向杨行密投降。又过了一个月,秦彦不得不考虑对策,否则城中的人肉也不够吃了,还会有更多的将士向杨行密投降。秦彦决定向驻扎在东塘(今江苏省扬州市东)的张雄求救。

张雄何许人也?张雄本是感化军(治徐州)的牙将,因与节度使时溥不和,于886年十月,和冯弘铎一起带领部众三百人南下,渡过长江,袭击苏州(今江苏省苏州市)。张雄占领苏州后,自称天成军,形同一个藩镇。苏州属镇海(治润州)管辖,镇海节度使周宝派兵攻打张雄。887年四月初,张雄战败,撤离苏州,率部逆江而上,于四月底进驻扬州东塘。张雄还命部将赵晖西进驻扎上元。

八月,秦彦承制任命张雄为仆射,张雄的部将冯弘铎等为尚书。岂料这种假冒朝廷任命的空头官职张雄也不感兴趣。张雄不仅不肯帮助广陵城中的秦彦,反而去帮助城外的杨行密,对秦彦来说可谓雪上加霜。秦彦可能不知道,他经过上元时,拦截他的赵晖正是张雄的部将。

广陵城中的秦彦实在无力支撑了,决定再次派兵出城作战,以图能够击退杨行密。八月二十六日,秦彦将城中所有士兵一万二千人派出城外作战,由毕师铎、郑汉章率领。二将率部在广陵城西列阵,连绵数里,军势甚盛。

城外的杨行密当时正在营帐中睡觉。有人报说城中兵马杀了出来。杨行密毫不慌张地说道:"我要睡觉,等贼靠近了,再来禀报。"牙将李宗礼说道:"敌人兵多,我们人少,应当坚守营寨,再考虑徐徐撤退。"另一将领李涛一听,怒道:"我们前来讨伐叛逆,名正言顺,谈什么人多人少。我们大军已经到此,怎能保证平安撤退?我愿率所部兵马为前锋,保证为主公破敌。"

杨行密当然不会撤退。杨行密传令,将辎重、粮草、钱财集中在一寨之中,由老弱残兵守卫,精锐兵马埋伏在两侧。杨行密接着亲率一千余人的兵马冲向敌阵。两军发生交战,杨行密假装不敌,且战且退。毕师铎、郑汉章的士兵紧追不舍。不一会儿,杨行密就不见踪影,毕师铎、郑汉章的士兵已经冲入一座空寨之中。毕师铎、郑汉章的士兵看到营寨之中没有兵马，只有辎重、粮草、钱财，便争相抢夺。也许是这些士兵被困广陵城中时日太久，见到这些粮草就忘记了戒备。正在这时，杨行密部署的伏兵从两侧杀了过来，毕师铎、郑汉章的兵马大乱。与此同时，杨行密又率部回杀过来，毕师铎、郑汉章的兵马几乎被杀光，尸体堆积长达十里，河沟都被填满，毕师铎、郑汉章单人匹马逃入城中。从此秦彦紧闭城门，不敢再说出城作战的话。

再说高骈被软禁在道院，用度供给非常之少，高骈左右的人没有饭吃，开始燃烧木刻的神像煮皮带吃。秦彦两次派兵出城作战都惨遭失败，怀疑高骈利用法术帮助杨行密。有个尼姑叫王奉仙，深得秦彦信任，秦彦便求教于王奉仙。王奉仙说道："扬州地面将有大灾，必须有一个大人物死去，才能化险为夷。"秦彦认为这个大人物非高骈莫属。九月四日，秦彦命部将刘匡时杀掉高骈，以及高骈的子弟甥侄，还将他们埋在一个大坑之中。第二日，高骈被杀的消息传到杨行密军中，杨行密全军身穿缟素，面向广陵城大哭三天。

杨行密仍在围困广陵城，秦彦、毕师铎、郑汉章仍在城中困守。十月，天气入秋转凉，秦彦决定再次派兵出城作战。秦彦此次只派郑汉章率五千兵马出城。秦彦兵马已经不多，用兵便比较慎重，命郑汉章攻打张神剑与高霸的营寨，以图能够有所突破。果然张神剑、高霸不敌，一个逃回高邮，一个逃回海陵。

张神剑、高霸走了，杨行密仍在围困广陵。从杨行密到达广陵，至此已经半年之久。杨行密虽然没有攻破广陵城池，但已经两次重创秦彦大军。不仅如此，经过长时间的围困，城中早已缺乏粮草。史书载，城中一斗米值五十贯钱，草根树皮都已经吃光，开始用堇泥做成饼来吃，饿死的人一半以上。士兵们将百姓绑到街上卖，屠杀宰割如同猪羊。那些被卖的人直到临死都不发出一点声音，骸骨与血液布满街市。面对如此困境，秦彦、毕师铎也无计可施，整日愁苦，抱膝相对，不发一言。此时的杨行密也难以支撑，毕竟围城太久，将士们也难以坚持，杨行密已有撤退的打算。

然而就在此关键时刻,出现了转机。

十月二十九日夜晚,突然狂风暴雨。吕用之的部将张审威带领三百人冒着风雨悄悄来到广陵城西边的壕沟里。第二天清晨,城门的守兵开始换防,张审威利用这个机会带着伏兵攀上城墙,再打开城门,将城外人马放了进来。守城官兵一见,都不战自溃。消息传入城中,秦彦、毕师铎也是束手无策,赶紧请来王奉仙。王奉仙说道:"走为上策。"秦彦、毕师铎便从开化门出城,向东塘撤退。

杨行密进入广陵城,自称淮南留后。杨行密任命高骈的堂孙高愈担任摄副使,让高愈负责将高骈及其被杀族人安葬。杨行密得到的扬州城中百姓只有数百户,都已饿得没有人形。杨行密派人将军粮运来赈济。却说杨行密于五月二十五日到达广陵城下,十月三十日进入广陵城中,前后五月有余。杨行密虽然击败了秦彦、毕师铎,得到扬州城,但随后就获报已经称帝的秦宗权派兵杀了过来。

第16章 对峙孙儒,失去扬州

秦宗权在边孝村(今河南省开封市北)遭到朱全忠重创后,便想趁乱夺取淮南(治扬州)。秦宗权此次派出的兵马数量不算很多,只有一万人,但将领不少。兵马的统领是秦宗权的亲兄弟秦宗衡,副统领是孙儒。将领有张佶、刘建锋、马殷、秦彦晖、安仁义等。

孙儒与刘建锋都是蔡州(今河南省汝南县)人,很早就在忠武(治许州)军中,隶属蔡州刺史秦宗权,二人分别是忠武"决胜指挥使"与"龙骧指挥使"。孙儒在晚唐是一个残暴的军阀,曾经攻占洛阳,焚烧宫室、官寺、民房,大肆抢掠,还曾占领孟州,发出屠城的命令。张佶是长安人,本为宣歙道(治宣州)观察使秦彦的幕僚。张佶看不起秦彦的为人,弃官而去,经过蔡州时,被秦宗权留下,担任行军司马。张佶与刘建锋非常友善。马殷,字霸图,许州鄢陵(今河南省鄢陵县)人,与朱全忠、杨行密等同年。马殷年轻时是一位木匠,应招入伍时,秦宗权已经再次投降黄巢。马殷在刘建锋的队伍中,以才能、勇敢而知名。秦彦晖是秦宗权的族弟。安仁义是沙陀人,擅长骑马射箭,箭术尤其精湛。

言归正传。887年(唐僖宗光启三年)十一月二日,秦宗衡、孙儒等抵达广陵(今江苏省扬州市)城西,据守杨行密曾经驻扎过的营寨。当时杨行密尚有部分辎重留在营寨之内,没有运入广陵城中,便被秦宗衡、孙儒等夺取。秦宗衡还派人去联络秦彦、毕师铎。秦彦、毕师铎当时没有得到张雄的接纳,正准备南渡长江前往宣州(今安徽省宣城市),返回宣歙道,得知秦宗衡在联络他们,便率部与秦宗衡会合。

秦宗衡、孙儒等与秦彦、毕师铎会合,势力大为增强。岂料就在这时,秦宗衡接到皇帝哥哥秦宗权的诏书,令其率部返回蔡州,准备集中兵力再次大战朱全忠。秦宗衡当然坚决听从秦宗权的诏令,但孙儒却有自己的

打算。孙儒认为秦宗权一定不能长久,最终必将败给朱全忠。孙儒不想再回到蔡州替秦宗权卖命,想在淮南自立一片天地。孙儒于是对秦宗衡说他有病在身,不能行动。秦宗衡多次催促,孙儒竟然大怒,决定对秦宗衡下手。

十一月五日,孙儒与秦宗衡一同饮酒,就在席间将秦宗衡杀死。孙儒砍下秦宗衡首级,派人送给朱全忠,以示与秦宗权决裂,而与朱全忠结好。孙儒是这支兵马副统领,张佶、刘建锋与马殷自然是继续跟着孙儒行动,秦彦晖也没有离开,而安仁义则投降了杨行密。杨行密将骑兵交给安仁义统领,位在将领田頵之上。

孙儒没有攻打杨行密,而是派兵四处抢掠,还招募兵马,兵马很快增至数万。扬州城外粮草缺乏,孙儒决定与秦彦、毕师铎前往攻打扬州北边的高邮(今江苏省高邮市)。十一月十二日,孙儒大军抵达高邮。高邮镇遏使张神剑只有一千余人马,不敢抵挡孙儒,决定撤离。为了早点离开,张神剑只带领二百人逃往广陵。孙儒得到高邮,凶性毕露,马上下令屠城。可怜高邮城中百姓,全都死于孙儒屠刀之下,只有张神剑的余部七百人冲了出去,也逃往广陵。

张神剑以及他的数百名士卒怎么也没有想到,到了扬州也不能保全。杨行密就非常担心这群士卒在扬州会发生变乱,也担心张神剑不可靠。杨行密的担心不能说没有道理。张神剑本是毕师铎的亲家,一面与毕师铎起兵讨伐吕用之,一面又居中观望,担心吕用之获胜。后来毕师铎夺取扬州,张神剑又与毕师铎发生矛盾而向杨行密投降。杨行密对张神剑这种反复之人岂能放心?杨行密假装接纳张神剑,而将其数百名士兵分给各将领,并在十一月十九日晚上将他们全部挖坑活埋。第二天,杨行密再派人将张神剑诛杀。

面对强大的孙儒,杨行密非常担忧,决定专心固守广陵。十一月二十一日,杨行密派人前往海陵(今江苏省泰州市),命海陵镇遏使高霸率领海陵的兵民全部来到广陵,如有不从,屠灭全族。随着这一声号令,海陵数万户百姓抛弃财物、焚烧房屋、扶老携幼全部迁到广陵。十一月二十九日，高霸与其弟高睢、部将余绕山、前常州刺史丁从实到达广陵。与张神剑不同，高霸得到了杨行密的厚待。杨行密亲自来到广陵城外迎接高霸，还与高霸、高睢结为异姓兄弟，并将高霸的兵马安置在法云寺。

然而谋士袁袭对高霸并不放心，劝杨行密不要收留高霸。杨行密打算派高霸进驻天长（今安徽省天长市），以威胁占领高邮的孙儒。袁袭劝止道："高霸是高骈的旧将，一直见风使舵，我们胜了，他就来归附，我们败了，他就会背叛。如果把他派到天长，这是绝了我们的归路。属下以为，应当将其杀掉，以绝后患。"杨行密认为有理。

闰十一月十日，杨行密请高霸、丁从实、余绕山等前来议事，而在室内暗藏刀斧手，趁机将他们全部诛杀。杨行密一不做二不休，立即又派一千名骑兵突击了法云寺，将高霸的数千名士兵全部杀死。史书记载了当时的惨状：天降大雪，法云寺外的地面本是一片洁白，当时全被鲜血染红。

杨行密杀掉了高骈的旧将张神剑、高霸，还有一个吕用之。吕用之当时一直与杨行密在一起。杨行密突然想起吕用之在天长时曾说他有五万锭白银，埋藏在居所的地下，等到破城之日，愿全部奉上，作为杨行密将士们的一醉之资。现在广陵城早已破了，吕用之所说的白银却始终不见。闰十一月十一日，杨行密对吕用之说道："仆射所说的白银在哪里，你怎么能够欺骗我？"吕用之无言以对。

杨行密命人将吕用之拿下，用铁链拴了起来，命将领田頵审讯吕用之。审讯中，吕用之也承认，他准备谋害高骈，由自己担任淮南节度使。杨行密下令将吕用之腰斩，族人及党羽也全部诛杀，那些仇恨吕用之的人都来宰割吕用之身上的肉，最后只剩下一堆骨头。杨行密又命人在吕用之家中挖掘，没有发现白银，却发现一个桐人，桐人身上戴着枷锁，布满铁钉，胸口还写着高骈的名字。

杨行密将淮南的旧将全部清除，内部一时整肃，但杨行密面临的形势却更加严峻。广陵城中出现严重饥馑，粮草严重缺乏。谋士袁袭对杨行密说道："广陵城中缺粮，孙儒又快逼近，百姓将更为困苦，属下以为，不如暂且退出广陵城，另谋生路。"

杨行密当然不愿放弃广陵这个象征扬州甚至象征淮南的城池,他带领兵马从庐州(今安徽省合肥市)来到这里正是为了得到扬州甚至淮南。然而情势所逼,杨行密不得不接受袁袭的建言,准备撤离广陵城。闰十一月十五日,杨行密派和州将领延陵宗率所部二千人返回和州(今安徽省和县)。第二天,杨行密再命指挥使蔡俦带领一千人,护送数千车辎重返回庐州。

888年(唐僖宗光启四年)正月下旬,杨行密仍在广陵,宣武节度使朱全忠的客将张廷范到了。原来两月前,唐僖宗下诏任命朱全忠兼任"淮南节度使"及"东南面招讨使",希望借助朱全忠来平定淮南的战乱。朱全忠派张廷范将朝廷这份诏书送到广陵,以让杨行密知晓。朱全忠还任命杨行密为淮南节度副使,宣武行军司马李璠为淮南留后,并派其"虎侯"郭言带领一千人护送李璠前往扬州赴任。从朱全忠的这个做法来看,朱全忠本人并不想去扬州赴任,但也不想放弃淮南,而是由李璠代为掌管。显然朱全忠没有考虑杨行密的感受,因为杨行密已经自称淮南留后。

杨行密隆重地接待了张廷范。杨行密看了朝廷的诏书,一时也没有什么反应,可是当听说朱全忠任命李璠为淮南留后且正在前来赴任的路上时非常怒火。杨行密不能接受李璠前来担任留后,尽管朱全忠也任命其为节度副使。杨行密认为李璠一旦到来,自己便没有实权。张廷范看出杨行密的心思,便派人悄悄返回汴州(今河南省开封市),请朱全忠亲率大军前来广陵赴任。

朱全忠采纳张廷范的建议,决定亲自前往广陵。由此看来,朱全忠还是十分看重淮南这个藩镇的,毕竟淮南在当时要比宣武富庶多了。朱全忠不日率领人马浩浩荡荡南下,刚到宋州(今河南省商丘市),就遇到从广陵逃回来的张廷范。张廷范对朱全忠说道:"杨行密不可图啊。"

正月二十六日,李璠也到达宋州,对朱全忠说感化(治徐州)节度使时溥派兵途中拦截,自己差点丢了性命。朱全忠从此又与时溥结下仇怨。朱全忠决定不再前往淮南,干脆卖个人情给杨行密,表荐杨行密为淮南留后。杨行密终于名正言顺地当了淮南留后,但却不能再在扬州待下去了,因为孙儒从高邮杀过来了。

孙儒驻屯高邮,几个月一直没有与杨行密交战,在做什么呢?孙儒在清除异己,巩固兵马大权。却说秦彦、毕师铎等归附秦宗衡、孙儒时,尚有两千人马,孙儒慢慢将这些人马编入自己的队伍之中,以削弱秦彦、毕师铎。秦彦、毕师铎的兵马被分散后,孙儒便准备向二人下手了。当然,孙儒要杀秦彦、毕师铎总得找个理由。毕师铎的裨将唐宏看出孙儒的心思,担心一同被杀,便诬告秦彦、毕师铎与朱全忠联络,准备请朱全忠派兵来援。孙儒获报,大怒。正月十六日,孙儒将秦彦、毕师铎以及郑汉章三人全部诛杀。唐宏的性命是保住了,还被孙儒任命为马军使。

三个月后,孙儒终于杀向广陵城。四月十五日,孙儒抵达广陵,也很快就击败了杨行密,杨行密不得不撤离。杨行密仍不想走远,准备撤往不远处的海陵,以图再夺回广陵。谋士袁袭力劝杨行密返回庐州,杨行密便放弃暂屯海陵的想法。杨行密离开扬州后,孙儒便自称淮南留后。

第17章 屡战屡胜,攻克越州

河南境内有朱全忠与秦宗权混战,淮南境内有杨行密与秦彦、孙儒混战,江南境内也在发生混战。讲到江南的藩镇混战,就要提到本书的另一主角钱镠。

钱镠,字具美,小名婆留,杭州临安县(今浙江省杭州市临安区)人,出生于852年二月,与朱全忠、杨行密、马殷同年。《十国春秋》载,钱镠出生时,红光满室,还传来战马声。父亲钱宽觉得怪异,认为钱镠将会给家中带来不祥,想将钱镠投入井中溺死。钱镠的祖母认为钱镠不是常人,便将其留了下来,还取小名"婆留"。那口井也被称为"婆留井",晚唐诗人罗隐还有一首《婆留井颂》,全诗如下:

於惟此井,淳育坎灵。有莘有邰,实此储英。
时有长虹,上贯青冥。是惟王气,宅相先徵。
爰启霸王,奠绥苍岷。沛膏渐泽,配德东溟。

临安里有一棵大树,钱镠小时常与小孩们在树下嬉戏。钱镠常坐在一块大石上,将小孩们组成队伍,号令很有法度,小孩们都怕钱镠。钱镠长大后,不愿耕田种地,没有正当职业,便以贩卖私盐为业。钱镠勇而有力,擅长射箭、舞槊,对图谶、纬书也略通。钱镠还有一副侠义心肠,以帮人报仇解怨为能事。钱镠看到天下已乱,便去投了军。

875年四月,镇海军(治润州)狼山镇遏使王郢起兵叛乱,一连攻陷常州、苏州,还为害两浙。临安人董昌带领土团抗击王郢,因战功而被升任为石境镇镇将。钱镠当时就在董昌的队伍中,是一名偏将。878年十二月,一支农民军在曹师雄率领下到达两浙,杭州招募县乡兵马各一千人来抵挡曹师雄,并将所招募兵马分为八都,称为"杭州八都",由董昌、刘孟安、阮结、闻人宇、徐及、杜棱、凌文举、曹信等任都将。后来闻人宇去世,钱塘(今浙江省杭州市)人成及接任都将。董昌为八都将之首,奉命讨伐曹师雄。钱镠在董昌队伍中,因战功而被升任为石镜"都知兵马使"。读者于此不仅要记住董昌与钱镠,还要记住阮结、杜棱与成及这三位都将的名字,后面还将提及。

881年九月,淮南(治扬州)节度使高骈命石镜镇镇将董昌率所部兵马来到扬州(今江苏省扬州市),与其一同西进讨伐黄巢。董昌所在的石镜镇属于杭州,而杭州属镇海,原本不属淮南节度使高骈的管辖。但高骈当时兼"东面都统",因而有权调遣董昌。董昌接令后,率所部兵马来到扬州,钱镠也一同前往。高骈当时并不真心想攻打黄巢,调兵遣将只是虚张声势,给朝廷做做样子。钱镠看了出来,便对董昌说道:"我看高骈根本没有攻打黄巢的打算,不如以保卫家乡为由,率部返回杭州。"董昌便向高骈提出返回杭州,高骈果然准许。

董昌回到杭州后,自称杭州都押牙、知州事。董昌又派人前往润州(今江苏省镇江市),请镇海节度使周宝批准。周宝无力控制董昌,便表荐董昌为杭州刺史。董昌担任杭州刺史后,便将八都兵交给钱镠带领,任命钱镠为都指挥使。

一年后,浙东道(治越州)观察使刘汉宏发兵攻打杭州,董昌、钱镠从此与刘汉宏发生多年交战。在讲述董昌、钱镠与刘汉宏的混战之前,且让笔者先将刘汉宏简略交代一下。

前面曾讲过,黄巢于879年十月北上攻打江陵(今湖北省江陵县)时,刘汉宏是荆南(治江陵府)节度使王铎的将领。王铎虽是自告奋勇前来阻截农民军的,但听到黄巢大军逼近江陵时,吓得赶紧离开江陵,而让刘汉宏为其守城。刘汉宏不仅没有替王铎守城,还将江陵城抢掠一空,再放一把火,然后带着一支兵马北上,沦为一支盗贼。880年五月,刘汉宏的部众越聚越多,在北方宋州、兖州一带抢掠。六月,刘汉宏又南下到申州、光州境内抢掠。七月,刘汉宏突然向朝廷请求投降。朝廷当时正为黄巢北进

而发愁，便不再追究刘汉宏，任命刘汉宏为宿州（今安徽省宿州市）刺史。十一月，刘汉宏抱怨朝廷给其官职太小，朝廷竟毫不犹豫地任命刘汉宏为浙东道观察使。

刘汉宏的野心还是挺大的，他不仅不满足当一个州的刺史，甚至不满足当一个藩镇的节度使。刘汉宏还想兼并东边的镇海军。882年八月，刘汉宏派其兄弟刘汉宥与马步都虞候辛约率两万兵马在西陵（今浙东省杭州市萧山区西）扎营，准备攻打镇海所属的杭州。镇海节度使周宝当时在润州，一时也没能顾及杭州，但杭州刺史董昌不能不管。董昌马上派都指挥使钱镠率兵抵抗。八月十三日晚上，大雾迷漫，钱镠乘着大雾，渡过钱塘江，偷袭刘汉宥、辛约。刘汉宥、辛约败得几乎全军覆没，二人一路逃回越州（今浙江省绍兴市）。

刘汉宏不甘兵败，决定重整兵马，待机再发。十月，刘汉宏又派登高镇将王镇率七万兵马进驻西陵，再次兵临杭州城下。从此次兵马数量来看，远大于上次，可见刘汉宏志在必得。董昌再派都指挥使钱镠率兵迎战。钱镠再渡钱塘江，又大破浙东军，杀一万余人，王镇逃往诸暨（今浙江省诸暨市）。

883年三月，刘汉宏三度发兵。刘汉宏此次没有进驻西陵，而是将兵马分别进驻黄岭、岩下、贞女三镇，这三镇离杭州都很近，也就是三路攻打杭州。董昌仍派都指挥使钱镠率杭州八都兵马出战。钱镠没有正面迎敌，而是从富春（今浙江省杭州市富阳区）方向出兵，先破黄岭，再擒岩下镇将史弁、贞女镇将杨元宗。刘汉宏获报后，亲率精锐兵马驻屯诸暨，准备进击杭州。钱镠乘胜进击，又把刘汉宏击败。

刘汉宏三次攻打杭州都遭败绩，仍想再攻杭州，可谓屡败屡战。十月，刘汉宏第四次攻打杭州。刘汉宏这一次准备得非常充分，不仅他亲自率兵，兵马数量也非常多，达到十万，可谓重兵压境。刘汉宏仍将兵马驻屯在西陵，大战随时爆发。杭州刺史董昌接报，仍派钱镠领兵出战。十月二十六日，钱镠率八都兵马南渡钱塘江，对刘汉宏的兵马迎头痛击，大获全胜。刘汉宏见势不妙，换上屠夫的衣服，手拿脸刀而逃。有士兵追上刘汉宏，刘汉宏说道："我是屠夫。"还举起脸刀给士兵看，方才得以逃脱。第二天，刘汉宏收拾残部，仍有四万人马，继续来战。钱镠又将刘汉宏击败，连刘汉宏的兄弟刘汉容与马步都虞候辛约都被杀死。

两浙发生藩镇混战，朝廷是什么态度呢？朝廷无力派兵镇压，只能下诏安抚，希望两藩镇罢战。十二月，朝廷颁诏，将浙东道升为义胜军，刘汉宏为义胜节度使。接下来的两年多，刘汉宏确实没有再向董昌用兵，两藩镇之间一时安定。

然而这种安定只是暂时的，藩镇间的混战既已开始，就不会很快结束。刘汉宏没有主动出击，是他屡战屡败，实力衰退。董昌却不一样，董昌的实力在壮大，已经不满足做一个刺史，他也想当节度使。董昌想谋取的就是刘汉宏的义胜军，所以尽管刘汉宏没有再向他用兵，他却准备主动向刘汉宏用兵了。

董昌此次谋取刘汉宏，当然还得派钱镠出战。为了打胜这一仗，董昌也准备给钱镠一些承诺。886年（唐僖宗光启二年）十月，董昌对钱镠说道："你如果能攻取越州，我就把杭州给你，让你做杭州刺史。"钱镠也赞同攻打刘汉宏，说道："刺史说得是，如果不攻取越州、消灭刘汉宏，刘汉宏终究会成为我们的祸患。"

钱镠与董昌商议已定，便调遣兵马出发。钱镠率部从杭州一路南下，先到达诸暨，然后再从诸暨向东边的平水（今浙江省绍兴市东南）方向挺进。钱镠绕道诸暨，再向平水，一路多为山路。钱镠带领士兵开凿山路五百里，最后抵达曹娥埭（今浙江省绍兴市东）。越州在杭州的东边不足两百里的地方，但钱镠没有直接率兵奔向越州，而是绕道山路，最后抵达越州的东边，显然是想给刘汉宏来个出其不意地打击。果然，当钱镠突然出现在越州城东时，浙东的将领鲍君福便不战而降。刘汉宏得知钱镠从东边攻来，连忙派兵抵挡，但钱镠屡战屡胜，不日便进驻丰山（今浙江省绍兴市东）。

时间进入十一月，钱镠终于兵临越州城下。关于钱镠攻打越州城的战斗，史书记载甚为简略。史书只对钱镠到达越州城之前的行进路线作了

较详细的记载。笔者认为，钱镠此次出征，走的是刘汉宏想不到的山路，出的是奇兵。钱镠如果能够顺利到达越州城下，攻打越州城就不难了。刘汉宏后来确实是失去了坚守越州城的决心，这与钱镠突然攻至不无关系。十一月十一日，钱镠攻克了越州城，刘汉宏弃城而去。《十国春秋》载，成及、阮结两位都将随同钱镠征讨刘汉宏，计谋多出自成及。

刘汉宏一路南下，逃往台州（今浙江省临海市）。钱镠没有追击刘汉宏，但刘汉宏也没有能够逃出厄运。台州当时属于刘汉宏的义胜军统辖，刺史叫杜雄。杜雄也知道刘汉宏丢了越州，但杜雄更知道董昌的兵马很强，便想投靠董昌。十二月，杜雄假装出城迎接刘汉宏。当刘汉宏到达台州城下时，杜雄突然下令将其擒获。杜雄命人把刘汉宏押送到杭州，交给董昌。董昌下令将刘汉宏斩首。刘汉宏自879年十月在江陵兵变以来，转战多地，直至担任义胜节度使，最后被董昌消灭，前后七年有余。

杭州刺史董昌终于如愿以偿地得到越州，也得到了义胜军这个藩镇。董昌便自称"知浙东军府事"，并前往越州接管义胜军。董昌也没有食言，真的让钱镠出任杭州刺史。887年（唐僖宗光启三年）正月七日，唐僖宗下诏，任命董昌为浙东道观察使，同时也任命钱镠为杭州刺史。从董昌与刘汉宏的争战以及董昌接管义胜军来看，当时的朝廷已经无力过问藩镇之事。对于藩镇间的争战，朝廷能够做的也就是下诏调解，实在不行，就接受藩镇争战的结果。

第18章 北占润常,控制镇海

镇海军(治润州)以前叫浙西道,高骈曾在此担任一年有余的节度使。879年十月,高骈调任淮南(治扬州)节度使后,时任泾原(治泾州)节度使的周宝便调至镇海任节度使。尽管镇海军与淮南道一江之隔,高骈与周宝也先后出任镇海节度使,然而高骈与周宝并不友好。二人恩怨,不是本书重点,笔者从略。却说周宝到了镇海的前期,镇海也很繁盛。诗人韦庄到了江南,不久便来到镇海,成为周宝的座上客。韦庄曾写过一首《观浙西府相畋游》,可见镇海当时的盛况。诗文如下:

> 十里旌旗十万兵,等闲游猎出军城。
> 紫袍日照金鹅斗,红旆风吹画虎狞。
> 带箭彩禽云外落,避雕寒兔月中惊。
> 归来一路笙歌满,更有仙娥载酒迎。

然而好景不长,周宝不久便沉湎于酒色、歌舞之中,不理政事。周宝在润州(今江苏省镇江市)修筑外城二十余里,还为自己修建东院宅第,百姓不堪其苦。然而这些还没有让周宝走上绝路。周宝又招募一千人作为亲军,起名为"后楼兵"。招募亲兵也许还不算什么稀奇的事情,但周宝给"后楼兵"的军饷却是其他士兵的几倍,镇海的将士都开始抱怨。"后楼兵"也越发骄横而难以控制。

887年(唐僖宗光启三年)三月的一天,有人告诉周宝,军中都在抱怨。周宝不以为然,还严厉地说道:"谁敢作乱,立即诛杀!"周宝的话被一个叫薛朗的人传了出去。薛朗时任"度支催勘使",与镇海的将领刘浩关系友善。薛朗把周宝的话告诉了刘浩,并劝刘浩约束士兵,不要再抱怨。没想

到刘浩说道:"看来只有造反才能免于一死。"

当天晚上,周宝喝得酩酊大醉,刚刚上床就寝,刘浩就带人杀了过来,还纵火焚烧节度使府舍。周宝从醉梦中惊醒,光着脚叩击芙蓉门,以呼叫"后楼兵"。没想到"后楼兵"也跟着造反了。周宝无计可施,只得与家人徒步从青阳门逃了出去,南下投奔常州(今江苏省常州市)刺史丁从实。

三月十九日,刘浩把薛朗请到节帅府,推举薛朗为镇海军留后。周宝以前担任过租庸副使,润州城中财物堆积如山,当时全部被叛军夺取。有意思的是,淮南节度使高骈在扬州(今江苏省扬州市)听说周宝被赶走,非常高兴,竟然命将领们列队祝贺。岂料就在次月,淮南也发生内乱,高骈不久便命丧九泉。

周宝离开了润州,诗人韦庄也离开了镇海,但没有北返,而是继续南下,暂时寄居浙东道(治越州)所属的婺州(今浙江省金华市)。韦庄在婺州期间写了不少诗,如《闻春鸟》:"云晴春鸟满江村,还似长安旧日闻。红杏花前应笑我,我今憔悴亦羞君。"又如《倚柴关》:"杖策无言独倚关,如痴如醉又如闲。孤吟尽日何人会,依约前山似故山。"不再细述。

韦庄离开镇海,另一位有名的诗人却回到家乡投奔刺史钱镠,此人便是罗隐。

罗隐字昭谏,时年五十五岁,杭州新城(今浙江省杭州市富阳区新登镇)人。罗隐也是一位屡试不第之人,原名罗横,因前后参加科举十次不中,而改名罗隐。罗隐曾隐居池州九华山,也曾进入长安向朝廷上呈谏言,但不为所用。

罗隐的诗很多,很多是咏史之作,比如《西施》:"家国兴亡自有时,吴人何苦怨西施。西施若解倾吴国,越国亡来又是谁。"再如《春日独游禅智寺》:"树远连天水接空,几年行乐旧隋宫。花开花谢还如此,人去人来自不同。鸾凤调高何处酒,吴牛蹄健满车风。思量只合腾腾醉,煮海平陈一梦中。"

罗隐还有一些诗在当时广为传诵,但意志颓丧,境界不高,比如《自遣》:"得即高歌失即休,多愁多恨亦悠悠。今朝有酒今朝醉,明日愁来明日愁。"又如《蜂》："不论平地与山尖，无限风光尽被占。采得百花成蜜后，为谁辛苦为谁甜。"

罗隐的诗作在当时非常有名，宰相郑畋的女儿便非常爱读罗隐的诗。有一天，罗隐来到郑畋的家，郑畋的女儿隔着帘子偷看，岂料罗隐容貌极其丑陋，郑畋女儿从此不再诵读其诗。

《十国春秋》载，罗隐想回杭州（今浙江省杭州市），又担心钱镠不接纳他，便写了一首诗，先让人送给钱镠。诗中有一句道："一个祢衡容不得，思量黄祖漫英雄。"钱镠阅罢笑了起来，不仅对罗隐欣然接纳，还回书一句道："仲宣远托刘荆州，都缘乱世；夫子辟为鲁司寇，只为故乡。"罗隐后来在钱镠处担任幕僚，官至钱塘县令、掌书记、节度判官。

言归正传。五月，周宝被逐的消息传到杭州，钱镠决定派兵讨伐薛朗。钱镠为何要这么做？钱镠想抓住这个时机，以掌控镇海军这个藩镇。却说镇海军当时共辖六个州，由北向南分别是润州、常州、苏州（今江苏省苏州市）、湖州（今浙江省湖州市）、杭州及睦州（今浙江省建德市）。润州是镇海军的驻地，由于节度使周宝被逐，当时便由薛朗掌管。常州刺史是丁从实，本是一名牙将，是周宝派其驻守常州的。丁从实应当还听命于周宝，因而周宝前来投奔。苏州自张雄被赶走后，徐约便占领了苏州，徐约也是周宝派来收复苏州的，应当也还听命于周宝。而湖州、杭州、睦州没有发生变乱，名义上还听命于周宝。如此说来，薛朗当时只能控制润州一州。钱镠讨伐谋反的薛朗也算是名正言顺，但钱镠想先攻打常州，将周宝控制在手，然后再北上攻打润州。钱镠这样做的目的，显然不是为了一个薛朗，而是整个镇海军。

善于带兵的钱镠此次没有亲自率兵出征，而是派出三位都将：东安都将杜棱、靖江都将成及、浙江都将阮结。需要说明的是，在《旧五代史》及《新五代史》中，都没有为这三位都将列传，我们从《十国春秋》中找到三人的传记。杜棱，字腾云，新城人。钱镠担任杭州刺史后，杜棱曾经对其诸子说道："我每次责罚人打板子，不会超过十下，还总是感到伤心。而我看到钱公下令斩人时，总是谈笑自若。成大事者，一定是此人了。"杜棱从此一心

一意追随钱镠。成及,字宏济,钱塘人,祖父是唐朝嘉王府长史,父亲是国子博士。成及为人笃实淳厚,乡里人都很敬重他。阮结,字韬文,钱塘人。

三位都将接令后,不日便率兵北上。六月,三位都将到达常州境内的阳羡(今江苏省宜兴市南),遭遇了薛朗的部将李君眰的兵马。三位都将作战非常英勇,击败李君眰后,继续率兵北上,不日便抵达常州城下。面对钱镠兵马的到来,常州刺史丁从实当然知道钱镠想要什么。钱镠是想得到周宝,以便"挟天子以令诸侯"。丁从实当然不希望周宝被夺走,立即传令固守常州城,钱镠的三都将便下令攻城。攻城并不容易,直到当年十月,三都将才将常州城攻破。丁从实离开常州,北上前往海陵(今江苏省泰州市)。

杜棱等进入常州城,派人将周宝护送到杭州,交给钱镠。钱镠以部将的礼节、盛大的仪式在郊外迎接周宝。周宝在杭州两个多月便去世了。关于周宝的去世,史书的记载不一。《资治通鉴》上说周宝寿终正寝,而《新唐书》说周宝被钱镠谋害。周宝时年七十四岁,寿终正寝可能性很大,再说钱镠没有必要谋害他,挟持他应当更为有利。

钱镠任命杜棱为常州制置使,驻守常州,派阮结与成及继续北上攻打润州。十二月二十八日,阮结、成及攻克润州,刘浩逃走,薛朗被擒。润州是镇海军的治所,城池应当非常坚固,而薛朗、刘浩没有守住,看来钱镠的这两位都将还是非常厉害的。有些遗憾的是,两位都将攻城的记载太简略,其实这一战应当很激烈。阮结、成及派人把薛朗押到杭州,交给钱镠处置。一月后,钱镠将薛朗诛杀,并用薛朗的心脏来祭奠周宝。钱镠得到润州,又任命阮结为润州制置使,驻守润州。889年五月,阮结去世,钱镠任命成及担任润州制置使,此为后话。

钱镠得到润州、常州,从此控制镇海。我们暂且放下钱镠的故事,再来看看江南道境内的福建道(治福州)发生的故事。

第19章　进入福建，占领泉州

　　话说淮南道（治扬州）境内有一个光州（今河南省潢川县），光州境内有个固始县（今河南省固始县），县中有一位小官吏名叫王潮。王潮就是固始县人，还有两位兄弟，二弟叫王审邽，三弟叫王审知。王潮三兄弟都有一些才气与名气，当地人称"三龙"。光州刺史王绪虽是寿州（今安徽省寿县）屠户出身，但听说王氏三兄弟大名后，也想用用这样的人才。王绪派人将王潮请到光州城中，任命王潮为军正，也就是军队中的执法官，还负责管理粮草。王潮把王绪所交之事管得井井有条，深得王绪信任。

　　王绪在光州担任刺史，王潮在光州担任军正，一晃就是三四年，这些年中，唐朝各地大事不少，但王绪所在的光州还算安定。时间到了885年（唐僖宗中和五年）正月，黄巢早已被杀，而再度投降黄巢的秦宗权正向邻近藩镇、州县大肆攻掠，已经成为中原的一大祸害。秦宗权四处用兵，就得向所辖州县征集赋税。光州当时已被秦宗权占领，王绪自然得向秦宗权缴纳赋税。然而王绪不能如数缴纳，秦宗权非常震怒，立即发兵攻打王绪。王绪哪里能够抵挡秦宗权，怎么办呢？

　　王绪决定离开光州，远走他乡。王绪带领光州、寿州的兵马，逼迫官吏与百姓一同南下，王潮三兄弟及家人也在队伍之中。不久，王绪渡过长江进入江西道（治洪州）境内，任命妹夫刘行全为前锋，一路攻打江（今江西省九江市）、洪（今江西省南昌市）、虔（今江西省赣州市）三州。正月下旬，王绪进抵福建道（治福州），又攻克了福建道所属的汀（今福建省长汀县）、漳（今福建省漳州市）二州。

　　王绪带领的兵民在一月之内南下两千余里，可谓长途跋涉。这一路也是千山万水，其艰难也是可想而知。然而从后来的情况看，王绪的这一大转移显然是正确的，毕竟北方藩镇林立，战争频仍，而南方不仅物产丰富，

而且藩镇稀疏，战乱相对较少。王绪确实给光州来的这群兵民寻找到了一个相对安定的家园，但王绪未能与大家在这个新的家园中一同生活。

话说抵达漳州时，道路极为崎岖难走，粮草又出现不足，王绪便下了一道命令：不得再携带老弱，违犯者，斩！尽管王绪下了这道命令，王潮三兄弟却没有听从。王潮的老母亲董氏当时就在队伍之中，三兄弟扶着老母亲正在艰难地行走着。王绪发现后，便把王潮叫了过来，责备道："军中都有法度，自古没有无法之军。你违犯我的军令，如果不杀掉你，就是没有法度。"王潮三兄弟一起说道："人人都有母亲，自古没有无母之人，将军怎么能够让人遗弃母亲？"王绪听后大怒，下令杀掉王潮的母亲。王潮三兄弟马上说道："我们尊奉母亲如同尊奉将军，将军如要杀我们的母亲，还要我们做什么呢？请让我们死在母亲之前。"将士们都来为王潮三兄弟求情，王绪也只好作罢。

不久有人对王绪说道："军中有王者之气。"王绪听后开始担忧，担忧有人会取代自己。王绪于是把将士中勇猛谋略超过自己的人以及体格魁梧的人全部杀掉，就连他的妹夫刘行全也被杀掉了。军中人人自危，互相议论道："刘行全是他的亲戚，而且最为骁勇，这样的人都杀掉，何况我们这些人呢？"

王潮不想任由王绪如此带兵，决定有所行动。当队伍到达南安（今福建省南安市）时，王潮对他的前锋将领说道："我们离开家园，抛弃妻子儿女，在外乡漂泊，被人称为盗匪，这难道是我们所希望的吗？这都是受到王绪的逼迫。现在王绪猜忌，不仁，妄杀无故。军中有能力的人都被杀光了。将军的须眉如若神仙，纵马骑射又超出他人，现在又担当前锋，我替你感到担忧。"这位将领听了王潮的话，马上抓住王潮的手，哭了起来，问王潮有何应对之策。王潮当然已经有了计策，将数十名壮士埋伏在竹林之中，等到王绪来到时，持剑呼喊而出。王绪还没有来得及下马，就被擒获。众壮士将王绪反绑，押到士兵面前，士兵们都高呼万岁。

王绪被拿下了，军中一时无主。王潮推举他的前锋将领为主，这位前锋将领马上说道："我们今天之所以没有被杀，都是因为王君。这是上天要让王君做我们的主公，不然谁敢当得此位？"王潮推让三四次，最后还是被推举为军中之主。一旁被绑着的王绪感叹道："王潮这个有才能的人就在我的罗网中，我却不能杀掉他，这难道不是天意？"

王潮做了这支队伍的首领之后，决定带领大家返回老家光州。从这个决定来看，这群异乡人不想在外流浪，而且当初离开光州，确实也有被逼迫的可能。王潮命令部属约束队伍，所过州县秋毫无犯。

八月，队伍到达沙县（今福建省沙县），有一群百姓挡住去路。王潮一问，才知是泉州（今福建省泉州市）人张延鲁与本州父老，带着酒肉拦住道路，恳请王潮就留在泉州担任州将。王潮当时仍想北返光州，便问张延鲁是何原因要留其在泉州。张延鲁说泉州刺史廖彦若贪婪残暴，百姓不堪其苦，希望王潮能够拯救他们。王潮决定帮助这群受苦的百姓，传令前往泉州。

从地理上看，沙县属于汀州，离泉州也有四五百里，不知张延鲁与这群父老如何知道王潮这支队伍的？既然史书上这么记载，说明王潮留在福建也是有原因的。王潮带领队伍从沙县南下，前往泉州，这当然与家乡光州是背道而驰的。也许道路难走，也许攻城困难，王潮直到886年（唐僖宗光启二年）八月才攻克了泉州。

泉州属于福建道，福建道观察使是陈岩，陈岩很有威名。王潮也听闻陈岩的威名，不敢侵犯福州（今福建省福州市）。王潮派人向陈岩投降，陈岩接纳王潮的归降，还向唐僖宗上表，推荐王潮为泉州刺史。王潮有勇有谋，在得到泉州后，"招怀离散，均赋缮兵，吏民悦服"。当时王绪还被囚禁着，听说王潮的所作所为后，羞惭自杀。王潮三兄弟从此带领光州兵民在福建道境内居住下来，成为客家人的一支。

第20章 夺取阆州，谋攻西川

我们再来讲讲剑南道境内的故事。

话说大宦官田令孜离开唐僖宗后，宦官杨复恭便开始执掌神策军。杨复恭排挤田令孜的人马，将田令孜的义子王建调往利州（今四川省广元市）任刺史。利州隶属山南西道（治兴元府），而山南西道节度使杨守亮对骁勇异常的王建非常猜忌。杨守亮多次召见王建，以掌握王建动向，王建非常忧虑，就是不应召。

王建手下有一位将领名叫周庠，和王建一样，是许州（今河南省许昌市）人，曾经担任过龙州（今四川省平武县东南）司仓。周庠很有谋略，对王建说道："唐朝必将灭亡，藩镇之间正在互相兼并。然而还看不出哪个藩镇有雄才大略能够平定战乱、济世安民。主公有勇有谋，又深得士卒之心，建立大功的不是主公又会是谁。可是利州乃是四战之地，难以久安。阆州（今四川省阆中市）偏远荒僻，但百姓富足。阆州刺史杨茂实是陈敬瑄、田令孜的心腹，一直不向朝廷缴纳赋税。如果上表朝廷，指责杨茂实的罪责，再举兵讨伐他，可一战而擒。"

王建采纳周庠的建言，决定放弃利州，夺取阆州。王建先在利州招募兵马，将山里的一些少数民族豪杰也招到军中，部众达到八千人。887年三月，王建才带领人马沿嘉陵江顺流而下，直奔阆州。到达阆州后，王建传令攻城，杨茂实弃城而走。王建夺取阆州后，自称防御使，继续招兵买马，势力更加强盛。

王建得到阆州，终于如愿以偿。部将张虔裕提醒道："主公趁唐朝天子微弱，擅自夺取州县。一旦唐朝复兴，主公将有灭族之灾。主公应当派出使者，带上奏表前往面见天子，凭大义而用兵，没有不成功的。"部将綦毋谏更是提醒王建要"养士爱民以观天下之变"。王建全部采纳。张虔裕与綦毋谏也都是许州人。

且说王建到达阆州，便逼近东川（治梓州）节度使顾彦朗所在的梓州（今四川省三台县），顾彦朗担心王建会侵其领地。顾彦朗曾和王建一起在神策军中任职，一同征讨过义军。为让王建不入侵其东川，顾彦朗多次派使到阆州向王建问好，还送去粮草，王建也就不打算谋取东川。

闰十一月，西川（治成都府）节度使陈敬瑄听说王建与顾彦朗友善，非常不悦。陈敬瑄担心二人联合起来谋图他。陈敬瑄将这个担忧说与兄弟田令孜，田令孜说道："王建是我的义子，杨守亮不能容他，他才铤而走险做了贼。我只要修书一封，他便会来投。"

田令孜说得没错，当王建看到他的书信后，大喜。王建还到梓州去见顾彦朗，对顾彦朗说道："十军阿父（田令孜）召见我，我当前往拜见。我要是能见到陈太师（陈敬瑄），就请他给我一个大州。如果能得到一个大州，我的愿望就满足了。"王建非常激动，难掩心中的喜悦。由此可见，王建当时的追求并不高，也就是当一个大州的刺史。

王建将家人留在梓州，自率两千名精兵前往成都。王建怎么也没有想到，当他进入西川境内时，陈敬瑄却又反悔了。陈敬瑄是在他的幕僚李义的劝说下反悔的。李义是这样说的："王建是一只猛虎，为何要将他请入家门？他怎么会肯当公的部下？"陈敬瑄本来就对王建没有好感，之所以请他来，是因为兄弟田令孜的建议。陈敬瑄听了李义的话，感到非常后悔，马上传令加强防御，还派人前往阻止王建。

王建当时已经到达鹿头关（今四川省德阳市北），听说陈敬瑄不让他进入西川，大怒异常，下令继续前进。沿途关卡都不让王建通过，王建便率部攻打，破关而进。王建一连攻破绵竹（今四川省绵竹市）、汉州（今四川省广汉市）、德阳（今四川省德阳市），陈敬瑄获报非常恼怒。

陈敬瑄派人去斥责王建，王建回道："十军阿父召我前来，快到门口却被拒绝。东川的顾公又猜忌怀疑我，我现在是进退两难，无路可走。"王建这样说，看似有理，实际也是无理，至少顾彦朗没有为难他，他的妻小不是还在顾彦朗那里吗？王建之所以这么说，就是不想退回去。

陈敬瑄没有办法，又让兄弟田令孜前来劝说王建。可叹晚唐大宦官田令孜，本是唐僖宗身边权臣，现在只落得依附兄长陈敬瑄。好在陈敬瑄当时也是一方节度使，掌管的又是富庶之地西川。同样可叹的是，陈敬瑄现在却被王建这个小人物来进逼。田令孜登上城楼，准备与城外的王建喊话。王建看到田令孜，与诸将列队下拜。王建对田令孜说道："我今天已经无家可归，就此向阿父告辞，从此做贼了。"

王建这么说，就是铁心与陈敬瑄、田令孜为敌了，田令孜也无可奈何。王建决定向成都发起攻击，东川节度使顾彦朗也派兵来帮他。顾彦朗任命兄弟顾彦晖为汉州刺史，并派其率兵增援王建。王建、顾彦晖遂对成都发起猛烈进攻。成都城坚墙固，王建、顾彦晖攻了三天都没有攻克。王建决定暂停攻城，与顾彦晖一同撤退，进屯汉州。

陈敬瑄搬出田令孜也不能阻止王建，陈敬瑄便将王建攻打西川一事上奏唐僖宗，希望唐僖宗能够阻止王建攻打西川。唐僖宗能够做到吗？唐僖宗当时仍在凤翔（今陕西省凤翔县），刚刚逃过一劫。这是怎么回事呢？

当年六月，神策军天威都都头杨守立的士兵与凤翔（治凤翔府）节度使李昌符的部下因为争夺道路而发生殴打。唐僖宗得知后，连忙派宦官前往调解，两方都不接受，冲突一触即发。当天晚上，唐僖宗的禁卫军严加戒备，随时准备战斗。

第二天，李昌符竟然下令放火焚烧唐僖宗的行宫，根本不把唐僖宗放在眼里。宰相杜让能听到消息，徒步前往守护唐僖宗。另一宰相韦昭度则将家人送到军中，誓死讨伐反贼。第三天，李昌符又下令攻打杨守立驻军的大安门。杨守立率部还击，双方就在街巷中展开激烈交战。由于君臣同心，将士们士气高昂，骄横的李昌符被击败，一路逃往西北方向的陇州（今陕西省陇县）。

唐僖宗不想放过李昌符，任命神策军扈跸都都头、兼武定（治洋州）节度使李茂贞为陇州招讨使，令其追击李昌符。李茂贞立即率兵北上，前往陇州。李茂贞到达陇州城下，还没有攻城，陇州刺史薛知筹便开门纳降，还将李昌符及其族人抓获问斩。唐僖宗后来任命李茂贞为凤翔节度使、同平章事。李茂贞从此长期担任凤翔节度使。唐僖宗仍继续留在凤翔依附李茂贞。

数月后,唐僖宗接到西川节度使陈敬瑄的奏报,得知王建攻打西川。唐僖宗此时能够做的,便是派宦官带着诏书前往调解。然而王建与陈敬瑄均不接受调解。唐僖宗似乎觉得自己的实力不够大,又让李茂贞给王建与陈敬瑄二人写信,劝二人和解,二人仍不接受。

从唐僖宗无法劝解王建与陈敬瑄来看,唐朝当时已经失去对藩镇的控制力,藩镇的内乱、混战已成燎原之势。可笑的是,唐僖宗不能劝解陈敬瑄与王建,却又让李茂贞来劝,充分说明藩镇的势力已经强于朝廷。试想,在这样的形势下,唐朝怎么可能恢复旧日的强大?

888年(唐僖宗光启四年)二月七日,唐僖宗患起病来。二月十四日,唐僖宗起程东返长安。二月二十一日,唐僖宗回到长安。却说唐僖宗十二岁那年在长安即位,十九岁那年被黄巢赶出长安而逃亡。二十四岁那年三月,唐僖宗返回长安,不想就在当年十二月被王重荣、李克用所逼而二度逃亡。唐僖宗第一次在外流亡四年多,第二次在外流亡两年多,驻跸之地主要为成都、兴元与凤翔。再度回到长安的唐僖宗虽然只有二十七岁,却如同一位饱经风霜的老者。

三月五日,唐僖宗病情严重,开始考虑后事。唐僖宗有两位兄弟可望成为继位者,一位是吉王李保,一位是寿王李杰。李保年长而且贤明,群臣都盼望其继位,而掌握实权的宦官杨复恭却想让李杰继位。就在当天,唐僖宗下诏,册立李杰为皇太弟,监军国事。

第二天,唐僖宗在灵符殿驾崩,遗诏命李杰更名李敏,由中书令韦昭度摄政。李敏继位,是为唐昭宗。唐昭宗时年二十二岁,体格健壮,容貌清秀,英气勃发,喜爱文学。唐昭宗很有雄心壮志,认为唐僖宗没有威严,致使朝纲不振。唐昭宗尊礼大臣,渴求贤相豪杰,以图恢复前烈之志。

那么唐昭宗能够阻止王建攻打西川吗?

就在唐昭宗即位的当月,王建又攻打西川所辖的彭州(今四川省彭州

市)。虽然陈敬瑄派兵击退了王建,但王建从此对西川的十二州府大肆攻掠。陈敬瑄原本还向朝廷缴纳赋税,现在忙于与王建交战,便不再向朝廷上贡。

两个月过去了,王建认为陈敬瑄势力仍然很强,必须想个计策。周庠、綦毋谏认为邛州(今四川省邛崃市)城坚墙固,粮草丰富,可夺取作为根基。王建希望攻打西川能够得到天子的认可,不然军心会涣散。王建于是命周庠拟表,指责陈敬瑄的罪状,请唐昭宗重派大臣前来担任节度使,同时请求任命王建为邛州刺史。东川节度使顾彦朗也向唐昭宗上表,请求将陈敬瑄调往别的藩镇,这样方可使两川安宁。

如果唐僖宗在位,王建这一招可能不行,然而当时是唐昭宗在位,王建这一招却非常有效。却说当年黄巢攻入长安时,唐昭宗只有十四岁,一路跟随唐僖宗逃往成都。唐昭宗在山谷之中徒步奔走,累得坐在一块大石之上。田令孜从后面赶了过来,催促唐昭宗快点走。唐昭宗说道:"脚痛,请军容使给一匹马。"田令孜没好气地说道:"在此深山,哪里有马!"田令孜还用鞭子赶他走。唐昭宗从此十分憎恨田令孜。唐昭宗即位后,便下诏罢免田令孜,重新派人到西川当监军,只是无法执行。不久王建、顾彦朗的奏表送达,唐昭宗认为田令孜之所以骄横,主要是依赖陈敬瑄,决定先解决陈敬瑄。六月,唐昭宗下诏,任命宰相韦昭度为西川节度使、两川招抚制置使,兼中书令,调陈敬瑄到长安任龙武统军。

此后的半年,王建与陈敬瑄没有发生交战,一来王建实力不足、粮草不济;二来新任命的西川节度使韦昭度尚未到来。我们再回到河南,讲讲朱全忠与秦宗权的混战。

第21章　先援二镇，再伐蔡州

秦宗权虽然遭到朱全忠的重创，但仍在攻略四方。朝廷非常希望朱全忠能够消灭秦宗权，以彻底平定蔡州（今河南省汝南县）。为此，朝廷还任命朱全忠为"蔡州四面行营都统"，代替感化（治徐州）节度使时溥专门讨伐秦宗权，邻近各藩镇兵马都受朱全忠调遣。这个任命，让时溥对朝廷甚至对朱全忠都有不满。

888年（唐昭宗文德元年）三月，朱全忠准备向秦宗权发起主动攻击。朱全忠先将粮草运往宋州（今河南省商丘市），为攻打秦宗权做准备。岂料就在这时，魏博（治魏州）、河阳（治孟州）两镇发生内乱，乐从训、张全义先后派人前来求救。朱全忠决定先帮助两镇平定内乱。

却说魏博节度使乐彦祯骄横不法，其子乐从训凶恶阴险，百姓苦不堪言，将士们愤恨异常，便发动兵变。乐彦祯非常害怕，立即辞去节度使一职，到龙兴寺出家为僧。将士们于是推举都将赵文玢为"知留后事"。乐从训当时正在相州当刺史，听到兵变的消息，立即率兵前往魏州（今河北省大名县）讨伐叛军。

乐从训有三万人马，赵文玢胆小不敢出战。将士们一怒之下，将赵文玢杀掉。将士们一起喊道："哪个想当节度使？"其中有一人高声应道："白胡子老头让我来当节度使！"众人寻声看去，原来是牙将罗弘信。罗弘信字德孚，时年五十三岁，魏州人。当地人曾传，有一个白胡子老头说罗弘信会成为地方之主。现在罗弘信说到白胡子老头，大家便想到了那个传言。大家围绕罗弘信看了片刻，说道："可以。"罗弘信便被推举为"知留后事"。罗弘信带领城中兵马击败了乐从训，乐从训退保内黄（今河南省内黄县）。

罗弘信围攻内黄，乐从训不敢出战，派人悄悄缒城而出，向宣武（治汴

州)节度使朱全忠求救。乐从训为何要向朱全忠求救?一来魏博紧邻朱全忠控制下的义成军(治滑州);二来魏博的叛军近来杀掉了朱全忠的人。原来朱全忠刚派押牙雷邺带着一万两白银到魏州买粮,适逢魏博叛乱,叛军将雷邺杀死在馆驿。乐从训认为就凭这一点,朱全忠一定会派人来援救他。

乐从训的想法没有错,朱全忠真的决定援救他。朱全忠会派谁去援救乐从训呢?朱全忠决定派都指挥使朱珍与将领王檀。朱珍、王檀率部一路北上,从白马县(今河南省滑县)北渡黄河,一连攻下黎阳(今河南省浚县)、临河(今河南省濮阳市西)、李固(今地不详)三城。快到内黄时,朱珍、王檀与魏博的"豹子军"发生交战。王檀阵前擒获魏博将领周儒、邵神剑,朱珍挥军掩杀,大获全胜,杀死及俘虏魏博兵马一万多人,俘获将领十余人。这一战让朱珍的大名威震河朔。

四月,乐从训听闻朱珍即将到达,便率部出了内黄城,与罗弘信作战。罗弘信派将领程公信出战,乐从训不敌,被斩首。罗弘信再将出家为僧的乐彦祯找出来斩首示众。四月二十六日,罗弘信派人给朱全忠送去书信,请求结好。罗弘信还给朱珍送去大量财物以犒劳将士。朱全忠得知乐彦祯、乐从训父子被杀,便接受罗弘信请求,命朱珍率部南返。不久,唐昭宗也下诏任命罗弘信为"权知魏博留后"。

再说说河阳的内乱。却说孙儒离开河阳后,李罕之来到河阳,张全义来到洛阳。二人依附河东(治太原府)节度使李克用,李克用派兵南下协防,同时表荐李罕之为河阳节度使,张全义为河南府尹。李罕之与张全义歃血为盟,很为友善。然而李罕之勇而无谋,贪婪残暴,心里实是看不起张全义。李罕之听说张全义劝课农桑,笑道:"张全义就是一个田舍翁。"张全义听闻后,也不以为耻。洛阳原本战乱连年,百姓困苦不堪,现在张全义的带领下,百姓生活富足。然而李罕之的将士们不耕田不种地,专以抢掠为生,有时还吃人肉。李罕之多次派人向张全义索要粮食钱帛,张全义总是有求必应。李罕之贪得无厌,稍有不满,便将河南府的官员押至河阳杖责,河南府的将领们都很愤怒。张全义并不生气,说道:"李太尉想要的，怎么能不给？"张全义想方设法满足李罕之，好像非常害怕李罕之似的，李罕之也更加骄横。

其实张全义并非真的怕李罕之，只是在等待时机，不久机会便来了。888年二月，李罕之派兵攻打护国军（治河中府）所属州县，护国节度使王重盈派人与张全义联络，准备谋取李罕之。有了王重盈的支持，张全义准备偷袭李罕之。张全义传令屯垦的将士，于夜晚袭击河阳。第二天早上，张全义攻入孟州城，李罕之翻越城墙徒步逃走。张全义占领孟州，自称河阳节度使。

李罕之一路北逃到达泽州（今山西省晋城市），进入西昭义（治潞州）境内。李罕之向李克用求救，李克用决定援救李罕之。三月，李克用任命将领康君立为"南面招讨使"，督领李存孝、薛阿檀、史俨、安金俊、安休休五将，率七千名骑兵帮助李罕之收复河阳。康君立等不日到达孟州城下，张全义坚守城池不出战。不久，城中粮草耗尽，张全义无力支撑，便派人向朱全忠求救。

四月，朱全忠决定再次分兵援救张全义。朱全忠会派谁出战呢？这可是与老冤家李克用的人马在作战啊，而且康君立还带着猛将李存孝呢。然而不用担心，朱全忠帐下的将领也很多。朱全忠派出了丁会、葛从周、牛存节三将，还给三位将领一万兵马。

朱全忠派牛存节跟随丁会、葛从周援救河阳，就是考虑其曾在河阳任职，熟悉那里的小路，因而特地让其担任前锋。丁会作为出征的主将，心中已有用兵方略。丁会对葛从周说道："李罕之估计我们不敢渡过黄河，因为我们兵少，又是远道而来。我们应当快速前行，出其不意，攻其不备，此乃用兵之道。"

且说康君立得知朱全忠派兵来援张全义，便派李罕之率步兵继续攻打孟州城，而派李存孝率骑兵到孟州城东边的温县（今河南省温县）迎战丁会。温县这一战，史书记载非常简略。其实这一战非常精彩，因为河东第一猛将李存孝被打败了。将领安休休害怕回到河东被惩罚，竟然一路南下，投奔蔡州秦宗权。李存孝、康君立等人最后率残余兵马北返河东。

我们再讲讲李存孝。在后人的演义中,李存孝是晚唐第一猛将,无人能敌。史书上也说李存孝每次出战都身披重铠,腰悬弓箭,腿放铁檛,手舞铁挝。李存孝出战时还总是带着两匹马,一旦马乏,就在阵中更换,来往如飞。然而让人感到遗憾的是,李存孝跟随李克用南下解围陈州(今河南省淮阳县)及在上源驿护卫李克用脱险,史书上并无其壮举的记述。更让人叹息的是,在温县的这一战,李存孝率领的河东骑兵竟然败给丁会、葛从周与牛存节。

李罕之后来到西昭义做了泽州刺史,仍以抢掠为业。在河中府与绛州之间有一座山,高耸入云,叫摩云山,民众聚集在此自保,一般的强盗、劫匪都不能攻破。李罕之却将此山攻破,从此就被人称为“李摩云”。值得一提的是,李罕之有一位部将名叫杨师厚,勇敢果断,尤善骑射。李罕之败守泽州后,杨师厚主动来降朱全忠,被任命为牙将,后又升为检校右仆射、曹州刺史。

朱全忠获报丁会击败康君立等,便向朝廷上表,推荐丁会为河阳留后,仍让张全义担任河南尹。张全义非常感激朱全忠的相救,从此尽心归附朱全忠。朱全忠每次出战,张全义总是为其送来粮草和兵器。从此河阳这个藩镇以及东都洛阳所在的河南府便成了朱全忠的势力范围,魏博也开始依附朱全忠。朱全忠得到两镇的支持,实力有所增强。

五月,秦宗权的将领、山南东道(治襄州)节度使赵德諲又向朱全忠归附,秦宗权势力更加衰退,朱全忠却越来越强。朱全忠上表推荐赵德諲为其讨伐秦宗权的副手。唐昭宗接表后下诏,升山南东道为忠义军,任命赵德諲为忠义节度使,兼“蔡州四面行营副都统”。

朱全忠终于大举进攻蔡州。秦宗权也不示弱,两军在蔡州城南激战。张归霸与徐怀玉在这一战中非常英勇,朱全忠称赞张归霸就是东汉的大将耿弇。这一战朱全忠大胜,秦宗权败退蔡州城中,紧闭城门。朱全忠一鼓作气,率部攻打北关门。不久,北关门被攻破,秦宗权只得固守中城。朱全忠将所部兵马分扎成二十八个营寨来包围蔡州。秦宗权一直坚守城池不敢出战,朱全忠也不放弃,始终围困蔡州城。

整整三个月过去了,朱全忠终于有所突破。八月,朱全忠的兵马攻破了蔡州南城。此时的秦宗权虽然还在坚守,但蔡州以外归附者日渐减少,没有外援,兵力严重不足。秦宗权的粮草也开始缺乏,势力严重衰退。当然,朱全忠作战数月,粮草也开始不济。朱全忠认为秦宗权已经不足为惧,灭亡只是迟早之事。九月,朱全忠决定撤围,暂且北返汴州。

关于朱全忠此次与秦宗权作战,《资治通鉴》的记述比较简略。其实这一战非常关键,是朱全忠又一次给秦宗权以重创。尽管两月后秦宗权仍能攻克北边的许州(今河南省许昌市),但已是强弩之末,岌岌可危。根据《旧五代史》记载,此次交战,朱全忠的都指挥使朱珍与都押牙李唐宾都参加了。朱珍当时就在蔡州城西南扎营,一度攻破羊马垣,后因天降大雨而撤退。李唐宾则在蔡州城的东北角填濠挖墙,一度摧毁东北角的城墙。

最后交代一下秦宗权的结局。

十二月,秦宗权的部将申丛将秦宗权擒获,砍断秦宗权的双脚,将秦宗权囚禁起来,派人向朱全忠投降。朱全忠大喜,上表推荐申丛为奉国(治蔡州)留后。次月申丛被秦宗权另一部将郭璠杀害。郭璠把秦宗权押至汴州,并说申丛准备再次拥护秦宗权谋反,故而杀之。朱全忠便再上表推荐郭璠为奉国留后。

朱全忠见到秦宗权,以礼相待,还对秦宗权说道:"我多次把天子的诏书送给你,你如果前年就翻然悔悟,与我一起辅佐王室,怎么会发生今天这样的事?"秦宗权面无表情,毫无惧色地回道:"我如果不死,公如何才能崛起?这是上天借助我而让公称霸啊。"

朱全忠派客将刘捍将秦宗权押至长安,交给唐昭宗。唐昭宗登上延喜楼接受献俘。唐昭宗非常高兴,还授予刘捍为御史大夫。889年(唐昭宗龙纪元年)二月,秦宗权在长安东西两市示众后被斩首。史书上说秦宗权被斩时还说了一句令人啼笑皆非的话:"我秦宗权怎么会是谋反的人,只是一片忠诚无处投效罢了。"

唐朝曾经给秦宗权的官职是奉国节度使,秦宗权后来以蔡州为都已经称帝,唐朝又任命陈州刺史赵犨为奉国节度使。现在朱全忠推荐郭璠为

奉国留后,唐朝便再任命赵犨为忠武节度使。不久赵犨病逝,其弟赵昶任忠武节度使。虽然秦宗权已经称帝,但史书连国号年号都不给他记载,始终把他看作是一个藩镇而已。需要说明的是,奉国、忠武从此成了朱全忠的势力范围。

第22章 一攻时溥，绞杀朱珍

888年(唐昭宗文德元年)九月，宣武(治汴州)节度使朱全忠撤离蔡州(今河南省汝南县)后，认为秦宗权已经不足为患，准备谋取东边的感化军(治徐州)。虽然朱全忠已经与感化节度使时溥发生矛盾，但要向时溥用兵，还得找个借口。朱全忠当然有办法。

话说朱全忠当时兼任淮南(治扬州)节度使，而淮南的楚州刺史刘瓒在淮南内乱时前来投奔，朱全忠决定派兵护送刘瓒前往楚州(今江苏省淮安市)赴任。由于前往楚州，必定经过感化境内，时溥一定会派兵阻截，朱全忠便可趁机用兵。当然，护送刺史赴任也不能派太多的兵马，否则会成为时溥的口实。然而兵少又不能取胜，朱全忠决定派出得力的大将，那就是都指挥使朱珍与都押牙李唐宾。朱全忠还命将领王檀随同出征。朱珍、李唐宾、王檀等不日便率五千兵马与刘瓒一路东行。

十月，朱珍、李唐宾等进入感化所属的徐州(今江苏省徐州市)境内。感化节度使时溥得到消息，连忙派兵前往拦截。两部兵马在徐州北边的沛县(今江苏省沛县)遭遇。朱珍、李唐宾率部英勇作战，不仅击败感化的兵马，还攻克了沛县。朱珍、李唐宾一不做二不休，又将徐州北边的滕县(今山东省滕州市)给攻下了。朱珍、李唐宾虽然只有五千人马，但这一战杀死感化军一万余人。

时溥决定亲率大军来战朱珍、李唐宾。时溥这回做了充分的准备，调集了七万步骑兵。十一月，时溥进驻吴康镇(今江苏省丰县南)。面对时溥七万大军，只有五千人马的朱珍并不畏惧，还主动向时溥发起进攻。史书上说朱珍当时先与时溥交战，不能取胜。当李唐宾加入战斗时，朱珍才取得大胜。将领王檀擒获时溥将领何肱，被任命为左踏白马军副将。时溥兵败后，暂且撤回徐州城中。

朱全忠已经与时溥开战,便不再有所顾忌,于是又在徐州的南边用兵,似有包围时溥之意。朱全忠再派将领徐怀玉率一支人马攻打感化所属的宿州(今安徽省宿州市),宿州刺史张友投降。889年(唐昭宗龙纪元年)正月,朱全忠又派将领庞师古、霍存攻打宿迁(今江苏省宿迁市)。庞师古攻克宿迁后,又向北进驻吕梁(今江苏省徐州市东南),向徐州逼近。时溥接报,亲率两万兵马南下阻截庞师古。庞师古大胜时溥,斩杀两千余人。时溥再度遭败,只得退保徐州城。

从二月到六月,朱全忠的兵马未与时溥交战,朱全忠当时正在忙于另两件重要事务。一件是秦宗权被部下囚禁,送给朱全忠,朱全忠派人将秦宗权押送长安。另一件是李克用向东昭义(治邢州)用兵,节度使孟方立自杀,其兄弟孟迁向朱全忠告急,朱全忠派王虔裕前往援救。

六月,朱全忠与时溥的混战继续开始。朱珍、李唐宾率部向徐州城逼近,不日攻克萧县(今安徽省萧县)。萧县在徐州城的西边,与徐州城相距只有数十里。时溥虽然得知朱珍、李唐宾逼近徐州,但不敢出城作战。

朱全忠准备亲自前往徐州督战。朱珍获知朱全忠即将前来,传令诸军整修马厩,以作迎接。偏偏李唐宾的部将严郊办事不力,遭到军吏的责备。刚直强硬的李唐宾非常生气,马上去找朱珍辩解。朱珍本来对李唐宾就没有好感,当时也非常生气,认为李唐宾无礼,竟拔出佩剑将李唐宾杀掉。朱珍杀了李唐宾也感到非常害怕,毕竟李唐宾也是朱全忠的爱将。朱珍当即派人快马向朱全忠禀报,控告李唐宾谋反。

朱珍的使者到达汴州(今河南省开封市)时,正是早晨,敬翔接待了他。敬翔当时已经不只是馆驿巡官,还担任淮南左司马。当敬翔得知朱珍杀了李唐宾时,也非常吃惊,担心军中甚至宣武将有大乱。敬翔认为,如果朱全忠得知此事,一定火冒三丈,肯定要下令杀掉朱珍。这样一来,朱珍一定被逼反,那后果将不堪设想。如果在白天,朱全忠的命令一下,必将立即执行,很难再更改,敬翔也不敢保证劝得住。如果是在晚上,即使朱全忠想要下令杀掉朱珍,势必也要等到第二天才会派人执行,敬翔便有充分的时间来劝说朱全忠。敬翔决定妥善处理此事,以使事态不要变得严重。敬翔于是将朱珍的使者留下，不让他马上去见朱全忠。

终于到了晚上，敬翔才去见朱全忠，不慌不忙地向朱全忠禀报了朱珍杀掉李唐宾的事。朱全忠听后，果然大惊，正要发作，敬翔马上劝朱全忠息怒。为防止激怒朱珍，敬翔还建议朱全忠先将李唐宾的妻儿囚禁在狱中，再派使快马到军中抚慰朱珍。朱全忠当时也压住怒火，完全听从敬翔的建言，军中终于转危为安。

七月，朱全忠前往萧县。庞师古、霍存这一路兵马也奉命抵达。朱全忠离萧县城三十里时，朱珍出城迎接。朱全忠见过朱珍后，突然一声令下，命人将朱珍拿下。朱全忠斥责朱珍擅杀大将，下令绞杀朱珍。霍存等十多位将领都叩头为朱珍求情。朱全忠怒不可遏，拿起胡床砸向霍存等人，骂道："朱珍杀李唐宾的时候，你们为何不救？"霍存等人这才退了下去。朱全忠抵达萧县后，命庞师古接任都指挥使，以代替朱珍。八月，朱全忠率兵攻打时溥的大营，适逢天降大雨，遂率部撤退。

朱全忠虽然撤兵，但时溥仍派人向河东（治太原府）节度使李克用求救，李克用派将领石君和率五百名骑兵前往增援。次年四月，时溥联合河东援兵向朱全忠的老家砀山（今安徽省砀山县）发起袭击。朱全忠派长子、牙内都指挥使朱友裕率兵迎战。史书上说，朱友裕不仅擅长射箭，而且宽厚爱人，深得军心。朱友裕此次独自领兵出战，即大败时溥，杀死三千人，连河东派来增援的将领石君和都被擒获。

关于朱全忠连失李唐宾、朱珍二将，确实让人感到惋惜。史书上说，朱珍善于统兵，李唐宾骁勇过人，二人威名相当。朱珍每次出战，凡遇小败，只要有李唐宾辅佐，就能获得大胜。然而二人并不和睦。早年在黄巢义军中时，朱珍便一直跟随朱全忠，而且又跟随朱全忠一起归降唐朝。李唐宾虽然也是黄巢的将领，却是后来败于朱全忠而向朱全忠投降的。从资历上看，朱珍一定看不起李唐宾，李唐宾性格刚直，也可能不服朱珍。二人当时可能只服朱全忠，如果一同跟随朱全忠出战，必定安然无事，而且战无不胜。但朱全忠多次让朱珍领兵出战，而让李唐宾随同出战，真的

难以想象,二人是如何相处的。如果朱全忠将二人分开领兵,可能二人不会死得这么早。如果用好朱珍、李唐宾二人,朱全忠的藩镇兼并大业可能会进展得更快。二人被杀后,攻打时溥、兼并感化的事便暂且放下,让我们再来讲讲河东节度使李克用的故事。

第23章 攻打云州，丢官失爵

河东节度使李克用也在趁着机会兼并藩镇。

前面曾经讲过，在河东(治太原府)的南边有一个藩镇叫昭义，原本共辖五个州：潞州、泽州、邢州、洺州、磁州，治所在潞州(今山西省长治市)。后来在李克用的入侵下，这个藩镇被以太行山为界分为东西昭义两个藩镇。东昭义以邢州(今河北省邢台市)为治所，节度使是孟方立，西昭义仍以潞州为治所，节度使是李克用的堂兄弟李克修。这是883年十月的事。

888年(唐昭宗文德元年)十月，东昭义节度使孟方立派行军司马奚中信率三万兵马，到太行山的西边攻打河东所属的辽州(今山西省左权县)，西昭义节度使李克修率部截击。两军激战，奚中信大败被擒。李克修派人将奚中信押送晋阳(今山西省太原市)，交给李克用。

李克用对孟方立派兵袭击辽州非常生气，决定亲自讨伐孟方立。889年(唐昭宗龙纪元年)五月，李克用率部起程，义子李存孝随同出征。李克用还令泽州(今山西省晋城市)刺史李罕之一同攻打孟方立。六月，李罕之、李存孝率部穿过太行山进入东昭义境内。二将一连攻克了磁州、洺州。孟方立派将领马溉、袁奉韬率数万人抵御。两军在邢州城西南的琉璃陂激战，马溉、袁奉韬不敌被擒。李克用乘胜进攻邢州。孟方立感到非常恐惧，竟服毒自杀。孟方立的兄弟孟迁被推举为留后。孟迁连忙派使悄悄出城，向宣武(治汴州)节度使朱全忠求救。

朱全忠接到消息，决定出兵帮助孟迁。朱全忠先派人向魏博(治魏州)节度使罗弘信借道，以便大队人马过境前往邢州，岂料罗弘信竟然不肯借道。朱全忠于是改派一百名精骑，由王虔裕带领，飞驰邢州。前面讲过，王虔裕在与秦宗权的一次战斗中失利，被朱全忠囚禁在军中。朱全忠此次派兵援救孟迁时，王虔裕可能还在囚禁之中。此时的王虔裕接到朱

全忠的命令,明知是刀山火海,也只得前往。王虔裕不日到达邢州,乘夜冲破河东军的包围进入城中。第二天天刚亮,王虔裕就在城墙之上树起宣武的旗帜,李克用以为援军已到,便传令撤退。

不久,李克用发现宣武的援军并不多,于是再来围攻邢州。890年(唐昭宗大顺元年)正月,邢州城中粮草缺乏,孟迁已经无力坚守。这时李克用下令猛攻邢州城,孟迁决定投降。王虔裕不肯向李克用投降,被孟迁擒拿,王虔裕的数百精兵也成为俘虏。孟迁将王虔裕交给李克用,李克用接受孟迁投降,而将王虔裕斩首。李克用任命安金俊为邢洺团练使。从此东西昭义合二为一,昭义五州完全受李克用控制。

李克用完全占领昭义五州之后,便想解决云州(今山西省大同市)的赫连铎。却说云州当时已经受河东管辖,但云州防御使赫连铎却与李克用不和。李克用一直想攻打赫连铎,只是没有机会下手。李克用此次夺取东昭义,朝廷也没有动静,李克用的胆子便大了起来,想顺手解决赫连铎。

二月,李克用亲率兵马攻打云州,很快攻克了云州的东城。赫连铎自知不敌,便派使前往幽州(今北京市),向卢龙(治幽州)节度使李匡威求救。李匡威亲率三万兵马来援赫连铎。李克用得到消息,决定暂且放弃攻打云州,南返晋阳。

李克用虽然已经撤兵,但赫连铎并不想就此罢休。四月,赫连铎与李匡威一同向唐昭宗上表,请求讨伐李克用。宣武节度使朱全忠也上表道:"李克用始终是国家的祸患,现趁其败,臣请求率宣武、义成、河阳三镇兵马,会合河北卢龙、成德、魏博三镇兵马一同讨伐李克用。请朝廷派大臣担任统帅。"

那么唐昭宗收到赫连铎、李匡威以及朱全忠的奏表,会是什么态度呢?要是唐僖宗,一定又是下诏令双方和解,但唐昭宗则不一样。唐昭宗对藩镇骄横跋扈一直不安,总想以威压制。唐昭宗与唐僖宗还有一点不一样,就是讨厌宦官干政,凡事总是与大臣商议,而把拥立自己登上皇位的大宦官杨复恭冷落一旁。当时朝中有一位宰相名叫张浚,本是靠杨复恭的推荐才进入朝廷的,后来杨复恭失势,张浚便依附田令孜。现在杨复恭东山再起,便对张浚极为痛恨。唐昭宗也知道张浚与杨复恭二人有矛盾,便更加依靠张浚,而张浚也以建功立业为己任,常常把自己比作谢安、裴度。唐昭宗曾与张浚讨论古今以来治乱之事,张浚说道:"陛下如此英明,却内受制于宦官,外受制于藩镇,这正是臣日日夜夜所痛心疾首的事。"唐昭宗问张浚当前最急于解决的是什么?张浚回道:"训练一支强盛的兵马以制服天下。"唐昭宗于是让张浚在京师招兵买马,达十万人。

现在有人想讨伐李克用,唐昭宗必然会与张浚商议。那么张浚与李克用的关系如何呢?却说当年李克用率领沙陀兵马南下讨伐黄巢,起先屯兵河中(今山西省永济市),张浚时为都统判官。李克用当时就很看不起张浚。李克用后来听说张浚出任宰相,私下对朝廷送诏书的使者说道:"张公喜爱虚谈,一点也不实用,不过是一位惹是生非的人罢了。皇上闻其虚名而信任他,将来扰乱天下的一定是他。"这话后来传到张浚的耳朵里,张浚怀恨在心。

唐昭宗先将朱全忠等人的奏表交与三省以及御史台四品以上官员商议。结果是反对讨伐李克用的有十之六七,连宰相杜让能、刘崇望也认为不可。张浚希望讨伐李克用,不仅泄却心中对李克用的憎恨,也能借助此举来排挤杨复恭。张浚对唐昭宗说道:"迫使先帝僖宗再次驾幸山南的,正是沙陀李克用。臣常常担忧李克用与河朔的藩镇相勾结,而使朝廷不能控制。现今河南的宣武、河北的卢龙两藩镇都请求讨伐李克用,正是千载难逢之机。只望陛下给臣授予兵权,臣将在旬月之内就将李克用平定。今天如果不取,后悔莫及。"另一宰相孔纬也附议道:"张浚此言甚是。"

杨复恭反对道:"先帝播迁,固因藩镇跋扈之故,也因朝中大臣处置不当所致。现今朝廷刚刚安定,不宜再开战端。"唐昭宗有些顾虑地问道:"李克用对我朝有复兴之大功,如果趁其危急而讨伐他,天下人会如何看待朕?"

孔纬回道:"陛下的考虑,是一时的仁慈,而张浚的建言,乃是万世的利益。昨天臣等计议,讨伐李克用的兵马、粮草、犒赏费用,一两年内都

不会匮乏,现在就等陛下的决断。"唐昭宗听到张浚、孔纬二相说法一致,便同意讨伐李克用。唐昭宗还对二人说道:"此事就交给二卿,不要让朕忧心。"

五月,唐昭宗下诏,削去李克用的官爵与属籍。唐昭宗的这个诏书对李克用来说是严厉的,不仅将李克用的节度使、侍中以及陇西郡王全部削去,还将皇家的赐姓也夺回了。也就是说,李克用从此不能再用李姓,而应当称为朱邪克用。唐昭宗再任命张浚为"河东行营都招讨制置宣慰使",京兆尹孙揆为副使,镇国节度使韩建为"都虞候兼供军粮料使",朱全忠为"南面招讨使",李匡威为"北面招讨使",赫连铎为"北面招讨副使"。张浚推荐给事中牛徽为行营判官。牛徽说道:"国家饱受战乱,现在还想穷兵黩武、横挑强寇,让诸侯离心,其结局必将混乱不堪。"牛徽以年老多病为由,坚决请辞。

就在朝廷准备讨伐李克用之时,李克用控制下的昭义再生内乱。

李克用撤离云州后,便前往潞州巡视。堂兄弟李克修是昭义节度使,听说李克用前来,马上摆下宴席招待李克用。李克修向来崇尚节俭,为李克用准备的宴席并不丰盛。李克用大发雷霆,将李克修骂了一通,还用鞭子抽打李克修。李克修非常羞愧气愤,竟一病而亡,潞州人听说后,感到非常怜悯。李克用再向朝廷上表,推荐亲兄弟李克恭为昭义留后。李克恭骄横任性,不懂军事,潞州人很反对他,将士们也开始离心离德。

昭义本有一支精兵,称为"后院将",李克用也早有所闻。李克用在得到东昭义三州之后,便想谋取河朔,也想依靠这支精兵。李克用于是让李克恭从"后院将"中挑选五百名骁勇之士送到晋阳。李克恭便精选五百人,由牙将李元审及小校冯霸带领,前往晋阳。昭义人对李克用调走这批精兵非常痛惜,这些被选的士兵也不想离开潞州。途中,冯霸带领部众造反,沿着山路南下,一路上还招募兵马,部众很快达到三千人。李元审带领士兵攻打冯霸,因兵力不足而受伤,只好返回潞州。

五月十五日,昭义留后李克恭到馆驿看望李元审,不想牙将安居受又趁机造反。当初潞州兵脱离孟方立,安居受等人曾请李克用派兵来取潞州，潞州便成了西昭义。后来孟迁以东昭义三州投降李克用，孟迁还被任命为"军城都虞候"，其随从也担任要职，安居受等人便开始抱怨，也感到不安。安居受得知李克恭去看望李元审，便带领部众到馆驿纵火，李克恭、李元审全被烧死。李克恭被烧死的消息传到长安时，朝中官员都向唐昭宗道贺。

安居受被部众推举为昭义留后，决定依附宣武节度使朱全忠。安居受又派人去联络冯霸，冯霸不肯来。安居受感到害怕，担心冯霸来攻打潞州，便逃出了潞州城，不想被路人杀害。冯霸则率兵进入潞州，自称昭义留后。冯霸也派人向朱全忠求援，以对抗李克用。朱全忠立即派河阳留后朱崇节率兵进入潞州，朱全忠还任命朱崇节为昭义"权知留后"。

昭义发生的事，李克用也很快获知。李克用不想丢掉昭义，马上派将领康君立、李存孝率部前往潞州，把潞州包围。就在这时，朝廷讨伐李克用的大军在张浚的率领下已经从长安出发，形势对李克用极为不利。

第24章　讨伐河东，张浚败北

890年(唐昭宗大顺元年)五月二十七日，张浚集结了五万人马准备从长安出发，唐昭宗在安喜楼为其饯行。张浚请唐昭宗屏去左右后，说道："臣先为陛下铲除外忧，再为陛下铲除内患。"张浚言下之意，是先平定河东李克用，再除去朝中干政的宦官杨复恭。岂料张浚这个话被杨复恭偷偷听到，杨复恭便在长安城东的长乐坂也为张浚饯行。杨复恭向张浚敬酒，张浚以已经醉了而拒绝。杨复恭玩笑道："宰相大人手握大权，率大军出征，何故如此作态?"张浚却严肃地说道："等我平定贼寇回来，就知我为何作态了。"杨复恭听后，感到非常忌恨。

张浚的大军出发了，唐昭宗又采取了一些措施。五月二十八日，唐昭宗下诏，免除泽州(今山西省晋城市)刺史李罕之的官爵。六月初，唐昭宗再下诏，任命孙揆为昭义(治潞州)节度使，仍兼任"河东行营都招讨制置宣慰副使"。

六月中旬，张浚到达晋州(今山西省临汾市)，宣武(治汴州)、镇国(治华州)、静难(治邠州)、凤翔(治凤翔府)、保大(治鄜州)、定难(治夏州)等藩镇的兵马也已抵达会师。张浚派大军继续向晋阳(今山西省太原市)方向进发，自己则坐镇晋州。七月，张浚的大军到达阴地关(今山西省灵石县西南)，离晋阳还有三百余里。

且说宣武节度使朱全忠此次只是派两千兵马隶属张浚，其本人并没有亲自率领，连带兵将领是谁史书上也没有说明。朱全忠当时正在关注昭义，因为昭义正面临危险。前面已经讲过，昭义发生内乱，朱全忠已经派朱崇节前往潞州(今山西省长治市)，算是接管昭义。然而，李克用已派康君立、李存孝率兵来围攻潞州，朱全忠得再派兵马增援朱崇节。

朱全忠作了充分的部署，共派出三路兵马。第一路由大将葛从周与将领黄文靖率领，虽只有一千名骑兵，但令其从壶关（今山西省壶关县）方向连夜快马加鞭抵达潞州。葛从周与围城军发生激战，杀出一条血路，冲入城中。讲到这里，我们得敬佩一下葛从周。首先，这是葛从周第一次独自率兵出战。其次，葛从周从汴州到达潞州，五百余里，可谓长途行军，这不是一件容易的事。当然葛从周是从黄巢农民军中投降过来的，长途奔袭是他们的家常便饭。最后，河东两位将领特别是河东第一猛将李存孝就在潞州城外，葛从周如何才能突破重围进入城中？这个足以让读者好好地想象一下。第二路由将领李谠、李重胤、邓季筠率领，前往攻打李罕之据守的泽州。第三路由张全义、朱友裕率领，挺进泽州之北，作为葛从周的后援。

葛从周进入潞州城后，朱全忠立即派使前往长安，向唐昭宗奏报道："臣已派兵守卫潞州，请孙揆前往赴任。"唐昭宗便诏命孙揆前往潞州赴任。张浚得到消息，便让孙揆折而向东，前往潞州赴任。张浚担心孙揆的安危，便拨给孙揆三千人马。孙揆却一点也不担心，只带五百余名卫士前往。

八月十二日，孙揆与护送符节的宦官韩归范从晋州向东进发。河东将领李存孝得知孙揆前来，命三百名骑兵埋伏在长子（今山西省长子县）西边的山谷之中。孙揆根本没有把康君立、李存孝这些河东兵马看在眼里，就如同太平时期官员赴任一样。孙揆让人高举大旗和皇上赐给的符节，身穿长袍大袖官服，坐在高大伞盖的大车之上，威风凛凛，前呼后拥，浩浩荡荡，向潞州进发。快到长子时，李存孝的伏兵一齐杀出，将孙揆、韩归范以及五百余卫士全部俘虏。其他随从官员吓得掉头就跑，李存孝一直追到长子西南的刁黄岭，将他们全部杀死。

李存孝用铁链将孙揆、韩归范拴了起来，再用白色的绳子牵着二人来到潞州城下。李存孝对城中喊道："朝廷命孙尚书来潞州当昭义节度使，令韩天使前来护送符节，葛仆射可以快点返回大梁（今河南省开封市），让孙尚书上任。"葛从周没有离开，仍然坚守潞州城。

李存孝派人将孙揆押至晋阳，交给李克用。李克用先将孙揆囚禁起来，再派人劝其投降，准备让他担任河东节度副使。孙揆朗声说道："我是

天子的大臣，打了败仗，死是天经地义的事，怎么能够去侍奉一个藩镇的节度使？"李克用听罢大怒，命人用锯子锯死孙揆。岂料锯子不能锯入，孙揆骂道："死狗奴！锯人要用夹板，你们蛮夷怎么会知道。"李克用便让人用板子将孙揆夹起来再锯，孙揆骂不停口，直到锯死。

再说宣武将领李谠、李重胤、邓季筠攻打李罕之，在泽州城下喊话道："李罕之仗恃河东，总是冒犯我们。现今张相公统兵包围太原，葛仆射进入潞州。旬月之间，沙陀将无藏身之所。相公将到哪里逃生呢？"李罕之自知不敌，立即派人向李克用求救。李克用传令李存孝率五千名骑兵前往增援。

李存孝抵达泽州，挑选五百精骑，围绕李谠、李重胤、邓季筠等人的营寨，也大声喊道："我就是来为沙陀寻找藏身之所的人，还想得到你们的肉来让我们的士卒饱餐。务必派身肥的人出来交战！"邓季筠也是一员骁将，不堪此辱，纵马挺枪前来迎战李存孝。李存孝当场将邓季筠生擒（邓季筠三年后，才从河东逃回）。李谠、李重胤一见，哪敢再战，马上率部逃走。李存孝、李罕之率部追击，一直追到泽州城东南的马牢山，大破宣武兵马，被俘杀者数以万计。李谠、李重胤收拾残兵继续逃走，李存孝等又追到怀州（今河南省沁阳市）才回。

九月，李存孝再前往攻打潞州。葛从周、朱崇节等也不敢再战，弃城而走。九月十九日，朱全忠抵达河阳（今河南省孟州市）督战。朱全忠得知两路兵马未能攻下泽州、潞州，特别是泽州之败，非常怒火。朱全忠就在河阳处罚诸将失败之罪。九月二十五日，朱全忠下令将李谠、李重胤斩首，然后传令回师汴州。

至此，泽州、潞州仍在李克用控制之下，李克用任命康君立为昭义留后，李存孝为汾州（今山西省汾阳市）刺史。李存孝认为昭义的这一战自己的功劳大过康君立，尤其是擒获孙揆这一功。李存孝认为应当由他来当昭义留后，现在反而让并无战功的康君立得到，心中很为愤愤不平。李存孝气得一连几天都不吃饭，还动不动就杀人，开始有背叛李克用的想法。

且说张浚的兵马尚未到达晋阳，卢龙(治幽州)节度使李匡威与大同防御使赫连铎已从北边进攻河东了。九月底，李匡威攻克了河东所属的蔚州(今河北省蔚县)，俘虏刺史邢善益。赫连铎则带领吐蕃、黠戛斯两部数万人进攻河东所属的遮虏军(今山西省岢岚县东南)，诛杀军使刘胡子。李克用接报后，派义子李存信前往拦截李匡威与赫连铎。李存信不能取胜，李克用又派义子李嗣源前往担任李存信的副将，终将李匡威、赫连铎击破。李克用再派大军前往，擒获李匡威之子李仁宗及赫连铎的女婿，俘杀万人。李匡威、赫连铎传令撤退。

十月，张浚的大军才出了阴地关，游兵已经到达汾州，张浚仍坐镇晋州城指挥。李克用也已作了相应部署：薛志勤、李承嗣率三千骑兵在洪洞(今山西省洪洞县)扎营，李存孝率五千兵马在赵城(今山西省霍州市西南)扎营。从李克用的部署来看，李克用已经把张浚与其前方兵马分割开来了，势必对张浚的前方兵马形成压力，也会严重影响张浚大军的士气。

大战一触即发。首先出战的是镇国节度使韩建。韩建率三百名壮士夜袭李存孝大营。不想此消息被李存孝探得，李存孝决定将计就计。当韩建进入大营时，李存孝伏兵四起，韩建慌忙应战，且战且走。韩建首战遭败，静难、凤翔两藩镇的兵马竟不战而走。河东的兵马乘胜追击，一直追到晋州城西门。统帅张浚亲自出城迎战，不能获胜，兵马死亡近三千人。这时静难、凤翔、保大、定难四藩镇的兵马已经西渡黄河返回本镇。张浚只剩下一万余人，只能与韩建紧闭城门不出战。

李存孝不能攻克晋州城，决定先攻打晋州南边的绛州(今山西省新绛县)。十一月，绛州刺史张行恭弃城而走，李存孝占领绛州。李存孝又北上再度攻打晋州。李存孝一连三天不停地攻城，仍不能攻破晋州城。李存孝对部众说道："张浚也是朝中宰相，俘虏他对我们没有好处。天子的禁军，也不能杀害。"于是传令后退五十里扎营。张浚、韩建也无心守城，得此机会便率部从含口(今山西省绛县西南)方向撤走，所部兵马几乎丧失殆尽。

张浚战败的消息传到长安城时，唐昭宗也收到李克用通过韩归范带来

的奏表。李克用在奏表中为自己伸冤，表章文采飞扬，当是出自掌书记李袭吉之手。表文如下：

> 臣父子三代，受恩四朝，破庞勋，翦黄巢，黜襄王，存易定，致陛下今日冠通天之冠，佩白玉之玺，未必非臣之力也！若以攻云州为臣罪，则拓跋思恭之取鄜延，朱全忠之侵徐、郓，何独不讨？赏彼诛此，臣岂无辞！且朝廷当贴危之时，则誉臣为韩、彭、伊、吕；及既安之后，则骂臣为戎、羯、胡、夷。今天下握兵立功之人，独不惧陛下他日之骂乎！况臣果有大罪，六师征之，自有典刑，何必幸臣之弱北而后取之邪！今张浚既出师，则固难束手，已集蕃、汉兵五十万，欲直抵蒲、潼，与浚格斗；若其不胜，甘从削夺。不然，方且轻骑叩阍，顿首丹陛，诉奸回于陛下之宸坐，纳制敕于先帝之庙庭，然后自拘司败，恭俟铁质。

在这封奏表中，李克用先列举了三代为朝廷所建的大功，然后责问朝廷，别人侵犯别的藩镇没有获罪，为何他攻打云州就有罪？这一问确实问到了实质，当时藩镇林立，互为攻伐，何独李克用一人？李克用最后也放下狠话，准备与张浚决战到底，甚至要进逼关中。奏表送达长安后，君臣非常惊恐。

唐昭宗迫于压力，只好贬降两位主战的宰相张浚与孔纬。891年（唐昭宗大顺二年）正月九日，唐昭宗贬张浚为鄂岳道（治鄂州）观察使，孔纬为荆南（治江陵府）节度使。大宦官杨复恭还不放过孔纬，派人到长安城东边的长乐坂打劫前往荆南赴任的孔纬。唐昭宗赐给孔纬的旌旗符节都被砍断，财物全部被抢，孔纬只逃出一命。

李克用也不放过张浚，再次向唐昭宗上表道："张浚用陛下万世的基业，博取自己一时之功。张浚知道臣与朱温有深仇大恨，私下与朱温相勾结。臣现在无官无爵，已经是一个罪人，不敢回到陛下赐给臣的藩镇。臣准备暂居于河中（今山西省永济市），是进是退，等待陛下旨意。"

唐昭宗收到此表,非常害怕,马上给李克用下诏,将其所有官职、爵位全部恢复,命其返回晋阳。唐昭宗又下诏,再贬张浚为连州(今广东省连县南)刺史,孔纬为均州(今湖北省十堰市东)刺史。二月,唐昭宗再贬张浚为绣州(今广西桂平县南)司户。三月,张浚离开长安前往绣州赴任,趁机逃到华州(今陕西省渭南市华州区),投奔镇国节度使韩建。张浚又与孔纬秘密向朱全忠求救。朱全忠也愿意为二人出头,向唐昭宗上表,替二人申冤。唐昭宗没有办法,只好任由张浚、孔纬自便。

唐昭宗讨伐李克用失败,李克用的胆子就更大了。四月,李克用再度向云州的赫连铎用兵,与赫连铎在北河(今地不详)发生激战。赫连铎大败,退回云州城中。李克用进围云州前后两个多月。七月,赫连铎断了粮草,放弃城池逃往幽州(今北京市),投奔卢龙节度使李匡威。李克用赶走了赫连铎,表荐大将石善友为大同防御使。

张浚讨伐李克用为何会败?司马光认为一个重要的原因是朱全忠虽然派兵,但没有亲自前往。那么朱全忠在失去潞州之后在做什么呢?朱全忠准备过境魏博(治魏州),攻打李克用,只是魏博节度使罗弘信不肯借道。朱全忠一怒之下,决定先讨伐罗弘信。朱全忠派丁会与葛从周、牛存节从东路攻入魏博,庞师古与霍存从西路攻入魏博,自己亲率大军随后继进。890年十二月,丁会、葛从周、牛存节北渡黄河,攻取黎阳、临河,庞师古、霍存则攻克淇门、卫县。891年正月,朱全忠大军抵达内黄(今河南省内黄县),丁会、葛从周、牛存节前来会师。罗弘信也不示弱,率兵南下内黄迎战。前锋牛存节率一千余人与魏博一万人马激战,大破敌阵,朱全忠甚为赞赏。这一战,朱全忠五战五捷,一直挺进到内黄城南的永定桥,杀死一万余人。罗弘信连遭败绩,不敢再战,只得派人带着大量钱币向朱全忠求和,从此臣服朱全忠。

第25章 占领邛州,再围成都

我们再来讲讲王建攻打西川(治成都府)。

陈敬瑄、田令孜得知唐昭宗下了诏书,调宰相韦昭度前来当节度使。为了抵御韦昭度、王建,陈敬瑄传令整修城池,加强戒备。田令孜又想到旧将杨晟。杨晟是感义军(治兴州)节度使,在失去兴州、凤州后,已经退守文、龙、成、茂四州。888年(唐昭宗文德元年)十二月,田令孜派人联络杨晟,为杨晟设立威戎军,由杨晟担任节度使,镇守彭州(今四川省彭州市)。

唐昭宗也采取了一些应对措施。十二月二十四日,唐昭宗任命韦昭度为行营招讨使,山南西道(治兴元府)节度使杨守亮为行营招讨副使,东川(治梓州)节度使顾彦朗为行军司马,王建为行营诸军都指挥使。唐昭宗也设立一个新的藩镇,将属于西川的邛、蜀、黎、雅四州设立为永平军,治邛州(今四川省邛崃市)任命王建为节度使。十二月二十五日,唐昭宗再下诏,削去陈敬瑄的官职与封爵。

王建听说杨晟镇守彭州,便率部攻打彭州,杨晟不敌,向陈敬瑄求援。陈敬瑄派眉州刺史山行章率五万人前往援救杨晟。889年(唐昭宗龙纪元年)正月,山行章到达新繁(今四川省成都市新都区西北),逼近彭州,王建率部迎战。这一战,王建大胜,杀死及俘虏一万余人,山行章一人逃走。杨晟获报后,非常恐惧,连忙将所部兵马移屯至彭州城西边的三交,山行章则集结残部退屯彭州城东边的濛阳。山行章、杨晟不敢再与王建交战,王建也没有主动出击,就这样相持了将近一年。

十二月,陈敬瑄再派将领宋行能与山行章会合,一同攻打王建。十二月七日,宋行能与山行章在广都(今四川省成都市双流区东南)与王建发生激战,王建再次获胜。宋行能败退成都,山行章则一路南撤,返回眉州

（今四川省眉山市）。山行章不想再为陈敬瑄作战，于十二月十五日派人向王建投降。

890年（唐昭宗大顺元年）正月，王建决定先去攻打邛州，他要当个名副其实的永平节度使。陈敬瑄得到消息，担心邛州刺史毛湘不敌王建，便派将领杨儒率三千人马前来帮助毛湘守城。正月十五日，王建抵达邛州城下，毛湘出城迎战，屡战屡败，最后退回城中。杨儒登上城头，看到王建兵马强盛，叹道："唐朝气数已尽，王公带兵，严整而不残暴，当能保护天下苍生。"杨儒竟带领所部士兵向王建投降。王建见到杨儒也非常高兴，收杨儒为义子，改名王宗儒。

杨儒虽然向王建投降，但王建并没有得到邛州，因为邛州刺史毛湘是田令孜的心腹，不愿背叛田令孜。就在这时，王建听说朝廷所派的行营招讨使韦昭度终于抵达成都，决定再去攻打成都。王建也不想放弃邛州，于是任命节度判官张琳为"邛南招安使"，继续坚守邛州城外。

韦昭度驻军成都城东南的唐桥，王建则驻屯东阊门外，对韦昭度非常尊敬，不敢怠慢。陈敬瑄得知王建与韦昭度兵临成都，非常担忧，赶紧采取应对措施。陈敬瑄在成都城中向每户征调一名男子，白天挖掘濠沟，砍伐树木，搬运石块，夜晚则登上城墙巡逻，片刻不得休息。王建与韦昭度不能攻克成都城，但也一直围城不退。

不久，便有州郡向王建投降。正月二十四日，西川所属的简州（今四川省简阳市）将领杜有迁擒获刺史虔嵩向王建投降，王建任命其为知州事。二月三日，西川所属的资州（今四川省资中县）将领侯元绰擒获刺史杨戡也向王建投降，王建也任命其为知州事。

陈敬瑄得知西川所属的州郡接连向王建投降，不得不考虑对策。四月十日，陈敬瑄派蜀州（今四川省崇州市）刺史任从海率两万人去攻打王建留在邛州的兵马，以图解围成都。任从海不能取胜，竟打算以蜀州向王建投降。陈敬瑄得到消息，立即派人将任从海杀掉，任命徐公钺为蜀州刺史。

陈敬瑄的做法阻挡不了他的属州向王建投降。四月十一日，嘉州（今

四川省乐山市)刺史朱实向王建投降。四月二十一日,戎州(今四川省宜宾市)土豪文武坚擒获戎州刺史谢承恩向王建投降。六月七日,"资简都制置应援使"谢从本杀死雅州(今四川省雅安市)刺史张承简,以雅州向王建投降。

闰九月,王建不打算再与陈敬瑄耗下去,便率部再去攻打邛州。王建此次攻打邛州非常猛烈,大有志在必得之意。作为田令孜的亲信,邛州刺史毛湘仍然顽强地坚守城池。城中的粮草早已用光,也没有援兵前来,但毛湘仍没有向王建投降。闰九月九日,毛湘看到城中百姓早已不堪困苦,也不想再坚持下去。然而毛湘也不想背叛田令孜,于是对都知兵马使任可知说道:"我不忍心辜负田军容,可是城中的兵民有什么罪,要让他们和我一起受苦?你可以砍下我的首级,向王建投降。"毛湘回到家中沐浴更衣,然后让任可知砍其首级。任可知砍下毛湘及其二子的首级向王建投降,城中士卒、百姓都为之落泪。

闰九月二十一日,王建高举朝廷颁发给他的永平节度使旌旗符节进入邛州城。王建虽然得到邛州,也名正言顺地当了永平节度使,但王建并不满足。王建仍想得到陈敬瑄的成都。王建于是任命节度判官张琳为"知永平留后",令张琳修缮邛州城池,安抚夷獠等部族。次月,蜀州将领李行周赶走刺史徐公铢,也向王建投降。至此,永平所辖的四州,王建已得到邛、蜀、雅三州。此外,简、资、嘉、戎等州也已向王建归附。

十月一日,王建又到成都城下,继续围困陈敬瑄。王建这次围困成都整整五个多月。尽管王建与陈敬瑄都很有耐心对峙,但朝廷里的唐昭宗与大臣们却动摇了。891年(唐昭宗大顺二年)三月,朝中大臣们认为,西川节度使韦昭度率十余万兵马讨伐陈敬瑄,至今已经三年之久,粮草运送困难,建议朝廷罢兵。三月二十五日,唐昭宗下诏,恢复陈敬瑄的官爵,命王建、顾彦朗率所部兵马返回本镇。

西川远在西南,唐昭宗的诏书一时还没有送达,王建、韦昭度等仍在围困成都。此时的成都城中一片惨象,大街小巷到处都是饿死被抛弃的小孩。城中有人悄悄出城,到韦昭度的大营来贩米到成都城中卖,被巡逻兵抓获。韦昭度得知后，说道："满城都是饥民，怎能忍心不救?"下令把贩米之人释放，不予追究。城里也将此事报给陈敬瑄，陈敬瑄叹道："我正恨自己没有能力救助这些饥民，他们能够自救，就不要禁止了。"

城外城内都没有禁止贩米卖粮之人，这样的人便多了起来。尽管如此，城外的粮草也非常有限，所贩粮食不过几斗几升。到了城中，用一个一寸半粗细的竹筒，长不过半寸，来量米而卖，每筒仍要一百余钱。城中饿死的人很多，一片狼藉。士兵与百姓互相冲突，将领们对行凶者一律砍头，但仍不能制止冲突的发生。后来军中采用更为严厉的酷刑，有的拦腰砍断，有的斜劈而死，但仍不能制止士兵之间的格斗。百姓司空见惯，也并不感到害怕。时日一久，城中不少官民都有投降的想法，陈敬瑄将这些人全部诛杀，用尽各种惨毒之刑。内外都指挥使徐耕宽厚仁义，救下数千人，田令孜非常不高兴，对徐耕说道："你手握生杀大权，却一个人也没有杀，是不是有二心?"徐耕听后，感到害怕，便在夜晚将俘囚押至街市斩首。

四月，唐昭宗的诏书到达成都，王建阅罢，大失所望。王建说道："大功即将告成，怎么能放弃?"王建与谋士周庠商议对策。周庠劝王建让韦昭度罢兵回朝，而由王建一人攻打成都。一旦攻下成都，西川自然也就是王建的了。王建非常赞同。王建于是先给唐昭宗回奏道："陈敬瑄、田令孜罪不可赦，臣请求用毕生的力量铲除他们。"

韦昭度接到唐昭宗的罢兵诏书犹豫不决，没有能够立即北返。王建当然希望韦昭度早点离开成都，他此时完全有能力击败陈敬瑄。王建于是对韦昭度说道："现今关东各藩镇互相吞并，这才是朝廷的心腹之患，相公应当早日回到长安，与天子一同谋划对策。陈敬瑄不过是皮肤上的疥疮，给我一些时日，一定能够解决。"韦昭度听了此言仍然没有动身。王建决定逼迫韦昭度快点离开。

王建指使东川将领唐友通等人在韦昭度的府门内将其亲信骆保擒获，控告骆保偷盗军粮。唐友通等人还将骆保剁成肉块吃掉。韦昭度得知后，非常惊恐，马上声称自己有病，把印绶符节交给王建，还任命王建为"知三使留后兼行营招讨使"。韦昭度一日也不想在成都逗留，决定马上

北返。王建当然还得做做样子,亲自将韦昭度送到新都,跪在马前,举杯向韦昭度敬酒,哭泣而别。韦昭度刚出剑门关(今四川省剑阁县东北),王建立即下令封锁关门,不许北方兵马进入。韦昭度回到京师,被贬为东都留守。

第26章 夺取成都,增援东川

891年(唐昭宗大顺二年)四月,韦昭度走了,王建传令加紧围困成都城,环绕成都城的濠沟与烽火台长达五十里。有一个卖狗肉的小贩王鹞主动向王建提出,到城中散布流言,让陈敬瑄上下离心,王建接纳。王鹞于是假装犯罪而逃入城中,见到了陈敬瑄与田令孜,对二人说道:"王建的兵马已经疲惫不堪,粮草也已耗尽,很快就要逃走了。"王鹞在大街上卖狗肉时,却又对民众说王建是如何如何英武,兵马是如何如何强盛。不多日,成都城中的陈敬瑄开始疏于防守,而民众却惶恐不安。

王建又派部将郑渥向陈敬瑄诈降,陈敬瑄毫不怀疑,还任其为将。郑渥掌握城中虚实之后,又用诈术逃出城外,将城中情况全部告知王建。王建从此把郑渥当作亲信,任命其为"亲从都指挥使",还收其为义子,更名王宗渥。

尽管成都城中已经举步维艰,但王建还不能攻克成都。从春天到夏天,又从夏天到秋天。王建在秋天这个收获的季节终于得到了成都。当然攻守双方历时日久,都付出了沉重的代价。

八月,成都城中严重缺粮。威戎(治彭州)节度使杨晟起先还给陈敬瑄送来粮草,后来王建派兵进驻新都(今四川省成都市新都区),粮道便被切断。城中将士已经没有斗志,陈敬瑄亲自来到军中慰劳,将士们都不理睬。

却说陈敬瑄虽然担任西川(治成都府)节度使,大权其实在兄弟田令孜手中。当然陈敬瑄除了踢球,也没有什么本事,他这个节度使也是田令孜帮助策划而得到的。田令孜到西川担任监军不久,便对陈敬瑄说道:"三哥地位尊贵,而军务烦琐。三哥不如把大权托付给我,我每天会把事务记录下来,呈报给三哥,三哥只需端坐高位而享乐。"陈敬瑄听后,也很

高兴,便将一切事务交给田令孜。

面对王建猛烈攻城,田令孜只好再次出马,见见这位义子。八月二十四日,田令孜登上城楼,对王建喊话道:"老夫对公一向不薄,为何如此苦苦相逼?"从田令孜的话语中可以看出田令孜的势力已经一落千丈。在义子王建面前,田令孜已经称自己为"老夫",而将王建称为"公"。在《旧五代史》中,田令孜甚至对王建直呼"八哥"。王建对田令孜倒还有些尊重,在城下回道:"父子之恩怎么能忘?但朝廷命我前来讨伐不接受调职之人,义子我不能不来。如果陈太师愿意调职,王建还能有什么想法?"

田令孜不再言语,田令孜已经明白王建的意图,根本不是在执行朝廷的命令,因为朝廷的最新诏令是要双方罢战,陈敬瑄已经官复原职了。然而,田令孜知道城中的兵马击败不了王建,而且城中一天都支撑不下去了。田令孜思虑再三,决定将成都甚至西川让给王建。田令孜没有拖延太久,当天晚上即带着西川节度使的印绶符节出城来到王建的大营,将印绶符节交给王建,王建大营中的将士们一齐高呼万岁。王建也流下眼泪,向田令孜致谢,请求恢复父子之情。

王建经过数年的奋战终于得到西川,不仅意味着得到西川这个富庶之地,也意味着长年的战斗终于可以停息了,所以将士们听到这个消息不由自主地欢呼万岁。当然还有一个原因让将士们如此欢呼。原来王建当初攻打成都时,为了鼓舞士气,曾诱惑将士们道:"成都城中繁盛似锦,如果攻入城中,金钱美女任由你们获取,西川节度使一职,也与你们轮流来当。"然而,眼看就要入城了,将士们可能要失望了。

八月二十五日,陈敬瑄打开城门,迎接王建兵马入城。王建早有准备,任命部将张勍为"马步斩斫使",传令张勍率一支兵马先行入城。王建接着对众人说道:"我与大家苦战三年,今天才得到这座城池,大家不要担心没有富贵。进城后,大家千万不要焚烧、抢掠街市,我已命令张勍保护城中百姓与财物。如果有人执意不听,硬要犯法,张勍就把他抓获。张勍如果向我禀报的,还可以赦免;如果张勍先斩后奏,我也救不了大家。"大军入城后,仍有人烧杀抢掠,张勍共抓获了一百余人。张勍也不用刀诛杀，而是用铁锤捶打他们的胸口，直到死去。张勍将这些人的尸首堆积在街市上，从此无人敢犯。张勍也被人称为"张打胸"。

王建没有兑现当初的承诺，没能让将士们到成都城中抢掠，确实让成都城中的百姓乃至西川一带的百姓大为称赞。不过还有人想找王建来兑现这个承诺，真是不识好歹，自寻死路。八月二十六日，王建进入成都城，自称西川留后。当时的成都粮草严重不足，王建便将士兵分到各州，就地解决粮草。一位名叫韩武的小校，几次在节度使府的门前直接跳上马背，牙司制止他。韩武大怒道："王司徒答应我们说，节度使一职与我们轮流来当。我在这里上个马，算个什么事？"王建得知此事，派人秘密将韩武刺杀。

王建对待陈敬瑄与田令孜兄弟以及他们的将士又如何呢？王建任命陈敬瑄的儿子陈陶为雅州（今四川省雅安市）刺史，让陈敬瑄跟随其子前往雅州。第二年，陈陶被罢官，陈敬瑄随其居住在新津（今四川省新津县），王建用该县的租赋来供养他们。两年后的四月，王建诬告陈敬瑄谋反、田令孜与李茂贞勾结，而将二人杀死。王建还向唐昭宗上表为自己辩解。奏表是节度判官冯涓所拟，很有文采，内容为："开匣出虎，孔宣父不责他人；当路斩蛇，孙叔敖盖非利己。专杀不行于阃外，先机恐失于彀中。"王建对陈敬瑄的将士则不一样。将士中有器度、有才干的人，王建也很礼遇他们，并将他们用在帐下。文武坚、谢从本还被王建认作义子，更名为王宗阮、王宗本。

唐昭宗对王建夺取西川也予以承认。十月六日，唐昭宗下诏，任命王建为西川节度使。十月七日，唐昭宗再下诏，撤销永平军，所属四州仍划归西川。史书称王建在西川，"留心政事，容纳直言，好施乐士，用人各尽其才，谦恭俭素"，然而王建也"多忌好杀，诸将有功名者，多因事诛之"。

两个月后，东川（治梓州）节度使顾彦晖派人前来成都，向王建求救。这是怎么回事呢？原来东川节度使顾彦朗于九月去世，其兄弟顾彦晖被推举为知留后。十二月，唐昭宗颁诏正式任命顾彦晖为东川节度使，派宦官宋道弼前往赐予旌旗符节。山南西道（治兴元府）节度使杨守亮得知此

事,派绵州(今四川省绵阳市)刺史杨守厚将宋道弼截下囚于狱中,夺走旌旗符节。杨守亮又派杨守厚攻打梓州(今四川省三台县),以夺取东川。

王建不希望杨守亮夺取东川,甚至想自己得到东川。王建决定发兵援救顾彦晖,同时准备顺手牵羊。十二月二十八日,王建派将领华洪、李简、王宗侃、王宗弼等率兵援救东川。华洪与王建是同乡,也是许州(今河南省许昌市)人,早年便跟随王建,有勇有谋,深得将士之心,是王建帐下名将。王宗侃是王建义子,本名田师侃。王宗弼是王建义子,本名魏弘夫。诸将出发之时,王建悄悄对诸将说道:"你们破贼之后,顾彦晖必定会犒劳你们,你们就在大营设宴回请顾彦晖,趁机将其拿下,省却以后再发兵攻打。"

诸将到了东川,与杨守厚交战,连破杨守厚七个营寨,杨守厚逃回绵州。顾彦晖果真宴请西川诸将,诸将也在大营中设宴回请。岂料王宗弼将王建的话告诉了顾彦晖,顾彦晖声称有病而不去赴宴,王建的计策落空。

王建在帮助顾彦晖击退了杨守厚后,决定趁乱攻打威戎(治彭州)节度使杨晟,以将原本属于西川的几个州收复。

第27章 采纳建言,招安彭州

892年(唐昭宗景福元年)二月二十六日,王建派嘉州刺史、侄子王宗裕与雅州刺史王宗侃、威信都指挥使华洪、茂州刺史王宗瑶,率五万兵马攻打彭州(今四川省彭州市)。威戎(治彭州)节度使杨晟率兵迎战,不敌而撤至城中固守,王宗裕等便将彭州城包围。

陈敬瑄、田令孜失去西川之后,杨晟已经没有了依靠,还会有人来援救吗?还是有的。山南西道(治兴元府)节度使杨守亮便决定派兵援救杨晟。杨守亮不打算去攻打围城的王宗裕等,而是派将领符昭直接攻打王建所在的成都,以期解围彭州。符昭率部到达三学山(今四川省金堂县东北),传令扎营。三学山离成都只有数十里之地,王建获报也感到担忧,连忙传令华洪回师。华洪率数百人快马加鞭,连夜到达符昭大营数里之外。华洪命人在符昭大营之外敲打更鼓,符昭以为西川的大队人马到达,连夜率部逃走。

符昭增援杨晟不成,杨守亮又派三位义子前来增援杨晟。这三位义子是"左神策勇胜三都都指挥使"杨子实、杨子迁、杨子钊。三人奉命从渠川(今四川省渠县)方向前往援救杨晟。三人认为杨守亮最终必定失败,竟然率部众两万人向王建投降。

杨守亮援救未果,杨晟再派人向龙剑(治龙州)节度使杨守贞、武定(治洋州)节度使杨守忠、绵州(今四川省绵阳市)刺史杨守厚求救。王建得到消息,派将领李简前往截击。三月十九日,李简在钟阳(今四川省绵阳市东北)击败杨守忠、杨守贞,杀死及俘获三千余人。四月,李简又在铜鋘(今四川省绵阳市东)击败杨守厚,杀死及俘获三千余人,受降一万五千余人。杨守忠、杨守厚等逃离而去。

王建的大军虽然接连击败杨晟请来的援军,但五个月过去了,彭州城

还是不能攻克。由于长期的战事,彭州城外的百姓都逃到山谷中躲藏。王建派来的兵马有五万人,各营寨很快出现粮草不济,士兵每天都到营寨之外抢掠,称为"淘虏"。每次抢掠所得,总是让都将先挑选一番,余下的再分给士卒。

王建的大军原本是来攻打彭州杨晟的,现在反而成了当地百姓的祸害,王建远在成都城中,并不知晓。在围城大军中有一位士兵名叫王先成,是新津(今四川省新津县)人,本是一位书生,由于战乱而当了兵。王先成看到士兵们整日抢掠,很为忧虑。王先成观察围城诸将,认为只有驻扎在北寨的王宗侃最为贤德,决定去劝说他。

王先成来到北寨,王宗侃接见了这位普通的士兵。王先成对王宗侃说道:"彭州本来就是西川的属地,是陈敬瑄、田令孜召来杨晟,再分割四州给他,擅自任命其为节度使,以期杨晟与其一同抗拒朝廷。现在陈敬瑄、田令孜已被平定,而杨晟还占据着彭州。彭州的百姓都知道西川才是他们的首府,王司徒才是他们的主人。所以,大军刚到时,百姓并不入城固守,而是进入山谷躲避,以待招安。现今大军来了数月,并没有听闻有招安之举,而士兵们反而抢掠他们,与盗贼无异。士兵夺取百姓财物、牲畜,还将老弱妇女当作奴婢,让父子兄弟流离失所。这些百姓在山谷之中,冒着酷暑,遭着大雨,还被蛇虎所伤,孤单危险,又饥又渴,无处可诉。彭州百姓最初不把杨晟当作主人,而现在王司徒又不加抚恤,他们反而会思念杨晟了。"

王宗侃听得非常入神,也感到非常痛心,不知不觉中将所坐的胡床向王先成移了移。王宗侃一边听一边询问,对百姓的遭遇很为关切。王先成又说道:"还有比这更严重的。现在各营寨每天都出动六七百人,到山谷中淘虏,直到晚上才返回,根本没有守备。幸亏城中没有能人,万一有人为杨晟这样策划:先将一千精兵埋伏在城门内,登城眺望,等到淘虏士兵走入深山,再出动弓弩手、炮手各百人,攻击一面的营寨,再出动五百士卒,背负木柴和泥土,填平壕沟作为道路,最后出动精兵奋力攻击,纵火焚烧营寨。与此同时,再在另三面城下出动兵马佯攻,各营寨必定防备,根本无暇相救，我们能不败吗？"

王宗侃听后，吃惊地说道："这完全可能，那我们怎么办呢？"王先成提出招安百姓的建议，还提出具体措施。王先成认为王宗侃只负责北城围攻，应当将此建议及措施上呈王建，一旦被王建采纳，定要四面诸将共同遵照执行。王宗侃命王先成将招安百姓的建议与措施草拟出来，其内容如下：

其一，招安逃往山中的百姓。

其二，各营寨将士及子弟不得有一人外出淘虏，各营寨七里之内才可砍柴放牧，违者斩首。

其三，设立招安营寨，可容数千人，以收容所招安的百姓。遴选精干的将校担任"招安将"，"招安将"带领三十人日夜巡逻守卫。

其四，招安之事，须委任一人全权负责。招安文告一出，各营寨必定派士兵进山招安，百姓见到都会感到害怕，如同老鼠见到猫，哪个肯来？要想招安必须有策略，恳请由宗侃专门负责此事。

其五，严令四营寨指挥使，将前日所掳百姓全部集合在大营广场，有父子、兄弟、夫妇相认的，就让他们团聚，再用公文记录人数，一律送到招安寨，有胆敢私藏一人的，斩首。同时勒令各营，也要严加搜查，发现有从各营寨送来的百姓，应当发给粮食，全部送到招安寨。

其六，在招安寨中设置九陇（彭州治九陇县）行县，任命前南郑县（今陕西省汉中市）县令王丕代理九陇县令，设立县衙，安抚百姓。在百姓中挑选身强力壮的，将招安文书送到山中，招其亲戚。山中百姓一旦发现司徒严禁抢掠，而且之前被掳百姓仍然平安，必定欢呼踊跃，争相下山，如子归母，用不了几天，百姓必定全部出山。

其七，彭州土地适宜种麻，百姓没有上山前大都将沤过的麻藏了起来。应当让县令告诉百姓，回到乡里，将这些麻拿出来贩卖，以换取粮食，慢慢地就能恢复生产。

七月，成都城中的王建接到此招安建议与措施，非常高兴，马上传令遵照执行。王建的复文到了彭州，第二天就向各营寨传达，无人敢不遵

从。三日后,山中百姓都走了出来,争先恐后地来到招安寨,如同上街赶集。由于百姓人多,招安寨一时不能容下,王宗侃又下令扩建。招安寨内还设有街市,百姓拿出沤麻来卖。百姓看到村落之中没有抢掠之事,纷纷向县令请辞,回乡生产。一月之后,招安寨人去一空。

彭州城外的百姓安定了,诸将长期围困彭州也有了粮草保障。王宗侃等围困彭州长达两年有余,不能不说得益于招安百姓这件事。两年多过去了,围城大军仍然士气高昂,而城内的守兵已经不能支撑了。894年五月,彭州城中的粮草已经耗尽,出现人吃人的惨状,彭州内外都指挥使赵章出城投降。

讲到这里,我们也不得不佩服城中的主将杨晟,因为杨晟在外无援兵内无粮草的情况下仍然能够坚守这么长时间。王宗侃不得不考虑攻城的计策。王先成向王宗侃建议修建一条龙尾道,也就是用土做一个斜坡,一直与城墙齐平。五月十五日,龙尾道修建完成,西川将士从龙尾道冲向城墙。杨晟仍然坚守城墙,带领城中士兵拼死力战,不想被他的将领"刀子都虞候"王茂权杀死。

彭州城终于被攻破,彭州马步使安师建被俘。王建得知后,想用安师建为将。安师建哭泣道:"我安师建誓与杨司徒同生共死,现在杨司徒已死,我也不忍再活于世。请早点把我杀掉,这就是你们的大恩大德了。"王建派人再三劝谕,安师建就是不降,王建只好下令将其杀掉,以礼厚葬。王建收赵章、王茂权、王钊、李绾为义子,分别更名为王宗勉、王宗训、王宗瑾、王宗绾。

第28章　夺取宣州，混战镇海

我们再来讲讲杨行密与钱镠、孙儒的混战。

话说杨行密不敌孙儒而撤离扬州广陵(今江苏省扬州市)返回庐州(今安徽省合肥市)。杨行密不想在如此混乱的晚唐独守庐州，准备南下攻打洪州(今江西省南昌市)，以在江西道(治洪州)境内谋取领地。谋士袁袭不赞同。袁袭说道："江西道观察使钟传据守洪州已经很久了，兵精粮足，不可谋图。"

杨行密问袁袭应向何处用兵，袁袭建议杨行密南下夺取宣歙道(治宣州)。袁袭说道："宣歙道观察使赵锽刚上任不久，怙乱残暴，众心不附。主公应当准备一封措辞谦卑的书信和大量的金银，派人去劝说和州(今安徽省和县)刺史孙端和上元(今江苏省南京市)守将张雄，请他们从采石(今安徽省当涂县北)南渡长江，攻打赵锽。赵锽必定率部迎战，主公再从铜官(今安徽省铜陵市西北)渡江一同袭击赵锽，赵锽必败。"杨行密采纳袁袭的建言。888年(唐昭宗文德元年)八月，杨行密派部将蔡俦留守庐州，自己率诸将南下。

孙端、张雄得到杨行密的书信与金银，果真发兵攻打宣州(今安徽省宣城市)。赵锽得到消息，急忙派将领苏塘、漆朗率两万兵马迎战。孙端、张雄不敌而撤，苏塘、漆朗便将兵马驻屯在宣州城西南的曷山。

此时的杨行密已经南渡长江。杨行密得到孙端、张雄战败的消息，开始犹豫，考虑是否继续前行。袁袭说道："主公应当率部立即奔赴曷山，然后坚守营门不出战。苏塘、漆朗想战不能，一定以为我们胆怯。日子一久，苏塘、漆朗必将懈怠，那时我们再发动攻击，一定能够破敌。"杨行密采纳。不久，杨行密真的击败苏塘、漆朗，传令进围宣州。

却说赵锽的兄长赵乾之当时镇守池州(今安徽省池州市)，听闻杨行

密包围宣州，便率兵前来援救赵锽。杨行密派将领陶雅前往截击。赵乾之不敌陶雅，逃往江西道。杨行密便任命陶雅为池州制置使。

杨行密继续围困宣州，赵锽不敢出战，一直在城中坚守。889年（唐昭宗龙纪元年）六月，杨行密围困宣州整整十个月。宣州城中粮草耗尽，出现人吃人的惨状，城中将士已经不能支撑。宣歙道指挥使周进思驱逐赵锽，赵锽出了宣州城，向扬州广陵逃去。杨行密派马步都虞候田頵追击。田頵不用多大功夫便将赵锽擒获。也就在这时，宣州城中的士兵又擒获了周进思，向杨行密投降。杨行密终于得到宣州城，便向朝廷上表呈报宣州之事，唐昭宗也接受杨行密占领宣州的事实，下诏任命杨行密为宣歙道观察使。

诸将进入宣州城中，大都争抢金银绸缎，只有一人去找大米。此人名叫徐温，时年二十八岁，海州朐山（今江苏省连云港市）人。徐温找来大米，煮成粥，分给城中饥饿的百姓。

杨行密得到赵锽的宣州，还得到赵锽的两名部将。一名是周本，勇冠三军，杨行密收其为裨将。还有一名是李德诚。赵锽失败，其左右官员大都弃其而去，只有李德诚一直跟随。杨行密敬其忠心，将本族一女嫁与李德诚。

赵锽与宣武（治汴州）节度使朱全忠有旧，朱全忠派使来到宣州，想将赵锽接到汴州（今河南省开封市）。杨行密不能决断，与谋士袁袭商议。袁袭说道："不如把赵锽斩首，再将其首级送给朱全忠。"杨行密二话没说，马上派人照办。

就在杨行密得到宣州不久，袁袭突然去世。杨行密大哭道："上天难道不想让我成就大业吗？为何要折了我的肱股。我喜欢宽大，而袁袭总是劝我诛杀，这难道就是他折寿的缘故吗？"

螳螂捕蝉，黄雀在后。杨行密怎么也没有想到，他夺了赵锽的宣州，而淮南（治扬州）节度使孙儒夺了他的庐州。就在889年六月，孙儒派兵攻打庐州，杨行密的部将蔡俦不敌而降。庐州是杨行密的根基所在，然而杨行密不准备马上就去反攻庐州。杨行密准备以宣州为新的根基，到镇海军（治润州）境内夺取州县。

杨行密之所以要到镇海境内去夺取州县，是因为他知道镇海军连节度使都没有，而且境内正在发生内乱。前面已经讲过，杭州（今浙江省杭州市）刺史钱镠趁镇海军发生内乱，已经攻克常州（今江苏省常州市）、润州（今江苏省镇江市）。就在杨行密占领宣州的前三个月，钱镠又派兵攻克了苏州（今江苏省苏州市）。至此，钱镠基本控制了镇海六州，只是没有被任命为节度使，当然朝廷也没有派人前来担任节度使。

杨行密派大将田頵率兵进入镇海辖区，攻打常州。十一月，田頵抵达常州城下，钱镠任命的常州制置使杜棱紧闭城门、坚守城池。田頵不能攻克常州城，便下令从城外向城内挖掘地道，以图从地道中攻入城内。杜棱做梦也没有想到，就在他夜晚熟睡之际，田頵的士兵从其寝室的地下钻了出来，将其俘虏。为了稳固占领常州，杨行密留三万兵马在常州驻守。《十国春秋》载，杜棱不久便被释放回到杭州。

杨行密怎么也没有想到，他留在常州的兵马再多，守将田頵再英勇，也不能守住常州。十二月二十五日，淮南节度使孙儒带领刘建锋、马殷杀到常州城下。又是一场激烈的战斗，遗憾的是，史书中关于这一战记述不够详细。可以想象，田頵与刘建锋、马殷在这场战斗中定有不凡的表现。此战结果，孙儒大胜，田頵撤走。孙儒留下刘建锋、马殷守常州，自己北返广陵。刘建锋看到润州已成孤岛，认为钱镠的部将成及一定不堪一击，便与马殷率部去攻打润州。果然，成及兵败而走，刘建锋又占领润州。

至此，钱镠占领的常州先被杨行密夺走，后又被孙儒夺走，润州也被孙儒夺走，现在只有苏州还控制在自己手中。而杨行密在得到宣歙道之后，又丢了庐州，虽然抢了常州，却又被孙儒夺走。孙儒呢？除了扬州外，接连夺得庐州、常州、润州，领地、势力大增。

混战还没有结束，朱全忠又派都指挥使庞师古向淮南杀了过来。890年（唐昭宗大顺元年）正月，庞师古攻克天长（今安徽省天长市）、高邮（今江苏省高邮市），逼近广陵，孙儒不得不率部迎战。就在孙儒与庞师古大战之时，杨行密趁机派兵来攻润州、常州。

　　杨行密此次派出不少将领，可谓志在必得。杨行密的部署是：将领马敬言率五千人马攻打润州；将领李友率两万兵马驻屯青城（今江苏省常州市西北），准备攻打常州；将领安仁义、刘威、田頵等协助攻打常州。从杨行密的部署来看，攻打常州成了重头戏，不仅派出了为数众多的兵马，其将领也不少。我们再来看攻城与交战的结果。马敬言率先攻克了润州，而安仁义、刘威、田頵等在常州的武进（今江苏省常州市）与刘建锋也进行了激烈地战斗，刘建锋不敌而撤退。常州、润州都被攻下，杨行密命马敬言、安仁义、刘威一同驻屯润州。

　　杨行密占领常州、润州不久，朝廷下诏，升宣歙道为宁国军，同时任命杨行密为宁国节度使。这里我们不妨再赘述几句。要知道杨行密占领的常州、润州既不属于淮南道也不属于宣歙道，而属于浙西道，也就是镇海军。朝廷对杨行密、孙儒甚至钱镠趁乱抢夺常州、润州不仅没有下诏责备，还给杨行密升官。晚唐的乱象可见一斑，看来大唐的灭亡也是迟早之事。

　　孙儒不甘心丢掉常、润二州，发誓一定要再夺回来。当然，孙儒也不想面临两面作战，尤其不想与宣武节度使朱全忠为敌。六月，孙儒向朱全忠请求修好，朱全忠接纳，还向唐昭宗上表，推荐孙儒为淮南节度使。孙儒解决了与朱全忠的冲突后，便准备南渡长江，攻打杨行密占领的润州。八月十三日，孙儒亲率大军抵达长江南岸的润州城下。杨行密的将领马敬言、安仁义、刘威等坚守城池，孙儒不能攻克。

　　此时的杨行密雄心勃勃，正派兵马攻打常州南边的苏州。苏州当时由杭州刺史钱镠控制，朝廷虽然诏命杜孺休前来担任刺史，但钱镠却任命自己的部将沈粲担任苏州制置使，以图架空杜孺休。八月中旬，杜孺休到达苏州赴任，钱镠又密令沈粲将杜孺休杀害。钱镠终于将苏州完全掌握在手中，不想杨行密的将领李友又率一支兵马杀了过来。沈粲不敌李友，苏州又为杨行密所有。沈粲后来逃往杭州，钱镠准备归罪于他，要将他诛杀。沈粲又逃往淮南，投奔孙儒。

　　杨行密刚得到苏州，就获报孙儒来攻他的润州。润州虽然没有被攻下，可是不久，孙儒又派将领刘建锋、马殷来攻他的常州和苏州。闰九月，刘建锋、马殷攻克了常州，接着率部南下，包围苏州。坚守苏州的将领李友顽强应战，刘建锋、马殷不能攻克。十二月，孙儒留下兵马围攻润州，自率兵马南下苏州与刘建锋、马殷一起攻打李友，李友不敌被杀。苏州被孙儒攻克后，坚守润州的安仁义等人无心守城，放火焚烧房屋，连夜逃走。至此，镇海所属的润、常、苏三州从钱镠手中转到杨行密手中，最后又转到孙儒手中。

第29章 消灭孙儒,夺取淮南

孙儒一连夺取杨行密的润、常、苏三州,士气大增。孙儒决定率淮南以及从蔡州(今河南省汝南县)带来的全部兵马与杨行密决战,以图彻底消灭杨行密。891年(唐昭宗大顺二年)正月,孙儒渡江南下,从润州(今江苏省镇江市)转战向南。四月,孙儒率领人马到达黄池(今安徽省芜湖市东),离宣州(今安徽省宣城市)只有百里。杨行密连忙派将领刘威、朱延寿率三万兵马北上迎击孙儒。两军大战于黄池,刘威、朱延寿大败。孙儒没有继续向宣州推进,而是传令就在黄池扎营。

杨行密非常担忧孙儒大军来攻宣州,然而上天不助孙儒。五月,天降大雨,洪水泛滥,孙儒的大营全被淹没。孙儒不想再战,传令北返扬州(今江苏省扬州市)。但孙儒不想就此作罢,又派将领康暀占据和州(今安徽省和县),安景思占据滁州(今安徽省滁州市)。杨行密得知孙儒北返,也不甘示弱,派都指挥使李神福率兵攻打和州、滁州,李神福又将二州收复。

宣武(治汴州)节度使朱全忠派人与杨行密秘密约定,准备一同攻打孙儒。岂料这个约定被孙儒得知,孙儒认为自己的兵马强大,完全可以消灭宁国(治宣州)、宣武这两个藩镇。孙儒准备先消灭杨行密,再消灭朱全忠。七月,孙儒向各藩镇发布文告,历数杨行密与朱全忠的罪恶,还扬言道:"等我踏平宣州、汴州(今河南省开封市),再率兵入朝,清除君侧。"孙儒在大军出动之前,还来了个"破釜沉舟",将扬州的房屋全部烧毁,驱赶广陵城(今江苏省扬州市)中所有青年、壮汉及妇女南渡长江,而将老弱全部杀掉作为军粮。

杨行密得知孙儒向宣州攻来,一边忙着应战,一边派将领张训、李德诚悄悄进入扬州,扑灭余火,救出没有烧掉的粮食数十万斛。张训、李德诚拿出这些粮食,发给饥民赈灾。泗州(今江苏省盱眙县淮河北岸)当时正闹饥荒，刺史张谏派人向张训请求借数万斛粮食。张训以杨行密的名义赠送给张谏，张谏非常感激杨行密。故事讲到这里，不妨再闲言几句。《资治通鉴》上讲，孙儒离开扬州时，杀掉老弱作为军粮，显然与后面数十万斛粮食被烧相矛盾。孙儒不至于残忍到有粮食而不吃，非要吃人肉吧。孙儒在晚唐不算是一个好人，但史书的记载多少有些夸张。

八月十八日，已经抵达苏州（今江苏省苏州市）的孙儒继续前往广德（今安徽省广德县）。杨行密得到消息，亲率兵马前往广德阻截孙儒。孙儒的兵马众多，将杨行密的大营团团包围，杨行密陷入危险之中。就在这时，杨行密的部将李简率一百余人冲锋陷阵，突出重围，将杨行密救出。杨行密不敢再战，率部退守宣州。孙儒也没有急于前往攻打宣州，仍驻屯在苏州。此时的孙儒已经抛弃扬州，也抛弃了淮南，所占之地只有属于镇海（治润州）的苏州、常州（今江苏省常州市）与润州。

整整四个月，孙儒与杨行密没有交战。

十二月，孙儒终于下令攻打杨行密的根基宣州。孙儒依然来个"破釜沉舟"，下令在苏州、常州抢掠一番，然后再一把大火焚烧。孙儒离开了苏州，杨行密没有能够派兵像接手扬州那样接手苏州。当然，有人一直在关注杨行密与孙儒的混战，那便是坐镇杭州（今浙江省杭州市）的刺史钱镠。钱镠趁机派人占领了苏州。

孙儒再次来到广德，传令先在广德扎营。广德离宣州不足百里，孙儒准备就在此指挥攻打杨行密。孙儒不断派兵杀向宣州，杨行密也集结所部兵马迎战。孙儒的将士非常勇猛，杨行密屡次被击败。孙儒的兵力越发强盛，旌旗辎重长达一百余里。杨行密非常担忧，派人前往杭州，向钱镠求救。钱镠给杨行密送来了不少粮草。孙儒在广德与杨行密在宣州一直对峙着，谁都不能战胜谁。

892年（唐昭宗景福元年）正月，孙儒仍在广德，而宣州城中的杨行密有些坚持不下去了。杨行密召集诸将商议对策。杨行密说道："孙儒的兵马是我们的十倍，我们每次出战总是失利。我打算离开宣州，退保铜官（今安徽省铜陵市西北），诸位以为如何？"

都指挥使李神福及将领刘威有不同看法,说道:"孙儒倾巢出动,所盼的是速战速决。我们应当据守险要之地,坚壁清野以使其兵马疲劳,再不断派出轻骑兵抢夺他们的粮饷,夺取他们抢来的财物。这样一来,孙儒必将进不能战,退又没有粮草,到那时我们可以坐而擒之。"

庐州(今安徽省合肥市)人戴友规说道:"孙儒与我们交战好几年,胜负大略相当。现在孙儒率领所有兵马前来,是想致我们于死地。我们如果望风而逃,正中其计。跟随主公南渡长江的淮南士人百姓,以及从孙儒军中投降过来的士兵也很多。主公应当派人将他们送回淮南,让他们恢复生产。孙儒军中士兵听闻淮南安定,必定有思归之心。孙儒的军心一旦动摇,怎能不败?"杨行密听后,愁眉顿展,面露悦色。

杨行密一边应对孙儒,一边夺取孙儒的后方,特别是孙儒放弃的州县。杨行密已经派张训、李德诚进了扬州。二月,杨行密又派张训南渡长江,夺取常州。刘建锋与马殷已经离开常州,跟随孙儒南下,只留下部将陈可言与一千兵马。当张训突然出现在常州城下时,陈可言仓猝出城应战。张训于阵前亲手杀掉陈可言,常州便被张训占领。杨行密得知后,又派另一将领攻下了润州。至此,孙儒曾经占领的扬州、润州、常州都被杨行密占领,当然苏州已被钱镠收回。

五月,孙儒的大军仍驻扎在广德,而杨行密已经将孙儒的外围州县占领,对孙儒形成了战略包围。杨行密还派张训南下,进驻广德南边的安吉(今浙江省安吉县北),把孙儒的粮草运送线给切断。杨行密再不断派出将领攻打孙儒的广德大营,孙儒的兵马屡战屡败。此时南方天气转暖,孙儒的军中瘟疫流行,而且粮草已经用尽。孙儒没有办法,便派将领刘建锋、马殷各率兵马到附近县城抢掠。

杨行密得知孙儒军中闹起瘟疫,认为此时发兵攻打,正是时候。六月六日,杨行密传令各将,向孙儒的广德大营发起猛烈地进攻。就在杨行密发起攻势之时,下起了大雨,一片昏暗,孙儒的兵马大败。杨行密的部将安仁义一连攻破孙儒五十多个营寨,而猛将田頵在阵前擒获了孙儒,当场将孙儒斩首。孙儒一死,其部众大多向杨行密投降。孙儒的部将刘建锋、马殷、张佶收拾余部七千人一路向西南方向撤去。这支兵马推举刘建锋为统帅，马殷为先锋指挥使，张佶为谋主，一路不断壮大，到达江西道（治洪州）境内时，竟达十余万人。关于刘建锋、马殷的事，后面再讲。

杨行密消灭孙儒，派人将孙儒首级送往长安。杨行密接着便率部前往扬州。杨行密本是淮南所属的庐州刺史，经过与毕师铎、秦彦以及孙儒整整五年的混战，终于夺取淮南。七月，杨行密到达扬州广陵，向朝廷上表，奏请由田頵镇守宣州，安仁义镇守润州。八月，唐昭宗颁诏，任命杨行密为淮南节度使、同平章事，田頵为宁国留后，安仁义为润州刺史。唐昭宗的这项任命，说明已经承认了杨行密夺取淮南并且拥有宁国的事实。须要说明的是，杨行密除了拥有淮南、宁国两藩镇，还占据着镇海军所属的润、常二州。

在此之前，扬州的富庶天下第一，成都第二，时人称为"扬一益二"。后来经过秦彦、毕师铎、孙儒、杨行密等人的混战，江淮之间，东西千里一片萧条。诗人韦庄前往江南时，经过扬州，写有一首《过扬州》，可见当时之景：

> 当年人未识干戈，处处青楼夜夜歌。
> 花发洞中春日永，月明衣上好风多。
> 淮王去后无鸡犬，炀帝归来葬绮罗。
> 二十四桥空寂寂，绿杨摧折旧官河。

杨行密刚刚得到淮南时，用度不足，赏赐给将领、官员的，不过数尺布帛，以及数百钱而已。杨行密准备用茶叶与食盐向民间百姓交换布帛，以增加用度。掌书记高勖说道："战火连年，十室九空，如果再渔利百姓，百姓就会离心离德而背叛。不如与邻近的藩镇交换有无，足够用于军备，再选取贤能的刺史县令劝课农桑，数年之间，仓廪必定充实。"杨行密接纳了这个建言。

杨行密宽厚爱民，让百姓得到休养生息。杨行密也克勤克俭，如果不

是举行公宴,连乐曲都不演奏。杨行密招抚流民,轻徭薄赋,几年时间,扬州又开始富庶,差不多恢复了往日的繁华。史书上也说,杨行密骑马射箭、各式武艺都不擅长,但其有谋略,善于安抚驾驭将士。史书及后人对杨行密的评价非常高,甚至有人将杨行密称为"十国第一人"。

杨行密虽然注重境内治理,但当时是战乱时期,少不了还要征战。杨行密首先要收复自己的家乡庐州。庐州是杨行密最早起家之地,然而杨行密丢了庐州整整三年。据守庐州的蔡俦知道杨行密消灭了孙儒,仍不归降杨行密。蔡俦还打算与杨行密对抗到底,竟然做了一件加速灭亡的事,那就是派人挖杨行密的祖坟。蔡俦又与舒州(今安徽省潜山县)刺史倪章联络,一同举兵对抗杨行密。蔡俦、倪章二人还派使者带着印信前往汴州,与宣武节度使朱全忠结好,并请朱全忠发兵增援。朱全忠收下印信,但不想发兵帮助蔡俦。朱全忠派人将此事告知杨行密,杨行密十分感激。杨行密本来只想招降蔡俦,现在不得不派兵前往讨伐。

十一月,杨行密派都指挥使李神福率兵讨伐蔡俦。也许是城池坚固,也许是蔡俦善守,淮南第一名将李神福一直不能攻克庐州。李神福决定采用长期围困策略,以耗尽蔡俦的粮草。整整一个冬天过去了,蔡俦还在坚守,李神福还在围困。杨行密等不及了,再派宁国留后田頵增援李神福。杨行密还觉得不够,自己又亲自率兵马开赴庐州。893年(唐昭宗景福二年)四月,杨行密抵达庐州,田頵也率部赶至。面对三支兵马,蔡俦仍然顽强抗拒,就是不降。

庐州已经被围半年之久,城中一个叫张颢的人决定出城投降。张颢是蔡州人,骁勇异常,早年跟随秦宗权,后来跟随孙儒。孙儒失败后,张颢投降了杨行密。杨行密对张颢非常优厚,派其率兵镇守庐州。蔡俦背叛杨行密,张颢又跟随蔡俦。张颢看到杨行密大军包围庐州,知道蔡俦最终不免灭亡,因而想再投杨行密。张颢翻越城墙来到杨行密军中,杨行密将其派在银枪都使袁袭的麾下。袁袭认为张颢反复无常,请杨行密将张颢杀掉。杨行密爱惜张颢骁勇,不忍杀害,但又担心袁袭不能相容,便又将张颢安置在自己的亲军之中。

　　尽管杨行密重重包围庐州，庐州仍不能攻克，蔡俦仍然坚守不降。杨行密又围困庐州达三个月之久，从春天一直到炎热的夏天。庐州城中的粮草终于断绝。七月二十一日，城池被攻破，蔡俦被擒。杨行密下令将蔡俦斩首。左右劝杨行密也挖了蔡俦的祖坟，以示报复。杨行密说道："蔡俦这样做而获罪，我怎么能效仿他呢？"

　　解决了庐州的蔡俦，杨行密便想收复整个宁国军。宁国军以前称宣歙道，所辖之地除了宣州（今安徽省宣城市），还有池州（今安徽省池州市）、歙州（今安徽省歙县）。池州已经被杨行密占领，而歙州还没有被收复。八月，杨行密派宁国留后田頵率两万兵马攻打歙州。歙州刺史裴枢固守城池不出战，田頵攻了数日，不能攻克。歙州兵民当时也不想抵抗杨行密，但又担心杨行密派来担任刺史的将领不贤。歙州兵民听说池州团练使陶雅宽厚爱民，非常盼望能够由陶雅前来担任刺史。守城兵民在城头对城外的田頵喊道："如能派陶雅前来担任刺史，我们就投降。"田頵将此事呈报杨行密，杨行密马上派陶雅前往歙州当刺史。陶雅到了歙州，守城兵民主动打开城门纳降，陶雅以礼将裴枢送返长安。

第30章 再攻时溥，兼并感化

我们再回到河南道，讲讲朱全忠兼并感化（治徐州）的事。

朱全忠在正式攻打感化之前，先准备夺取感化的其他州郡，以削弱时溥。891年（唐昭宗大顺二年）八月，朱全忠派大将丁会攻打依附时溥的宿州（今安徽省宿州市）刺史张筠。张筠坚守城池不战，丁会整整围困了两个月。十月五日，张筠实在无力支撑，传令打开城门向丁会投降。

朱全忠得到宿州，不久又得到感化军的一员大将。十一月十九日，时溥的大将刘知俊带领两千兵马投奔朱全忠。刘知俊，字希贤，徐州沛县（今江苏省沛县）人，容貌雄伟，有豪杰之气，能披甲上马，挥剑杀敌，勇冠诸将。刘知俊一开始也得到时溥的器重，后因智勇过人而受到猜忌。刘知俊投奔朱全忠后，朱全忠非常高兴，任命其为"左右开道指挥使"，时人称为"刘开道"。史书上说，刘知俊一走，时溥的势力便一蹶不振。

朱全忠还没有向时溥所在的徐州（今江苏省徐州市）发起攻击，泰宁（治兖州）节度使朱瑾便来增援时溥。朱瑾率一万兵马攻打宋州的单父县（今山东省单县），逼近了朱全忠的老家砀山县（今安徽省砀山县）。朱全忠得到消息，立即传令大将丁会与将领张归霸率部迎战朱瑾。朱瑾得到消息，率部北撤。十二月九日，丁会、张归霸与朱瑾在金乡（今山东省金乡县）大战。这一战，朱瑾大败，单骑逃走，兵马几乎全军覆没。

由于多年的交战，徐州、泗州、濠州等地的百姓不能安心耕种，田地颗粒无收。天平（治郓州）、泰宁、河东三镇虽然出兵增援时溥，但时溥仍不能取得决定性的胜利。892年（唐昭宗景福元年）二月，感化境内又发生水灾，淹死的百姓十之六七。时溥困苦已极，也不想再与朱全忠争战，于是派人向朱全忠求和。朱全忠回复道："可以停战，但时溥必须离开感化。"时溥接受了这个条件。朱全忠马上向唐昭宗上表，请将时溥调到其他藩镇，而重新任命大臣到徐州当感化节度使。唐昭宗没有实力解决朱全忠与时溥两藩镇的纷争，现在听闻二人能够和解，马上下诏，调门下侍郎、同平章事刘崇望出任感化节度使、同平章事，再调时溥前往京城，任太子太师。

时溥接到唐昭宗的诏书，又改变了主意。时溥担心朱全忠将其骗出徐州而杀害，于是不接受朝廷的诏令。宰相刘崇望前往徐州赴任，到达华阴（今陕西省华阴市）时，听闻时溥不肯离开徐州，便掉头返回长安。时溥也没有一直待在徐州，他也想夺取朱全忠的州郡。却说在感化的南边有一个州叫楚州（今江苏省淮安市），本来属于淮南（治扬州），但当时由朱全忠掌控。四年前，朱全忠兼任淮南节度使时，就曾派兵护送刘瓒赴任楚州刺史。时溥决定夺取楚州。四月，时溥率兵南下，攻打楚州。

时溥也许没有想到，就在他想夺取楚州时，有二人也在密切关注楚州，以寻机将楚州收回淮南所有。此二人便是杨行密的部将张训、李德诚。当得知时溥攻打楚州时，二将立即以阻截时溥为名，率部进入楚州。四月底，张训、李德诚在寿河（今江苏省淮安市东南）与时溥发生激战，大败时溥。时溥南侵未果，只得率部北返，而张训、李德诚也没有离开楚州。张训、李德诚趁机将楚州刺史刘瓒擒拿，至此楚州重归淮南。

从五月到八月，时溥仍在徐州，朱全忠也没有向其用兵。面对唐昭宗的诏书，时溥又不敢抗旨不遵。时溥于是逼迫感化的监军宦官向唐昭宗上表，谎称感化将士挽留而不能离开徐州。十月，唐昭宗的诏书又至徐州，再任时溥为侍中、感化节度使。朱全忠获知后，甚为失望，立即向唐昭宗上表，请求撤销这项任命。唐昭宗下诏，命朱全忠、时溥二人和解。时溥此时已经陷入困境，朱全忠消灭他只是时间问题，朱全忠怎能愿意与其和解？

十一月，感化所属的濠州刺史张璲、泗州刺史张谏都向朱全忠投降。至此，时溥的感化只有徐州一州，朱全忠准备向时溥发起最后的进攻。朱全忠派其子朱友裕率十万大军北上攻打天平所属的濮州（今山东省鄄城县）。朱全忠此举的目的不是为了攻打天平节度使朱瑄，而是为攻打感化

节度使时溥作准备。朱全忠之所以要先攻打濮州,无非是担心朱瑄南下增援时溥。朱友裕不辱使命,一战而克濮州,还擒获了濮州刺史邵伦。果然,朱友裕攻克濮州后,马上接到其父朱全忠的快马传令,让其率部南下徐州,攻打时溥。

此时的时溥并不甘心只守着一个徐州,他也在派兵出击,以图抢回几个原本就属于感化的州县。893年(唐昭宗景福二年)正月,时溥派兵攻打宿州,已经担任宿州刺史的郭言立即率部出城迎战。郭言冲锋陷阵,将感化兵马击退,不想被流箭射中,当晚便死去。时溥虽然得到宿州,也不能改变其实力减弱的事实。当朱友裕的大军兵临徐州时,时溥就不敢出战。时溥马上派人前往兖州(今山东省济宁市兖州区),向泰宁节度使朱瑾求救。朱全忠早就料到时溥会向朱瑾求援,因而之前就派将领霍存率三千骑兵驻屯在曹州(今山东省曹县),以作准备。当朱全忠得知朱瑾率两万兵马来援救时溥时,立即传令霍存增援朱友裕。

二月,霍存率部前往徐州,与朱友裕会合。不久,朱瑾率领的三万兵马到达徐州城西的石佛山下,时溥也率城中兵马赶到。大战即将开始,我们不妨看一下两方兵马的数量。朱友裕之前攻打濮州时,共有十万兵马,由于没有激烈的战斗,更没有败绩,兵马数量应当变化不大。而霍存共有三千兵马,且都是骑兵,战斗力应当比较强。朱瑾虽有两万兵马,但时溥的兵马数量却很少。如此对比,胜负可见。史书记载,石佛山下一战,朱友裕、霍存大胜,时溥退入徐州城中,朱瑾一路逃回兖州。

令人难以想象的是,朱友裕、霍存兵马如此强盛,且首战告捷,之后反而遭败。也许是二人太过大意,认为走了朱瑾,时溥已经不足惧。二月二十二日,时溥突然从城中杀出,朱友裕大败,霍存战死。朱全忠对霍存之死,甚为痛惜。多年以后,已经称帝的朱全忠在讲武台阅兵,对部众说道:"如果霍存还在,朕哪会如此劳苦?"

朱友裕遭到重创,不敢再战,也不敢撤兵,毕竟没有接到其父朱全忠的命令。时溥则不时派兵挑战,朱友裕紧闭营门不战。时日一久,必生事端。都虞候朱友恭向朱全忠写信报告,说朱友裕的坏话。朱友裕是朱全忠的儿子，又多次出战，多有捷报，朱友恭怎么敢诬陷他？那么朱友恭又是什么人呢？朱友恭本名李彦威，寿春（今安徽省寿县）人，是朱全忠的家童，被朱全忠收作义子，因而取名朱友恭。朱友恭心中不服朱友裕，嫉妒朱友裕，所以才告朱友裕的状。朱友恭告朱友裕不派兵追击朱瑾，任由朱瑾逃走。朱全忠看到此信，大怒，马上派驿马给都指挥使庞师古传令，命庞师古代替朱友裕攻打徐州。朱全忠还让庞师古调查朱友裕。

　　非常离奇的是，朱全忠的这个军令竟然误送到朱友裕的手中。朱友裕非常害怕，也很惊慌，竟然带领两千人逃入山中，又悄悄来到砀山，躲在伯父朱全昱的家中。朱全忠的夫人张氏得知此事，马上派人去找朱友裕，让朱友裕一个人骑马回到汴州（今河南省开封市）去见父亲朱全忠。朱友裕听从了张夫人的话，真的一个人回到了汴州。朱友裕见到朱全忠，痛哭流涕，跪拜于庭。朱全忠仍然怒不可遏，命左右将朱友裕拉出去斩首。就在这时，张夫人连鞋都没有来得及穿，就跑了过来，抱住朱友裕哭道："你丢下兵马，一个人绑着回来请罪，非常明显，根本没有二心。"朱全忠听后，立刻醒悟，马上传令释放朱友裕，还让朱友裕到许州（今河南省许昌市）当知州。

　　朱友裕在紧急时刻，躲在砀山伯父朱全昱家中，再次说明其幼年一定是在砀山或萧县度过。朱友裕幼时也一定得到伯父朱全昱的照顾，与朱全昱一定很亲近。从这一点，就能看出朱全忠离开家乡时，把朱友裕托付给大哥朱全昱。朱友裕也不像是朱全忠的义子，义子没有必要躲到砀山老家，也没有必要去找朱全昱。

　　再说说朱全忠的这位张夫人。张夫人很有智慧谋略，朱全忠也很敬畏她。军政大事，朱全忠经常与其商量。有时朱全忠出兵，走到半道，张夫人认为不可，派一人前去，朱全忠立刻就率兵返回。张夫人可以说是朱全忠的得力帮手，同时也是一位仁义之人。朱友裕虽然不是张夫人亲生的儿子，但张夫人一样帮助朱友裕脱险。

　　言归正传。朱友裕被换下了，庞师古便成了攻打时溥的主帅。庞师古当时的地位就如同之前的朱珍，也倍受朱全忠信任。当然庞师古对朱全

忠也忠心耿耿,大小战事,总会向朱全忠禀报请示。庞师古来到徐州后,也与时溥在石佛山下激战。这一战,庞师古大胜,时溥大败。时溥躲在城中不敢出战,庞师古则率部进围徐州城。

　　一个月过去了,庞师古仍没有攻克徐州,又有人无事生非,此人便是通事官张涛。张涛给朱全忠写信说道:"之所以这么久没有攻克徐州,是因为进军的日子不吉利。"朱全忠阅罢此信,也觉得有道理。谋士敬翔不赞同此言,说道:"攻打徐州,已有数月,耗费甚多。现在徐州城中已经陷入绝境,很快就会攻克。假使将士们听到张涛这个话,恐怕就无心攻城了。"

　　朱全忠当然听从敬翔的,马上将张涛的书信烧掉。朱全忠还决定亲率兵马前往徐州,以助庞师古攻城。四月十五日,朱全忠到达徐州。随着朱全忠的到来,无论是主将庞师古,还是军中士兵,都倍受鼓舞,踊跃向前。四月二十日,庞师古攻克了徐州城,时溥带领全家登上燕子楼,自焚而死。第二日,朱全忠入城,调宋州(今河南省商丘市)刺史张廷范为"知感化留后"。朱全忠也向朝廷上表,请求派文臣前来担任节度使。

　　史书上说朱全忠兼并感化军,得到时溥的宠姬刘氏,看来时溥全家并未全部自焚。刘氏父亲曾任蓝田县令,出身不算平民。刘氏后来被义军掳走,成为尚让的姬妾。尚让败亡后,刘氏又成为时溥的宠姬。朱全忠得到刘氏,也很宠幸。不久敬翔的妻子去世,朱全忠又将刘氏送给敬翔。然而刘氏仍然往来于朱全忠的卧室。敬翔看不起刘氏,刘氏生气地对敬翔说道:"你鄙视我失身于贼吗?以成败而论,尚让是黄巢的宰相,时溥是国家的忠臣,再看你的门第,真是太羞辱我了!从现在起,我们就分开吧!"敬翔考虑到朱全忠好心将刘氏送给他,不想休了刘氏,便向刘氏赔礼。刘氏后来依仗朱全忠的势力,也做了不少坏事,不再细表。

第31章　攻打王镕，车裂虎将

河东（治太原府）节度使李克用有很多义子，但欧阳修的《新五代史》上说能够记载的只有九位，即李嗣源、李嗣昭、李嗣本、李嗣恩、李存信、李存孝、李存进、李存璋与李存贤。其实李嗣昭不是李克用的义子，而是李克用的兄弟李克柔的义子。此外，李克用还有一位义子叫李存审。这里讲讲李存信与李存孝。李存信担任马步军都指挥使，多次领兵出战，得到李克用的信赖。李存孝勇猛异常，是河东第一猛将，但心胸狭窄，与其他将领并不友善。李存孝嫉妒李存信，李存信也想陷害李存孝。

891年（唐昭宗大顺二年）三月，李克用表荐李存孝为邢洺（治邢州）节度使。邢洺这个藩镇也就是原来的东昭义，管辖邢、洺、磁三州。西昭义仍称昭义（治潞州），由李克用的大将康君立任节度使。李存孝曾对李克用任命康君立为昭义节度使而耿耿于怀，现在身为节度使，李存孝又有了新的打算。李存孝打算再立战功来压倒李存信。李存孝向李克用建议攻打北边邻近的藩镇成德（治镇州）。李克用并不知道李存孝的心思，当时是欣然接受了李存孝的建议，这也充分看出李克用谋取河北诸镇的企图。

前面曾经讲过，在河北道境内共有五个藩镇，现在加上一个邢洺，也就是六个藩镇。这六个藩镇除了东边靠近大海的义昌（治沧州），另五个从北向南分别是卢龙（治幽州）、义武（治定州）、成德、邢洺与魏博（治魏州）。卢龙节度使李匡威一直帮赫连铎对付李克用。成德节度使王镕也与李克用不和，之前曾经交战过。义武节度使王处存与李克用是亲家，一直是向着李克用的。魏博节度使罗弘信刚被朱全忠击败，已经向朱全忠归附。义昌离得较远，与李克用没有交涉。魏博在南，靠近朱全忠的势力范围，一时也不便夺取。李克用此时攻打夹在义武与邢洺之间的成德，应当是极好的选择。

十月,李克用亲率大军进入成德境内,王镕也集结本镇兵马南下迎战李克用。两军在临城县(今河北省临城县)西北的龙尾冈发生激战,成德兵马大败,被杀及被俘数以万计。李克用占领临城县后,又攻打元氏、柏乡。就在这时,卢龙节度使李匡威率军前来援救王镕,李克用不想再战,便在成德境内大肆抢掠一番,最后南撤至邢州(今河北省邢台市)。

王镕不想罢休。两个月后,王镕与李匡威重整兵马,南下攻打李克用。892年(唐昭宗景福元年)正月,王镕与李匡威集结十余万大军,攻打邢州北边的尧山。李克用忙派李存孝与李存信北上迎击。李克用还任命李存信为"蕃、汉马步都指挥使",李存孝很不高兴。李存孝与李存信二人不和,竟都逗留不前。李克用没有办法,又派将领李嗣勋北上迎战。李嗣勋大破卢龙、成德大军,杀死及俘虏三万人。

李克用也想联合一个藩镇来攻打王镕。李克用当然会想到义武,毕竟他与义武节度使王处存是亲家。叫人奇怪的是,李克用与王镕打了几个月了,他的亲家王处存却一直没有前来助战。直到三月,王处存的兵马才与李克用一起攻打王镕。三月九日,李克用、王处存的大军攻克了成德的天长镇。三月十四日,李克用、王处存的大军与王镕的兵马再战于新市,王镕大败,三万余人被杀或俘虏。

话说李克用攻打成德将近半年之久,还牵动了卢龙与义武,可谓四个藩镇大混战。消息传到长安,唐昭宗不能坐视不管。然而唐昭宗能做的,就是下诏命四藩镇和解了。唐昭宗的诏书对四藩镇来说根本没有用,李克用志在夺取成德继而谋取河北诸镇,而李匡威、王镕也不甘被人兼并,根本不可能和解。

还是李匡威有办法,用了一个"围魏救赵"的计策,终于帮王镕解了围。李匡威不仅想帮助王镕,还想一举两得,再帮一下前来投靠的原大同防御使赫连铎。四月,李匡威、赫连铎率兵穿过太行山,攻打河东所属的云州、代州。李克用得到消息,果然放弃攻打王镕,率兵返回河东,将李匡威、赫连铎击退。

李克用怎么也没有想到,就在他攻打李匡威、赫连铎后不久,李存孝背叛了他。事情的起因还是李存孝与李存信之间的矛盾。十月，李存信诬告李存孝与王镕互相勾结，理由是数月前攻打王镕时，李存孝不肯进击。李克用听了此言，并没有作出什么反应。不料李存信的话竟传到了邢州李存孝的耳朵里。李存孝非常怒火，认为自己为李克用多次立功，而李克用对李存信的信任却超过自己。李存孝担心大祸临头，决定铤而走险。李存孝派人与王镕、朱全忠联络结好，还向朝廷上表，请求由朝廷直接管辖邢、洺、磁三州，并请求联络各藩镇一同讨伐李克用。唐昭宗采纳了李存孝的第一个请求，但拒绝了另一个请求，不许讨伐李克用。

李克用听说李存孝背叛，非常生气，决定亲率兵马前往邢州，讨伐李存孝。893年（唐昭宗景福二年）二月，李克用抵达邢州，将邢州城包围。消息传到成德，王镕准备调解。王镕修书一封，派牙将王藏海送到邢州城外李克用处。李克用不接此书则罢，一接此书更是怒火中烧。李克用认为李存孝真的与王镕勾结，不然他这个仇家不会来帮李存孝。李克用下令将王藏海斩首，率兵离开邢州，再次北上攻打王镕。

二月十二日，李克用到达成德的天长镇（今河北省井陉县西天长镇）。李克用决定先攻下天长，再攻下邻近的井陉（今河北省井陉县），最后攻打镇州（今河北省正定县）。岂料李克用攻了十天，仍不能攻克天长。这时王镕派三万兵马前来援救天长，李克用前往叱日岭（今河北省井陉县西北）迎战，杀死王镕一万余人。史书记载，此时的李克用严重缺乏粮草，竟将人肉晒干而食。

李克用接着攻打井陉县，很快攻克。李克用再引兵向东，朝镇州杀来。镇州城内的王镕赶紧派人向宣武（治汴州）节度使朱全忠求救。朱全忠当时正与感化（治徐州）节度使时溥混战，不能分身。朱全忠仍想帮一下王镕，于是给李克用写了一封信，威吓李克用。朱全忠在信中写道："我在魏博驻屯十万精兵，由于我的克制而没有出战。"李克用接到此书，当然没有被吓倒，也给朱全忠回了一封信，写道："如果确实在魏博驻屯兵马，就请他们过来。要想决一雌雄，但愿在常山（镇州之前称常山郡）尽头角逐。"

　　远水不解近渴,朱全忠帮不了王镕。当然还是有人来帮王镕的,那就是卢龙节度使李匡威。二月二十五日,李匡威在元氏县(今河北省元氏县)境内与李克用激战。李克用败北,不敢再攻镇州,引兵南返邢州。王镕非常感激李匡威,传令犒劳李匡威大军,还拿出大量金银绸缎来酬谢李匡威。令李匡威没有料到的是,他这回来援王镕,再也没有能返回卢龙,因为他的兄弟李匡筹发动兵变,夺了他的节度使之职。李匡威于是就留在镇州,王镕把他当作父亲一样对待。四月,李匡威企图夺取成德,失败被杀。

　　且说李克用再度返回邢州,依然围困李存孝。李克用这一围,又是数月。七月,王镕又派兵来救李存孝,李克用派兵迎战,取得大胜。李克用传令乘胜攻打镇州。王镕非常害怕,因为李匡威已经被杀,李匡筹也与自己结了仇,不会再有人来救他了。王镕决定向李克用求和,送给李克用大量钱财与粮草。王镕转变得真快,马上又派兵帮助李克用攻打李存孝。

　　李克用又围了李存孝将近两个月,李存孝实在不堪围困,决定主动出击。九月的一天夜晚,李存孝带领一支人马,偷袭李存信大营,生擒奉诚军使孙考老。李克用得知后,传令在邢州城四周挖掘濠沟,构筑营垒,还亲自督促指挥。李克用此举是让城中的李存孝无法出击。当然,李存孝也不会坐等围困,不时带领人马杀出,李克用的濠沟、营垒无法建城。

　　李克用正在一筹莫展之际,牙将袁奉韬献上一计。袁奉韬派人悄悄进入邢州城中,对李存孝说道:"大王(李克用是陇西郡王)准备在濠沟挖成时,就返回晋阳,尚书(李存孝)所畏惧的只是大王一人,其他将领根本不是尚书的对手。大王一旦离开,咫尺宽的濠沟,怎能挡得住尚书的兵锋?"李存孝是一个有勇无谋的人,听了此话,觉得有理,于是按兵不动。十天后,濠沟已经挖掘成功,营垒也构筑而成,飞禽走兽都不能过,李存孝束手无策。

　　从濠沟、营垒建成,李克用在邢州城外又围了李存孝整整半年。从秋天到冬天,再到春天,李存孝这员如同狮虎一样的猛将是毫无对策。894年(唐昭宗乾宁元年)三月,邢州城中粮草已尽,李存孝实在不能再撑,决定向李克用归降。李存孝登上城墙，对李克用大声说道："孩儿承蒙大王恩典而得到富贵，如果不是被谗言陷害，怎能舍弃父子之情而投奔仇敌呢？孩儿期望见上大王一面，虽死无憾。"

李克用听了此言，也深感哀怜，便让随军出征的刘夫人进城去抚慰李存孝。刘夫人进城后，将李存孝带了出来，拜见李克用。李存孝叩首请罪道："孩儿只不过建立微小功劳，都是存信逼迫陷害，才让孩儿落到如此地步。"李克用看到李存孝仍然不知悔过，怒叱道："你给朱全忠、王镕写信，对我百般诋毁，也是存信逼的吗？"李克用下令将李存孝押上囚车。李克用收复邢州，上表推荐马师素为邢洺节度使，袁奉滔担任磁州刺史。

李克用押着李存孝返回晋阳。李克用会如何处置李存孝呢？李克用当时很是为难。李存孝非常骁勇，军中无人能及，李克用怎么舍得杀了他？李存孝也是李克用的义子，多多少少有一些父子之情，李克用也不忍心下手。然而李克用就是想网开一面，也不能由自己说出来，毕竟李存孝背叛了自己。李克用希望有人为李存孝求情，他就可以放过李存孝。可是，让李克用失望的是，河东诸将无人为李存孝求情。李克用没有办法，便在营门之外，将李存孝车裂而死。李存孝死后，李克用很为伤心，十多天不处理事务。李克用对诸将也很气愤，但对李存信并无一句责备之言。

李克用杀了李存孝，数月后仍然耿耿于怀。八月，李克用宴请诸将。酒至正酣，李克用谈起李存孝，不禁泪流不已。昭义节度使康君立一直与李存信友善，说了句李存孝不好的话。李克用一听，火冒三丈，当场拔出佩剑，砍向康君立。康君立受了伤，李克用仍不解气，下令将其囚禁在马步司。第二日，李克用酒醒，想到康君立与自己关系也非同一般，便释放康君立，不想康君立已因伤势过重而死。李克用再上表推荐云州刺史薛志勤为昭义留后。

李克用帐下还有一位将领叫薛阿檀，其勇猛与李存孝相当，诸将也嫉妒他。薛阿檀常常感到不得志，常与李存孝暗中往来。现在李存孝被杀，担心别人知道其与李存孝往来，便自杀而死。从此，李克用的势力开始衰退，而朱全忠的势力开始强盛。

第32章 出兵山南,骄横跋扈

前面讲了宣武节度使朱全忠与感化节度使时溥之间的混战,又讲了河东节度使李克用与成德节度使王镕之间的混战。我们再来讲讲凤翔节度使李茂贞与其他藩镇的混战。这要从唐昭宗与杨复恭的冲突讲起。

唐昭宗虽由宦官杨复恭拥立继位,但唐昭宗对宦官干政非常不满,一直想改变。然而杨复恭权大势大,不仅担任六军十二卫观军容使、兼左神策军中尉,掌握朝廷全部禁卫军,还收养了很多义子。杨复恭的这些义子有担任节度使的,也有担任刺史的。龙剑节度使杨守贞、武定节度使杨守忠更嚣张,不仅不向朝廷缴纳贡赋,还上表嘲笑朝廷。杨复恭还收养六百个宦官义子,大都在外担任监军。朝中宰相根本不能与杨复恭匹敌,张浚的下场就是一个例子。那么唐昭宗能动得了杨复恭吗?

唐昭宗的舅舅王瑰想当节度使,杨复恭认为不可。王瑰便对杨复恭破口大骂,杨复恭很为不快。杨复恭于是推荐王瑰为黔南(治所不详)节度使,以图把王瑰送得远远的。891年(唐昭宗大顺二年)八月,王瑰离开长安,前往黔南赴任。杨复恭又派山南西道(治兴元府)节度使杨守亮于途中截杀。王瑰从嘉陵江坐船顺江而下,到达吉柏津(今四川省广元市东南)时,船便沉入江中,家人、幕僚全部淹死。杨守亮奏报说,船只损坏,无人生还。唐昭宗心中清楚,根本就是杨复恭指使杨守亮所为,因而更加憎恨杨复恭。

唐昭宗可不是唐僖宗,唐昭宗决定对杨复恭采取行动。唐昭宗下诏,任命杨复恭为凤翔(治凤翔府)监军。杨复恭非常愤怒,便向唐昭宗称病,请求致仕。唐昭宗知道杨复恭这是在要挟他。唐昭宗也不示弱,于九月再下诏,让杨复恭以"上将军"名义致仕,还给杨复恭赐了几杖,以示对老人的尊重。杨复恭更为恼怒,派心腹张绾将送诏书的人刺杀。

杨复恭已经致仕，便离开宫廷，前往长安昭化里家中居住。杨复恭虽然没有了官职，但其势力仍在。杨复恭的家靠近玉山营，而玉山军使杨守信便是他的义子。有人向唐昭宗奏报说杨复恭与杨守信密谋造反，唐昭宗大怒。十月八日，唐昭宗传令天威都将李顺节、神策军使李守节前往讨伐杨复恭。二人带兵到达昭化里，杨复恭的心腹张绾带领家奴抵抗，玉山军使杨守信也率兵前来助战，李顺节、李守节不能获胜。

十月九日早上，守卫含光门的禁军等着城门开启，准备到东、西两市抢掠一番。就在这时，宰相刘崇望骑马从此经过，勒马对众人说道："皇上亲自在街东督战，你们都是皇上的禁卫军，应当前去杀贼立功。不要在此贪图小利而自取恶名！"众人于是跟随刘崇望一起前往街东增援。杨守信等看到刘崇望带着兵马来到，立刻无心再战。杨守信与杨复恭带着族人从通化门出了城，逃往兴元（今陕西省汉中市），投奔杨守亮。

杨守亮收留大宦官杨复恭，终于让一个人坐不住了。这个人便是凤翔节度使李茂贞。李茂贞也想趁乱谋取山南西道这个藩镇。

892年（唐昭宗景福元年）正月，李茂贞以及静难（治邠州）节度使王行瑜、镇国（治华州）节度使韩建、匡国（治同州）节度使王行约、天雄（治秦州）节度使李茂庄纷纷上疏，指控杨守亮藏匿叛臣杨复恭，请求率兵讨伐。五节度使还请求唐昭宗任命李茂贞为"山南西道招讨使"。唐昭宗将五节度使的奏疏交予朝臣商议。朝议认为李茂贞一旦得到山南西道，必将不可控制，因而不准许他们攻打杨守亮。唐昭宗于是下诏给五节度使及杨守亮，请他们和解，但无人听从。

二月，李茂贞、王行瑜等决定自行发兵攻打兴元。李茂贞还写信给宰相杜让能、神策军中尉西门君遂，蔑视朝廷。唐昭宗忍无可忍，便召集宰相、谏官在延英殿商议此事。然而宰相们是你看看我，我看看你，不敢讲话。唐昭宗甚为不悦。给事中牛徽说道："先朝多难，李茂贞确有护卫之功。诸杨起兵作乱，急需出兵讨伐。李茂贞此举也是疾恶如仇，唯一不当的是，没有皇上的诏命。听说李茂贞的兵马已经过了山南，杀伤很多。陛下如果不授予李茂贞招讨使之职以使其受到国法的约束，则山南的百姓

都将死在他的手中。"唐昭宗说道:"此言甚是!"唐昭宗于是下诏任命李茂贞为"山南西道招讨使"。

李茂贞当时尚未亲率兵马前往兴元,牛徽所说已过山南的兵马可能是欺骗唐昭宗的,或者是李茂贞派出的先头兵马。几个月后,李茂贞才亲率大军从凤翔出发。七月,李茂贞到达感义(治凤州)境内,攻克了凤州(今陕西省凤县),感义节度使满存逃往兴元,投奔杨守亮。李茂贞又乘胜攻克了兴州(今陕西省略阳县)、洋州(今陕西省洋县)。李茂贞得到凤、兴、洋三州,随即向朝廷上表推荐其家族子弟担任三州刺史。

李茂贞不久便兵临兴元城下。兴元城比较坚固,李茂贞攻了不少时日。八月三十日,李茂贞终于攻克兴元城,杨复恭、杨守亮、杨守信、杨守贞、杨守忠、满存等一起逃往阆州(今四川省阆中市)。李茂贞再向唐昭宗上表,推荐其义子李继密为"权知兴元府事"。李继密本名王万弘,从此在兴元掌管山南西道达十年之久。两年后,李茂贞又攻克阆州,杨复恭等人逃往河东(治太原府),投奔李克用。途中,杨复恭等人被镇国节度使韩建的巡逻兵截获。韩建将杨复恭等人押至长安斩首,此为后话。

李茂贞攻克兴元,也就控制了山南西道。李茂贞想趁机谋取东川。李茂贞得知东川节度使顾彦晖与西川节度使王建已经生隙,决定将顾彦晖拉拢过来。893年(唐昭宗景福二年)正月,李茂贞向唐昭宗上表,请求重新任命顾彦晖为东川节度使,并赐予旌旗符节,唐昭宗准奏。李茂贞还请求派其义子李继密率兵援救梓州(今四川省三台县)。其实梓州当时并没有受到攻击,李茂贞此举是想控制梓州,继而控制东川。对于李茂贞的所作所为,唐昭宗是无法可想,但近在咫尺的西川节度使王建一直在关注着。王建担心李茂贞控制东川,连忙派兵前往利州(今四川省广元市)阻截凤翔的兵马进入东川。顾彦晖于是又向王建求和,并承诺与李茂贞断绝往来。

李茂贞得不到东川,便想兼任山南西道节度使。二月,李茂贞向唐昭宗奏呈此请。唐昭宗接到奏表,马上明白李茂贞的企图。唐昭宗不想让李茂贞得逞,于是下诏任命李茂贞为山南西道节度使兼武定节度使,但同时又下诏,任命宰相徐彦若为凤翔节度使、同平章事。唐昭宗为让李茂贞无话可说,又割果州(今四川省南充市)、阆州隶属武定军。李茂贞接到这份诏书,甚感失望,他怎能舍得放弃他的凤翔呢? 李茂贞决定来个不奉诏,唐昭宗也没有办法。

李茂贞没有善罢甘休,竟然上表讽刺唐昭宗,不断激怒唐昭宗。李茂贞在奏表中说道:"陛下贵为万乘,不能庇元舅之一身;尊极九州,不能戮复恭之一竖。"还说道:"当今朝廷只看藩镇的强弱,根本不问是非。藩镇弱的,就用国法来约束他们,藩镇强的,就用恩宠来讨好他们。处事斤斤计较,待人极为势利。军情易变,戎马难羁,战乱随时发生。我所担忧的是京师一旦再生战乱,陛下还能驾临何处?"

唐昭宗还是有些血性的,看到言语如此不逊的奏表,非常恼怒,准备发兵讨伐李茂贞。唐昭宗将此事交由太尉、门下侍郎、同平章事杜让能全权负责。杜让能劝阻道:"陛下刚刚登上皇位,国家也不太平。李茂贞近在国门,臣以为不宜与其结仇生怨。万一不能击败李茂贞,悔之晚矣。"唐昭宗说道:"朝廷地位越来越卑微,号令都不能发出国门,这真让有志之士感到悲痛。朕不想当一个孱懦之主,坐等别人前来欺凌。卿只管为朕准备粮草,至于用兵之事,朕会委派诸王出征,成败与卿无关。"

唐昭宗让杜让能留居中书省,策划调度,一个多月没有回家。然而另一宰相崔昭纬已经暗中与凤翔、静难两藩镇勾结,充当李茂贞与王行瑜的耳目。杜让能早上说的话,两藩镇晚上就会知道。李茂贞决定采取一些行动。李茂贞派人到京城长安,纠结上千人,在大街上拦住观军容使西门君遂的马车,诉苦道:"凤翔节度使没有罪过,不能派兵征讨,而让百姓涂炭。"西门君遂说道:"这是宰相们的事,不是我所管之事。"这些人又拦住宰相的轿子诉说,还向宰相投掷瓦片、石块。唐昭宗获报此事,讨伐李茂贞的意志更加坚决。

八月,唐昭宗下诏,任命覃王李嗣周为"京西招讨使",神策大将军李鐬为副使。李嗣周、李鐬在长安新招了一些兵马,加上原有禁军共计三万人。李嗣周、李鐬不久便率兵西进,新任凤翔节度使徐彦若随军而行。二

人出征的名义便是护送徐彦若前往凤翔赴任。九月十日,大军到达兴平(今陕西省兴平市),李嗣周传令在此扎营。

且说李茂贞、王行瑜早已得到消息,也已集结了六万兵马已经东进到达盩厔(今陕西省周至县),离兴平只有五十余里。大战在即,不妨先看一下两军实力。从数量上看,李茂贞、王行瑜共有六万兵马,而李嗣周、李鐬只有三万兵马,远远不及李茂贞、王行瑜。从作战能力上看,李嗣周、李鐬的兵马都是新招的市井少年,而李茂贞、王行瑜的兵马都曾身经百战。

九月十七日,李茂贞、王行瑜向兴平发起进击,李嗣周、李鐬的士兵根本不敢应战,全都闻风而逃。李茂贞等人乘胜逼近京城长安。此时的长安城,一片慌乱,士人百姓四散而逃。李茂贞纠结的那群人又到街头,高喊要求诛杀提出出兵的人。宰相崔昭纬一心想谋害杜让能,便秘密给李茂贞修书道:"出兵攻打凤翔的,不是皇上的主意,完全是杜太尉一人。"

九月十九日,李茂贞陈兵长安城西的临皋驿,上表列举杜让能的罪状,请唐昭宗下旨诛杀。唐昭宗收到此表时,宰相杜让能正在朝中。杜让能对唐昭宗说道:"臣早就想到会有这一天,请用臣的性命来化解陛下的危难。"唐昭宗无计可施,不禁流下泪来,对杜让能无奈地说道:"看来只好与卿相别了。"

当天,唐昭宗下诏,贬杜让能为梧州(今广西梧州市)刺史。唐昭宗当时也不想把责任全部推给杜让能,因而在诏书中也说自己没有听取朝臣的深谋远虑,引起藩镇与朝廷的仇恨。唐昭宗又将观军容使西门君遂流放到儋州(今海南省儋州市),内枢密使李周潼流放到崖州(今海南省崖县),段诩流放到欢州(今越南荣市)。

第二天,唐昭宗又下旨将西门君遂、李周潼、段诩三人斩首,再贬杜让能为雷州(今广东省海康县)司户。唐昭宗两次贬降杜让能,也是想保住杜让能的性命。唐昭宗又派人来到李茂贞大营,对李茂贞说道:"蛊惑朕用兵的,是西门君遂三人,不是杜让能的罪过。"

唐昭宗对杜让能的处置,李茂贞并不接受,仍然陈兵城外,不解除对京城的威胁。李茂贞坚决要求诛杀杜让能,然后才返回凤翔,宰相崔昭纬也从中挑拨。唐昭宗保不住杜让能，甚至连杜让能的兄弟、户部侍郎杜弘徽也受到牵连。十月，唐昭宗无奈地下诏，命杜让能、杜弘徽兄弟自尽。唐昭宗在诏书中给杜让能的罪状是任用奸邪、打击贤良，爱恨只凭一时喜好，卖官鬻爵，聚敛的钱财多达巨万。

从此，朝廷的一举一动，都要告知凤翔、静难两藩镇，南衙、北司都依靠这两藩镇来要挟皇帝。崔铤、王超二人在凤翔、静难两镇担任判官，但凡唐昭宗所作的决定，大臣或宦官有不满意的，总先告诉崔铤、王超，二人再告知李茂贞、王行瑜。李茂贞、王行瑜二人再向唐昭宗上表反对，唐昭宗不敢不采纳，尽管二人的言辞也非常无礼。不久，唐昭宗下诏，重新任命李茂贞为凤翔节度使、兼山南西道节度使、守中书令，徐彦若为御史大夫。至此，李茂贞拥有凤翔、山南西道、武定、天雄四个藩镇共十五州的辖区。

李茂贞满意了，而静难节度使王行瑜还不满意。王行瑜想当尚书令。宰相韦昭度秘密上奏道："当年太宗就是尚书令，后来登上大位，从此尚书令一职不授人臣。只有郭子仪因有大功而出任尚书令，但一直不敢就任。王行瑜岂能当此大位？"唐昭宗也不敢将此职授予王行瑜，于是任命王行瑜为太师，赐号为"尚父"，还赐予免死铁券。

李茂贞满意了，王行瑜也满意了，这回该率兵返回本镇了吧。王行瑜可能率兵先返了，但李茂贞决定入朝见一下皇帝，然后再返回凤翔。894年正月，李茂贞在兵马的护卫下进入长安城。李茂贞见过唐昭宗后，又在长安城逗留了几天，才率部西返。

第33章　先取卢龙，再救王珂

李茂贞趁乱出兵山南，兼并山南西道(治兴元府)，河东(治太原府)节度使李克用也在攻打卢龙(治幽州)，故事要从卢龙的将领刘仁恭讲起。

刘仁恭曾奉原卢龙节度使李匡威之命，驻防蔚州(今河北省蔚县)。换防期限已到，刘仁恭仍然没有接到回防命令，士兵们也都想返回家乡。不久李匡筹夺了兄长李匡威的节帅之职，蔚州的士兵都不接受，便拥立刘仁恭为主，杀回幽州(今北京市)。刘仁恭抵达居庸关时，被李匡筹驻屯在此的兵马击败。刘仁恭逃到了晋阳(今山西省太原市)，投奔李克用。刘仁恭多次请盖寓向李克用献策，希望借得一万兵马攻取幽州。李克用当时正在讨伐李存孝，只能分兵数千给刘仁恭，刘仁恭不能成功。

894年(唐昭宗乾宁元年)六月，李克用已经平定了李存孝，决定亲率兵马与刘仁恭一同攻打李匡筹。随同李克用出征的有义子李存审、李嗣本、李存璋等。李存审原名符存，字德祥，时年三十三岁，陈州宛丘(今河南省淮阳县)人，足智多谋，喜爱谈论兵法。李存审原为李罕之部将，后被李克用收为义子，更名李存审，史书也称其为符存审。

十一月，李克用与刘仁恭攻克卢龙所属的武州(今河北省张家口市宣化区)，接着进围新州(今河北省涿鹿县)。李匡筹得到消息，派数万名步骑兵前往援救新州。李克用决定打援。十二月，两部兵马在段庄(今河北省涿鹿县东南)发生激战，李克用大获全胜，杀死卢龙士兵一万余人，生擒大小将领三百人。李克用命人用绳索将三百名将领绑成一串，拉到新州城下示众。新州城的守兵看到后，都无心再战，便打开城门向李克用投降。

李克用继续向东推进，攻打妫州(今河北省怀来县)。李匡筹又派居庸关的守兵出击，李克用也派出精锐骑兵迎战。李克用再派李存审率一支兵马绕道幽州兵马背后，实施夹击。这一战，幽州兵马大败，上万人被杀或被俘。

李匡筹得到消息，非常害怕，因为他已无兵可派。十二月二十六日，李匡筹带着族人逃往沧州（今河北省沧州市东南），投奔义昌（治沧州）节度使卢彦威。李匡筹真是所投非人，卢彦威竟然派人杀了他，将他的妻妾、财物全部抢走。李匡筹夺取兄长之位，前后不过两年而亡。其兄长李匡威曾经说过："兄长失去卢龙，而兄弟得到，仍在我们家族之中，这本没有什么遗憾。但匡筹才能缺乏，不能守成，能有两年，就很幸运了。"

十二月二十八日，李克用进抵幽州城下，守城兵马投降。895年（唐昭宗乾宁二年）正月三日，数万幽州军民高举旌旗、伞盖，唱着欢歌、奏着鼓乐，欢迎李克用进入幽州城。李克用派李存审与刘仁恭到卢龙各州抚慰接管。至此，卢龙十二州成为李克用的势力范围，这十二州是：幽州、涿州、瀛州、莫州、妫州、檀州、蓟州、顺州、营州、平州、新州、武州。

二月，李克用向朝廷上表，推荐刘仁恭为卢龙留后。二月二十四日，李克用留下一部兵马驻屯幽州，自己率大部兵马返回晋阳。李克用虽然让刘仁恭掌管卢龙，但也任用李匡筹的将领高思继兄弟。刘仁恭对此非常不安，便将高思继兄弟除掉，此为后话。

李克用刚回到河东，他的女婿、护国（治河中府）留后王珂就派人前来求救。这是怎么回事呢？且让笔者慢慢道来。

护国军之前叫河中军，王重荣早在880年十一月就担任留后直到节度使。887年六月，王重荣被牙将常行儒杀害，其兄弟、陕虢（治陕州）节度使王重盈被调任护国节度使，王重盈的儿子王珙则接任陕虢节度使。889年四月，陕虢道升为保义军，王珙仍是节度使。895年正月，王重盈在河中去世，部将请求朝廷任命王重荣的养子王珂为护国留后。王珂本是王重荣兄长王重简的儿子，当时担任护国军行军司马。

护国军是重镇，王珙与绛州（今山西省新绛县）刺史王瑶都反对王珂担任护国留后。二月，王珙、王瑶出兵攻打王珂，又向唐昭宗上表称，王珂不是王重荣的亲儿子。王珙、王瑶还给宣武节度使朱全忠修书，说王珂只

是他们家的一个奴仆,不能继任节度使。王珂也不示弱,一边向唐昭宗上表申辩,一边向河东节度使李克用求救。唐昭宗只能派宦官带着诏书前往劝解。王珙、王瑶不接受劝解,再次向唐昭宗上表,请求重新任命护国节度使。三月,唐昭宗下诏,任命中书侍郎、同平章事崔胤为护国节度使、同平章事。

李克用收到女婿王珂的求救信,忙向唐昭宗上表,认为王重荣有功于国,请朝廷任命其子王珂为节度使。王珙得知李克用帮助王珂,便再派人带着厚礼去拜见静难(治邠州)节度使王行瑜、凤翔(治凤翔府)节度使李茂贞、镇国(治华州)节度使韩建,希望得到三位节度使的帮助。三位节度使纷纷向朝廷上疏,称王珂不是王重荣的儿子,请任命王珂为保义节度使,而任命王珙为护国节度使。唐昭宗回复说已经恩准李克用的奏请,不能再改。

唐昭宗拒绝了王行瑜、李茂贞、韩建三位节度使的奏请,三位节度使非常不平。王珙又派人从中挑拨,对三位节度使说道:"王珂不肯交权,又与河东有姻亲,将来对诸位一定不利,请发兵讨伐。"

王行瑜当时不仅因这件事愤愤不平,还对之前唐昭宗不任命其为尚书令而耿耿于怀。五月,王行瑜派人前往同州(今陕西省大荔县),让兄弟、匡国(治同州)节度使王行约发兵攻打河中。王珂得到消息,马上再派人前往河东,向李克用求救。王行瑜也担心王行约不敌李克用,又联络李茂贞、韩建一同率数千精兵前往长安逼宫。

五月八日,王行瑜、李茂贞、韩建三位节度使率兵到达长安,长安城中的百姓纷纷躲藏。唐昭宗没有退路,只好登上安福门,面见三位节度使。三位节度使看到皇上在安福门城楼,也下跪行礼。唐昭宗手扶栏杆,责问道:"卿等没有上呈奏章请求召见,现在突然带兵进入京城,意欲何为?如果卿等不愿做朕的臣属,就请避路让贤!"王行瑜、李茂贞二人听后也感到非常害怕,一时汗流浃背,只有韩建奏报了入朝的原因。

唐昭宗虽然对三位节度使带兵进京非常痛恨,但一时也没有办法降罪。唐昭宗还在宫中设宴,请三位节度使一同赴宴。宴席之上,三位节度使又说道:"南衙、北司都有自己的朋党,败坏朝政。韦昭度讨伐西川(治成都府),策略错误,李溪担任宰相,失去民心,臣等请求诛杀二人。"

唐昭宗不同意诛杀韦昭度、李溪二人。王行瑜等已经不把唐昭宗放在眼里,就在当天,即派人在朱雀门外将韦昭度、李溪杀掉。三位节度使终于转入正题,对唐昭宗奏道:"王珂与王珙应当有嫡庶之分,请任命王珙为护国节度使,王行约为保义节度使,王珂为匡国节度使。"此时的唐昭宗对三人擅杀宰相已感到害怕,只好全部恩准。

王行瑜、李茂贞二人各留下两千人护卫京师,然后与韩建一起各返本镇。李茂贞留下的兵马由其义子李继鹏(本名阎珪)率领,还让唐昭宗任命李继鹏为右军指挥使。三人临走之时,还做了一件事,那就是贬户部尚书杨堪为雅州(今四川省雅安市)刺史、太常刘崇望为昭州(今广西平乐县)司马。杨堪被贬,因为他是韦昭度的舅父。刘崇望被贬,则是由于河东进奏官薛志勤的一句话。在此之前,唐昭宗任命宰相崔胤为护国节度使,当时在京奏事的薛志勤听闻此事,说道:"崔公虽然德高望重,但如果用他代替王珂,不如光德坊的刘公(刘崇望)受到我家节度使的尊重。"也就是薛志勤的这句话,害了刘崇望。

再说李克用听闻王行瑜等三位节度使冒犯京师,决定再度勤王。李克用派出十三位使者,到北部征调兵马,定于次月西渡黄河,进入关中。六月,李克用率蕃汉兵马南下,谋士盖寓、掌书记李袭吉以及将领周德威、李存信、李存审、李存进、李嗣本、李嗣恩、李存贞、史俨等一同随军出征。这里介绍一下周德威。周德威,字镇远,小字阳五,朔州马邑县(今山西省朔州市东)人。周德威身材高大,面黑,骁勇善骑射,善使铁挝。周德威足智多谋,看到烟尘就能算出敌军人数。周德威为人严肃,笑不改色,人们见了都觉得畏惧。

李克用一边南下,一边上表指责王行瑜、李茂贞、韩建带兵入京,威迫宫廷,杀害大臣,请求讨伐。李克用还向静难、凤翔、镇国三藩镇发出讨伐檄文,王行瑜等大为恐惧。

六月底,李克用的大军抵达绛州,绛州刺史王瑶紧闭城门不敢出战。

李克用传令猛攻,十日左右,攻克城池。李克用杀死王瑶,以及城中一千多名仍然抗拒的士兵。李克用继续率兵南下,于七月一日到达河中府。王珂连忙出城,在道旁迎接。

李克用在河中没有驻足太久,便率兵西渡黄河进入同州境内。匡国节度使王行约得到消息,忙率部在同州城东的朝邑迎战。王行约哪里是沙陀兵的对手,一交战便败下阵来。王行约不敢再战,率领残兵慌忙逃往京都长安,投奔兄弟、左神策军指挥使王行实。

王行实听说李克用杀了过来,决定与王行约西撤,还想把唐昭宗也带走。王行实向唐昭宗奏报说同华二州已经失守,沙陀兵马上就到长安,请唐昭宗移驾邠州(今陕西省彬县)。唐昭宗不肯到王行瑜的藩镇去。枢密使骆全瓘则奏请唐昭宗移驾凤翔。唐昭宗也不愿到李茂贞的藩镇去,说道:"朕已经接到克用的奏表,其兵马还驻屯在河中。就是沙陀兵马到了长安,朕自有应对之法,卿等只要管好各自兵马就好,不要生事。"

骆全瓘便与李茂贞的义子李继鹏谋划劫持唐昭宗前往凤翔。神策军中尉刘景宣和王行实得知此事,则准备将唐昭宗劫持到邠州。上月刚刚被起用的宰相孔纬当面指责刘景宣,认为皇上大驾不可轻离宫廷。尽管如此,李继鹏仍不断请唐昭宗前往凤翔。王行约更是率领左神策军攻打右神策军,一时鼓声震天。唐昭宗听到宫外战鼓声,马上登上承天楼,准备下口谕制止。捧日都头李筠带领本部人马在楼前护卫。李继鹏率领凤翔驻屯长安的兵马前来攻打李筠,流箭从唐昭宗的御衣旁穿过,落在承天楼的椽木上。左右侍从扶着唐昭宗慌忙下楼。李继鹏又纵火焚烧宫门,烟火蔽天。

在此危难之际,唐昭宗也想到一支兵马,那便是盐州(今陕西省定边县)六都兵。盐州六都兵当时就驻屯在京师近郊,一直让左右两神策军感到畏惧。唐昭宗派人赶紧出城,召六都兵进城护驾。当六都兵到来时,左右两神策军也立即撤退,分别前往邠州及凤翔。此时的长安城已经失控,城内一片混乱。唐昭宗与诸王、百官都来到李筠的大营。不久护跸都头李居实也率部赶到。

也就在这时，外面传言说王行瑜、李茂贞将亲自率兵前来长安迎接圣驾。唐昭宗担心被二人劫持，决定暂时撤出长安。七月六日，唐昭宗在李筠、李居实两都兵的保卫下，出了启夏门，前往南部秦岭山中，夜宿莎城镇（今陕西省蓝田县西南）。随着唐昭宗的撤出，长安城中士人、百姓有数十万人追随车驾也离开长安。这群人到达秦岭山道谷口时，死亡有三分之一。当天夜晚，又出现强盗抢劫，百姓哭声震动山谷。

朝中百官很多来不及出城，只有薛王李知柔最先到达，唐昭宗便命其权知中书事及置顿使。七月七日，崔昭纬、徐彦若、王抟等到达莎城镇。七月九日，唐昭宗到达石门镇（今陕西省蓝田县西南），开始考虑应对措施。唐昭宗派薛王李知柔与知枢密院刘光裕返回京城，负责保卫宫廷。数日后，李克用的节度判官王瓌带着奏表到达石门镇，向唐昭宗问安。唐昭宗也派内侍宦官郗廷昱带着诏书前往李克用大营，令李克用与王珂前往邠州讨伐王行瑜。唐昭宗还下诏给彰义（治泾州）节度使张鐇，令其率部防范凤翔兵马东进长安。

第34章 再度勤王,攻克静难

895年(唐昭宗乾宁二年)七月七日,李克用到达同州(今陕西省大荔县),由于匡国(治同州)节度使王行约早已离开,李克用不用交战,便占领同州。李克用继续西进,数日后到达华州(今陕西省渭南市华州区)。镇国(治华州)节度使韩建登上城楼,对李克用喊话道:"我对公从未失礼,公为何派兵来攻?"李克用派人对韩建回话道:"公为人臣,却逼迫天子,公如果有礼,天下谁人又无礼呢?"李克用下令围攻华州。

数日后,唐昭宗的内侍宦官郗廷昱到达华州,对李克用说李茂贞率三万兵马已经到达盩厔(今陕西省周至县),王行瑜率兵已经到达兴平(今陕西省兴平市),都打算迎接车驾。李克用感到形势紧急,不敢在华州滞留,于是解除华州之围,率部继续西进。八月五日,李克用到达渭桥(今陕西省西安市高陵区南)扎营。

李克用不断接到唐昭宗的催促,令其尽快西进攻打王行瑜、李茂贞。唐昭宗还派供奉官张承业当李克用的监军,张承业从此再也没有离开过河东军。李克用决定快马西进邠州(今陕西省彬县),攻打王行瑜。李克用又派将领史俨率三千骑兵南下,到石门镇保护唐昭宗。

李克用此次南下勤王,主要是王行瑜、李茂贞、韩建三位节度使进京逼宫所引起。此次逼宫,带头的当属王行瑜,所以李克用在华州没有与韩建过多纠缠,而是直接西进攻打王行瑜。李茂贞此时也准备退缩,毕竟他害怕强大的沙陀兵。李茂贞主动杀掉义子李继鹏,派人将首级送到石门镇唐昭宗处,同时上表请罪,也派使者向李克用求和。唐昭宗此时也不想讨伐李茂贞,只想剿灭王行瑜,于是派延王李戒丕、丹王李允前往李克用大营,传口谕说已经赦免李茂贞,请李克用全力讨伐王行瑜。唐昭宗还让二王称李克用为兄长。

八月十四日,唐昭宗下诏,削去王行瑜的官职与封爵。八月十九日,唐昭宗再下诏,任命李克用为邠宁四面行营都招讨使,李思孝为北面招讨使,定难(治夏州)节度使李思谏为东面招讨使,彰义(治泾州)节度使张鐇为西面招讨使。李克用接到诏书,让十一岁的儿子李存勖到石门镇觐见唐昭宗,以示谢恩,同时奏请唐昭宗返回长安。唐昭宗看到李存勖相貌不凡,不禁抚其首说道:"此儿将来必为国家栋梁,一定要尽忠我们李家。"唐昭宗决定返回长安,再令李克用派三千骑兵驻屯长安城西北的三桥,严加戒备。八月二十七日,在秦岭山区待了一月有余的唐昭宗回到长安。

回到长安的唐昭宗面对又一次被焚毁的宫殿,哀叹之余,只能暂时住在尚书省。百官也很为可怜,连上朝的官袍与笏板都没有,更不用说马车与奴仆了。九月,唐昭宗又下诏任命李克用为行营都统,以使李克用名正言顺地担当勤王军统领。由于李克用的推荐,唐昭宗也正式任命护国留后王珂、卢龙(治幽州)留后刘仁恭为节度使,泽州刺使李罕之为副都统。

随着唐昭宗的部署,各路勤王兵马在李克用的带领下向王行瑜所在的邠州挺进。九月中旬,李克用向王行瑜的梨园寨(今陕西省淳化县)发起猛烈地进攻。王行瑜派兵增援梨园寨。河东将领李存贞奉命打援,杀死一千多人。从此,梨园寨紧闭寨门,不敢出战。十月,李克用令李罕之、李存信等向梨园寨发起最后的进攻。梨园寨中粮草已尽,守兵弃寨而走,李罕之等迎头痛击,杀死一万余人,王行瑜的儿子王知进与大将李元福被擒。

李克用再率兵攻打王行瑜的龙泉寨(今陕西省旬邑县东)。王行瑜不敢再坐在邠州城中指挥了,赶紧亲率五千精锐来守卫龙泉寨。然而王行瑜哪里是李克用的对手?十一月,李克用攻克龙泉寨,王行瑜一路逃回邠州城中。李克用没有放过王行瑜,率领沙陀兵一路追到邠州城下。李克用还向唐昭宗上表,推荐苏文建为静难节度使,请其尽快前来赴任。

王行瑜知道李克用追了过来,马上登上城楼,哭着对城外的李克用说道:"我王行瑜没有罪,进京威逼皇上的,都是李茂贞与李继鹏。请公前往讨伐凤翔,我愿自缚归朝。"李克用答道:"王尚父为何如此谦恭?我奉诏

讨伐三个贼臣,王尚父就是其中之一。"

王行瑜已经无计可施,决定带领族人弃城而逃。王行瑜逃到庆州(今甘肃省庆阳县)境内时,部众将其斩首,并将首级送呈长安。前后掌控静难军九年整的王行瑜至此灭亡。李克用进入邠州城,封存府库,安抚百姓。李克用命指挥使高爽暂管邠州,同时奏请苏文建早日前来邠州赴任。

十一月底,李克用从邠州班师东返,不日驻屯长安城北的渭水北岸。十二月,唐昭宗论功行赏,晋封李克用为晋王,李克用的文武官员及子孙都加官进爵。唐昭宗还将后宫中的魏国夫人陈氏赏赐给李克用。史书上说魏国夫人陈氏,才华与姿色在后宫中无人能及,唐昭宗能够将其赏赐给李克用,看出对李克用的倚重之深。十三年后,李克用去世,陈氏削发为尼,此为后话。

李克用的谋士盖寓也得到封赏,被任命为容管(治容州)观察使。当然盖寓不可能到那么远的地方去赴任,李克用也不会舍得让他离开河东,此次任命,只是兼职,可以获得俸禄。这里再介绍一下盖寓。盖寓就如同朱全忠身边的敬翔。史书上说李克用个性严厉、急躁,身边的人有小的过错,就可能被处死,没有人敢冒犯李克用。只有盖寓聪敏有智慧,能够看出李克用的意图,并以婉转的言辞来规劝李克用,李克用每次都能听从。李克用对盖寓如此宠信、器重,丝毫不疑。朱全忠曾多次派人离间李克用与盖寓,甚至扬言说盖寓已经取代李克用,李克用不仅不信,反而更加礼遇盖寓。

李克用得到封赏,忙派掌书记李袭吉进入长安城,向唐昭宗谢恩。李克用让李袭吉给唐昭宗进言道:"近年以来,关中一直不平,应当趁机一举攻克凤翔,可谓一劳永逸,机不可失。河东军驻屯渭北,就等陛下一声令下。"唐昭宗与权贵、亲近之人商议,有人说:"一旦李茂贞被消灭,沙陀兵马就会强大,朝廷会更加危险。"唐昭宗于是下诏给李克用,褒奖其忠诚之心,还说:"不臣之举,数王行瑜最为严重。自朕移驾南山以来,茂贞、韩建已经知罪,未忘国恩,贡赋不断,现在应当罢兵而与民休养生息。"

唐昭宗的使者将唐昭宗的诏书送到渭北,李克用只得放弃攻打李茂贞。然而李克用思来想去觉得不对，对送诏使者说道："看朝廷的意思，好像怀疑我李克用有异心啊。如果李茂贞不除，关中一定没有安宁之日。"李克用打算亲自入朝面见唐昭宗，偏偏此时唐昭宗又一份诏书送到，这份诏书让李克用不必入朝。将领们感到不平，说道："我们离宫廷这么近，怎能不面见天子？"李克用犹豫不决。

谋士盖寓说道："前者王行瑜等辈纵兵作乱，致使圣驾播迁，百姓奔散。现在天子尚未安枕，人心不定，大王如果引兵南渡渭水，属下以为京城必将惊乱。人臣之忠心，在于勤王，不在于是否要入朝觐见，请大王深思。"李克用听了此言，疑虑顿消，笑道："盖寓都不希望我入朝，何况天下之人。"

李克用于是再让李袭吉拟表，中有妙句道："穴禽有翼，听舜乐以犹来；天路无梯，望尧云而不到。"表中也称："臣统率大军，不敢直接入朝。臣也担忧一旦不在军中，士兵会侵扰渭北百姓。"李克用给自己找了一个不入朝的理由，便率部东归。李克用的这份奏表到达京师，京师上下才告安定。唐昭宗得知李克用率大军返回河东，又下诏赏赐河东士卒三十万贯钱。

李克用此次入关勤王，是其第四次率沙陀兵南下。李克用第一次率沙陀兵南下，是在882年十二月，是为了讨伐占据长安的黄巢，算是进京勤王。第二次南下，是在884年二月至五月，是受朱全忠等人所请，前来攻打围困陈州的黄巢大军。第三次是在885年十月南下援救王重荣，不想致使唐僖宗二度流亡。第四次南下是在895年六月至十一月，是为了讨伐进京逼宫的王行瑜等，算是第二次进京勤王。李克用第二次勤王，虽然消灭了骄藩强镇之一的王行瑜，但没有能够趁机打击李茂贞。当然，李克用更是失去了"挟天子以令诸侯"的历史机遇。李克用的实力从此衰退，而朱全忠却在不停地兼并藩镇，实力不断地增强。当朱全忠去"挟天子以令诸侯"时，李克用已经无力南下勤王。

正如李克用所料想的，当其离开关中以后，李茂贞依然骄横跋扈，河西一带的州县不久便被李茂贞占领，其将领胡敬璋先任延州（今陕西省延

安市)刺史,后任宁塞军(治延州)节度使。不仅如此,李茂贞对朝廷上缴的赋税也越来越少,奏表用语也越来越傲慢。

唐昭宗对李茂贞的行为非常痛恨,决定采取一些措施。唐昭宗在左右神策军之外,又增加了安圣、捧宸、保宁、宣化等军,挑选数万名士卒分置其中,由各位亲王统领。这个消息传到凤翔,李茂贞感到非常担忧,认为唐昭宗将要讨伐他。李茂贞扬言要带兵进京去申冤。长安城内的百姓听闻此言,纷纷逃入山谷之中。唐昭宗手中有了兵马,也就不再害怕李茂贞,马上命令诸王率部保卫京都。

896年(唐昭宗乾宁三年)六月,李茂贞真的率兵向长安杀来。唐昭宗派覃王李嗣周率兵西进迎战。两军在娄馆(今陕西省兴平市西)激战,李嗣周大败。李茂贞乘胜向长安挺进。唐昭宗得到消息,忙与延王李戒丕商议对策。李戒丕说道:"关中的藩镇都不能依靠,不如从鄜州(今陕西省富县)东渡黄河,到河东去。臣先到河东告知。"唐昭宗采纳李戒丕的建议,下诏巡幸鄜州。

七月十三日,唐昭宗带着各位亲王、大臣离开京城,到达渭水北岸。这时,镇国节度使韩建派其子韩从允带着奏表来到渭北,请唐昭宗巡幸华州。唐昭宗不再信任韩建,只想前往河东投靠李克用,便拒绝了韩建的请求。然而百官认为,河东路途遥远,危险太多,唐昭宗一时不能决断。第二天,唐昭宗还是北上到达鄜州,但不敢继续前行,便派人前往华州,召韩建前来商议。

七月十五日,韩建快马加鞭到达鄜州。韩建见到唐昭宗,叩首流涕哭道:"现今跋扈的藩镇,不只是李茂贞一人。陛下如果离开宗庙,前往边疆,臣担心车驾一旦过了黄河,就没有返回之日。臣在华州,鼓励生产,招抚百姓已经十余年。华州虽然兵力微弱,但控制关中,足可自保。再说华州西距长安不远,请陛下驾临华州,以图来日收复长安。"唐昭宗听了此言,也觉得有理,便决定移驾华州。

此时的李茂贞正在长安城纵火。可叹长安城以及大唐宫殿,再次遭受战火。说到长安城及宫殿被烧一事,晚唐以来已有五次。第一次是883年四月黄巢撤出长安后，义军纵火焚烧。第二次是885年十二月唐僖宗二次逃亡时，大唐官兵焚烧。第三次是886年十二月王行瑜杀朱玫时，纵火焚烧。第四次是895年七月，唐昭宗逃往秦岭山中时，凤翔兵马纵火焚烧。第五次是896年七月，李茂贞进入长安纵火焚烧。长安城多次饱受战火，都城东移将不可避免。

唐昭宗自896年七月到达华州，直到898年八月才返回长安，在外流亡两年有余。唐昭宗在华州，完全受韩建控制，大臣被贬，亲王被杀，都是韩建所为。唐昭宗在华州时，曾作两首《菩萨蛮》词，其中第一首是其在华州登齐云楼所作，可见唐昭宗当时的心境。词文如下：

> 登楼遥望秦宫殿，茫茫只见双飞燕。
> 渭水一条流，千山与万丘。
> 远烟笼碧树，陌上行人去。
> 安得有英雄，迎归大内中。

唐昭宗被李茂贞逼迫流亡华州，李克用为何不来勤王？李克用此时正在帮助天平、泰宁两藩镇，因为这两个藩镇正面临朱全忠猛烈地攻击。

第35章 攻打二朱，兼并兖郓

朱全忠继续在河南道境内兼并藩镇。河南道境内当时共有十个藩镇，分别是宣武军（治汴州）、宣义军（治滑州）、感化军（治徐州）、河阳军（治孟州）、保义军（治陕州）、忠武军（治许州）、奉国军（治蔡州）、天平军（治郓州）、泰宁军（治兖州）以及平卢军（治青州）。朱全忠已经拥有宣武、宣义以及感化三个藩镇，而河阳、奉国、忠武以及保义已经向其归附。朱全忠准备兼并朱瑄、朱瑾兄弟的天平与泰宁。

893年八月，朱全忠派都指挥使庞师古率领大军北上攻打兖州（今山东省济宁市兖州区），大将葛从周为先锋。庞师古接到命令后，即从徐州（今江苏省徐州市）率部北上，不久进驻曲阜（今山东省济宁市曲阜市），逼近兖州。泰宁节度使朱瑾获报，忙派兵迎战，不想屡战屡败。庞师古、葛从周一时不能攻克兖州城，便暂且罢战。

半年后，朱全忠亲率大军攻打郓州（今山东省东平县）。894年二月，朱全忠的大军进驻鱼山（今山东省东阿县西南），离郓州城只有数十里。天平节度使朱瑄主动率兵来战朱全忠。两军都在一处草地上安营扎寨。朱全忠准备攻打朱瑄的营寨，岂料这时东南风刮得正紧，旌旗都被吹乱。朱全忠发现将士们面有惧色，便传令骑兵扬鞭呼啸，以壮其胆。不久，老天又刮起了西北风，风势转向了朱瑄的大营。朱全忠立即下令纵火，一时浓烟滚滚，火焰冲天，朱瑄的大营很快就没入火海之中。朱全忠又趁势进击，杀死朱瑄一万多人。朱全忠令人在鱼山下筑起"京观"，以炫耀战功。

鱼山一战，朱瑄损失惨重，只得逃回城中固守。朱全忠也没有乘胜进击，数日后便率部南返。朱瑄觉得不是朱全忠的对手，便派人前往晋阳（今山西省太原市），向河东（治太原府）节度使李克用请求增援。五月，李克用派安福顺、安福庆、安福迁三兄弟带领五百名骑兵前来援救。安氏三兄弟从魏博(治魏州)境内借道,再南渡黄河到达郓州。

半年后,战端再启。895年正月,朱全忠派义子朱友恭率兵再攻兖州。兖州城中粮草出现不济,朱瑾派人向郓州的朱瑄告急。朱瑄派人给朱瑾运送粮草,还让安氏三兄弟增援兖州。朱友恭探得消息,决定打援。朱友恭在兖州城东北的高梧设下埋伏,大败朱瑄的送粮军,抢了粮草。朱友恭还向安氏三兄弟的骑兵发起进击,将三兄弟生擒。朱瑄获报,忙又派人向河东节度使李克用求救。四月,李克用再派将领史俨、李承嗣率一万骑兵来援朱瑄。朱友恭得到消息,率部撤退,南返汴州(今河南省开封市)。后来李克用入关勤王,攻打王行瑜,又将史俨、李承嗣二将调回。

又过将近半年,朱全忠再次率兵攻打郓州。九月,朱全忠到达梁山(今山东省梁山县),与朱瑄的兵马遭遇。朱全忠再次大胜朱瑄,朱瑄撤回郓州城中固守。朱全忠一路追到郓州城下,将郓州城围住。这时,朱瑾的堂兄、齐州刺史朱琼派使前来,向朱全忠投降,但请求朱全忠撤出郓州,前往兖州受降。朱全忠决定先移兵兖州,派葛从周先行,自率主力兵马跟进。朱全忠到达兖州时,朱琼果然来降。

郓州虽然解围,兖州又开始告急。为了缓解兖州的压力,朱瑾派将领贺瓌、柳存与河东将领薛怀宝率一万余人袭击已被朱全忠占领的曹州(今山东省曹县)。朱全忠得到消息,连夜前往追击贺瓌等人。第二天天明,朱全忠在钜野(今山东省巨野县)之南追上贺瓌等人,随即传令战斗。这一战,朱全忠生擒贺瓌、柳存、薛怀宝等将,俘虏三千多名士兵。当天下午,狂风大作,天昏地暗,朱全忠说道:"这是杀人不足所致。"于是下令将所俘之兵全部杀光。十一月十八日,朱全忠命人用绳索绑着贺瓌、柳存、薛怀宝等将来到兖州城下,对城内的朱瑾喊话道:"你的兄长已经惨败,你还不早点投降!"

朱瑾是一个狡诈而且残忍的人,听了朱全忠这话,决定将计就计。朱瑾派人出城假装向朱全忠投降。朱全忠信以为真,到延寿门下与朱瑾对话。朱瑾对朱全忠说道:"我准备将符节印信交给你,但希望兄长朱琼来拿。"

朱全忠让朱琼到城下拿取符节印信，而朱瑾则骑马立于吊桥之上。朱全忠怎么也没有想到，朱瑾已经命勇将董怀进暗藏在吊桥之下。当朱琼来到之时，董怀进突然冲出，将朱琼擒入城中。让朱全忠更想不到的是，朱瑾竟然将堂兄朱琼的首级砍下，扔出城外。朱全忠看到朱琼的首级，大呼上当。朱全忠一怒之下杀掉柳存、薛怀宝。听闻贺瓌有声名，怒火中的朱全忠还是将贺瓌释放并用其为将。朱全忠决定暂且撤退，留下大将葛从周继续围困兖州。

十二月，葛从周仍在围困兖州，而朱瑾就是不出战。葛从周也用上一计，扬言道："天平、河东的救兵就要来了，我准备到西北去阻截。"当天夜里，葛从周率精锐兵马悄悄回到之前的营寨，而只留老弱残兵继续围城。朱瑾以为葛从周真的离开，连夜率部出击，不想葛从周突然杀出，朱瑾惨败，一千余人被杀，部将孙汉筠被擒。

朱瑄、朱瑾屡次战败，决定再向河东节度使李克用求救。李克用当时进京勤王已经北返，终于有精力帮助二朱兄弟。就在十二月，李克用再派史俨、李承嗣率骑兵数千人，向魏博借道，前往援救二朱。896年（唐昭宗乾宁三年）闰正月，李克用又派蕃汉都指挥使李存信率一万骑兵向魏博借道，前往增援二朱，不久驻屯莘县（今山东省莘县）。

朱全忠得到消息，连忙给魏博节度使罗弘信修书，提醒道："李克用志在吞并河朔，其兵马班师之日，魏博可能会有忧患。"罗弘信本来是归附朱全忠的，此次畏惧李克用的强大，因而不得不借道，现在收到朱全忠的信，也是进退两难。偏偏李存信又治兵不严，其士兵竟然抢劫魏博境内的百姓。罗弘信接报，非常生气，决定全力支持朱全忠，而与李克用断绝往来。罗弘信调遣三万兵马连夜袭击李存信，李存信不敌，带领残兵北撤洺州（今河北省邯郸市永年区东南）。莘县这一战，李存信兵马十之二三被杀或被俘，抛弃辎重、粮草、兵器不计其数。之前已经前来增援二朱的史俨、李承嗣也被魏博断了归路，而无法返回河东。

罗弘信已经下定决心与李克用断绝关系，专心归附朱全忠，但朱全忠还是担心罗弘信靠不住，因而设法稳住罗弘信。罗弘信每次派使送财物给朱全忠，朱全忠总是当着使者的面，向北方行礼，恭恭敬敬地接受，还说："六哥年龄比我大得多，对我来说，其他邻居都不能与六哥相比。"罗弘信时年六十一岁，排行第六，而朱全忠只有四十五岁，所以朱全忠尊敬地称罗弘信为六哥。使者回到魏博，把朱全忠的话说给罗弘信听，罗弘信对朱全忠深信不疑。朱全忠自此得以专心攻打天平、泰宁。

再说李克用得知罗弘信攻打李存信，大怒，决定亲率大军攻打罗弘信。四月，李克用到达魏州西南的洹水，与罗弘信的兵马发生激战。李克用大败魏博兵马，杀死一万余人。李克用乘胜攻到魏州城下。罗弘信知道李克用的沙陀兵勇猛无敌，传令坚守待援。

朱全忠得知李克用包围魏州时，也不敢怠慢，忙派大将葛从周前往增援罗弘信。五月底，葛从周到达洹水，准备就在洹水一带与李克用交战。葛从周选了一块空地作为阵地，命将士们在阵地上挖了很多沟坎。李克用听说葛从周前来，便率部打援。六月，李克用与葛从周在洹水发生激烈地交战。两军战得正酣之时，李克用的儿子铁林指挥使李落落的坐骑碰到沟坎而跌倒，葛从周的将领张归霸当场将李落落擒获。李克用得知后，非常着急，亲自前来营救李落落，其战马也遇坎而倒，差点就被宣武将士抓获。李克用情急之中，转身射死一人，才得以脱险。李克用无心再战，但又为失去儿子而心痛。李克用决定与朱全忠讲和，派使拜见朱全忠，愿意两镇从此修好，希望能够赎回李落落。

朱全忠会与李克用讲和吗？不会，朱全忠坚决不接受李克用的请求。朱全忠还命葛从周将李落落交给魏州城内的罗弘信，并令罗弘信将李落落杀掉。朱全忠此举是让罗弘信从此再无可能与李克用往来。李克用求和不成，还失去了儿子李落落，一时心情沮丧。李克用不仅不想继续援助朱瑄、朱瑾兄弟，甚至连罗弘信这个杀掉儿子的凶手也无心讨伐。李克用决定率部返回河东。

葛从周解了罗弘信的魏州之围，朱全忠又命其前往郓州，与都指挥使庞师古一同围攻朱瑄。葛从周到达郓州城西北的故乐亭时，遭遇了天平、泰宁两镇的外线兵马。葛从周将这支兵马击败，从此天平、泰宁两镇的外

围州县全被朱全忠控制,只剩下郓州与兖州还在二朱手中。朱瑄、朱瑾再度向李克用求救。

九月,李克用派退驻洺州的李存信南下援救二朱。李存信经过魏州时,下令攻打魏州城北门,不克。十月,李克用又亲率兵马来攻打魏州,罗弘信派兵到城西的白龙潭迎战。李克用大胜魏博兵马,魏博兵马向魏州城退去。李克用乘胜追击,很快到达魏州城的西门。朱全忠得到消息,再派葛从周率兵援救魏州,并亲率主力兵马随后继进。李克用得到消息,传令撤退,返回河东。

十一月,朱全忠南返汴州,派葛从周率部东下,与庞师古一同围攻郓州城。葛从周不日到达郓州,与庞师古合兵一处。然而郓州城非常坚固,护城河也很宽阔,庞师古、葛从周不能跨越。庞师古、葛从周决定长期围困郓州,等城中粮草不济时再攻。

两个月过去了,庞师古、葛从周估计城中粮草也快耗尽了,准备发起最后的进攻。897年(唐昭宗乾宁四年)正月十五日,庞师古、葛从周在护城河的西南方扎营,传令在护城河上搭建浮桥。庞师古、葛从周还派人暗中破坏护城河的堤坝,使河水外流。正月二十日,浮桥建成。当日夜间,庞师古派兵冲上浮桥,强攻郓州城。城中的朱瑄此时已经外无救兵、内无粮草,决定弃城而走。当天夜里,朱瑄带着家人与随从出了城,向东南方向逃去。朱瑄所逃方向显然是朱瑾所在的兖州。岂料到六十里外的中都(今山东省汶上县)时,朱瑄被乡间百姓擒获。百姓将朱瑄及其妻子荣氏一同押送给葛从周。朱瑄最后被押回汴州斩首。朱瑄掌管天平军十四年有余,至此灭亡。

正月底,朱全忠来到郓州,任命庞师古为平天留后。也就在这时,朱全忠得到消息,泰宁节度使朱瑾离开了兖州城。原来朱瑾坚守的兖州城也已粮尽草绝,朱瑾决定冒险南下谋取粮草。朱瑾留下大将康怀贞坚守城池,自己与之前来的河东援将史俨、李承嗣一起南下。朱全忠立即派葛从周趁机攻打兖州。兖州与郓州相距一百余里,当葛从周到达兖州城下时,朱瑾尚未返回,康怀贞不战而降。朱全忠听闻康怀贞投降,非常高兴,将其收归帐下，担任大将。

二月，朱瑾返回兖州，得知兖州已经被占领，便带领部众与河东援将史俨、李承嗣一起南下，投奔淮南（治扬州）节度使杨行密。杨行密向唐昭宗上表，推荐朱瑾为武宁（治徐州）节度使。朱瑾的这个节度使只是空头官衔，因为当时的武宁正在朱全忠控制之下。朱瑾以欺诈手段得到泰宁，至此失去藩镇，前后十年有余。

葛从周将朱瑾的妻子送给朱全忠，朱全忠将其收纳军中，传令班师。张夫人听闻朱全忠得胜归来，便到封丘（今河南省封丘县）迎接。朱全忠将得到朱瑾妻子一事告诉张夫人，张夫人没有生气，只是请求见上一面。见到朱瑾妻子，张夫人哭泣道："兖州（朱瑾）、郓州（朱瑄）与司空（朱全忠）同姓，结为兄弟，只因一件小事，便起兵相攻，让姐姐如此受辱。有朝一日汴州失守，我也将和姐姐今天一样啊。"朱全忠听后，也很有感触，决定不再收纳朱瑾之妻，而将其送到佛寺出家为尼。

三月，朱全忠向唐昭宗上表，推荐葛从周为泰宁留后，朱友裕为天平留后，庞师古为武宁留后。朱全忠兼并天平、泰宁两藩镇之后，平卢节度使王师范连忙派使向朱全忠归附。朱全忠控制河南之后，便准备向淮南用兵，我们再来讲讲南方藩镇的故事。

第36章　攻克福州,称节威武

还记得客家人王潮吗?王潮夺了王绪的兵权后,本想北返家乡光州(今河南省潢川县),后来却留在了福建道(治福州),还在泉州(今福建省泉州市)当了刺史。这是886年(唐僖宗光启二年)八月的事。

王潮在泉州,善待百姓,与福建道观察使陈岩相处融洽,一晃就是五年有余。891年(唐昭宗大顺二年)十二月,陈岩患病。陈岩感到病情很重,便开始考虑后事。陈岩认为王潮很有才能,准备将福建道的军政大权交给王潮。陈岩想到这里,马上派人前往泉州,请王潮赶紧到福州(今福建省福州市)来。岂料王潮还没有赶到福州,陈岩就已经病逝了。陈岩的妻弟、都将范晖策动将士们拥立自己为福建道留后。王潮得到消息,便没有再到福州去。

范晖当了福建道留后,所作所为,很不得人心,王潮决定讨伐范晖。892年(唐昭宗景福元年)二月,王潮任命堂兄弟王彦复为都统、兄弟王审知为都监,令二人率兵攻打福州。王潮的行动,很是得到民众的支持。百姓自发为王潮送来粮草,平湖洞(今福建省仙游县)及沿海一带的蛮夷还给王潮资助船只。

福州城非常难攻,王彦复、王审知二人竟然攻了一年有余。893年(唐昭宗景福二年)四月,福州城中的粮草开始不足,范晖支撑不住了,派人悄悄出城,前往越州(今浙江省绍兴市),向义胜(治越州)节度使董昌求救。董昌与陈岩有姻亲,而陈岩又是范晖的姐夫,董昌决定派兵援救范晖。董昌从所辖的温州(今浙江省温州市)、台州(今浙江省临海市)、婺州(今浙江省金华市)三地征调五千兵马前往福州。

王彦复、王审知认为福州城太过坚固,士兵死伤太多,而且又听说范晖的援兵将至,决定撤兵。王彦复、王审知派人来到泉州,向王潮请求撤兵，等待机会再来攻打。王潮接报后，坚决不准撤兵。王彦复、王审知二人又派人请王潮亲自来督战，以期在援兵到来之前，攻克城池。王潮不接受，也很生气，命人传话道："兵尽添兵，将尽添将，兵将俱尽，吾当自来。"王彦复、王审知听后，知道王潮动怒了，也感到非常害怕，于是传令猛烈地攻城。二人还亲冒矢石，冲锋在前。

就这样，王彦复、王审知又攻数日，终于有了结果。五月一日，福州城中的范晖决定弃城而走。当天夜里，范晖把官印交给监军宦官，自己悄悄出城，逃走。范晖一直逃到福建道所属的沿海都，不想又被部将杀死。后来，董昌的援兵听闻范晖已经不在福州城中，也掉头返回义胜。

五月二日，王彦复、王审知率部进入福州城。数日后，王潮也来到福州，自称福建道留后。王潮对陈岩的家人非常优厚，还将女儿嫁给陈岩的儿子陈延晦。不久，福建道所属的汀州（今福建省长汀县）、建州（今福建省建瓯县）向王潮归降，山区里、沿海边的一些盗贼不是向王潮投降，就是被王潮击溃。自此，王潮基本拥有福建道各州。

尽管王潮自称留后，但其正式官职仍是泉州刺史。不过，当时的朝廷根本无力过问藩镇内外事务，对于王潮这样的人，最终也只能是接受。王潮与很多藩镇一样，先自称留后，就是在等待朝廷的正式任命，尽管这个任命也就是一个虚名。十月四日，唐昭宗得知福建道发生的事后，也就顺水推舟，下诏正式任命王潮为福建道观察使，王潮则表荐三弟王审知为观察副使，二弟王审邦为泉州刺史。

王潮终于名正言顺地当了福建道观察使，开始注重境内治理，派遣官员到各州县巡查，劝课农桑。百姓生活逐渐安定，王潮也开始在境内征收赋税。在对待邻近藩镇方面，王潮与邻近藩镇结好，以保境安民。896年（唐昭宗乾宁三年）九月，福建道升为威武军，王潮也升任威武节度使。

897年（唐昭宗乾宁四年）十一月，王潮患起病来，而且越来越严重。王潮自知时日不多，便开始考虑后事。王潮当时的儿子有王延兴、王延虹、王延丰、王延休等，但王潮想把节度使之位传给三弟王审知。却说王审知在担任观察副使时，只要犯了错误，王潮便用棍子敲打这位比自己小

十六岁的兄弟,王审知毫无怨色。王潮卧病在床时,命时年三十六岁的王审知担任"知军府事"。

十二月六日,五十二岁的王潮病逝。王审知想将留后一职让与二哥王审邽。王审邽认为三弟王审知有战功,坚决推辞不受。王审知于是自称威武军留后,并上表朝廷,奏呈此事。898年(唐昭宗乾宁五年)三月,唐昭宗下诏,任命王审知为威武军留后。十月,唐昭宗再下诏,升王审知为威武军节度使。900年(唐昭宗光化三年)二月,唐昭宗任命王审知为同平章事,王审知成了使相。王审知在唐朝末年官至检校太保、封琅琊郡王。

史书上说王审知长得高大魁梧,高鼻梁,阔方口,常常骑着一匹白马,军中人称"白马三郎"。王审知为人节俭,对待士人非常谦和。唐朝宰相王溥的儿子王淡、宰相杨涉的弟弟杨沂、进士徐寅都依附王审知而担任官职。王审知还在福州兴建学校,以教育闽中优秀的士人子弟。王审知还招抚海上的蛮夷商人,让他们在福建境内贸易通商。史书上还讲了一件事,说海上有一个黄崎岛,被大海波涛阻隔。一天夜里大风大雨、电闪雷鸣,竟将黄崎岛劈开,形成一个港口。闽地之人都认为是王审知的德政所致,而将此港命名为甘棠港。

王审知在位期间,选贤任能,减省刑法,轻徭薄赋,让百姓得以休养生息,三十年间,境内安宁。王审知还向中原朝廷进贡,由于陆路阻隔,便改从海路,虽然十有四五都沉没海中,但王审知仍然朝贡不绝。

王审知的主要幕僚有陈峤、黄滔、徐寅、刘山甫、张睦,将领有孟威。陈峤担任大从事,黄滔担任节度推官,徐寅担任掌书记,刘山甫担任节度判官,张睦担任榷货务,孟威担任都押牙。史书认为,王审知的功臣,以张睦与孟威为首。

陈峤,字延封,泉州莆田人,弱冠能文,887年(唐僖宗光启三年)进士及第。陈峤开始任京兆府参军,后来返回福建。王潮、王审知兄弟掌管福建时,陈峤历任大从事、大理评事兼监察御史、大理司直兼殿中侍御史。900年,陈峤去世。

黄滔,字文江,泉州莆田人,晚唐五代著名文学家,895年(唐昭宗乾宁二年)进士及第。901年(唐昭宗天复元年),黄滔返回福建,得到王审知的重用,官至监察御史里行、威武军节度推官。黄滔辅佐王审知治理闽地,在乱世之中,使境内百姓得到安宁。其时北方战乱,中原名士李洵、韩偓等人纷纷来闽依附王审知,黄滔奉命与文士以礼相待、和诗论文,使闽地文风大振。

徐寅,字昭梦,泉州莆田人,文学家。唐朝乾宁年间,徐寅进士及第,授秘书省正字。徐寅回到福建,投奔王审知,被任命为掌书记。刘山甫,彭城人。王审知任威武节度使,刘山甫为节度判官,官至殿中侍御史。张睦,光州固始人,随王审知入闽。王审知被唐朝封为琅琊郡王,王审知表荐张睦为三品官,领榷货务。张睦雍容下士,招徕内外商贾,大力发展贸易,使得国库充实,因功封梁国公。

第37章　掌管武安，兼并静江

我们再来讲讲木匠马殷的故事。

892年六月，孙儒与杨行密在广德（今安徽省广德县）大战，孙儒被消灭，其部将刘建锋、马殷、张佶等带领余部七千人一路向江西道（治洪州）方向撤去。这支兵马推举刘建锋为统帅，马殷为先锋指挥使，张佶为谋主，一路不断壮大，到达江西道境内时，竟达十余万人。刘建锋没有一直留在江西道境内，一年多后便继续向西，准备到武安军（治潭州）境内夺取州县。

武安军原称湖南道，于883年八月升为钦化军，又于886年七月改为武安军。武安节度使本是闵勖，后被周岳取代。武安所属的邵州（今湖南省邵阳市）刺史邓处讷联合朗州（今湖南省常德市）刺史雷满攻打周岳，以替闵勖报仇。893年十二月，邓处讷攻克潭州（今湖南省长沙市），将周岳斩首，自称留后。两个月后，唐昭宗下诏任命邓处讷为武安节度使。也许是武安的内乱，让刘建锋觉得有机可趁。894年（唐昭宗乾宁元年）五月，刘建锋率部到达武安境内的澧陵（今湖南省醴陵市），离潭州城只有两百余里。

邓处讷听报刘建锋、马殷等逼近，马上派邵州指挥使蒋勋、邓继崇率三千步骑兵防守潭州东边的龙回关。作为先锋指挥使，马殷率先抵达龙回关下。马殷没有下令攻关，而是派使进关劝说蒋勋。蒋勋也不想大动干戈，命人准备牛酒犒劳马殷的使节。马殷的使节对蒋勋说道："我家主公刘建锋智勇兼人，术士说其将兴起于翼、轸之间。现今刘将军率十万兵马，所向无敌，而君仅凭数千乡兵抵挡，难上加难。我劝将军不如归降刘将军，取得富贵，返回乡里，岂不是人生乐事？"蒋勋确实想回到自己的家乡邵州，不想帮邓处讷防守潭州。蒋勋于是对部众说道："东方来的兵马准许我们返回家乡。"士卒们听到此言,都大声欢呼,丢弃旗帜铠甲,向南而去。

马殷命士兵穿上蒋勋士兵的铠甲,举起蒋勋的旗帜,前往潭州,刘建锋率大军随后继进。马殷到达潭州城下时,城中守兵以为邵州的兵马出征返回,不加防备。马殷顺利进入城中,刘建锋的大军也一拥而入。武安节度使邓处讷正在宴请宾客,当场被杀。五月七日,刘建锋自称武安留后。一年后,唐昭宗正式任命刘建锋为武安节度使。刘建锋则任命马殷为都指挥使。

再说蒋勋回到邵州,向刘建锋提出要当邵州刺史。刘建锋不答应,蒋勋决定谋反。895年(唐昭宗乾宁二年)十一月,蒋勋与邓继崇起兵,联合飞山(今湖南省靖州县)、梅山(今湖南省新化县西雪峰山)一带的蛮夷,攻打湘潭(今湖南省衡山县)。蒋勋又派将领申德昌驻屯定胜镇(今湖南省双峰县),以防御从潭州来的兵马。

刘建锋获报蒋勋谋反,当即派都指挥使马殷率兵前往讨伐。896年(唐昭宗乾宁三年)正月五日,马殷到达定胜镇,与蒋勋的将领申德昌交战。马殷击败申德昌,乘胜进抵邵州城下。蒋勋固守城池,马殷不能攻克,便一直围困邵州。

数月后,马殷突然接到消息,要他立即返回潭州。这是怎么回事呢?

却说刘建锋胸无大志,自从占领潭州,当了节度使,就感到非常满足。刘建锋每天饮酒作乐,不理政事。刘建锋还喜好女色,竟然看上了长直兵陈赡的妻子。陈赡的妻子确实非常美丽,刘建锋一直与其私通。陈赡得知此事,感到非常羞愧,发誓要杀掉刘建锋。四月的一天,陈赡将铁挝藏在袖中,趁刘建锋毫无防备之时,将刘建锋杀害。刘建锋的左右也当场将陈赡杀掉。

将士们拥立行军司马张佶为武安留后。张佶接到报告,立即骑马前往军府。途中坐骑突然惊叫,又踢又跳,将张佶的左大腿弄伤。张佶感到不祥,但又想到武安军不可一日无主,仍然来到军府。张佶坐在节帅大位之上,感谢诸将拥戴,同时也说道:"都指挥使马殷有勇有谋,宽厚爱人,这是

我所不及的。马公才是真主。"诸将没有异议,张佶于是派听直军将姚彦章前往邵州,请马殷返回潭州。

马殷接到张佶的公文,犹豫不决,不敢返回潭州。姚彦章劝说道:"明公与刘龙骧、张司马,如同手足。现在刘龙骧被害,张司马又伤了大腿,天命人望,除了明公还能有谁?"马殷听后,疑虑顿消,决定返回潭州。马殷不想全部撤兵,以防蒋勋再来攻打,于是令亲从副都指挥使李琼留在邵州,继续围困蒋勋。

五月,马殷抵达潭州城。张佶乘轿来到节帅府,坐在大位之上,以留后身份接受马殷拜见。马殷行礼完毕,张佶走下节帅座位,请马殷上坐,以留后身份处理武安军政。马殷坐上大位,张佶再以行军司马的身份带领诸将一同跪下,向马殷叩拜。张佶请求代替马殷前往邵州,攻打蒋勋,马殷准许。

九月,朝廷给马殷正式任命,不过这个任命不是节度使,而是"判湖南军府事"。马殷掌管武安军后,以扬州(今江苏省扬州市)人高郁为谋主。面对周边藩镇,马殷畏惧淮南(治扬州)的杨行密与荆南(治江陵府)的成汭,准备送去黄金布帛以结好。高郁说道:"成汭不足惧,而杨行密早已与我们结仇,就是送上万两黄金,他也不会帮助我们。不如上尊天子,下爱士民,操练兵马,以成霸业,谁能与我们为敌呢?"马殷采纳此议。

马殷没有被朝廷任命为武安节度使或者留后,一个可能的原因就是马殷当时只拥有武安所辖七州之一州,即潭州,而且马殷还兼任潭州刺史。897年(唐昭宗乾宁四年)二月,行军司马张佶攻克邵州,擒获蒋勋。至此,马殷已经拥有武安军的潭、邵二州。898年(唐昭宗乾宁五年)三月,唐昭宗再下诏,任命马殷为"知武安留后"。

五月,将领姚彦章建议马殷夺取武安所属的其他五州。这五州是衡州(今湖南省衡阳市)、永州(今湖南省永州市)、道州(今湖南省道县)、郴州(今湖南省郴州市)与连州(今广东省连州市),分别由杨师远、唐世旻、蔡结、陈彦谦与鲁景仁割据。姚彦章还推荐李琼、秦彦晖为将。这里介绍一下李琼。李琼骁勇有胆略,冠绝一时,原为孙儒部将,孙儒死后,跟随马殷，担任亲从副都指挥使。《十国春秋》说李琼食量大，一顿能吃十多斤肉，军中称为"李老虎"。

马殷接受姚彦章的建言，任命李琼、秦彦晖为"岭北七州游弈使"，张图英、李唐为副使，令李琼、秦彦晖等率兵先攻衡州、永州。李琼、秦彦晖当月便攻破衡州，杀死杨师远。李琼、秦彦晖接着攻打永州。永州倒不容易攻克，李琼、秦彦晖整整围攻一个多月。唐世旻终于无力坚守，突围而走，不想死在半路。马殷任命李唐为永州刺史，镇守永州。

899年（唐昭宗光化二年）七月，马殷派永州刺史李唐攻打道州。占据道州的蔡结集结蛮族部落，在险要之地设下埋伏，大破李唐兵马。李唐对部众说道："蛮族人所依仗的便是山林，如果在平地作战，他们怎能胜我。"李唐命人乘着风势放火焚烧山林，火光直冲云霄，蛮族部落纷纷逃出山林，被李唐击败。蛮族部落被击败后，蔡结便没有多少人马，道州城也就一攻而破，蔡结也被当场擒获、斩首。十一月，马殷又派李琼攻打郴、连二州。李琼一连攻克二州，擒获陈彦谦并斩首，鲁景仁自杀身亡。至此，武安所辖七州全部为马殷所有。

马殷没有满足固守一个武安军，马殷准备夺取南边的静江军。

静江军以前称桂管，治桂州（今广西桂林市），曾辖十五州。895年十二月，安州防御使家晟与朱全忠的亲信蒋玄晖有隙，担心遭到陷害，便与指挥使刘士政、兵马监押陈可璠率三千兵马南下。家晟等一直来到桂管境内攻打桂州，杀死桂管经略使周元静，家晟便自称桂管经略使。家晟一次醉酒，侮辱陈可璠，陈可璠亲手将家晟杀死，推举刘士政为"知军府事"，自己担任副使。唐昭宗得知此事，便下诏任命刘士政为桂管经略使。900年（唐昭宗光化三年）九月，桂管升为静江军，刘士政也升任节度使。刘士政得知马殷平定岭北地区，收复武安七州，非常害怕，担心马殷继续南下。刘士政便派副使陈可璠驻屯全义岭（今广西资源县东越城岭）以作防备。

马殷决定先礼后兵。十月，马殷派使者前往桂州，拜见刘士政，提出修好。使节到达全义岭时，陈可璠不让通行。马殷获报后非常生气，立即派将领秦彦晖、李琼率七千兵马，南下攻打刘士政。刘士政获报后，传令

陈可璠备战,同时派指挥使王建武进屯桂州城北不到百里的秦城,以加强桂州的防御。

不久,秦彦晖、李琼率部到达全义岭。二将没有立即向扼守险要之地的陈可璠发起进攻,而是准备先拿下全义岭与桂州城之间的秦城,这样必将使全义岭的陈可璠产生恐慌。然而,全义岭极难通过,要想到达秦城,必须攻克陈可璠。秦彦晖、李琼二将正在犯愁之际,有百姓主动前来做向导。原来自从陈可璠驻守全义岭,经常抢夺百姓耕牛以犒劳士兵,百姓非常怨恨。百姓告诉秦彦晖、李琼,西南之处有一条小路,可以直达秦城,路途只有五十里,只是路窄得只能一人一骑通过。秦彦晖于是派李琼带领六十名骑兵、三百名步兵前往袭击秦城。

当天夜里,李琼就到达秦城,乘夜翻墙而入,生擒守将王建武。李琼接着又连夜北返,天明之时到达全义岭。秦彦晖派人用绳索系着王建武,来到陈可璠营前,营内将士并不相信擒获的便是王建武。秦彦晖又让人砍下王建武的首级,扔到营内,陈可璠的将士这才大为惊恐。李琼趁机发起攻击,大败陈可璠。秦彦晖、李琼又乘胜杀向桂州,一路上,有二十余处营寨闻风而溃。

数日后,刘士政出降,静江所属的宜、严、柳、象等州也向马殷归降。马殷任命李琼为桂州刺史,不久又上表推荐李琼为静江节度使。马殷不久也被唐昭宗任命为武安节度使、同平章事。

第38章 攻打梓州，兼并东川

西川（治成都府）节度使王建也在夺取州郡，兼并藩镇。王建想夺取的是凤翔（治凤翔府）节度使李茂贞的州郡，想兼并的是近邻东川（治梓州）。可叹的是，李茂贞在关中一带也算是骄藩强镇，在朝廷面前更是骄横跋扈，但面对王建的侵袭，竟然无力应对。

895年（唐昭宗乾宁二年）十一月，王建以响应李克用勤王为名，派义子王宗侃攻克利州（今四川省广元市），杀史刺史李继颙。十二月，阆州防御使李继雍、蓬州刺史费存、渠州刺史陈璠以及通州刺史李彦昭率部向王建投降。利州、阆州、蓬州、渠州、通州都是李茂贞的势力范围。

李克用此时勤王已经结束，王建似乎不便再攻李茂贞的领地。王建于是向唐昭宗上表，控告东川节度使顾彦晖不仅没有派兵勤王、共赴国难，反而掠夺邻近藩镇的辎重，还派泸州刺史马敬儒切断长江三峡的水道。王建请求发兵讨伐顾彦晖。王建也不等唐昭宗回诏，便派将领华洪、王宗弼率兵攻打东川。十二月六日，华洪在楸林（今四川省三台县东北）大败东川兵马，杀死及俘虏数万人。十二月十四日，王宗弼作战不利，被东川将士擒获。王宗弼曾经帮过顾彦晖，顾彦晖便没有杀掉王宗弼，还收王宗弼为义子。王宗弼本是王建的义子，不知王建得知此事会有何感受？

896年（唐昭宗乾宁三年）五月，唐昭宗的诏书终于到了两川，命令王建与顾彦晖和解，两镇立即罢兵。王建只好奉诏返回成都。此后的半年，王建确实没有再向东川用兵，也没有向李茂贞的领地用兵。让王建没有想到的是，在这半年当中，唐昭宗竟给了他攻打李茂贞的机会。原来就在当年七月，李茂贞又一次进逼长安，唐昭宗流亡到华州（今陕西省渭南市华州区）。八月，唐昭宗任命王建为"凤翔西面行营招讨使"，令王建从西面讨伐李茂贞。十月，李茂贞上疏悔过自新。李茂贞对长安城的威胁消

除了，王建却开始发兵了，不过王建不只是向李茂贞发兵，同时也向顾彦晖发兵。

897年（唐昭宗乾宁四年）二月，王建派戎州刺史王宗谨率兵攻打驻屯在玄武（今四川省中江县）的李茂贞义子李继徽。王建还任命王宗谨为凤翔西面行营先锋使，算是响应唐昭宗的号召，讨伐李茂贞。二月十三日，王宗谨击败李继徽。

与此同时，王建又派出三路兵马攻打东川顾彦晖的领地。第一路由邛州刺史华洪与彭州刺史王宗祐率领，共五万兵马，攻打东川治所梓州（今四川省三台县）；第二路由王宗侃任"应援开峡都指挥使"，率领八千人攻打东川的渝州（今重庆市）；第三路由王宗阮任"开江防送进奉使"，率领七千人攻打东川的泸州。从王建的部署来看，攻打东川才是重点。二月十六日，王宗侃攻取渝州，刺史牟崇厚投降。二月二十八日，王宗阮攻克泸州，斩刺史马敬儒，三峡水道终于被打通。

流亡华州的唐昭宗得知王建再度攻打东川，决定再派使者前往劝和。四月，唐昭宗任命右谏议大夫李洵为两川宣谕使，派其前往调解王建与顾彦晖之间的冲突。值得一提的是，诗人韦庄终于走上政治舞台。却说年近六旬的韦庄从江南回到长安，终于进士及第，出任校书郎。唐昭宗流亡华州时，韦庄也到了华州。唐昭宗派韦庄与李洵一同出使西川。

五月，李洵、韦庄尚未到达巴蜀，王建又亲率五万大军攻打东川。王建还将正在攻打东川的将领华洪收为义子，更名为王宗涤。这时，无力抵挡王建的李茂贞向唐昭宗上表，控告王建不仅连年攻打东川，还不奉天子诏书。唐昭宗一怒之下，决定再采取有力措施。六月十日，唐昭宗下诏，贬降王建为南州（今重庆市綦江区）刺史。第二日，唐昭宗再下诏，任命李茂贞为西川节度使，以接替王建，同时任命覃王李嗣周为凤翔节度使，以接替李茂贞。

故事讲到这里，我们不得不认为唐昭宗与唐僖宗不同，唐昭宗虽然不能改变晚唐的败局，但怎么说还有自己的主见，也有改变局面的决心。唐昭宗这两份任命诏书，可谓以贼制贼、一举两得。当然王建、李茂贞这两位有实力的藩镇节度使也不是傻子，哪能听从唐昭宗的摆布。

李茂贞听说李嗣周前来赴任，立即派兵到奉天（今陕西省乾县）阻截。李嗣周是进也不能，退也不能。后来还是镇国节度使韩建写信给李茂贞，李茂贞才解除奉天之围，李嗣周才得以返回华州。唐昭宗对李茂贞的所作所为更为生气，打算亲率兵马征讨李茂贞。在众臣的劝说下，唐昭宗才放弃了这个异想天开的想法。

再说王建大军攻打东川。六月十九日，王建的兵马攻克了梓州城南的南寨，擒获守将李继宁。六月二十二日，唐昭宗派来调解的宣谕使李洵、韦庄到达梓州。六月二十五日，李洵在梓州城南的张杷寨与王建见面，将唐昭宗的劝和诏书宣读给王建听。王建并不买账，指着军中扛旗的士兵说道："攻打东川，是战士们的意愿，不能改变。"诗人韦庄对王建这个不识字的人以及王建治理下的西川留下深刻印象。韦庄有一首《汉州》，写出其到达西川时的心境：

> 比侬初到汉州城，郭邑楼台触目惊。
> 松桂影中旌旆色，芰荷风里管弦声。
> 人心不似经离乱，时运还应却太平。
> 十日醉眠金雁驿，临岐无恨脸波横。

九月，王建攻打梓州已经四个月，两川将士大小五十余战，但仍不能攻克梓州。蜀州（今四川省崇州市）刺史周德权建议王建道："主公与顾彦晖争夺东川已有三年之久，士卒早已疲于战事，百姓困于运粮。东川的很多盗匪都盘踞在州县之中，顾彦晖懦弱无能，缺少智谋，只求苟且偷安。顾彦晖对这些盗匪诱以厚利，以等其前来援救，所以坚守梓州城，我们一直不能攻破。如果派人向这些盗匪头目晓以祸福，对前来归附的赏赐官职，对不服的则派兵攻打。如此一来，顾彦晖所依靠的人，反而被我们所用，也就孤立了顾彦晖。"王建采纳了这位同乡的建言。

由于王建采纳了周德权的建言，东川的一些州县开始向王建归降。十

月十日到十六日的六天中,东川所属的遂州知州侯绍率部众二万人向王建归降,合州王仁威率部众一千人向王建归降,就连凤翔的将领李继溥也率前来增援东川的两千兵马向王建投降。顾彦晖开始势单力孤,而王建士气大增。

王建传令猛烈地攻打梓州城。被困守在梓州城中的顾彦晖知道已经无力回天,决定不再抵抗,但也不准备向王建投降。十月十八日,顾彦晖将其族人以及所有义子一同召集在府中,一同宴饮。顾彦晖在宴席之上,命人将此前俘虏的王宗弼释放,让其回到王建军中。顾彦晖继续与众人开怀畅饮。酒至正酣,顾彦晖将义子顾瑶叫到身边,命令顾瑶拿起佩刀先将顾彦晖及众人杀死,顾瑶最后自杀。顾彦朗、顾彦晖兄弟割据东川十年有余,至此灭亡。

王建终于得到了东川。唐昭宗也早已恢复了王建的官职,仍然担任西川节度使,还兼同平章事。两月后,王建任命义子王宗涤为东川留后,自己于十二月二十七日南返成都。唐昭宗曾任命兵部尚书刘崇望为东川节度使、同平章事,当听说王建已经任命王宗涤为东川留后时,连忙下诏任命王宗涤为东川留后,同时召回刘崇望。王宗涤认为,东川疆域太大,公文往返,需要数月,建议王建将东川所辖的遂、合、泸、渝、昌五州划出,成立一个新的藩镇。王建采纳王宗涤的建议,并向朝廷上表奏请。

王建从此控制东川、西川两个藩镇。王建的北面是李茂贞的山南西道,南面是南诏国。王建镇守两川后,南诏国更加不敢再入侵大唐,可以说王建的藩镇,确实起到了国家藩篱的作用。王建向朝廷上表称:"南诏不过是一个小小蛮夷,臣在西南,南诏一定不敢犯边。"史书载,在黎、雅二州之间有三位蛮王,都有自己的兵马。这三位蛮王既向大唐归附,又暗中向南诏归附,还将两边军情互相传送。王建得知此事后,派兵将三位蛮王消灭。

再交代一下李茂贞的事。流亡在华州的唐昭宗仍然对李茂贞心有余恨,决定再次派兵讨伐。唐昭宗任命彰义(治泾州)节度使张琏为"凤翔西北面行营招讨使",派其率兵讨伐李茂贞。唐昭宗还削去李茂贞的官爵,收回对他的赐姓，李茂贞从此只能叫宋文通。李茂贞的义子李继瑭时为匡国（治同州）节度使，听闻朝廷讨伐李茂贞，感到非常不安，竟然放弃藩镇，逃回凤翔。唐昭宗于是任命韩建兼匡国节度使，自此，同华二州所在的匡国、镇国两镇节度使都是韩建。

898年（唐昭宗乾宁五年）正月，唐昭宗又不想讨伐李茂贞，为此还下了罪己诏。唐昭宗恢复李茂贞的皇室赐姓，撤回讨伐李茂贞的兵马。二月，唐昭宗再下诏，任命李茂贞为凤翔节度使。李茂贞也愿意与朝廷和解，还与韩建一同给李克用写信，希望能够化解多年的仇怨，并愿一同出钱、出人整修长安城的宫殿，李克用欣然接受。半年后，在外流亡两年有余的唐昭宗终于返回长安。

第39章 董昌称帝,钱镠劝谏

话说董昌担任义胜(治越州)节度使后,对境内百姓极为残苛。董昌在正常的赋税之外,再加收数倍的赋税。董昌为何要多收赋税?董昌是为了讨好朝廷,向朝廷多上贡。史书记载,当时很多藩镇不上缴赋税,董昌不仅一直缴纳赋税,还是上缴量最多的一个藩镇。董昌每十天便向朝廷进贡一次,每次都是黄金一万两,白银五千锭,越州(今浙江省绍兴市)产的绫缎一万五千匹。朝廷对董昌非常赞赏,认为董昌最为忠诚,因而宠信有加,还不断加授董昌官爵,直到司徒、同平章事,封陇西郡王。董昌除了向朝廷多缴赋税之外,还将所收赋税用于内外馈赠。董昌在越州还给自己建造生祠,其规模和大禹庙一样。生祠建好后,董昌命令百姓不得再到大禹庙祭祀,而要到自己的生祠去祭祀。董昌的行为让百姓苦不堪言。

董昌的所作所为,苦了境内百姓,但讨好了腐朽没落的晚唐朝廷。董昌之所以如此讨好朝廷,是有其目的与企图的。这个目的与企图一旦不能实现,董昌便与朝廷产生矛盾,甚至决裂。894年(唐昭宗乾宁元年)十二月,讨好朝廷八年之久的董昌终于向朝廷索要他想得到的东西,那就是要朝廷封他为越王。尽管朝廷已经封董昌为陇西郡王,但这个王远远不及董昌想要的越王。那么朝廷是什么态度呢?如果是唐僖宗,也许会答应,但唐昭宗就是不肯。董昌非常不悦,对左右说道:"朝廷是想辜负我了,我多年上贡,财物多得无法计算,朝廷怎么能吝惜一个越王呢?"左右当中有讨好董昌的,说道:"与其当越王,不如当越帝。"

不想这个劝董昌称帝的消息传了出去,境内百姓纷纷传言说世道将变,不少人还来到越州向董昌劝进。董昌大喜,派人致谢道:"时机一旦成熟,我自会称帝。"董昌的僚佐吴瑶、都虞候李畅之等人都劝董昌顺从民意,尽快登基称帝,其他官员以及一些百姓都献上歌谣、谶言、祥瑞,说董昌当为皇帝，董昌每次都给予厚赏。由于劝进的人越来越多，董昌的赏赐就逐渐减少至每次五百钱直至三百钱。董昌对谶言也很相信，曾对左右说有一个谶言讲"兔子上金床"，说的就是他董昌。董昌说他是兔年出生的，而明年是兔年，并且说二月卯日卯时便是他称帝之时。

董昌要称帝，这在当时众多藩镇之中，算是第二个。秦宗权是第一个，但已经被消灭。尽管很多藩镇的节度使骄横跋扈，比如河东的李克用，比如宣武的朱全忠，比如凤翔的李茂贞，比如河北三镇，等等，但他们也没有想到要称帝。谁能想到，在战乱相对较少的南方，反而有人率先称帝。当然董昌也不敢马上就称帝，也想交由幕僚商讨一下。

895年（唐昭宗乾宁二年）正月，董昌召集部属商议称帝之事。节度副使黄碣首先反对，说道："现今唐朝虽然衰微，但上天与百姓还不想抛弃它。当年的齐桓公、晋文公也是拥戴周朝才成就霸业的。大王从平民而兴起，得到朝廷的厚恩，官至将相，富贵已极，为何突然做起诛灭九族之事？我宁为忠臣死，不为叛逆生！"董昌当时正沉醉在即将称帝的美梦之中，突然听到黄碣这样的话，顿时怒火中烧。董昌认为黄碣妖言惑众，立即下令将黄碣斩首，并将其首级扔到茅厕之中。董昌还骂道："这个贼奴才有负我提拔之恩，好好的三公宰相不当，却第一个找死。"董昌怒火仍然不消，又下令将黄碣全家八十口人全部杀掉，然后挖一个大坑埋葬。

董昌不想放弃称帝，又问会稽（今浙江省绍兴市东）县令吴镣。吴镣也反对董昌称帝，说道："大王不当真诸侯以传子孙，却想当假天子自取灭亡。"董昌听了也很生气，同样下令将吴镣杀掉。

董昌又对山阴（今浙江省绍兴市西）县令张逊说道："你很有才能，我早就知道。等我当了皇帝，就让你掌管御史台。"张逊不为其所诱惑，同样反对道："大王从石镜镇镇将开始，到担任义胜节度使，荣华富贵，将近二十年，何苦要效法李锜、刘辟之事。浙东地处偏僻的海边，辖地虽有六个州，但大王一旦称帝，这些州必定不从。到那时，大王只守一个越州来当皇帝，不被天下人耻笑吗？"董昌听后，也将张逊杀掉。

董昌对众人说道："除了这三人，不会再有人违抗我的意愿了。"

当然有,此人便是马绰。《十国春秋》说马绰是余杭(今浙江省杭州市余杭区)人,为人正直,以忠节自许。马绰与钱镠早年便跟随董昌,二人关系甚密。钱镠记忆力很强,董昌让其检阅士兵,就是没有名册,也能一一报出将士名姓。马绰悄悄对钱镠说道:"董昌一直猜忌,你的能力太强,董昌必定生疑。"马绰便给钱镠一叠白纸冒充名册。钱镠十分感激马绰,还将堂妹嫁给马绰。董昌到越州担任节度使后,马绰便跟随董昌到了越州。现在董昌准备称帝,马绰也很不赞同,但没有像黄碣等人那样极力劝阻,而是悄悄离开越州,前往杭州(今浙江省杭州市)投奔钱镠,他连家人也顾不上了。

现在确实没有人反对董昌称帝了,董昌准备登基。二月三日,也是辛卯日,董昌头戴皇冠、身穿龙袍登上越州城的内城门楼,即皇帝位,国号为大越罗平国,年号为顺天。董昌让属下称自己为圣人,城楼称天册楼。董昌命人将各地呈来的祥瑞放在庭中,让官员及百姓观看。董昌也任命百官:前杭州刺史李邈、两浙盐铁副使杜郢、前屯田郎中李瑜等为宰相,吴瑶等为翰林学士,李畅之等为大将军。

董昌在越州称帝,当然不希望他的大越罗平国只有义胜一个藩镇。董昌想到了杭州的钱镠。钱镠当时已经不再是杭州刺史,早已被唐昭宗任命为镇海(治润州)节度使。然而董昌认为钱镠仍然是他的属下,仍会听命于他。董昌还认为,他的大越罗平国应当包括钱镠的镇海。董昌于是修书一封,派人送给钱镠,告诉钱镠他已经称帝,并任命钱镠为"两浙都指挥使"。

钱镠接到董昌的书信后会如何反应呢?钱镠和前来投奔的马绰一样,不能接受董昌称帝。钱镠马上回书一封,劝董昌道:"与其关起门来当皇帝,让九族、百姓遭受涂炭,不如打开门来做节度使,以得终身富贵。现在反悔,还来得及。"董昌不接受钱镠的规劝。

钱镠决定当面再劝董昌。钱镠可不是一个人来到越州,而是带领三万兵马来到越州城下。钱镠的举动显然不只是规劝,还有威逼的意思,这也说明钱镠不仅势力变大,而且已经不把董昌放在眼里。钱镠在迎恩门拜见董昌，说道："大王位列将相，为何抛弃安乐而求取危险？我带领大军到此，就等大王改正过错。就是大王不爱惜自己，那么乡里百姓有何罪过，而跟随大王一同遭到灭族？"董昌看到钱镠这架势，非常害怕，马上下令拿出二万钱犒赏钱镠的大军。董昌还将劝其称帝的吴瑶及几个巫师交给钱镠，请求等待朝廷问罪。钱镠于是率领大军返回杭州，将此事奏报唐昭宗。

四月，唐昭宗接到钱镠的奏表，得知董昌称帝。称帝就是谋反，但唐昭宗与朝臣商议认为，董昌在上缴赋税方面，从不间断，而且数量很大，也是有功之臣，其称帝之举，纯属一时冲动。朝议的结果是，赦免董昌死罪，令其罢职还乡。

唐昭宗如此宽宏大量，钱镠却感到非常失望。钱镠虽曾是董昌的属下，但此时的钱镠野心已经很大，也想得着机会兼并义胜这个藩镇。董昌称帝，不管怎么说，都是死罪，钱镠非常希望朝廷能够下令讨伐董昌，那他便可出兵。现在得知朝廷只是让董昌罢官回乡，他便没有出兵的理由。钱镠岂肯就此罢休。钱镠于是再次向朝廷上表，指出董昌这是僭逆，不可赦免。钱镠在奏表中还请求率本镇兵马讨伐董昌。钱镠的举动让一个人感到不平，此人便是淮南(治扬州)节度使杨行密。

第40章 讨伐董昌，兼并义胜

就在董昌称帝之际，杨行密正在夺取淮河沿线的州郡。话说淮河沿线有四个州郡从东到西分别是楚州（今江苏省淮安市）、泗州（今江苏省盱眙县淮河北岸）、濠州（今安徽省凤阳县）与寿州（今安徽省寿县），楚州已经被杨行密占领，泗州、濠州与寿州都是宣武（治汴州）节度使朱全忠的领地。

894年十一月，朱全忠派使前往泗州，使节态度傲慢，还侮辱刺史张谏。张谏想到三年多前闹饥荒时，杨行密曾帮助过他，于是归附杨行密。杨行密派将领台濛到泗州担任防御使。杨行密当时与朱全忠关系并不坏，但杨行密得到泗州，朱全忠一定很不高兴。就在当月，杨行密派押牙唐令回带着一万余斤茶叶到汴州（今河南省开封市）出售，朱全忠下令逮捕唐令回，没收茶叶。从此，杨行密与朱全忠产生了矛盾。

895年（唐昭宗乾宁二年）正月，杨行密决定前往泗州巡视，同时准备沿淮河西进，夺取濠州、寿州。三月，杨行密到达泗州，泗州防御使台濛以阔绰豪华的场面迎接杨行密，杨行密非常不悦。数日后，杨行密离开，台濛在杨行密的住地发现一件有补丁的衣服，赶紧派人送给杨行密。杨行密见到后，高兴地笑了，说道："我年轻的时候，家里贫穷，不敢忘本。"台濛听了此言，甚感惭愧。

杨行密沿着淮河西进，不日到达濠州。濠州刺史张璲不愿投降，杨行密只好下令攻城。张璲派客将马嗣勋前往汴州，向朱全忠求救。马嗣勋到了汴州，朱全忠也立即派兵援救濠州。岂料朱全忠的救兵未到，濠州已被杨行密占领，张璲被擒。马嗣勋不能回到濠州，便留在朱全忠那里，被任命为宣武元从押牙。

杨行密攻克濠州，继续沿淮河西进。三月三十日，杨行密到达寿州城下。寿州刺史江从勖固守城池不战，杨行密下令攻城。杨行密连攻数日，不能攻克。杨行密想放弃，部将朱延寿请求再作一次进攻。四月三日，朱延寿一鼓作气竟将寿州城攻克，还擒获江从勖。杨行密任命朱延寿为"权知寿州团练使"，不久便南返扬州（今江苏省扬州市）。

朱全忠得知杨行密攻克寿州城，立即派数万兵马前来反攻。寿州城中的朱延寿兵马并不多，士兵与百姓都很害怕。然而朱延寿毫无畏惧，因为朱延寿严厉、残酷，爱用极少的人攻打多数兵马。朱延寿下令将城中士兵分为若干旗，每旗由二十五名骑兵组成，派黑云队长李厚带领十个旗出战，李厚不能取胜。朱延寿大怒，准备将李厚斩首。李厚说十个旗的兵马实在太少，根本不能抵挡宣武的数万大军，请求再增加兵马，如再不胜情愿被斩。都押牙柴再用也为李厚求情，朱延寿于是又给李厚增加五个旗。李厚带领十五个旗，也就是三百多名骑兵，再次出城作战。李厚知道没有退路，拼死而战，柴再用也前来助战，朱延寿看准时机，也率城中所有兵马一齐杀出，终将宣武兵马击退。

再说杨行密回到扬州，听说钱镠死死抓住董昌不放，便派人前往劝说钱镠。杨行密认为董昌已经改过，应当赦免，让其继续向朝廷上贡。然而让杨行密没有想到的是，唐昭宗竟然又准许钱镠出兵讨伐董昌。六月，唐昭宗下诏，任命钱镠为浙东招讨使，专门负责讨伐董昌。钱镠终于可以名正言顺地夺取义胜（治越州）这个藩镇了。董昌得到消息，连忙派人向杨行密求救。

杨行密不希望钱镠攻打董昌，倒不是董昌值得同情，是因为杨行密不希望钱镠得此机会而进一步壮大。九月，接到董昌求救信的杨行密已经不管唐昭宗的诏书，毅然决定出兵援助董昌。杨行密调泗州防御使台濛率兵攻打镇海所属的苏州（今江苏省苏州市），以缓解董昌的压力。杨行密还给唐昭宗上表，说董昌已经承认错误，愿意继续上贡，请求给其恢复官爵。杨行密再派人给钱镠送去书信说："董昌一时发狂，才想当皇帝，现其已经感到畏惧，并且已经把作恶之人斩首，不应当再讨伐。"

此时的唐昭宗被李茂贞为首的三位节度使逼迫，处境十分危险，京

城一片混乱,河东(治太原府)节度使李克用又一次南下勤王。唐昭宗根本没有精力去管两浙的事,也不能立即对杨行密的奏表作出回复。那么钱镠呢?钱镠会把杨行密的劝告信当回事吗?显然不会。钱镠正派武勇都指挥使顾全武与都知兵马使许再思率兵去攻打董昌。这里介绍一下顾全武。顾全武是余姚(今浙江省余姚市)人,早年曾经出家,人称"顾和尚"。顾全武与杜棱、阮结、成及、马绰是钱镠手下的五位名将,顾全武当属首位。

顾全武没有直接攻打董昌所在的越州城(今浙江省绍兴市),准备先消灭越州的外围兵马。896年(唐昭宗乾宁三年)二月,顾全武抵达越州城北边的石城,击败驻守在此的汤臼。三月,顾全武继续东进,一直到达越州东边的余姚,以图对越州实施战略包围。顾全武到达越州东边作战,让东边的明州(今浙江省宁波市)刺史黄晟很为不安。黄晟思来想去,决定向钱镠投降。黄晟还派出兵马协助顾全武攻打余姚。董昌担心驻守余姚的将领袁邠不敌,又派部将徐章前往增援。顾全武来个围城打援,将徐章擒获。

越州已被孤立,城中的董昌又如何了呢?董昌此时真的失常了,当听说钱镠兵马强大,就大发雷霆;当听说钱镠兵马不过是一群老弱残兵,粮草也快不济,便大为欢喜,还给报告者奖赏。董昌在越州城中自欺欺人,顾全武却在节节胜利。四月,袁邠不堪顾全武的攻打,献出城池投降。顾全武随即率部西进,不日进抵越州城下。

外围兵马已经全部被消灭,董昌仍作垂死挣扎。五月,董昌将越州城中兵马全部派出,与顾全武、许再思决战。决战失败,董昌决定固守越州城。顾全武知道越州城坚墙固,决定长期围困。董昌感到十分绝望,决定去掉帝号,仍然担任节度使。也就在这时,钱镠命令顾全武撤离越州,去救苏州,因为苏州已被淮南兵马夺取。

却说镇守苏州的是钱镠的名将成及。四月时,淮南将领台濛率兵到达苏州城外的皇天荡。成及也不示弱,率兵出城迎战。皇天荡一战,成及大败,退守苏州城。台濛率部围攻苏州城,但一直不能攻克。五月,常熟镇使陆郢背叛，将成及擒获，献出苏州城投降。

杨行密得到消息，命人检查成及的府第，发现只有图书、药物，没有什么财物。杨行密认为成及是一位贤能之人，便命人将他带回扬州，任命他为淮南行军司马。成及到了扬州，哭着对杨行密说道："我一家百口人，都在钱公那里，丢失苏州不能殉职，哪里还敢求取富贵？请用我一人性命换来全家百口不死。"成及说完，举起佩刀准备自刎。杨行密一把抓住成及的手，阻止了成及。杨行密将成及安置在馆驿居住，其室内虽放有兵器，但杨行密每次都是一人前往拜访，并与成及一同用膳，一点疑心都没有。

再说顾全武接到钱镠的命令，却有不同的主张。顾全武派人回复钱镠道："越州是贼寇董昌的根基，眼看就要攻下，不能突然放弃。属下请求先攻取越州，再北上收复苏州。"钱镠听从了顾全武的建议，便没有调顾全武北上。半月后，顾全武决定发起新一轮进攻。五月十四日夜晚，月色朗朗，顾全武下令猛烈地攻城。第二日凌晨，顾全武终于攻克了越州外城。董昌坚守内城，继续抵抗。

五月十八日，钱镠派董昌的旧将骆团进城对董昌说道："已经接到皇上的诏书，让大王致仕，回到临安老家。"董昌也不想再抗拒下去，便将节度使的符节印信交了出来，搬出节帅府，住在清道坊。第二天，顾全武派武勇都监使吴璋用船将董昌送往杭州。船到越州城东南的小江南时，吴璋将董昌杀害。一同被杀的还有董昌的三百余口家人，以及大越罗平国的宰相李邈、蒋瓌等一百余人。关于董昌之死，《新五代史》上说是自杀，本书参考了《资治通鉴》。

顾全武入城之后，看到府库之中杂货有五百间，粮食有三百万斛。顾全武将此事上报钱镠，钱镠下令将钱帛赏赐给将士，粮食发放给百姓。钱镠又派人将董昌的首级送往长安，呈献给唐昭宗。

且说唐昭宗当时被李茂贞逼宫，已经流亡到华州。唐昭宗就在华州给钱镠下诏，任命钱镠兼中书令，以表彰其讨伐董昌之功。钱镠当时非常期盼的不是中书令这样的朝中官职，而是兼任义胜节度使。唐昭宗也很聪明，不会轻易将这个节度使授予钱镠。八月六日，唐昭宗就在华州再次下

诏,任命门下侍郎、同平章事王抟为义胜节度使。

钱镠得知王抟前来担任节度使,心中甚为不快。钱镠一心想得到义胜节度使,这正是他坚持攻打董昌的原因。钱镠不便自己上表索要这个官职,于是发动两浙官民向唐昭宗上表,请求朝廷任命他兼任义胜节度使。唐昭宗没有办法,只好接受两浙官民的请求。十月,唐昭宗重新下诏任命钱镠为镇海、义胜两军节度使。不多日,唐昭宗又下诏,将义胜军改为镇东军,钱镠便是镇海、镇东两镇节度使。

钱镠得到镇东军,杨行密则抢了他的苏州。杨行密还想谋取钱镠其他州郡。十一月,镇海所属的湖州刺史李师悦病逝,杨行密立即表荐李师悦的儿子李彦徽为湖州刺史。湖州从此依附杨行密。杨行密又派大将安仁义南下,攻打镇东所属的婺州(今浙江省金华市)。钱镠马上派行军司马杜稜前往援救,杜稜将安仁义击退。897年(唐昭宗乾宁四年)正月,安仁义又攻打镇海所属的睦州(今浙江省建德市),不能攻克,便班师北返。

三个月后,钱镠派大将顾全武北上收复失地。四月,顾全武率三千人马北渡钱塘江前往嘉兴(今浙江省嘉兴市)。四月十八日,顾全武一连击破淮南围困嘉兴的十八个营寨,将淮南将领魏约及其三千士兵俘虏。

又过了三个月,顾全武率部继续北进,准备收复苏州。顾全武不想直接攻打防守严密的苏州城,以免不必要的伤亡,毕竟淮南大将台濛就守在苏州城中。顾全武决定先消灭苏州城外的敌军,以让苏州成为一座孤城。七月十六日至二十二日的六天中,顾全武一连攻克了松江(今江苏省苏州市吴江区)、无锡(今江苏省无锡市)、常熟(今江苏省常熟市)、华亭(今上海市松江区)共四座县城。

顾全武此举不仅对苏州构成威胁,也对西边的湖州形成压力。湖州刺史李彦徽就非常担忧。九月,李彦徽带着家人前往扬州,投奔杨行密。李彦徽刚走,都指挥使沈攸便向钱镠投降,至此,湖州又回到镇海辖区。

钱镠收复湖州,兵马逼近苏州,杨行密为何没有派兵来援?因为杨行密正与朱全忠发生大战。

第41章　清口之战,损兵折将

我们在讲述杨行密与朱全忠的大战之前,先讲一下关东地区几个强大藩镇间的关系。从北向南几个强大藩镇依次是河东(治太原府)李克用、宣武(治汴州)朱全忠、淮南(治扬州)杨行密、镇海(治润州)钱镠。这几个藩镇间的关系是远交近攻。李克用与朱全忠是势不两立,朱全忠与杨行密之间早已结怨,杨行密与钱镠也已开战。钱镠为了抵御杨行密,已经派使者向朱全忠结交。杨行密呢,由于朱瑾带着河东两位将领来投,便与河东结交。四个强镇之间真是犬牙交错,互相牵制。

言归正传。在897年(唐昭宗乾宁四年)二月,唐昭宗任命杨行密为"江南诸道行营都统",令杨行密攻打依附朱全忠的武昌(治鄂州)节度使杜洪。唐昭宗讨伐杜洪的原因是杜洪切断南方藩镇向朝廷进贡的道路。四月,杜洪派使者向朱全忠求救。尽管杨行密攻打杜洪是有圣旨的,但朱全忠已经不管这些。为缓解杜洪的压力,朱全忠派义子朱友恭攻打已被杨行密占领的黄州(今湖北省武汉市新洲区)。杨行密得到消息,忙派"右黑云都指挥使"马珣增援黄州。

马珣尚未到达黄州,黄州刺史瞿章放弃城池,带领民众到武昌寨(今湖北省鄂州市)坚守。朱友恭获报,立即掉转马头,攻打武昌寨。五月七日,朱友恭到达樊港(今湖北省鄂州市西北),与瞿章驻守的武昌寨一河之隔,朱友恭下令搭建浮桥。第二日,浮桥搭建而成,朱友恭开战。武昌寨并不坚固,不多时便被朱友恭攻克,连瞿章都被活捉。朱友恭再北攻黄州城,不费多大周折,又占领黄州城。也就在这时,马珣到达黄州,朱友恭乘胜迎战。马珣连遭败绩,不得不后撤。朱友恭传令追击,马珣一路逃回淮南。

九月,朱全忠决定出动大军攻打杨行密的淮南。朱全忠为何要攻打淮

南？一来朱全忠与杨行密之间早已结怨，双方已经发生局部战争。二来朱全忠当时正在兼并别的藩镇，在一连兼并了感化（已更名为武宁，治徐州）、天平（治郓州）、泰宁（治兖州）之后，仍没有收手。继续兼并藩镇是朱全忠当前的任务。

那么下一个要兼并的藩镇为何是淮南呢？综观朱全忠当时的邻近藩镇，北方是河东李克用的势力范围，南方则是正在崛起的淮南杨行密，而河北诸镇中最南边的魏博（治魏州）已经归附。朱全忠下一步要么攻打李克用，要么攻打杨行密，当然也可以是魏博以北的河北其他藩镇。

遗憾的是，史书上没有详细记载朱全忠下一步行动的谋划经过。由于史料的缺乏，或者编史之人的偏好，晚唐五代时期很多谋略的记载不详，给人的印象是晚唐五代时期虽有猛将，没有谋士。有研究者甚至认为这一时期之所以没有杰出的领袖，正是因为没有出色的谋士。然而，在那个战乱频繁的年代，统帅们不可能不谋划，不可能全凭意气用事。这一定是记载的缺失。朱全忠决定攻打淮南，一定与其第一谋士敬翔作了商讨。

其实，从朱全忠兼并藩镇的顺序来看，处处都有谋划的影子。首先，一定是先关东后关西。无论关西一带发生怎样的事，甚至有人进京逼宫，还可能出现挟天子以令诸侯的局面，朱全忠也没有发兵入关。朱全忠正专心地以宣武为据点，兼并关东其他藩镇。其次，在关东各藩镇的兼并中，朱全忠一定是由近及远、先易后难。最早是北方的义成（治滑州），然后是河南秦宗权的领地，主要是奉国（治蔡州）与忠武（治许州），再后来则是东边的感化，最后是朱瑄、朱瑾兄弟的天平、泰宁。当然朱全忠也不忘记收服河北诸镇中最邻近的魏博。朱全忠在关东藩镇的兼并中难免会与关东的强藩河东李克用发生冲突，朱全忠也是精心应对，最终还是得到了想得到的藩镇，而相比之下，李克用兼并的藩镇反而较少，实力也在衰退。

河南境内的藩镇被兼并之后，下一步是河北诸镇还是李克用的河东，抑或是杨行密的淮南？结果是，朱全忠没有选择河北，也没有选择河东，而是选择淮南。朱全忠一定认为夺取淮南要更为容易。不能以成败论英雄，更不能以战果评论谋略的成败。朱全忠这个选择在当时应当是正确的。当然，朱全忠与杨行密的这场较量之后，也让朱全忠重新调整战略。

朱全忠攻打淮南的部署是：武宁留后庞师古率徐、宿、宋、滑四州共七万兵马进驻清口（今江苏省淮安市西古泗水流入淮河口），目标是进击扬州；泰宁节度使葛从周率兖、郓、曹、濮四州之兵进驻安丰（今安徽省霍邱县），目标是攻打寿州（今安徽省寿县），统帅朱全忠则驻屯宿州（今安徽省宿州市）。

朱全忠的各路大军就在当年九月的金秋时节部署到位。史书上说，朱全忠在兼并天平、泰宁之后，兵马更加强盛，淮南民众大为惊恐。从朱全忠的部署来看，庞师古的七万大军显然是攻打淮南的主力，也担负着更为重要的任务。说到庞师古与葛从周，不妨再赘述几句。庞师古当时的地位，就如同之前的朱珍。庞师古早年便跟随朱全忠，后来接替朱珍担任都指挥使。庞师古当时已经是朱全忠帐下第一大将。葛从周则有些像李唐宾，也是后来从黄巢败军之中投降而来，当然庞师古与葛从周之间没有矛盾冲突。

面对朱全忠的架势，淮南节度使杨行密也在考虑应对之策。同样遗憾的是，史书上关于杨行密与部众商讨的记载极为简略，只能从战后的一些对话中找出战前商讨的影子。不用多说，面对如此重大军情，杨行密不可能不深思熟虑。我们不可以认为，史书上没有记载，就表明没有发生。

杨行密会与哪些将领商讨？杨行密的几位将领当时都在外镇守，比如安仁义、田頵、台濛、朱延寿等。遗憾的是，淮南第一名将李神福当时不知人在何处。当时在扬州的有名将领并不多，但有三位外来的将领。这三位将领是泰宁的朱瑾，河东的李承嗣、史俨。史书上说，淮南兵马擅长水战，不熟悉骑射，自从泰宁、河东的兵马加入后，淮南兵马作战力大为增强。

我们不妨再设想一下杨行密与将领们商讨的内容。面对朱全忠大举南征，杨行密决定先易后难，先攻打西路的葛从周，而暂时避开东路的庞师古。行军副使李承嗣却认为应当先攻打清口的庞师古，一旦击败庞师古，葛从周必定撤退。杨行密采纳了李承嗣的建议。朱瑾还提出水攻的

策略,杨行密也予以采纳。商议完毕,杨行密开始调兵,决定与朱瑾一同率三万兵马北上楚州(今江苏省淮安市),迎战庞师古,同时传令镇守涟水(今江苏省涟水县)的将领张训担任先锋。

十一月,天气开始转冷。朱瑾率一支人马来到淮河上游,被庞师古的探马发现。探马将此事报与庞师古,庞师古不仅不相信,反而认为奏事者妖言惑众,下令斩首。有人对庞师古说道:"将军选定的营地低洼,不宜长久驻扎。"庞师古对此建议也是置之不理。庞师古根本没有把淮南的杨行密放在眼里,认为时溥、朱瑄、朱瑾都被击败了,杨行密算个啥。庞师古每天只是下下围棋,如同没有战事一样。

再说朱瑾来到淮河上游,将淮河水堵住,然后留下少部人马,与淮南将领侯瓒一起,带领五千人马到达淮河北岸。十一月二日,朱瑾命部众树起宣武兵马的旗帜,由北向南冲向庞师古的中军大营,先锋张训的人马也越过栅栏冲了过来。庞师古的士兵以为是朱全忠的兵马,没有防备。当朱瑾等靠近时,庞师古的士兵才匆忙应战。也就在这时,淮河水突然猛烈地冲了下来,冲毁庞师古的营地,七万大军乱作一团,无力应战。不久,杨行密又与李承嗣、史俨率主力兵马渡过淮河,与朱瑾一同夹击庞师古。清口之战的结果可想而知,那就是庞师古惨遭失败,还命丧乱军之中。史书上说,只有部将徐怀玉兵马完整,余众全部溃散。徐怀玉招集一万余溃散兵马而回。

再说西路兵马主将葛从周已经向东推进到寿州,在寿州城西北扎营。寿州团练使朱延寿率兵迎战,大败葛从周,葛从周再向东撤退到濠州(今安徽省凤阳县)。葛从周之所以向东撤退,也是想与东边的庞师古会师,不想前方来报,庞师古大军已经惨败。葛从周只得再向西撤退,准备返回汴州(今河南省开封市)。

这时杨行密、朱瑾、朱延寿已经合兵一处,向西边的葛从周杀了过来。葛从周撤到淠水(今安徽省寿县西南淮河支流),才渡了一半兵马,淮南兵马便已追至。又是一场厮杀,葛从周所部几乎全军覆没。"遏后都指挥使"牛存节跳下马背,徒步格斗,葛从周及少部人马才得以渡河,但已经四天

212

没有吃饭，士兵饥饿难耐。此时老天又降起大雪，兵马一路冻死很多，回到汴州时，不足一千人。驻屯宿州的朱全忠听到两路大军失败的消息，也撤回汴州。

杨行密与朱全忠的清口之战结束了，杨行密大获全胜，朱全忠不仅失去大量兵马，更失去了大将庞师古。朱全忠从此再未大举南征，最终注定不能统一全国，给后人留下很多遗憾。杨行密获胜后，是喜不自禁，派人给朱全忠送去一封信，信中说道："庞师古、葛从周不是我的对手，你应当亲自到淮河来决一死战。"

杨行密大摆筵宴，犒劳将士。席上，杨行密高兴地对行军副使李承嗣说道："我当初想先攻寿州，副使说不如先攻清口，庞师古败了，葛从周自然撤走，现在来看，果如所言。"杨行密赏赐李承嗣一万贯钱，上表推荐李承嗣为镇海节度使，让李承嗣得到更高的俸禄。杨行密从此对河东来的这两位将领更为优厚，府第、美女，总是将最好的赏赐给二人，二人也尽力为杨行密作战，屡立战功，最后在淮南去世。

清口之战结束后，杨行密继续关注苏州的战事，因为两浙第一名将顾全武仍在围攻苏州城。杨行密担心台濛守不住苏州，又派将领周本、秦裴兵分两路前来增援。898年（唐昭宗乾宁五年）三月，周本抵达苏州境内，首战即败给顾全武。秦裴倒是率三千人马攻克了苏州城东边的昆山（今江苏省昆山市），入城固守。

顾全武在苏州城外又围攻了半年之久。九月，苏州城里粮草耗尽，守将台濛不能支撑，弃城而走。顾全武收复了苏州城，带领一万人马继续攻打数十里外的昆山。由于秦裴善于防守，顾全武一直不能攻克昆山。秦裴还适时派兵出城作战，让有病的人穿上铠甲手拿长矛，让身强力壮的人拉弓射箭，屡次击退顾全武。

顾全武虽然重兵压境，但不想强攻昆山小城，以免城内伤亡严重。顾全武决定派人入城劝降，秦裴表示愿意投降。秦裴还修书一封，封好之后，命人送给顾全武。顾全武收到秦裴的信，非常高兴，与诸将一同打开，不想乃是佛经一卷。众人皆知，顾全武早年出家当过和尚，秦裴此举，乃

是戏弄顾全武。顾全武当时感到非常惭愧,说道:"秦裴不担忧死亡,却有心思来戏弄我。"顾全武于是下令增加兵力,强行攻城,再派人引来河水,冲灌昆山城。不多时,昆山城池崩塌,秦裴只得投降。

　　却说钱镠为优待俘虏,考虑到秦裴当初以三千人攻取昆山,估计现在还有一千人,便命顾全武准备了一千人的饭食。岂料城破之后,顾全武发现城中全是老弱残兵,而且不足百人。后来钱镠责问秦裴道:"你的兵力如此不足,为何敢长期抵抗?"秦裴说道:"我秦裴在大义上绝不辜负杨公。现在力量不足而降,不是出于真心。"钱镠被秦裴的忠义感动,顾全武也在一旁劝钱镠宽待秦裴。时人都称顾全武是一位忠厚的长者。

　　关于杨行密与钱镠的冲突,我们后面再讲,不妨再讲讲朱全忠在清口之战后又打算向何处用兵。

第42章　出兵河北,夺取昭义

朱全忠在清口(今江苏省淮安市西)败于杨行密,从此调整藩镇兼并的策略。朱全忠决定不再向淮南用兵,而到河北境内兼并藩镇。尽管两个月后,镇海(治杭州)、镇南(治洪州)、武昌(治鄂州)、平卢(治青州)四镇向唐昭宗上表,请求任命朱全忠为都统以讨伐杨行密,朱全忠也没有继续攻打杨行密。

话说河北道境内共有六个藩镇,分别是卢龙(治幽州)、义武(治定州)、成德(治镇州)、邢洺(治邢州)、魏博(治魏州)与义昌(治沧州)。六藩镇中,只有魏博向朱全忠归附,而卢龙、义武、成德与邢洺则是河东(治太原府)节度使李克用的势力范围。朱全忠下一步便是与李克用争夺河北。然而,朱全忠尚未发兵,最北边的卢龙竟然主动与朱全忠结好,原来是卢龙节度使刘仁恭与李克用发生了冲突。

刘仁恭本是在李克用的帮助下,才得到卢龙这个藩镇的,这个藩镇应当归附李克用,算是李克用兼并的一个藩镇。李克用为了有效控制卢龙,在当初离开幽州(今北京市)时,留下一支兵马协防幽州,还留下十个心腹之人一同管理卢龙军政。尽管李克用作了如此精心安排,刘仁恭仍然想着要背叛李克用,而成为一个独立的藩镇。二人之间不久便产生了矛盾。

李克用听说唐昭宗受到李茂贞所逼,已经流亡到华州(今陕西省渭南市华州区),决定再次入关勤王。李克用向刘仁恭征兵,刘仁恭想摆脱李克用的控制,自然不想分兵给李克用。刘仁恭于是找了一个理由,那就是契丹南下入侵,需要兵马防守,等契丹兵马撤退后,再分兵给李克用。李克用仍然不断派使者催促刘仁恭早日派兵。

数月过后,李克用仍不见刘仁恭的兵马,便再给刘仁恭修书一封。在

信中,李克用对刘仁恭进行严厉的指责。刘仁恭也不示弱,将李克用的信扔在地上,破口大骂,还将李克用的使节囚禁起来。刘仁恭干脆一不做二不休,下令将李克用留在幽州的协防将领全部杀掉。这些将领得到消息,赶紧逃回了河东。李克用获报后,对刘仁恭更是无比痛恨,决定放弃南下勤王,而亲自率兵讨伐刘仁恭。

897年(唐昭宗乾宁四年)八月,李克用的大军从晋阳(今山西省太原市)出发,义子李存信随同出征。九月五日,李克用抵达安塞军(今河北省蔚县东)。九月九日,天降大雾,对面看不清人,占卜者说不利于深入敌境,但李克用还是下令攻打安塞军。卢龙的将领单可及率领骑兵已在当日赶到安塞军。李克用非常轻视刘仁恭,更轻视单可及,快要交战了,仍在不停地饮酒。前锋兵马派人前来禀报说贼寇已经杀来,李克用醉意朦胧地问道:"刘仁恭在哪里?"属下回道:"只看到单可及等人。"李克用瞪眼道:"单可及算什么东西!"下令迎战。

却说卢龙将领杨师侃当时正在木瓜涧(今河北省涞源县东南)设伏,由于大雾,河东兵马不能觉察。河东兵马正在向前挺进,突然遭到袭击,死亡大半。幸亏此时刮起大风,下起大雨,还伴着雷电,卢龙兵马才不得不向后撤退。不久,李克用酒醒,得知战败,斥责李存信等人道:"我醉酒误事,你们为何不阻止?"李存信等人不敢应答。

刘仁恭虽然初战告捷,但仍希望得到朝廷的支持,以便名正言顺地迎战李克用。刘仁恭派人前往华州,向唐昭宗上表道:"李克用无缘无故侵犯卢龙,臣已在木瓜涧大败李克用。请陛下任命臣为统帅,讨伐李克用。"唐昭宗与李克用是什么关系?唐昭宗怎能准许刘仁恭讨伐李克用?唐昭宗马上下诏给刘仁恭,不许攻打李克用。

十月,刘仁恭又给朱全忠写信,希望得到朱全忠的帮助。朱全忠没有派兵助战,只是向唐昭宗上表,推荐刘仁恭为使相,唐昭宗准许。刘仁恭得不到朝廷的支持,便很担心李克用再来攻打。刘仁恭思来想去,决定向李克用谢罪。刘仁恭派人去见李克用,陈述自己背离后的不安之心。李克用给厚颜无耻的刘仁恭回书指责道:"你依仗朝廷之命,手握大军,统管民众。擢升贤能之人，则希望其能报德，遴选有才之将，则希望其能报恩。然而，你自已尚且不能如此，谁还能让人相信？我猜想，不用多久，你家骨肉间就将互相猜忌，亲信之中就将互相生隙。"李克用骂了刘仁恭之后，便返回河东了，刘仁恭逃过一劫。从此，刘仁恭与朱全忠结好，以抗拒李克用。

数月后，刘仁恭又兼并义昌。却说义昌节度使卢彦威，残忍暴虐，对待邻近藩镇傲慢无礼，据守义昌已经十二年有余。刘仁恭为了盐利与卢彦威发生矛盾，刘仁恭便派其子刘守文攻打义昌。898年三月，卢彦威放弃城池，带领家人逃往魏州（今河北省大名县），投奔魏博节度使罗弘信。罗弘信拒不接纳卢彦威这种小人。卢彦威又前往汴州（今河南省开封市）投奔朱全忠。刘仁恭兼并义昌，向朝廷上表，推荐刘守文为留后。令刘仁恭失望的是，朝廷没有准许他的奏请。朝廷送达诏书的宦官到达幽州时，刘仁恭傲慢地说道："其实节度使的符节我这里也能做一个，只是希望得到长安的符节，为何多次上表而不给？请替我向皇上说说。"

至此，河北六藩镇，李克用拥有邢洺，刘仁恭拥有卢龙与义昌。此外，义武与成德依附李克用，魏博依附朱全忠，而刘仁恭也与朱全忠结好。朱全忠与李克用的河北之争终于开始了。

朱全忠向河北用兵，也是看准了一个时机。就在三月，魏博与河东再起冲突，两镇兵马发生交战。朱全忠便以援助魏博为名，向河北出兵。四月，朱全忠率部抵达钜鹿（今河北省巨鹿县）城下，击败河东一万余兵马。河东兵马向西边的邢州（今河北省邢台市）撤去，朱全忠乘胜追击，一直追到邢州境内的青山口。

却说邢州属于邢洺，马师素继李存孝之后一直担任邢洺节度使。邢洺共辖三州，分别是邢州、洺州与磁州。马师素镇守在邢州，兼任邢州刺史，邢善益是洺州刺史，袁奉滔是磁州刺史。现在朱全忠逼近邢洺，便想将邢洺磁三州给夺过来。朱全忠分出一部兵马，由大将葛从周率领，前往攻打洺州。四月二十九日，葛从周攻下洺州，斩洺州刺史邢善益。五月一日，葛从周再攻打邢州，马师素弃城而走。磁州刺史袁奉滔得到消息，自杀身

亡。朱全忠任命葛从周为昭义留后，镇守三州，自己则率部南返。至此，原昭义五州，朱全忠占三州，李克用只占两州。

朱全忠夺取东昭义后，李克用非常生气，但还没有派兵报复。岂料数月后，唐昭宗下诏劝和朱全忠与李克用，反而引发二人的再次交战。

唐昭宗于当年八月从华州西返长安。唐昭宗希望各藩镇不要混战，要和睦相处。唐昭宗最希望河东的李克用与宣武的朱全忠能够和解。唐昭宗任命太子宾客张有孚为河东、宣武宣慰使，带着诏书前往劝解，再令朝中宰相给二人写信，向二人劝和。一直想找朱全忠报仇的李克用此时却愿意接受调解，准备接受唐昭宗的劝和诏书。然而李克用觉得先屈服有失颜面，于是给成德节度使王镕修书，请王镕帮助疏通朱全忠。从李克用发生大转变的态度来看，李克用当时的实力真的在变弱。然而此时的朱全忠已经越来越强大，坚决不接受这个调解。

其实李克用此时接受调解真是很冤屈的，因为就在四个月前，朱全忠占领了他的邢、洺、磁三州。李克用心中憋了一肚子气还没有释放，唐昭宗就派人前来调解。也许朱全忠接受调解，李克用就会不再提三州之事。现在朱全忠不接受调解，李克用也不能示弱。李克用决定夺回邢、洺、磁三州。

十月，李克用派出两万兵马，以李嗣昭、周德威为将，前往攻打邢州。李嗣昭本姓韩，是汾州太谷县农家子。史书载，李克用外出打猎、经过太谷时，看到一户人家在树林之中，上空弥漫着云气。李克用将这家主人叫来询问，主人说刚生下一子。李克用送给主人金银布帛，然后将婴儿带走，让其弟李克柔收作义子。李克用最初给此儿取名李进通，后又改为李嗣昭。李嗣昭身材矮小，但胆识、勇猛过人。李嗣昭喜爱饮酒，李克用曾经略加劝诫，李嗣昭便终生不饮。李嗣昭为人谨慎、忠厚，李克用常常将其带在身边，被任命为牙内指挥使。

十月六日，李嗣昭、周德威攻打邢州，宣武大将、昭义留后葛从周出城迎战。李嗣昭、周德威不敌，率部撤退。葛从周率兵追击，河东士兵非常害怕，纷纷溃散，李嗣昭不能制止。就在此紧急时刻，李克用的另一义子、河东横冲都将李嗣源率部赶到。李嗣源对李嗣昭说道："如果我们也逃走的话，局面将无法收拾，我想试试再为你作一次进击。"李嗣昭说道："好极，我就跟在你的后面。"李嗣源传令解下马鞍，磨砺箭镞，自己则来到高处，布置阵地，左指右画。葛从周的士兵不知李嗣源是何用意，正在不解之际，李嗣源突然率兵奋勇杀来，李嗣昭、周德威也跟着一同杀来。葛从周不敢迎战，传令后退。

在此关键时刻，李嗣昭接到李克用的命令，令其率部西返。原来就在当月，保义（治陕州）节度使王珙带着宣武的兵马攻打河中府（今山西省永济市）。护国（治河中府）节度使王珂派人向岳父李克用求救。李克用便调李嗣昭前往援救。李嗣昭在胡壁（今山西省万荣县西南）击败宣武兵马，宣武兵马撤退。

故事讲到这里，我们不得不闲言几句。从邢州到达河中，路途千里，李克用如此调兵，未免有些不妥，难道河东就没有其他将领了吗？李克用急于解救女儿、女婿的心情固然可以理解，但千里之外征调李嗣昭似乎没有必要。李克用此举让他不能收复东昭义三州，不久连西昭义二州也丢了。

西昭义只辖潞州（今山西省长治市）与泽州（今山西省晋城市），薛志勤是李克用任命的昭义节度使，镇守在潞州，李罕之是泽州刺史。李罕之跟随李克用入关勤王、消灭王行瑜后，曾向李克用请求推荐他担任静难（治邠州）节度使。李克用说他已经推荐苏文建，不便马上更改。李克用还说他跟李罕之亲如兄弟，回到太原一定另行奖赏。李罕之心中甚为不悦。

回到泽州后，李罕之再请李克用的谋士盖寓为他求情，恳请李克用赏他一个小的藩镇，颐养天年。盖寓确实向李克用请求，但一直听从盖寓的李克用这回并没有答应。每次有藩镇节度使的空缺，李克用也没有考虑李罕之，李罕之感到非常郁闷。盖寓担心李罕之心生异志，极力劝说李克用。李克用终于说出心里话："我岂是爱惜一个藩镇而不赏赐给李罕之，因为李罕之是一只老鹰，饥饿时能够为我所用，一旦吃饱便会远走高飞。"

　　十二月,昭义节度使薛志勤去世,十天过去了,李克用还没有任命节度使。李罕之再也坐不住了。一天夜晚,李罕之率领泽州的兵马进入潞州,占领节帅府。第二天,李罕之派人前往晋阳向李克用禀报道:"薛铁山已死,州民没有主人,我担心出现事端,因而擅自前来镇抚,请大王示下。"

　　李克用听报,大怒,派人前往潞州责备李罕之。李罕之早已是一肚子气,哪里接受得了责备,马上派其子李颢前往汴州,向朱全忠请降。李罕之还派人擒获河东将领马溉及沁州刺史傅瑶,一同押送汴州。李克用得知李罕之投降朱全忠,更是大怒,马上调李嗣昭讨伐李罕之。李嗣昭接令后,没有先攻潞州,而是先将潞州南边的泽州攻克,俘掳李罕之的家人,派人押送晋阳。

　　且说朱全忠接纳李罕之的投降,还于899年(唐昭宗光化二年)正月表荐李罕之为昭义节度使。就在这时,魏博节度使罗绍威派人来报,说刘仁恭一路南攻,已经打到魏州了。朱全忠将如何应对呢?

第43章　增援魏博，一攻河东

898年（唐昭宗光化元年）九月，魏博（治魏州）节度使罗弘信去世，部众拥立其子罗绍威为知留后。十月，唐昭宗下诏，任命二十二岁的罗绍威为魏博留后。十一月，唐昭宗再下诏，升罗绍威为魏博节度使。899年（唐昭宗光化二年）正月，罗绍威掌管魏博才三个多月，卢龙（治幽州）节度使刘仁恭便率大军杀了过来。

刘仁恭也想扫平河朔，统一河北。刘仁恭于是在所管辖的卢龙、义昌（治沧州）两镇境内征集十万士兵。刘仁恭首先攻打的竟然是最南边的魏博，当然魏博也与义昌相邻。不多日，刘仁恭便抵达魏博所属的贝州（今河北省清河县）。贝州是魏博最北边的一个州，也与义昌相连。刘仁恭兵多，来势凶猛，很快便将贝州城攻克。刘仁恭下令将城中一万多户百姓全部屠杀，将尸体扔进永济渠中。刘仁恭如此残暴不仁，使其不能很快攻克其他城池，因为其他城池守将担心城破被屠，都拼死固守。刘仁恭于是直接南下攻打魏博的治所魏州（今河北省大名县），不日在城北扎营。魏州城中的罗绍威担心不敌，便立即派人向朱全忠求救。

魏博已经归附朱全忠，朱全忠岂能让刘仁恭夺走。三月，朱全忠派将领李思安、张存敬增援魏博。二将很快挺进到内黄（今河南省内黄县），离魏州城只有数十里之地。朱全忠也亲率主力兵马北上，增援魏博。三月十日，朱全忠进驻滑州（今河南省滑县）。

且说刘仁恭获报李思安、张存敬来援罗绍威，并没有把这两位将领放在眼中。刘仁恭对其子刘守文说道："你的勇猛是李思安的十倍，应当先将李思安擒获，然后再擒获罗绍威。"刘仁恭便派刘守文与女婿单可及率五万精兵前往内黄迎战李思安、张存敬。刘守文勇猛异常，单可及也是卢龙的一员猛将，当地人称"单无敌"。

李思安、张存敬得知刘守文、单可及前来迎战，也作了相应部署。三月十四日，李思安派部将袁象先在清水河南岸设下埋伏，自己则向内黄西北的繁阳挺进，以迎战刘守文。李思安佯装不敌，且战且退，刘守文紧追不舍，一直追到内黄城的北面。这时李思安不再后退，传令掉转马头迎战，而袁象先的伏兵突然从刘守文的身后杀出。刘守文慌忙应战，结果惨遭失败。单可及在这场战斗中阵亡，刘守文倒是逃了回去。内黄一战，卢龙兵士气大减。

刘仁恭仍然驻屯在魏州城北，以为能够等到击败李思安的捷报，不想等来惨败而回的刘守文。刘仁恭正在考虑对策，探马来报，朱全忠的大将葛从周从邢州（今河北省邢台市）一路南下，已经到达魏州城内。葛从周此次虽然只带八百兵马，但都是精锐骑兵。刘仁恭决定尽快攻打魏州城，以防朱全忠再派兵前来。

三月十五日，刘仁恭攻打魏州城北的上水关及魏州城的北门馆陶门。葛从周与宣义牙将贺德伦出城迎战。待兵马全部出城后，葛从周转身对守门将士说道："前面就是大敌，不可留下后路。"葛从周命令守门官将城门关闭，以示没有退路。葛从周、贺德伦拼死力战，将刘仁恭击败，擒获卢龙将领薛突阙、王郐郎。

第二日，葛从周会同魏博节度使罗绍威的兵马，出城再与刘仁恭交战。两部将士一连攻克刘仁恭的八个营寨。刘仁恭、刘守文父子损失惨重，于是烧毁营寨向北逃走。宣武、魏博兵马乘胜追击，一直追到临清（今河北省临西县）。刘仁恭的兵马被杀死及逼入永济渠中的不计其数。成德（治镇州）节度使王镕也出兵阻截，刘仁恭于是又向东边的沧州（今河北省沧州市东南）方向逃去。史书记载，刘仁恭被杀得几乎全军覆没，从魏州到沧州间五百里的道路上，死尸相连。刘仁恭不自量力，在没有收复义武、成德的情况下，直接攻打南边的魏博，致使惨败，从此一蹶不振，而朱全忠则越发强盛。

朱全忠接报前方已经击败刘仁恭，魏博的危险已经解除，忽然萌发攻打河东李克用的想法。朱全忠传令葛从周乘击败刘仁恭的声势，率部直接从土门(今河北省石家庄市鹿泉区)西进,穿过太行山进入河东辖区承天军(今山西省阳泉市东北)境内。朱全忠再派另一将领氏叔琮从邢州境内的马岭(今河北省邢台市西北)西进,穿过太行山进入河东的辽州(今山西省左权县)境内。两支兵马势不可挡,葛从周攻克了承天军,氏叔琮攻克了辽州、乐平(今山西省昔阳县)。氏叔琮很快逼近榆次(今山西省晋中市),离河东的晋阳城(今山西省太原市)只有数十里。

晋阳城内的李克用得知朱全忠的两位大将已经杀到东大门,连忙派"内牙军副"周德威率兵迎战。周德威在出发之前,李克用告诫周德威道:"我听说氏叔琮帐下有一员骁将,名叫陈章,此人勇猛无比,人称'陈夜叉'。陈夜叉还曾扬言要擒获河东周阳五,你一定要谨慎。"周德威毫无惧色,笑道:"他这话说大了。"

陈章确实曾对氏叔琮说道:"河东兵马所依靠的不过是一个周阳五,请让我上阵将其擒获。如果我生擒周阳五,请将军赏我一个州。"氏叔琮于是命陈章为先锋,率先杀向晋阳城。陈章到达城南的洞涡时,遭遇河东的兵马。陈章不知他想擒获的周德威就在军中,因为周德威当时穿着普通士兵的衣服。周德威看到陈章,还故意对其他士卒说道:"陈夜叉非常勇猛,看到后立即避让。"陈章听了此言,更是轻敌,以为河东将士都很怕他,于是纵马追杀。就在陈章奋勇杀敌之时,周德威突然从暗地里冲出,手舞铁挝,将陈章打下马来,当场生擒。周德威再攻氏叔琮,杀死氏叔琮部众三千余人。氏叔琮放弃营寨逃走,周德威率部追击,一直追到石会关(今山西省榆社县西),又杀一千余人。葛从周获报氏叔琮兵败,率部东返。

葛从周、氏叔琮攻打河东失败了,这场战斗多少有些仓促。朱全忠决定先将河东南边的西昭义夺取,然后再来谋取河东。西昭义只有二州,即潞州(今山西省长治市)与泽州(今山西省晋城市)。潞州在李罕之手中,李罕之已向朱全忠归附,泽州却被李克用占领。朱全忠于是派河阳(治孟州)节度使丁会北上攻打泽州。丁会未遇强敌,很快便将泽州攻克。

李克用听报朱全忠向其泽州用兵,也决定向李罕之的潞州用兵。李克

用派蕃汉马步都指挥使李君庆南下攻打李罕之。五月,李君庆包围潞州。朱全忠当时正屯兵河阳,听报李克用派兵攻打潞州,立即派部将张存敬北上增援李罕之。朱全忠觉得还不够,又派丁会从泽州北上增援李罕之。张存敬、丁会两位将领一起来攻李君庆,李君庆不敢迎战,传令解围而去。李克用获报后,对李君庆临阵脱逃非常生气,传令将李君庆及其副将伊审、李弘袭一同斩首。

朱全忠得到泽州,便得到整个西昭义,朱全忠想将东、西两昭义合二为一,任命一位节度使。朱全忠对李罕之可能还不太放心,不想让李罕之当这个节度使。再说李罕之当时已经身患重病,也不适合当这个重要藩镇的节度使。朱全忠决定调整昭义与河阳两镇节度使。六月,朱全忠向朝廷上表,推荐李罕之为河阳节度使,丁会为昭义节度使。李罕之接到诏令,只得拖着重病之身南下,前往孟州(今河南省孟州市)赴任。十日后,李罕之才到河阳境内的怀州(今河南省沁阳市),便病逝了。朱全忠又调丁会南返孟州担任河阳节度使,再调葛从周前往潞州任昭义节度使。葛从周离开邢州,朱全忠又派部将张归霸前往驻守邢州。

七月,朱全忠再次调整昭义节度使,调葛从周返回汴州,派将领贺德伦接替葛从周镇守潞州。也就在这时,李克用任命李嗣昭为蕃汉马步都指挥使,令其率部攻打潞州。八月,李嗣昭抵达潞州城下。李嗣昭先分出一部兵马继续南下攻打泽州,以图将两个城池同时收复。贺德伦固守潞州,李嗣昭不能攻克,南边的泽州反倒有了突破。朱全忠的泽州守将弃城而走,河东兵马一直南进到天井关(今山西省晋城市南)。李克用得知已经收复泽州,任命义子李存璋为泽州刺史。

李嗣昭先收复泽州是有一定道理的,因为这样就会对潞州形成战略包围。在收复泽州后,李嗣昭并没有强攻潞州,而是派骑兵每天围绕潞州城巡查,搜捕割草牧羊之人,命他们铲除田野里的庄稼。不久,潞州城外三十里内的庄稼全部被铲光。潞州城内的贺德伦得知城外已经坚壁清野,南边的泽州城已经失守,潞州已经成为一座孤城,便无心守城。一天夜里,贺德伦放弃城池,逃往东边的壶关(今山西省壶关县)。岂料河东将领李存审正埋伏在此，贺德伦又遭惨败，伤亡很多。李克用再次占领潞、泽二州，于九月上表推荐汾州（今山西省汾阳市）刺史孟迁为昭义留后。昭义仍然分为东、西两个，李克用与朱全忠各占一个。

900年（唐昭宗光化三年）二月，李克用发动大量兵民在晋阳加固城墙，挖掘濠沟。押牙刘延业劝谏道："大王声威震动华夷，应当展示兵力让四方看到威严，不是在这里加修城防，有损威望，甚至还会让贼寇轻视河东。"李克用听后，觉得很有道理，便给刘延业赏赐金帛。从李克用加修晋阳城防可以看出，李克用已经开始注重防守，当年到处征战的雄心似乎有所减弱。当然，李克用这样做，也不无道理。李克用看到朱全忠近些年不断壮大，有一次来攻，就会有二次来攻。果然，一年后，当朱全忠再次大举来攻时，晋阳城便没有被攻破，此为后话。

第44章　再攻河北，征服诸镇

900年（唐昭宗光化三年）四月，朱全忠决定再向河北用兵。朱全忠准备先攻打刘守文镇守的义昌（治沧州）。朱全忠以葛从周为出征的主将，令其率领泰宁、天平、宣义、魏博四镇兵马共计十五万人向义昌开进，将领张存敬、氏叔琮随同出征。五月四日，葛从周攻打义昌所属的德州（今山东省德州市陵城区），斩德州刺史傅公和。葛从周继续北进，不久便将沧州（今河北省沧州市东南）城包围。

葛从周攻打义昌的消息传到幽州（今北京市），卢龙（治幽州）节度使刘仁恭非常担忧。刘仁恭这时又想到了河东（治太原府）节度使李克用，决定还是向李克用求救。刘仁恭派出使者，用卑下的言辞与厚重的礼物去向李克用求情，请李克用派兵增援。李克用虽然对刘仁恭之前的做法甚为恼怒，但得知朱全忠又在兼并别人的藩镇、壮大自己，心中也很是担忧，于是派都指挥使李嗣昭率五万兵马攻打东昭义，以缓解沧州的压力。

六月，刘仁恭也率五万大军南下，援救儿子刘守文。不数日，刘仁恭到达乾宁军（今河北省青县），离沧州城只有数十里。葛从周获报后，决定分兵打援。葛从周命张存敬、氏叔琮继续包围沧州，自己率一支精锐兵马北上迎战刘仁恭。葛从周到达一处叫老鸦堤（今河北省青县东南）的地方时，与刘仁恭发生激战，大胜刘仁恭，杀死刘仁恭三万余人。刘仁恭率残部北撤到瓦桥（今河北省雄县），葛从周则率部南返，继续包围沧州。

七月，葛从周仍未能攻克沧州，而形势却越来越不利。当时北方一带连日大雨，葛从周的粮草运送困难。当月，李嗣昭大军又在邢州（今河北省邢台市）的内丘（今河北省内丘县）击败宣武守军。朱全忠得到消息，非常忧虑。这时，成德（治镇州）节度使王镕又派出使者，调解朱全忠与刘仁恭的冲突。朱全忠于是接受调解，传令葛从周撤兵。

朱全忠放弃攻打沧州，但李嗣昭的兵马仍在东昭义境内攻城略地。八月，李嗣昭在沙河(今河北省沙河市)击败宣武守军，开始进攻洺州(今河北省邯郸市永年区东南)。朱全忠决定亲率兵马援救洺州。然而朱全忠尚未到达洺州时，李嗣昭就已经攻克洺州，还擒获洺州刺史朱绍宗。朱全忠得到消息，传令葛从周前往迎战李嗣昭。

九月，葛从周到达洺州境内的黄龙镇，朱全忠也率三万兵马渡过洺水，安营扎寨。李嗣昭得知朱全忠与葛从周一齐到达，不敢迎战，传令撤退。葛从周又在邢州东北的青山口设下埋伏，拦腰痛击了李嗣昭，李嗣昭落荒而逃。至此，东昭义三州仍在朱全忠的控制之下。

时已金秋，天气晴好，朱全忠决定继续攻打河北的藩镇。朱全忠这次要攻打的是东昭义北边的近邻成德，理由是成德节度使王镕与河东节度使李克用来往过密。朱全忠认为，乘击败李嗣昭的余威挥师北上攻打成德，正是好时机。

葛从周率部先行北上，不日到达临城(今河北省临城县)。临城是个小城，守兵不多，葛从周一战而克。葛从周继续北上，不久渡过滹沱河，到达镇州(今河北省正定县)城南。葛从周下令纵火焚烧镇州的关城。

不久，朱全忠也从元氏(今河北省元氏县)率部赶到。镇州城内的王镕非常惊慌，不敢迎战，而派判官周式出城向朱全忠求和。朱全忠不接受求和，而且大怒异常。朱全忠对周式大声斥责道："我多次给王公修书，劝说晓谕，他就是不听。现在兵临城下，我决不罢休！"

周式没有被吓倒，沉着言道："成德与河东靠得很近，不断受到河东的侵害，四周邻居又只顾自保，不能相救。王公与河东结好，也是为了成德的百姓。现在明公如能为民除害，铲除河东，则天下之人哪个不从，岂止是一个成德？明公就是唐朝的齐桓公、晋文公。然而明公也应当尊崇礼义以成霸业。如果只是逞强耀武，则镇州城虽然不大，但城坚粮足，明公虽有十万兵马，也不易攻下。更何况王家镇守成德已传五代，世人都推崇王家的忠孝，也都愿为王家效死，难道希望被明公攻克吗？"

朱全忠听后,立即改变态度,马上笑了起来,拉着周式的衣袖,请周式来到军帐之中。朱全忠笑着对周式说道:"刚才只是戏言。"朱全忠于是派客将刘捍为使前往镇州城中拜见王镕。王镕把其子、节度副使王昭祚以及其他大将的子弟送到朱全忠那里为质,还拿出二十万匹绢帛犒赏朱全忠的将士。朱全忠接受王镕求和,还将女儿嫁给王昭祚。

朱全忠收服成德,决定班师。岂料那位能言善辩的周式又来了。原来是成德的另一判官张泽劝说王镕道:"河东是一个强大的敌人,现在虽有朱公作为援手,可是一旦河东派兵来攻,就如同家中失火,远水怎能解救得了?卢龙、义昌、义武(治定州)三镇仍然依附河东,不如劝说朱公乘胜将他们全部收服,让河北诸镇合而为一,就可以与河东抗衡了。"王镕认为有理,于是又派周式前往劝说朱全忠。周式将张泽的建议说给朱全忠,朱全忠听后大喜。

朱全忠又开始调兵遣将。朱全忠派将领张存敬会同魏博的兵马一同北上攻打刘仁恭。九月二十九日,张存敬攻克卢龙所属的瀛州(今河北省河间市)。十月二日,张存敬攻克了义昌所属的景州(今河北省景县),擒获景州刺史刘仁霸。十月七日,张存敬北上攻克卢龙所属的莫州(今河北省任丘市北)。张存敬一路攻克三州,大小城池近二十个。张存敬准备再从瓦桥北上攻打幽州,不想道路泥泞,无法前行。张存敬决定向西攻打义武。十月二十七日,张存敬到达义武所属的祁州(今河北省无极县)。张存敬又攻克祁州,杀死刺史杨约。两日后,张存敬的兵马逼近定州(今河北省定州市),在沙河(今河北省新乐市东北)扎营。

却说义武节度使王处存已于五年前去世,其子王郜被推举为留后直到节度使。面对张存敬大军,王郜派叔父"后院都知兵马使"王处直率数万兵马前往迎战。王处直不赞同远离定州城作战,建议依靠城池构筑营寨,等把张存敬拖得精疲力竭时再发兵攻打。孔目官梁汶不赞同此议,说道:"当年卢龙、成德两镇三十万大军前来攻打,我们的兵马不足五千,但一战而胜。现在张存敬的兵马不过三万,而我军是其十倍,为何要依靠城池固守而向其示弱呢?"王郜听罢,甚觉有理,于是命王处直率兵南下,到沙河迎战张存敬。张存敬确实是一员骁将,一路攻来,连克四州,现在面对人马众多的王处直大军,也是毫无惧色,传令将士们迎战。沙河一战,张存敬大胜,王处直兵马死亡过半,余众护卫着王处直逃回定州城中。

王郜听闻王处直惨败,吓得离开定州,向西逃往晋阳(今山西省太原市),投奔李克用而去。定州城中的兵马拥戴王处直为义武留后。不数日,张存敬率部抵达定州城下,开始围攻定州。十一月十二日,朱全忠也率部到达定州城下。王处直登上城头,对朱全忠大声喊道:"我们义武尊奉朝廷最为忠诚,也从未冒犯过明公,明公为何要来攻打?"朱全忠反问道:"你们义武为何要依附河东?"王处直回道:"我兄长(王处存)当年与晋王(李克用)一同建立功勋,两藩镇又紧密相连,而且两家互通婚姻,互相结好往来也在常理之中。我请求从此依附明公,而不再依附河东。"朱全忠接受王处直的归附。王处直更是把罪责加到梁汶头上,将梁汶灭族,以向朱全忠谢罪。王处直还拿出十万匹布帛来犒劳朱全忠大军。朱全忠于是向朝廷上表,推荐王处直为义武节度使。

卢龙节度使刘仁恭听闻朱全忠攻打义武,忙派其子刘守光率大军南下援救义武。刘守光不日到达易水(今河北省易县南)河畔。朱全忠正想在收服义武之后,继续北上攻打刘仁恭,不想刘仁恭的大军就送上门来了。朱全忠传令张存敬迎战刘守光。张存敬又大胜刘守光,杀死刘守光六万余人。史书称,从此河北诸镇全部臣服朱全忠。其实河北诸镇中,只有东昭义完全被朱全忠占领,而魏博、成德与义武只是被朱全忠打得臣服,至于卢龙与义昌,虽然遭到朱全忠再次重创,但未见刘仁恭父子臣服。朱全忠未能彻底兼并河北诸镇,为其留下了后患。

却说张存敬攻打义武时,义武节度使王郜曾派人向李克用求救。李克用采用围魏救赵的策略,派都指挥使李嗣昭率三万步骑兵南下太行,攻打河阳(治孟州)所属的怀州(今河南省沁阳市)。李嗣昭攻克怀州后,继续南下攻打孟州(今河南省孟州市)。河阳留后侯言想不到敌人突然到来,一时不知所措。李嗣昭很快毁坏了孟州的羊马城。如此紧急军情,远在

定州的朱全忠还不能知晓。后来还是佑国（治河南府）节度使张全义派将领阎宝率兵来到，拼死力战，才将李嗣昭击退。

就在十一月，仍在定州行营的朱全忠听闻朝廷发生政变，唐昭宗被软禁，朱全忠决定南返。这又是怎么回事呢？

第45章　宦官政变，幽禁昭宗

我们从宰相崔胤讲起。崔胤，字缁郎，在晚唐时期曾经四次官拜宰相，被时人称为"崔四人"。崔胤在六年多前第一次被任命为宰相时，其叔父崔安潜曾叹息道："我家父兄刻苦建起的功业，就要坏在缁郎的手中了。"当时藩镇林立，朝中的大臣甚至宦官纷纷依附一些强大的藩镇，崔胤便依附朱全忠。

900年（唐昭宗光化三年）二月，唐昭宗任命崔胤为清海（治广州）节度使、同平章事。清海军就是之前的岭南东道，唐昭宗虽然保留了崔胤的宰相之职，但外放到岭南，显然还是贬降了崔胤。崔胤马上给朱全忠写信，说其受到宰相王抟的排挤，请朱全忠上表让其回到朝中。朱全忠收到崔胤的书信，马上向唐昭宗上表，说崔胤不可离开京城，朝中宰相王抟与宦官勾结，危害社稷。唐昭宗迫于朱全忠的压力，只好于六月又召回崔胤。

崔胤一直力主削弱甚至要铲除宦官的势力，因而宦官得知崔胤回朝，都无比担忧，也无比愤怒。九月，崔胤又排挤位在自己之上的宰相徐彦若。徐彦若主动请求引退，后被任命为清海节度使。史书上讲到唐昭宗考虑徐彦若的去处时，说当时的藩镇也只有清海还听命朝廷，因为清海节度使是薛王李知柔。唉，此时的唐朝真是名存实亡了。

却说唐昭宗从华州回京以来，一直闷闷不乐，整日纵酒，而且喜怒无常。唐昭宗身边的人，特别是宦官更为自危。现在崔胤当政，宦官们更是度日如年、整日处在恐怖之中。十月，几位担任要职的宦官便开始密谋。这几位宦官是左神策军中尉刘季述、右神策军中尉王仲先、枢密使王彦范、薛齐偓。四人商议认为唐昭宗浮躁、多变，很难待候，而且只听南衙大臣的话，宦官们终将难免祸患。四人决定拥戴太子登基，尊奉唐昭宗为太上皇，再争取凤翔（治凤翔府）、镇国（治华州）两藩镇的支持而

控制其他藩镇。

十一月的一天早上，太阳已经高高升起，但宫门还未打开。左神策军中尉刘季述来到中书省，对宰相崔胤说道："宫中一定发生变故，我是内臣，可以便宜从事，请求进宫查看。"崔胤也不好阻止，刘季述于是带着一千名禁兵强行打开宫门，一问才知唐昭宗昨夜醉归还杀了身边侍从。

刘季述出了宫门，对崔胤说道："皇上所为，岂能治理天下。废除昏君，拥立明主，自古有之。为社稷大计，不算是不忠。"崔胤当时非常怕死，不敢反对。刘季述于是将禁兵列于宫殿，召来百官，起草了一份由崔胤等人连名请求太子监国的奏章，让百官署名。崔胤等没有办法，只得全部署名。

刘季述、王仲先在宣化门外布置了一千名铠甲士兵，然后与宣武（治汴州）的进奏官程岩等十余人一起进入乞巧楼，叩见唐昭宗。谁知刘季述等人刚刚进去，外边的士兵突然大声呼喊，冲进宣化门，一直来到思政殿前，这些士兵见到宫女就杀。唐昭宗看到士兵闯了进来，非常惊慌，一头从胡床上栽了下来。唐昭宗爬了起来，正要逃走，刘季述、王仲先将他搂住，让他坐下。

有宫女飞报何皇后，何皇后立即跑了过来，向刘季述、王仲先二人拜道："军容使不要惊吓皇上，有事请军容使商量。"刘季述于是拿出百官署名的奏章，递给唐昭宗，说道："陛下厌倦大位，朝廷内外都恳请由太子监国，请陛下回到东宫，颐养天年。"唐昭宗说道："昨天朕与众卿饮酒，不知不觉多饮几杯，也不至于如此啊。"刘季述说道："不是臣等所为，都是南衙百官的决定，不可改变。请陛下先到东宫，等情势稳定，再请陛下重返大内。"一旁的何皇后对唐昭宗说道："陛下快听从军容使的建议。"何皇后于是取出传国玉玺交给刘季述，再与唐昭宗及十余名侍从一起前往少阳院。

到了少阳院，刘季述心中还有气愤，手拿银子在地上边画边数落唐昭宗，说某时某事，你不听我言，其罪一也，一直数到十都没有停止。刘季述最后亲手将少阳院大门锁上，再熔化铁水，将锁孔灌满。刘季述派左神策军副使李师虔带领士兵将少阳院围住，唐昭宗的一举一动，李师虔都向刘季述禀报。唐昭宗等人的饭食，也只能从墙边掏的一个洞穴递入。所有兵器，甚至一把刀、一根针都不准递进去。唐昭宗要一点钱帛，不允许，要笔和纸也不允许。当时已经是冬天，天气寒冷，嫔妃、公主们没有冬衣，号哭之声传到院外。

刘季述囚禁唐昭宗，离开少阳院，假传圣旨，迎请太子李裕进宫。十一月七日，刘季述再假传圣旨，由李裕继位，更名李缜，尊唐昭宗为太上皇，何皇后为太上皇后。十一月十日，李缜正式登基，将少阳院更名为问安宫。刘季述控制朝廷之后，对百官加官晋爵，连军中将领也有重赏，以示讨好。刘季述对唐昭宗所宠信的宫女、侍从、方士、僧人、道士，则加以杀戮，每天都有尸体从宫中运出，借此树立威严。刘季述很想杀掉宰相崔胤，但考虑到崔胤的后台是朱全忠，最后只解除崔胤的"度支盐铁转运使"一职。

朝廷发生政变、唐昭宗成了太上皇的消息传到朱全忠那里时，朱全忠仍在定州（今河北省定州市）行营。朱全忠传令班师南返。十二月十四日，朱全忠抵达汴州大梁（今河南省开封市）。刘季述所派的义子刘希度正在大梁等待朱全忠。刘希度说刘季述答应将大唐江山献给朱全忠。刘季述担心朱全忠不信，又派唐昭宗身边的供奉官李奉本将唐昭宗的诰书送给朱全忠看。其实这个诰书根本不是唐昭宗所写，完全是刘季述假传的。朱全忠当时是犹豫不决，于是召集僚佐商议。

故事讲到这里，我们很想听听朱全忠的第一谋士敬翔的建议，毕竟这是一件重大决定，敬翔不可能不参与商讨。试想之前京城发生变故，无论是宦官干政，还是李茂贞等逼宫，朱全忠都没有过问。现在唐昭宗被人囚禁了，朱全忠到底要不要干预，这样的商讨一定非常激烈。遗憾的是，史书中关于这次商讨竟然没有敬翔的声音，这一定是史料的缺失。

根据史书记载，商讨中，有人（竟然没有记载名字）说道："这是朝廷大事，不是藩镇应当干预的。"只有天平节度副使李振说道："王室有难，正是主公建立霸业之时。现今主公已是唐朝的齐桓公、晋文公，身系大唐的安危。刘季述不过是一个宦官、竖子，怎敢囚禁、废黜皇上，主公如果不去讨

伐,如何能够号令诸侯?再说幼主一旦继位,天下大权便到宦官之手,这是把太阿宝剑授予别人啊。"朱全忠听后,恍然大悟,下令将刘希度、李奉本囚禁起来,派李振前往京师察看情势,同时召进奏官程岩返回大梁。李振回来后,朱全忠又派亲信蒋玄晖前往京师,与宰相崔胤谋划迎立唐昭宗重返大位。

崔胤听说左神策指挥使孙德昭对刘季述行废立之事,感到非常不满。崔胤便派判官石戬与孙德昭交往。孙德昭每次酒酣之时必定哭泣,石戬知道孙德昭诚实,便悄悄将崔胤的想法告诉他。石戬说道:"自从太上皇被幽禁,朝廷内外大臣,甚至贩夫走卒,无不痛恨异常、咬牙切齿。现在谋反的只是刘季述、王仲先二人,公如能将二人诛杀,迎立皇上复位,则荣华富贵,一生一世,忠义名声,千古流传。如果迟疑不决,功劳必将落到他人之手。"孙德昭听后非常感动,说道:"我孙德昭只是一名小校,国家大事,怎敢擅自作主。如果宰相有命,我怎敢爱惜一死。"石戬将孙德昭的话禀报给崔胤,崔胤割下衣带,亲手修书,再由石戬交给孙德昭。孙德昭接到崔胤的衣带书,再与右神策军清远都将董彦弼、周承诲一起谋划,准备采取行动。

901年(唐昭宗光化四年)正月一日,右神策军中尉王仲先入朝,刚到安福门,孙德昭一声令下,伏兵突起,将王仲先当场擒获。孙德昭当即将王仲先斩首,然后奔向少阳院,一边敲门,一边叫道:"逆贼已经被诛,请陛下出来慰劳将士。"还是何皇后沉稳有主见,说道:"果真如此,就把逆贼的首级拿来。"孙德昭又将王仲先的首级拿了过来,唐昭宗这才与何皇后破门而出。

这时崔胤也赶了过来,迎请唐昭宗来到长乐门楼,然后带领百官道贺。周承诲擒获了左神策军中尉刘季述、枢密使王彦范也到了这里。唐昭宗正要责问刘季述与王彦范,二人却已被乱棍打死。另一枢密使薛齐偓投井自杀未遂,被拉出来斩首。唐昭宗又下旨,诛灭刘季述、王仲先、王彦范、薛齐偓全族,以及党羽二十余人。有人报说刚刚登基不久的新皇帝李缜在宦官的保护下,躲在左神策军中,已把传国玉玺献了出来。唐昭宗说:"裕儿年纪幼小,被逼迫继位,不是他的罪。"唐昭宗下旨,令李缜回到东宫,废黜为德王,恢复本名李裕。

唐昭宗为崔胤、孙德昭等人加官,以示奖赏,崔胤为司徒,孙德昭为同平章事、静海(治交州)节度使,赐姓名为李继昭,周承诲为岭南西道(治邕州)节度使、同平章事,赐姓名为李继诲,董彦弼为宁远(治容州)节度使、同平章事,赐姓名为李彦弼。崔胤坚决辞让司徒一职,从此唐昭宗对崔胤更为厚待。李继昭、李继诲、李彦弼三人虽然被任命为藩镇节度使,但一直留在京师,负责护卫宫廷。唐昭宗对三人的赏赐也非常丰厚,几乎让朝廷府库为之一空。

正月二十三日,唐昭宗下旨称:"近年来,宰相大臣们在延英殿奏事,枢密使宦官侍奉一旁,常常发生争执。宰相大臣们奏报后,离开延英殿,宦官们则称朕并未准许,时常反复更改,扰乱朝政。从今天起,恢复宣宗大中年间旧制,等宰相们奏报完毕,枢密使再进殿接受旨意。"

唐昭宗反对宦官干政,因而拿出了唐宣宗时代的旧制。这时宰相崔胤又想进一步削弱宦官的权力,那就是将左右两神策军的大权掌控在宰相手中。崔胤与另一宰相陆扆上疏道:"祸乱之所以发生,都是因为宦官们手握兵权。臣等请求由崔胤主左军,陆扆主右军,则诸侯决不敢冒犯,皇室的尊严便能得到恢复。"唐昭宗虽然不希望宦官干政,但也没有想过不让宦官担任神策军中尉,甚至也担心宰相们担任神策军中尉会不会另有隐患。唐昭宗一时不能决断。

唐昭宗召见"三使相"李继昭、李继诲、李彦弼一同商议。三人都反对道:"臣等几代都在军中,从未听说书生担当神策军主帅。如果将神策军交给南衙,必定会有很多变更,不如还交给北司才稳当。"唐昭宗也不想改变,于是召见崔胤、陆扆,对二人说道:"神策军将士不想隶属文臣,卿等不必坚持。"唐昭宗后来任命枢密使韩全诲、凤翔监军使张彦弘为左右神策军中尉。枢密使一职则由袁易简、周敬容担任。

宰相崔胤又弄巧成拙,还将凤翔、彰义(治泾州)两镇节度使李茂贞召入京师。唐昭宗又给李茂贞加官进爵,任命李茂贞为守尚书令,兼侍中,

封岐王。崔胤担心宦官掌管神策军,始终有肘腋之患,想用外镇兵马来牵制神策军。崔胤于是暗示李茂贞留下三千兵马宿卫京师。崔胤不知有没有想过,出任神策军中尉的两位宦官韩全诲、张彦弘都曾在凤翔当过监军,留下凤翔的兵马在京,不知对谁更有利?

崔胤的做法,当然有人反对,那就是左谏议大夫韩偓。韩偓也是晚唐著名诗人,李商隐读了他的诗后,对他十分赞赏,称韩偓"雏凤清于老凤声"。韩偓的诗很多,这里不再细述。韩偓劝崔胤不可留下凤翔兵马,崔胤却说:"凤翔的兵马不肯离开,不是我将其留下。"韩偓责问道:"那么当初为何要将凤翔兵马召入京师?"崔胤无言以对。韩偓又说道:"留下他们的兵马,家国两危,不留则家国两安。"崔胤仍然不听。

朱全忠听闻刘季述等人已经被杀,赶紧向唐昭宗表明忠心,马上下令打断程岩的双脚,连同刘希度、李奉本一起押送京师。程岩等人最后被斩于街市。不久,唐昭宗下诏,晋封朱全忠为东平王。朱全忠又开始他的藩镇兼并大战。

第46章　兼并护国，二攻河东

我们不妨先看一下河东(治太原府)节度使李克用的势力范围。李克用当时完全掌控的藩镇就是河东以及北边紧靠着的振武(治安北都护府)。河东的东边即是太行山，而太行山以东便是已被朱全忠征服的河北诸镇。河东南边紧靠着的是护国(治河中府)与昭义(治潞州)，西昭义二州已被李克用占领，而护国节度使王珂是李克用的女婿，因而这两个藩镇也是李克用的势力范围。河东的西边是南北方向的黄河，而黄河以西便是关西区域，不受李克用控制。朱全忠当时的目标还是老仇家李克用，因而想先拿下护国军，以进一步孤立李克用。

护国军共辖一府四州，即河中府(今山西省永济市)、晋州(今山西省临汾市)、绛州(今山西省新绛县)、慈州(今山西省吉县)、隰州(今山西省隰县)，是河东进入关中的西南大门。901年(唐昭宗光化四年)正月十六日，朱全忠召集诸将，说道："王珂是一个蠢材，依仗河东而骄傲。我今天想把长蛇拦腰斩断，请诸君用绳子给我绑起来。"让人遗憾的是，史书只记载了朱全忠的这句话，并没有记载朱全忠与诸将商议夺取护国军的行动计划。根据后面的行动路线，朱全忠夺取护国军是有严密的计划的。

正月十七日，朱全忠将攻取护国军的大任交给将领张存敬。朱全忠给张存敬三万兵马，令其从汜水(今河南省荥阳市西北)北渡黄河，沿含山(今山西省绛县西南)小道奇袭晋、绛二州。朱全忠亲率主力大军随后继进。正月二十五日，张存敬到达绛州，两日后攻克绛州，刺史陶建钊投降。正月二十九日，晋州刺史张汉瑜不战而降。朱全忠派将领侯言镇守晋州，何絪镇守绛州，共留下两万兵马。

朱全忠夺取晋、绛二州，王珂及李克用都看出朱全忠想夺取护国军的野心。远在关中的唐昭宗也看出来了，唐昭宗甚至担心朱全忠夺取护国

军后入关谋取关西之地。唐昭宗连忙赐诏,让朱全忠与王珂和解。朱全忠不接受和解,王珂则不断派出使者前往河东,向李克用告急,使者不绝于路。王珂的妻子也给其父李克用写信道:"女儿早晚就会成为俘虏,父亲大人为何忍心不救?"李克用回复道:"现在贼兵挡在晋、绛二州,彼众我寡,进则跟我儿同死,我儿不如与王郎带领族人到京师投靠朝廷。"

王珂盼不到岳父李克用的援兵,又向凤翔(治凤翔府)节度使李茂贞修书求救。王珂在信中说道:"天子刚刚恢复帝位,诏命各藩镇不要相攻,共同辅佐朝廷。现在朱公不顾天子的诏命,首先兴兵攻打护国,其险恶用心可见。护国一旦灭亡,则关中的匡国(治同州)、镇国(治华州)、静难(治邠州)、凤翔都将不保,天子的宝座必将拱手授予他人。明公应当立即率关中诸镇兵马,固守潼关(今陕西省潼关县),前来增援河中。我知道我不是一个将才,但愿明公能够在西部,给我一个小藩镇,我将把护国奉送明公。关中的安危,王朝的长短,全在明公,请深思。"李茂贞没有回应,王珂只能坐等朱全忠的兵马来攻。

二月二日,张存敬从晋州出发,南下攻打河中城。二月六日,张存敬将河中城包围。城中的王珂已经穷途末路,决定带着家人西渡黄河,前往长安,投靠朝廷。让王珂苦恼的是,黄河的浮桥已经损坏,阻塞河流,舟船难行。更为严重的,河中的士兵已经离心,不想再为王珂而战。王珂准备在夜间渡河,亲自吩咐守城士兵,竟然无人理睬。牙将刘训对王珂说道:"现在人心不定,如果夜晚渡河,一定争抢摆渡,有一个发难,就不可收拾。不如暂且向张存敬表示愿意投降,再作下一步打算。"

王珂已经没有更好的办法,只得接受刘训的建议。二月九日,王珂命人在城角树起白旗,派出使者,带着自己的印信、符节向张存敬投降。张存敬要求打开城门,王珂不敢放张存敬入城,派人传话道:"我和朱公有家世情谊,请将军暂且后撤,等朱公到来,我自会将城池献上。"张存敬马上派人向朱全忠禀报。

朱全忠听闻王珂愿降,大喜,传令快速前往河中。二月十五日,朱全忠到达虞乡(今山西省永济市东),离河中府只有数十里之地。朱全忠先来到攀认的舅父王重荣坟墓前，祭祀、哭泣，极尽其哀。河中一带的百姓听闻朱全忠如此敬重王重荣，都感到非常高兴。王珂听报朱全忠已经到达河中，提出要"面缚牵羊"出城迎接。朱全忠立即派人阻止，说道："舅父的恩情怎能忘却，如果郎君一定要如此，让我将来有何面目见舅父于九泉之下？"王珂于是用平常的礼节迎接朱全忠，二人见面握手，然后并辔入城。却说自王重荣掌管护国军，到养子王珂出降，前后二十年有余。

朱全忠将王珂及族人迁到大梁（今河南省开封市），不久还是将王珂杀害。张存敬则被朱全忠表荐为护国军留后。张存敬后来又被朱全忠任命为宋州（今河南省商丘市）刺史。张存敬尚未起程赴任，便患起重病，在河中去世，朱全忠甚为痛心。

李克用得知朱全忠兼并护国军，派人送上重金向朱全忠请求修好。这已是李克用第二次向朱全忠示好，然而朱全忠认为其心意不诚。朱全忠虽然也派出使者回送礼物，但对李克用书信中的傲慢言辞深感气愤。

李克用的这封信，是掌书记李袭吉所写，篇幅很长，不能尽述。信的开始，也很诚恳地略叙往事："一别清德，十五余年，失意杯盘，争锋剑戟。山长水阔，难追二国之欢；雁逝鱼沉，久绝八行之赐。比者仆与公实联宗姓，原忝恩知，投分深情，将期栖托，论交马上，荐美朝端，倾向仁贤，未省疏阙。岂谓运由奇特，谤起奸邪。毒手尊拳，交相于幕夜；金戈铁马，蹂践于明时。狂药致其失欢，陈事止于堪笑。"接着则劝朱全忠罢兵："今则皆登贵位，尽及中年，蘧公亦要知非，君子何劳用壮。今公贵先列辟，名过古人。合纵连横，本务家邦之计；拓地守境，要存子孙之基。"说着说着，话锋一转，开始盛气凌人："况五载休兵，三边校士，铁骑犀甲，云屯谷量。马邑儿童，皆为锐将；鸳峰宫阙，咸作京坻。问年犹少于仁明，语地幸依于险阻，有何觇睹，便误英聪。"还说："阴山部落，是仆懿亲；回纥师徒，累从外舍。"

朱全忠读到"毒手尊拳"，心情还很开心，对敬翔说道："李公孤立于一个小小的角落，竟能得到这样的文士。我这样足智多谋的人如能得

到李袭吉的文才，就如虎添翼了。"可是当读道"马邑儿童""阴山部落"这几句，朱全忠怒道："李太原已经苟延残喘，还如此气吞宇宙，给我写信骂骂他！"敬翔只好作书，但文采不及李袭吉。朱全忠准备再次发兵攻打河东。

三月二十一日，朱全忠开始调兵遣将，一共调集六路大军，从六个方向杀向河东。第一路由将领氏叔琮率领，共五万人马，从汴州出发，经孟州，从天井关（今山西省晋城市南）穿过太行山北上河东。第二路由魏博（治魏州）都将张文恭率领，从磁州新口（今河北省武安县西）穿越太行山进入河东境内。第三路由大将葛从周率领天平、泰宁会同成德共三镇兵马，从土门（今河北省石家庄市鹿泉区西南）进入河东。第四路由洺州刺史张归厚率领，从马岭（今河北省邢台市西北）进入河东。第五路由义武（治定州）节度使王处直率领，从飞狐（今河北省蔚县）方向进入河东。第六路由镇守晋州的侯言率领慈、隰、晋、绛四州兵马，从阴地关（今山西省灵石县西南）进入河东。

三月二十九日，侯言率先到达沁州（今山西省沁源县），沁州刺史蔡训、河东都将盖璋投降。三月三十日，氏叔琮到达泽州（今山西省晋城市），泽州刺史李存璋弃城而走。氏叔琮挥师北上进攻潞州（今山西省长治市），昭义节度使孟迁投降。氏叔琮继续向北攻打晋阳（今山西省太原市）。四月三日，氏叔琮经过石会关（今山西省榆社县西），在太原城南的洞涡驿扎营。当日，张归厚率兵到达辽州（今山西省左权县）。四月五日，辽州刺史张鄂向张归厚投降。这时，葛从周的部将白奉国会同成德兵马已经穿过太行山进入河东境内。四月七日，白奉国攻克承天军（今山西省阳泉市东北），与氏叔琮的烽火互相呼应。

四月底，氏叔琮等各路大军先后到达晋阳城下。李克用下令固守城池，亲自登上城楼，部署防御，连吃饭都来不及。故事讲到这里，我们或许会认为李克用到了生死存亡的紧要关头，毕竟朱全忠重兵杀到晋阳城。如果我们站在朱全忠的角度，也希望这位一直致力于藩镇兼并的晚唐枭雄能够消灭李克用。如果消灭李克用，其他藩镇必将传檄而定，朱全忠就可能统一华夏。然而历史难以假设，就如同十七年前在上源驿中未能杀掉李克用一样，这回朱全忠又给自己甚至给历史留下遗憾。

按说如此众多的兵马攻城，城中兵民又人心惶惶，攻城应当不是难事。然而老天不助。史书记载，当时大雨连续数十天不止，攻城十分困难。人马众多，粮草运送又出现困难，军中开始缺粮。最让朱全忠痛苦的是，很多士兵还患起了疟疾。

时日一久，攻守就出现变化。李克用命将领李嗣昭、李嗣源在城墙上凿出暗门，然后在夜晚从暗门冲出，出其不意地攻击城外的围城士兵，每次都能取得一些战果。李克用又派将领李存进到洞涡驿偷袭宣武兵马，宣武兵马又遭大败。朱全忠不断接到不利消息，决定暂且放弃攻打河东，传令各路大军南撤。

五月，氏叔琮从石会关南返，其他各路兵马也开始南撤。氏叔琮南下经过潞州时，昭义节度使孟迁带领族人跟随氏叔琮一同南下。朱全忠派将领丁会代替孟迁镇守潞州。李克用获报宣武大军南撤，下令追击。将领周德威、李嗣昭率五千骑兵尾随宣武兵马之后，趁机攻击，斩获很多。另一将领李存审还收复了汾州（今山西省汾阳市）。六月，李嗣昭、周德威又夺取了隰州、慈州。

朱全忠第二次攻打河东不利，但也顺势占领了西昭义二州，从此东西昭义合二为一，都为朱全忠所有。朱全忠决定暂停攻打河东，先巩固刚占领的藩镇。却说朱全忠兼并了护国军，曾上表请唐昭宗任命节度使，并暗示朝中官员推荐自己担任。唐昭宗便下诏任命朱全忠为宣武、宣义、天平、护国四镇节度使。六月十三日，朱全忠前往河中府，接受护国节度使的符节、印信。闰六月，朱全忠再向朝廷上表，推荐河阳（治孟州）节度使丁会为昭义节度使，孟迁为河阳节度使。

朱全忠下一步会如何用兵？一个最大的可能就是准备第三次攻打河东。然而就在这时出现意外，朱全忠准备入关。这事还得从依附朱全忠的那位宰相崔胤铲除宦官讲起。

第47章 奉诏进京，昭宗遭劫

朱全忠自从到了汴州当宣武节度使，就没有去过京城长安，也没有见过唐昭宗。多年以来，朱全忠一直在关东一带兼并藩镇，似乎并不过问关中之事。朱全忠此次之所以决定进京，是因为宰相崔胤说得到皇上密诏，要朱全忠进京辅佐王室。那么崔胤所说的密诏是真的吗？当然不是。

宰相崔胤当时在朝中权力很大，唐昭宗把军国大事都交给他。唐昭宗与崔胤商讨国事，有时到夜晚燃烛之时才结束。宦官们都非常害怕崔胤，都不敢正眼看崔胤。有什么事，这些宦官们总是先请示崔胤，然后再办理。崔胤极力主张彻底铲除宦官，而用宫女执掌宫内诸司。宰相韩偓多次劝告崔胤道："宦官不能一个也不留，逼得太紧，容易产生变故。"崔胤就是不听。

崔胤与唐昭宗的谋划虽然周密，但那些宦官的耳目也很多，多少有些听闻。左神策军中尉韩全诲等在唐昭宗面前，流泪哭泣，苦苦哀求。唐昭宗的决心已定，因而韩全诲等人的哀求也没有用。唐昭宗知道走漏了风声，便召来崔胤，对其说道："有事用奏疏，封住信口，不要口头奏报。"宦官们也有对策，找来一些识字的美女，将她们接到宫中，让她们暗中偷看崔胤的奏疏。崔胤的密谋于是全被韩全诲等人知晓，而唐昭宗还没发觉。

韩全诲等人得知崔胤与唐昭宗准备杀掉他们，非常害怕。这些宦官每次参加唐昭宗的宴会，总是互相流泪相别，以为不能再见。当然宦官们也在谋划如何排挤崔胤。崔胤当时兼领三司使，韩全诲等让禁军士兵对唐昭宗喧哗吵闹，控诉崔胤克扣冬衣。唐昭宗没有办法，只好解除崔胤的盐铁使一职，崔胤非常愤怒。

崔胤发现自己的谋划已经泄露，而且又被解职，马上修书一封，派人送给朱全忠。崔胤在信中说接到唐昭宗的密诏，令朱全忠率兵到长安迎接车驾。崔胤在信中还说道："前者迎皇上重返大位，都是令公的良策，结果却是凤翔(治凤翔府)兵马率先入朝，抢了大功。今天如果不速速到来，必成历史罪人，不仅功劳被他人夺走，恐怕也会被他人讨伐。"

朱全忠当时正在河中府(今山西省永济市)，看罢崔胤的书信，决定入关。901年(唐昭宗天复元年)七月五日，朱全忠先从河中东返大梁(今河南省开封市)，调集兵马，作入关前的准备。

九月，朱全忠仍未从大梁出发，但长安城中的人都知道朱全忠要率兵入关。唐昭宗急忙召见宰相韩偓，对韩偓说道："听说朱全忠要来清君侧，确实是忠心，但是要令其与茂贞一同建功。如果两节帅相争，情势就将危险。卿替朕跟崔胤说，立即给两镇修书，让两镇一同谋划，这样才是最好的。"唐昭宗不想朱全忠一人进京，想让李茂贞制衡朱全忠。然而崔胤怎么会替唐昭宗写这样的信呢？

宦官韩全诲听说朱全忠将要率兵进京，便与李继昭、李继诲、李彦弼、李继筠等结成同盟，准备劫持唐昭宗前往凤翔(今陕西省凤翔县)，然而李继昭不肯参与。十月十九日，韩全诲命令李继筠、李彦弼带兵入宫，逼迫唐昭宗驾幸凤翔。唐昭宗赶紧派人给崔胤送去一封信，此信话语极其凄凉悲怆，末尾写道："我为宗社大计，势须西行，卿等但东行也。惆怅，惆怅！"

十月二十五日，韩全诲等人逼迫唐昭宗入阁召见百官，宣布撤销正月二十二日颁布的诏书，恢复唐懿宗咸通以来的近例，也就是准许宦官与百官一同进殿议事。当天，唐昭宗驾临延英殿，韩全诲等人都一同列席，同殿议政。

再说朱全忠率大军于十月二十日从大梁出发。朱全忠从准备入关，到正式起程，前后整整三个月。我们不太清楚，朱全忠在这三个月当中做了些什么。如果是在准备兵马，显然不需要这么长时间。按说朱全忠听闻朝廷将生变乱，自己又准备进京，不会等这么久。朱全忠当时可能心存观望，甚至有一丝犹豫。朱全忠当时在进京这件事上，一定非常谨慎。这从唐昭宗被废为太上皇一事就可以看出，朱全忠处理得就很为小心。之后，

朱全忠正式入关了，仍然是走一步看一步，似乎有某种顾虑，与其最强大的藩镇身份不太相符。

相比而言，实力比朱全忠要小得多的李茂贞、王行瑜之流就极为嚣张。就是多次进京勤王的李克用有时也不免跋扈一下。试举一例。曾经统兵讨伐李克用遭败的宰相张浚被一贬再贬，后来又被起用而担任兵部尚书，朱全忠还向唐昭宗推荐张浚为宰相。李克用听闻此事后，立即上表请求讨伐朱全忠，还说道："张浚早上出任宰相，臣晚上就到宫门。"

我们再来看看跟随朱全忠入关的幕僚与主要将领。几位幕僚中，敬翔、李振跟随入关，裴迪留守大梁。将领有徐怀玉、刘捍、寇彦卿、康怀贞、刘知俊、杨师厚、马嗣勋等。朱全忠的二哥朱存之子朱友宁也一同入关。

十月三十日，朱全忠到达河中府。朱全忠就在河中向唐昭宗上表，请唐昭宗驾幸东都洛阳。朱全忠虽然未到长安，但其奏表到达长安，就已让长安大为震惊。城中的百姓听闻此事，一片恐慌，纷纷逃到山谷之中。百官都没有上朝，宫门外空无一人。史书记载，当时长安城中的大街上，很多百姓被抢，只能穿着纸糊的衣服。李继昭不愿与韩全诲一同谋反，韩全诲也不让他见到唐昭宗。李继昭则率所部六千余人以及关东各藩镇在京的兵马一同守卫崔胤的府第开化坊。百官及士人百姓想躲避战乱的，也都来投靠。唐昭宗派供奉官张绍孙召集百官，崔胤等都上表推辞不至。

十一月四日，是冬至，意味着寒冷的冬天开始了。韩全诲等人带兵进入内殿，对唐昭宗说道："朱全忠大军逼近京师，想劫持陛下前往洛阳，还想让陛下将帝位禅让给他。臣等恳请陛下驾幸凤翔，召集兵马抵御朱全忠。"唐昭宗不许，还手提宝剑登上乞巧楼。韩全诲等人逼迫唐昭宗下楼，唐昭宗只好下楼，才走到寿春殿，李彦弼已在御院纵起火来。唐昭宗到了思政殿坐下，翘起一只脚，另一只脚则蹬在阑干之上，无比惆怅。庭院之中，一个大臣也没有，唐昭宗身旁也没有一个侍从。唐昭宗不肯离开，但韩全诲还在等着。二人僵持了一会儿，唐昭宗实在无可奈何，便与皇后、妃嫔、诸王共一百余人，都上了马，准备离开。唐昭宗在一片恸哭声中离开宫门，回头顾望，大火正在熊熊燃烧。

　　第二天，唐昭宗到达田家砐（今陕西省周至县东），凤翔节度使李茂贞已经在此迎接。唐昭宗见到李茂贞，也不顾皇帝身份，主动下马抚慰李茂贞。唐昭宗一路走走停停，九天后才到达凤翔。

　　再说朱全忠率领四镇兵马共七万人，于十一月一日从河中西渡黄河，当日就到达同州（今陕西省大荔县）。镇国（治华州）节度使韩建任命的匡国（治同州）留后司马邺出城迎降。朱全忠派将领马嗣勋与司马邺一起前往华州（今陕西省渭南市华州区），对镇国节度使韩建说道："公如果不早点改过，自动归附，将会麻烦我的大军在华州城下少作停留。"韩建不敢与朱全忠对抗，赶紧派镇国节度副使李巨川前来拜见朱全忠，请求投降，还献上白银三万两以助其军。朱全忠接受韩建纳降，也就没有在华州逗留，率部继续西进。

　　十一月七日，朱全忠到达零口（今陕西省西安市临潼区东北），听闻唐昭宗已被韩全海劫持西去。朱全忠认为正是他率兵入关，才使唐昭宗被劫，于是立即传令停止前行。第二天，朱全忠传令回师，傍晚屯军赤水（今陕西省渭南市东），与华州离得不远。已经致仕的张浚劝说道："韩建是李茂贞的同党，如果不先将其攻取，将来必有后患。"朱全忠赞同此议。朱全忠也找了一个攻打韩建的借口，说韩建曾上表劝唐昭宗驾幸凤翔。

　　朱全忠的大军到达华州城下，韩建单人匹马出城迎接朱全忠。朱全忠斥责韩建劝皇上西去。韩建辩解道："我韩建一字不识，所有表章檄文，都是节度副使李巨川所写。"朱全忠也知道李巨川是韩建的谋士，多为韩建出谋划策，于是下令将李巨川斩于军门。朱全忠又对韩建说道："你是许州人，现在就可以衣锦还乡。"十一月九日，朱全忠任命韩建为忠武（治许州）节度使，并派兵护送其到差，实际也是强迫韩建离开镇国。朱全忠再调前商州刺史李存权知华州，并将忠武节度使赵珝调任匡国节度使。却说唐昭宗曾在华州两年，各地商贾云集于此，韩建加重赋税，得钱九百万贯，现在全归朱全忠所有。

　　这时，京城长安没有皇帝，而皇帝的行在没有宰相。崔胤与太子太师卢渥等二百余名官员一同联名请朱全忠西进，以迎接唐昭宗回京。崔胤

还派宰相王溥前往赤水与朱全忠商议。朱全忠给崔胤等人回信道："前进则怕人说我威胁君王,后退则恐人说我有负国恩,然而不敢不勉励自己。"十一月十日,朱全忠从赤水率部西进。

十一月十四日,朱全忠到达长安,各位宰相及百官在长安城东的长乐坡列班相迎。第二天,朱全忠率部继续西进,百官又在长安城西的临皋驿列班相送。朱全忠认为李继昭有功,任命其权知匡国留后,后又留其在京城担任两街制置使,赏赐也十分优厚。李继昭则将所统领的八千人马全部交给朱全忠。

朱全忠一边西进,一边派判官李择、裴铸前往凤翔上表,称:"臣接到密诏,以及崔胤的书信,让臣率兵入朝。"韩全诲等人假传圣旨回复道:"朕避灾到此,不是宦官所劫持。密诏都是崔胤伪造的,卿应当率兵返回,保卫疆土。"李茂贞则派将领符道昭驻屯武功(今陕西省武功县),以阻截朱全忠。符道昭是蔡州人,刚强机敏有武艺,是秦宗权的部将。秦宗权败亡后,符道昭流浪四方,最后投靠李茂贞,被李茂贞收为义子。朱全忠到达武功时,派将领康怀贞攻打符道昭。康怀贞击败了符道昭,朱全忠大喜道:"这个城池名叫武功,现在首战即胜,真是武功啊!"

十一月二十日,朱全忠率大军到达凤翔,在凤翔城东扎营。李茂贞知道实力不及朱全忠,不敢出城迎战,而是登上城楼,对朱全忠喊话道:"天子躲避灾难到此,不是臣无礼逼迫而来。这完全是谗言把公误导到这里。"朱全忠回复道:"韩全诲劫持天子到此,我今天兴师前来问罪,迎请皇上大驾还宫。岐王如果没有参与密谋,哪里用得着解释。"

唐昭宗屡次下诏给朱全忠,要朱全忠返回本镇。朱全忠知道唐昭宗已被劫持,所下诏书并不是唐昭宗的旨意,但朱全忠还是听从了。朱全忠上表辞行。十一月二十三日,朱全忠率大军离开凤翔。唐昭宗不仅下诏让朱全忠退兵,还下诏贬降崔胤为工部尚书,免去宰相一职,显然也是李茂贞及宦官韩全诲等人的主张。

朱全忠离开凤翔,并没有东返,而是前往北边的邠州(今陕西省彬县)。朱全忠想趁机将静难军(治邠州)给兼并了。静难军也是李茂贞的势力范围，节度使是李茂贞的义子李继徽。十一月二十七日，朱全忠兵临邠州城下，攻城。十一月二十九日，李继徽请求投降。李继徽投降朱全忠后，恢复本名杨崇本。朱全忠仍然让杨崇本镇守邠州，但要求将其妻儿带往河中府充当人质。

就在这时，朱全忠接到消息，李克用派兵攻打护国所属的晋州（今山西省临汾市）。原来在朱全忠率部入关之时，韩全诲、李茂贞曾以唐昭宗名义下诏给李克用，向李克用征调兵马。李茂贞还另外写信给李克用，请李克用出兵援救。李克用派将领李嗣昭率五千骑兵从沁州攻向晋州，大败朱全忠的守将。朱全忠决定从邠州挥师东进，增援晋州。

十一月三十日，朱全忠进驻三原（今陕西省三原县东北）。十二月五日，崔胤来到三原，拜见朱全忠。崔胤力劝朱全忠不要东返，而是西进，以迎接唐昭宗回京。朱全忠于是又改变主意，传令西进。

902年（唐昭宗天复二年）正月，朱全忠再次抵达武功。这时唐昭宗又任命给事中严龟为"岐汴和协使"，派其前来劝和朱全忠与李茂贞。唐昭宗还给朱全忠赐姓为李，让朱全忠与李茂贞从此成为兄弟。朱全忠虽然没有接受这个劝解，但决定暂且不再西进，因为东边探马不断来报，河东李嗣昭、周德威二将正在攻打慈、隰二州，进逼晋、绛二州。朱全忠担心他的护国军，传令东返河中府。

第48章　三攻河东，再围凤翔

902年（唐昭宗天复二年）二月十二日，朱全忠到达河中府（今山西省永济市），立即派侄儿朱友宁率部会同晋州刺史氏叔琮迎战河东兵马。二月十八日，朱友宁的兵马到达晋州西北边的蒲县（今山西省蒲县），与氏叔琮兵马会合，共有十万人。将领们都想休整再战，氏叔琮说道："如果我们休整，贼军一定会趁机逃跑，我们何以立功？"氏叔琮下令夜袭河东兵马，并断其归路，河东士兵一万余人不是被杀便是被俘。李嗣昭、周德威只得坚守营寨不战。

二月二十二日，朱全忠从河中北上督战。二月二十八日，朱全忠到达晋州（今山西省临汾市）。朱全忠的大军超过十万，前后横亘十里长。三月十二日，朱全忠下达了作战命令，氏叔琮、朱友宁向李嗣昭、周德威的营寨发起进攻。周德威纵马出战，不胜回营。周德威让李嗣昭率后军先行撤退，自己率骑兵殿后。氏叔琮、朱友宁乘胜追击，河东士兵溃散，连李克用的儿子李廷鸾都被擒获，兵器、辎重几乎全部丢弃。

朱全忠看到河东兵马大败，又萌发了攻打河东的想法。朱全忠高兴地说道："杀蕃贼，破太原，非氏老不可！"朱全忠于是命令氏叔琮、朱友宁乘胜杀向晋阳城（今山西省太原市）。

晋阳城中的河东节度使李克用获报李嗣昭、周德威等遭败，又派义子李存信率亲兵南下迎战。李存信到达清源（今山西省清徐县）时，遭遇氏叔琮大军，李存信竟然不敢迎战，掉头就回晋阳。氏叔琮一连收复了慈、隰、汾三州。三月十五日，氏叔琮到达晋阳城外，在晋祠扎营。也就在这时，河东将领李嗣昭、周德威收拾残兵沿着山路也回到晋阳城。河东的兵马还没有集结，氏叔琮便开始下令猛烈地攻城。氏叔琮觉得胜算在握，感到非常悠闲，督战之时，也宽衣博带，根本没有把敌人当回事。

城中的李克用日夜登城督战，废寝忘食。面对朱全忠第三次重兵压境，李克用也失去守城的信心。李克用召集诸将商议，准备北撤退保云州（今山西省大同市）。李嗣昭、李嗣源、周德威等将都反对道："儿等在此，一定能够固守，大王千万不能有撤退的打算，这样会动摇人心。"李存信却说道："关东、河北一带都被朱全忠控制，我们兵马不足，疆土又小，如果坚守这座孤城，他们必定会构筑营垒，挖掘濠沟，以长久围困，到那时，我们飞也飞不走，只能坐以待毙。现在情势十分危急，不如暂且先到北方，投奔达靼，然后再作打算。"李嗣昭极力反对，李克用一时不能决断。

正在这时，刘夫人来了，对李克用说道："李存信不过是北方的一个牧羊小儿，能有什么远见？大王常常嘲笑王行瑜轻易就离开城池，最终死于人手，今天反而要效仿他吗？当年大王在达靼，差点儿不保，全赖朝廷多事，才得以回到家园。今天大王一只脚离开晋阳城，祸乱就将不可预测，塞外还能到得了吗？"

李克用听后，决定坚守晋阳城，不再提撤走之事。数日后，各路溃败兵马陆续集结，节帅府的官员逐渐安定。当时，李克用的兄弟李克宁前往忻州赴任刺史，才到半路，听闻朱全忠的大军杀向晋阳城，说道："晋阳城才是我死后安葬之地，离开晋阳，我还能去哪里？"于是也折返晋阳城，军心也才安定。

晋阳城尚未攻克，朱全忠又临阵分兵。朱全忠分兵是为了防御李茂贞，当时的朱全忠可谓是攻凤翔（今陕西省凤翔县）担心河东，而攻河东又担心凤翔。三月二十一日，朱全忠调朱友宁率部西进，自己则南返河中府，就在河中府指挥东西两线作战。然而，朱友宁从河东调走后，河东的李嗣昭、李嗣源等将不断率敢死之士夜袭氏叔琮大营。氏叔琮的兵马备受惊扰，都来不及防御。

时正春夏之交，氏叔琮军中出现瘟疫，真是老天不助朱全忠。三月二十六日，氏叔琮传令撤退，朱全忠第三次攻打河东再次宣告失败。氏叔琮撤退后，李嗣昭、周德威率部追击，一直追到石会关（今山西省榆社县西）。氏叔琮为了能够顺利撤回，派人在高冈之上，留下几匹战马，并树起旌旗，

李嗣昭以为有伏兵，不敢再追。李嗣昭、周德威虽然没有继续追击氏叔琮，但顺势收复了慈、隰、汾三州。

史书上说，朱全忠第三次攻打河东虽然又没有取得战果，但李克用从此一连数年也无力与朱全忠争霸，而开始注重防守。李克用不久便召集幕僚商讨贮存军粮、加修城池之事。掌书记李袭吉对这两件事都不赞同，李克用的儿子李存勖也有自己的看法。李存勖时年十八岁，是李克用的宠姬曹氏所生，自幼便聪明机警，勇猛有谋略。李存勖认为："物不极则不返，恶不极则不亡。朱全忠依仗兵力和诈术，吞并四邻，人神共愤。现其又进逼圣驾，觊觎帝王宝座，已到了极致，必将走向灭亡。我家世代忠义，虽一时势衰力穷，但无愧于心。父亲大人应当韬光养晦，静待其衰，为何丧失斗志，而让部众失望呢？"李克用听罢，非常高兴，马上命人置酒奏乐，暂且不表。

四月二十一日，崔胤来到河中府，声泪俱下地请朱全忠尽快西进，迎回天子。崔胤还说李茂贞可能会劫持天子驾幸蜀地。朱全忠接受崔胤的请求，并设宴款待崔胤。席间，崔胤亲自敲打木板，为朱全忠唱歌助兴。

五月十四日，朱全忠率五万精锐士兵从河中出发，数日后到达长安城东边的渭桥。由于连日阴雨，朱全忠在东渭桥滞留十余天。六月三日，朱全忠到达虢县（今陕西省宝鸡市虢镇），离凤翔只有数十里。凤翔城内的军民听闻朱全忠的兵马再次到来，一片惊慌，城外百姓纷纷迁到城内。

面对朱全忠再次抵达凤翔，李茂贞准备与朱全忠大战一场。六月十日，李茂贞亲率重兵出城，前往虢县之北迎战朱全忠。虢县这一战非常激烈，双方整整交战了两个时辰，结果是李茂贞大败，死亡一万余人，几百名将校被俘。李茂贞惊慌撤退，固守凤翔城。

六月十三日，朱全忠率精锐大军到达凤翔城下。朱全忠没有传令攻城，而是身穿朝服，对着凤翔城哭泣道："臣只想恭迎陛下驾还京师，不想与岐王争胜。"城中的大宦官韩全诲以及节度使李茂贞，都不理会朱全忠，唐昭宗更是无力作主。朱全忠将所部兵马分成五个营寨，围绕凤翔城四周扎营，准备长期围困。

两个月后,李茂贞不堪围困,决定夜晚出城偷袭。李茂贞亲自带兵出城,突袭了朱全忠的营寨,俘虏了朱全忠的将领倪章、邵棠。李茂贞不敢恋战,取得一点战果便很快返回城中。数日后,李茂贞再次率兵出城与朱全忠作战。朱全忠也列阵迎战,两部整整交战了一天,李茂贞不敌,于傍晚撤回城中。朱全忠于是继续围困凤翔城。

老天似乎要帮助李茂贞。八月下旬以来,凤翔一带连日大雨,朱全忠的很多士兵患起病来,朱全忠十分忧虑。九月二日,朱全忠召集诸将商议准备撤围,返回河中。亲从指挥使高季昌、左开道指挥使刘知俊劝说道:"天下英雄注目大王勤王已经一年,现在李茂贞正被围困,为何舍弃而去?"朱全忠说李茂贞固守城池不战,无计可施。高季昌于是献上一计以诱惑李茂贞出城作战。

朱全忠采纳了高季昌的计策,悬赏入城充当间谍的人,骑兵马景愿意前往。马景说道:"我此行必有一死,请大王抚恤我的妻子儿女。"朱全忠听后,也感到哀伤,不许马景前往。马景坚决请求,朱全忠也就答应了。

第二天凌晨,朱全忠命令全军偃旗息鼓,将兵马埋伏起来,营寨之中寂若无人。马景骑马来到城门口,对守城官兵喊道:"朱全忠的兵马已经逃走,只留下一万名受伤患病的士兵守护营寨,这些人今天晚上也会离去,请速速发兵袭击。"城门官将此事禀报李茂贞,李茂贞信以为真,下令所部人马全部出城,攻打朱全忠的营寨。当李茂贞的兵马全部进入空营之后,躲在中军帐中的朱全忠擂起战鼓,一时伏兵全部杀出。凤翔的兵马毫无防备,伤亡惨重,元气大伤。

朱全忠继续围困凤翔城,在城池四周挖掘濠沟,还找来猎狗看护,让凤翔城与外界完全隔绝。十月,李茂贞的两位义子李彦询、李彦韬因不堪围困而向朱全忠投降。朱全忠知道城中难以为继,于是派司马邺带着奏表进城,请唐昭宗还驾长安,李茂贞没有答应。司马邺回到军营,告诉朱全忠唐昭宗已经缺衣少食。朱全忠虽然想逼迫李茂贞妥协,但也不希望唐昭宗如此受苦,于是派人向城中送来食物、布匹,甚至还有熊脂这样的补品。唐昭宗收到这些物件,总是先让李茂贞打开过目,李茂贞也不敢

开启。

十月十四日,朱全忠再派使进城,与李茂贞议和,同意城中百姓出城砍柴。很多出城砍柴的人不再返回城中,而向朱全忠投降。朱全忠又让投降的人穿上红色的袍服,在城下招呼城中的人投降,很多人在夜里缒城而出。李茂贞的军心已散,已经没有战斗力,但李茂贞还不肯放回唐昭宗,李茂贞还在等待援兵。不久真的有人来援,那便是他的堂兄弟、保大(治鄜州)节度使李茂勋。

十一月一日,李茂勋率一万余兵马来到凤翔,在城北山坡上扎营,点起烽火,与城中兵马遥相呼应。朱全忠认为李茂勋来援,其保大必定空虚,便于次日派将领孔勍、李晖前往攻打保大所属的鄜、坊二州。十一月十日,孔勍、李晖攻克坊州(今陕西省黄陵县)。十一月十二日,天降大雪,孔勍、李晖率兵冒着大雪连夜急行,于第二天拂晓抵达鄜州(今陕西省富县)。孔勍、李晖很快攻入城中,与城中八千名守兵交战,一直战到中午。孔勍、李晖击败守兵,擒获保大留守将领李继璙。孔勍下令安抚李茂勋及其将士的家人,城中秩序井然。远在凤翔的李茂勋获报,立即率兵返回鄜州。

朱全忠仍在围困凤翔,每天晚上都鼓角争鸣,凤翔城中的土地都被震动。攻城的士兵骂守城的士兵为"劫天子的贼",而守城的士兵则骂攻城的士兵是"夺天子的贼"。史书记载,那年冬天,一直大雪,凤翔城中的粮食早已吃光,冻死饿死的人不计其数。有人躺在那里还有一口气,便被人割肉作为食物。城中街市开始买卖人肉,一斤一百钱,而狗肉一斤值五百钱。李茂贞府库中的食物也快吃光,只能用狗肉、猪肉充当唐昭宗的御膳。唐昭宗甚至把御衣以及小皇子们的衣服拿到街市上去卖钱。唐昭宗的御马吃的则是用水浸泡过的松木片。朱全忠又派人将城外的野草全部割光,让城中被困的兵民更加绝望。

十二月,李茂勋派人来见朱全忠,请求投降,还改名为李周彝。随着李茂勋的投降,保大便成了朱全忠的领地,朱全忠不久便任命氏叔琮为保大留后,直到节度使。没有人再来援救李茂贞了,李茂贞终于萌发了诛杀宦官以赎罪的想法。李茂贞给朱全忠写信道:"祸乱的发生,都是韩全海所致。我将天子迎接到凤翔,也是防备别的强盗。公既然有匡扶社稷之志,就请公迎驾还宫,我将带领破甲残兵,向公效力。"朱全忠也回信道:"我率兵到此,正是要迎驾回宫,公能协力,正是我的心愿。"

李茂贞虽然准备将唐昭宗交给朱全忠,但一连二十天没有动静。十二月二十五日,唐昭宗召集李茂贞、李继诲、李彦弼、李继岌、李继远、李继忠等人一同进餐,商议与朱全忠和解一事。唐昭宗说道:"十六宅的各位亲王,每天都有几个人冻死或饿死。就是住在行宫中的各位亲王、公主、妃嫔,也是一天喝粥,一天吃汤饼,现在都已吃光了。卿等以为该如何处置?"李茂贞等都闭口不言。唐昭宗又说道:"只有尽快与朱全忠和解啊。"

李茂贞等人对和解一事,仍然犹豫不决,但凤翔的士兵们已经不堪煎熬了。一天早上,有十余名凤翔士兵在左银台门前拦住宦官韩全海,大声骂道:"凤翔全境生灵涂炭,凤翔全城饥饿而死,都是因为你们这几个军容使。"韩全海赶紧逃走,去见李茂贞。在李茂贞面前,韩全海跪下叩头诉说此事。李茂贞命左右斟上两杯酒,与韩全海同饮,以示赔礼。韩全海又去找唐昭宗诉说,唐昭宗也说了一些安慰的话。韩全海的心情也许好了一些,不想符道昭又来骂道:"当年杨复恭害死杨守亮一家,今天你又想害死我的全家吗?"符道昭不停地咒骂,最后竟出城向朱全忠投降,成为朱全忠帐下将领。

李茂贞终于决定正式与朱全忠和解。903年(唐昭宗天复三年)正月二日,唐昭宗派殿中侍御史崔构、供奉官郭遵诲来到朱全忠大营,商讨和解之事。正月四日,李茂贞也派牙将郭启期前往朱全忠大营商谈和解事宜。然而,就在此关键时刻,有人向朱全忠的后方攻了过来。

第49章　迎回昭宗，铲除宦官

朱全忠围困凤翔（今陕西省凤翔县）长达半年之久，眼看大功告成，不想探马来报，有人攻打其后方领地。谁会攻打朱全忠的后方呢？是河东（治太原府）的李克用还是淮南（治扬州）的杨行密？都不是。攻打朱全忠的竟然是一直悄无声息的平卢（治青州）节度使王师范。

平卢在天平（治郓州）、泰宁（治兖州）两藩镇以东，朱全忠曾派大将朱珍到平卢境内招兵，那时的平卢节度使是王敬武。王敬武去世后，十六岁的儿子王师范被部众拥立为留后。平卢所辖的棣州刺史张蟾反对王师范，王师范派都指挥使卢弘讨伐。岂料卢弘竟然回师攻打王师范。王师范派人送重金给卢弘，对卢弘说道："我王师范年幼无知，不能担当重任，情愿让此大位，能够保全首级，就是公的大仁大义了。"卢弘认为王师范年少，也就相信了这句话，便不加防备。卢弘怎么也没有想到，王师范又悄悄对小校刘鄩说道："你如果能杀掉卢弘，我就升你为大将。"卢弘进城后，王师范设宴接待，而将刘鄩藏在暗处。卢弘欣然赴宴，毫无防备。突然刘鄩冲了出来，将卢弘及其同党全部杀掉。王师范再亲自率兵攻打棣州，擒获张蟾，斩首。王师范任命刘鄩为马步副都指挥使，直到行军司马。唐昭宗也干脆任命王师范为平卢节度使。

王师范对境内治理是恩威并重，有声望有政绩。每年有县令到差，王师范总是带着仪仗护卫前往拜见。县令不敢接受，王师范便让客将上前将县令扶到公堂上，自己则跪在堂前，自称"百姓王师范"。部属劝王师范不要如此，王师范说道："我尊敬乡里贤达，是希望子孙不要忘本。"

王师范喜爱儒学，有书万卷，常常以忠义自许。王师范听闻朱全忠围攻凤翔，且又接到韩全诲用唐昭宗名义发来的勤王诏书，不禁潸然泪下，沾满衣襟。王师范对左右说道："我们都是皇家的藩屏，怎能坐视天子被困受辱，各藩镇拥有强兵，难道只用来自卫？"王师范还说："虽然力量不足，也当拼死为之。"

此时的王师范已经三十岁，掌管平卢将近十四年。这些年中，王师范自知实力不及周边强镇，因而注重境内治理，不与邻近藩镇争雄。朱全忠在接连消灭天平、泰宁之后，王师范也曾派使归附，因而朱全忠也没有向其用兵。让朱全忠没有想到的是，就在他远攻凤翔之时，王师范却在其后院纵火。

尽管关东各路兵马大多被朱全忠调至凤翔，但王师范的实力仍然不及朱全忠，因而王师范没有公然向朱全忠的领地发起攻击。王师范让平卢的将领假扮成贡使或商贩，将兵器藏在小车上，分别到朱全忠所辖的汴、徐、兖、郓、齐、沂、河南、孟、滑、河中、陕、虢、华等州府，约定同日起兵，一同讨伐朱全忠。

前往各州府的将士大多走漏风声而没有成功，只有行军司马刘鄩夺得兖州（今山东省济宁市兖州区）。话说泰宁节度使葛从周当时屯兵邢州（今河北省邢台市），不在兖州。刘鄩先派人假扮成油贩进入城中，探听虚实，寻找防守薄弱之处。903年（唐昭宗天复三年）正月四日夜间，刘鄩带领五百名精兵从排水通道进入城中。第二天天明之时，刘鄩已经完全控制整个兖州城，城中无人知晓。刘鄩进入葛从周的节帅府，叩拜葛从周的母亲，每天早上都来请安。刘鄩对葛从周的妻子儿女也非常厚待。

王师范还派一个叫苗公立的健卒出使大梁（今河南省开封市），以窥探虚实。留守大梁的节度判官裴迪询问苗公立平卢那里的事情。苗公立沉不住气，脸色突变。裴迪觉得其中必有隐情，马上屏退左右，向苗公立仔细盘问，苗公立只好和盘托出。裴迪得知王师范在十余个州府内起事，也是大吃一惊。裴迪来不及向朱全忠禀报，只好请已经东返的马步都指挥使朱友宁率一万兵马到东边的兖、郓二州巡察。朱友宁再派人前往邢州，请葛从周一同攻打王师范。

远在凤翔的朱全忠得知王师范在其境内起事，没有放弃围困凤翔，只是分出一部兵马东返，由朱友宁统一节制。凤翔城中的李茂贞并不知道

王师范已经响应他与韩全诲的勤王号召。李茂贞此时已经无力支撑,准备向宦官们下手而与朱全忠讲和了。

正月六日,李茂贞单独叩见唐昭宗,神策军中尉韩全诲、张彦弘以及枢密使袁易简、周敬容四位宦官都不在场。李茂贞向唐昭宗请求诛杀韩全诲等人,与朱全忠和解,并承诺准许唐昭宗返回长安。唐昭宗大喜,立即派贴身宦官带领四十名凤翔士兵前往捉拿韩全诲等人。韩全诲等人哪里有能力反抗,因为凤翔是李茂贞的地方。唐昭宗下诏又任命四位宦官接替韩全诲等人的职务,御食使第五可范为左神策军中尉,宣徽南院使仇承坦为右神策军中尉,王知古为上院枢密使,杨虔朗为下院枢密使。当天晚上,唐昭宗、李茂贞又将李继筠、李继诲、李彦弼以及内诸司使韦处廷等十六人诛杀。

第二日,唐昭宗派大臣韩偓及赵国夫人宠颜出城,前往朱全忠大营。唐昭宗还派人将韩全诲等二十余人的首级拿给朱全忠看,带话道:"就是这些人挟持朕的车驾到此,害怕责罚而离间君臣,而且拒绝和解。现在朕与茂贞已经把他们诛杀,卿可将此事宣告各军,以泄众愤。"朱全忠也派观察判官李振与客将刘捍带着奏表入城,叩谢唐昭宗。唐昭宗还赐刘捍锦服、银鞍勒马,授刘捍为光禄大夫、检校司空、登州刺史。

韩全诲等人虽然被杀,但李茂贞还没有让唐昭宗出城,朱全忠也围城不退。李茂贞当时十分担心朱全忠趁机夺取凤翔。李茂贞知道,有唐昭宗在手上,朱全忠就不敢强行攻城,如果将唐昭宗交给朱全忠,就不能再控制朱全忠了。李茂贞想了一个自认为稳妥的办法,那就是与唐昭宗结为亲家。李茂贞向唐昭宗请求将平原公主嫁给其子李侃。唐昭宗为了能够尽快离开凤翔,也就答应了李茂贞,但平原公主的生母何皇后不愿意。唐昭宗对何皇后说道:"只要朕能够出得此城,何必担忧你的女儿。"何皇后也只好答应了。由于同姓不能嫁娶,李侃只能恢复原姓,从此便叫宋侃。

李茂贞终于让唐昭宗出城了。唐昭宗来到城外朱全忠的大营,朱全忠身穿素色衣服,等待唐昭宗的责罚。唐昭宗让客省使宣读圣旨,赦免朱全忠。朱全忠再改穿官服叩谢唐昭宗。面对泪流满面的朱全忠，唐昭宗也哭了起来。唐昭宗让韩偓上前将朱全忠扶起，对朱全忠说道："宗庙社稷，全靠卿才得以安定，朕与宗族，全靠卿才得以重生。"唐昭宗亲自解下玉带，赐予朱全忠。

唐昭宗再派人召崔胤到凤翔来，岂料崔胤不肯来。唐昭宗前后下了四次诏书，三次亲笔书信，言辞非常恳切，还承诺恢复其全部官爵，崔胤仍然称病不至。朱全忠也写信请崔胤前来，还戏言道："我不认识天子，要请公来辨别真假。"崔胤接到此信，马上起程前往凤翔。

唐昭宗也不等崔胤来到，便起程东返。朱全忠骑着马亲自在前面带路。十余里后，唐昭宗向朱全忠辞行。朱全忠派其侄朱友伦率兵护卫唐昭宗继续东行，自己则返回凤翔城外，传令撤除、焚毁营寨，然后东返。正月二十五日，唐昭宗到达兴平（今陕西省兴平市）。崔胤带领百官也才到兴平。唐昭宗下诏恢复崔胤的官职，继续担任司空、门下侍郎、同平章事，兼领三司。正月二十七日，唐昭宗到达长安。当天，朱全忠也到了长安。朱全忠与崔胤决定铲除宦官。

正月二十八日，朱全忠与崔胤一同进宫朝见唐昭宗。崔胤启奏道："大唐建国之初，国家升平，宦官没有掌管兵马，也没有干预朝政。玄宗天宝年间，宦官势力逐渐强盛。德宗贞元末年，将禁军羽林军分为左右神策军，以便随从与护卫，开始让宦官统领，也只是定制为两千人。从此，宦官参与国家机密要务，侵夺朝廷权力。宦官们还上下勾结，常做不法之事，大则煽动藩镇，危害国家，小则卖官鬻爵，为祸朝廷。皇家的衰乱就从此开始，如不斩草除根，则祸乱始终不止。臣等请求将掌握军政大权的宦官全部罢免，其所掌管之事，交由朝廷各省各寺，各藩镇的监军宦官也全部召回朝中。"唐昭宗准奏。

当天，朱全忠派兵将第五可范等数百名宦官一同赶到内侍省，全部诛杀。号叫鸣冤之声，响彻皇宫内外。那些派到外地的宦官，则下诏由所在地收捕诛杀。史书上说，仍有几个宦官被保护起来而没有被诛杀，比如河东监军张承业、卢龙监军张居翰、清海监军程匡柔、西川监军鱼全裎以及

已经致仕而隐居青城山的严遵美就分别被李克用、刘仁恭、杨行密、王建藏匿起来，而用死囚代替斩首。

朱全忠、崔胤也给唐昭宗留下三十个年幼的太监，以打扫宫廷。后来又增加五十个宦官，但也是让王镕从成德（治镇州）境内挑选，原因是那里民风淳厚、朴实。唐昭宗对第五可范等人被诛，还感到于心不忍，毕竟他们并无罪过。唐昭宗亲自撰写祭文哀悼第五可范等人。从此传达诏命，都由宫女担任。左右神策军以及内外八镇禁卫军，全部归属六军，崔胤兼判六军十二卫事。唐朝宦官干政的局面，从此彻底结束。

唐昭宗决定重赏朱全忠。二月，唐昭宗赐封朱全忠为"回天再造竭忠守正功臣"，幕僚敬翔等人为"迎銮协赞功臣"，将领朱友宁等人为"迎銮果毅功臣"，都头以下全是"四镇静难功臣"。留守大梁的裴迪未能被授予协赞功臣称号，后来朱全忠回到大梁，对裴迪说道："协赞功臣，只有裴公才能当之，他人都不配。"

这些称号只是荣誉，唐昭宗还要给朱全忠更大的褒奖。唐昭宗召集群臣商议，任命一位皇子为"诸道兵马元帅"，而由朱全忠担任副元帅。朱全忠为了能够拥有实权，让崔胤在朝会之上推荐年龄小一点的皇子出任元帅。崔胤便向唐昭宗推荐辉王李祚。唐昭宗马上说道："辉王年幼，而濮王年长，让濮王担任元帅。"崔胤极力争取，唐昭宗只好准奏。

二月九日，唐昭宗加授朱全忠守太尉、副元帅，晋封梁王。唐昭宗也给朱全忠的幕僚、将领加官：敬翔守太府卿，朱友宁为宁远（治容州）节度使。朱全忠上表推荐符道昭为天雄（治秦州）节度使。宁远当时由庞巨昭割据，朱友宁只是遥领。天雄由李茂贞控制，朱全忠派人护送符道昭前往赴任，被拒而返。

唐昭宗也给崔胤加官，任命崔胤为司徒兼侍中。崔胤依仗朱全忠的势力，从此专权霸道，毫无顾忌，赏罚完全根据自己的喜好，连皇上的一举一动都得向其禀报。那些跟随唐昭宗前往凤翔的大臣，有三十余人被崔胤贬降，朝廷内外，都非常害怕崔胤。河东节度使李克用得知崔胤在朝中骄横跋扈，说道："崔胤作为人臣，外边依靠盗贼，朝内威胁君王，既掌朝政，又握兵权。权力越大则恨其者越多，与朱全忠势力相当就会生出事端。国破家亡就在眼前了。"

唐昭宗准备再次起用韩偓出任宰相，韩偓不愿再任宰相，而向唐昭宗推荐御史大夫赵崇、兵部侍郎王赞，唐昭宗准备接纳。崔胤担心赵崇、王赞分掉自己的权力，让朱全忠进宫反对。朱全忠于是面见唐昭宗，说道："赵崇是轻薄之人，而王赞没有才能，韩偓岂能胡乱推荐这二人为相。"唐昭宗看到朱全忠面有怒色，便不敢采纳韩偓的建言，还将韩偓贬为濮州司马。韩偓没有前往濮州赴任，而是前往湖南。

唐昭宗回到长安，女儿平原公主还在凤翔。唐昭宗想将女儿接回长安，但又担心李茂贞不肯。唐昭宗让朱全忠给李茂贞写信，要李茂贞将平原公主送回长安。李茂贞收到朱全忠的信，立即派人将平原公主送回长安。从此，李茂贞的儿子又可以叫李侃了。史书上还说李茂贞非常畏惧朱全忠。李茂贞的最高官职是尚书令，比朱全忠要高，便多次上表请求免去此职，唐昭宗于是任命李茂贞为中书令。

第50章　攻打青州，兼并平卢

朱全忠准备东返大梁（今河南省开封市）。在离开长安前，朱全忠先暗示唐昭宗任命其子朱友裕为镇国（治华州）节度使，镇守长安的东大门。朱全忠再向唐昭宗奏请，留下一万名步骑兵，由其侄朱友伦担任"左军宿卫都指挥使"，推荐张廷范为宫苑使，王殷为皇城使，蒋玄晖为街使。这样一来，朱全忠的党羽便遍布禁卫与京畿。朱全忠最后进宫对唐昭宗说道："克用与臣，没有深仇大恨，恳请陛下对其厚待，派大臣抚慰，并让其知晓臣意。"后来李克用得知此事，说道："这个贼要到东边去攻打王师范，担心我在后面牵制他。"

903年（唐昭宗天复三年）二月二十七日，朱全忠向唐昭宗辞行。唐昭宗将朱全忠留在宫中，要为朱全忠设宴饯行。唐昭宗在一天之中，共为朱全忠设宴两次，一次在寿春殿，一次在延喜楼。宴会结束，朱全忠终于要离开了，唐昭宗登上楼阁，与朱全忠挥泪而别。唐昭宗准许朱全忠就在楼阁前上马，以示恩赐。唐昭宗还作诗赐予朱全忠，朱全忠这个识字不多的人，竟然也写诗相和，另外还呈献五首《杨柳枝辞》。文武百官在长安城东边的长乐驿列队为朱全忠送行。宰相崔胤则将朱全忠送到灞桥，再为朱全忠设宴饯行。直到夜间二更时分，崔胤才返回长安城。唐昭宗当时也没有入睡，将崔胤召进宫中，问朱全忠是否平安。唐昭宗又在宫中设宴、奏乐，直到四更才散。

三月十七日，朱全忠抵达大梁。十天后，朱全忠率宣武、宣义、天平、泰宁、魏博五镇共十万兵马前往青州（今山东省青州市），攻打平卢（治青州）节度使王师范。四月九日，朱全忠大军正在东进的途中，唐昭宗下诏，由朱全忠全权掌管元帅府事，这使得朱全忠征伐的声势更为壮大。

却说刘鄩占领兖州（今山东省济宁市兖州区）后，王师范曾派兵增援刘鄩,朱全忠的侄子朱友宁将援军击退,兖州城成了一座孤城。不久,泰宁(治兖州)节度使葛从周又率部来到兖州,朱友宁便率部攻打王师范所在的青州。

王师范得到消息,连忙派人南下,向淮南(治扬州)节度使杨行密求救。四月二十五日,杨行密派将领王茂章率七千步骑兵北上援救王师范。杨行密再派数万兵马攻打朱全忠的宿州(今安徽省宿州市),以牵制朱全忠。朱全忠得到消息,派将领康怀贞援救宿州,淮南兵马逃走。杨行密不甘放弃,又派使前往潭州(今湖南省长沙市),拜见武安(治潭州)节度使马殷,请马殷与朱全忠断绝往来,而与杨行密结为兄弟。杨行密此举,也是想削弱朱全忠。然而马殷的大将许德勋对马殷说道:"朱全忠虽然无道,但其挟天子以令诸侯,明公向来尊奉王室,不能轻易与朱全忠绝交。"马殷认为有理,便不与杨行密结交。

且说王茂章一路北上到达平卢境内,不日进抵密州(今山东省诸城市)。密州是朱全忠的领地,刺史是将领刘康义。刘康义早年便跟随朱全忠前往宣武,被朱全忠视为心腹。攻打黄巢、秦宗权时,刘康义因功升任元从都将。攻打感化、天平、泰宁时,由于擅长修建营垒,刘康义任诸军壕寨使。兼并三镇后,刘康义加检校右仆射,任密州刺史。刘康义在密州,很有政绩,但兵马不多,有兵器的不到一千人。面对淮南兵马,刘康义命老弱守城,自己带领少壮在密州城外迎战,俘获上千人。王茂章传令急攻,刘康义不敌被杀。杨行密后来任命"淮海都游弈使"张训为密州刺史。王茂章率部继续北上,不日抵达青州,与王师范会合。

五月,朱全忠的侄子朱友宁攻打青州城北的博昌(今山东省博兴县)已经一月有余,一直不能攻克。朱全忠获报,大怒,派客将刘捍前往督战。刘捍到达博昌后,朱友宁也不敢怠慢,发动十余万百姓,背着木头、石块,牵着牛、驴,到城南修筑攻城用的土山。土山筑成后,朱友宁下令攻城。霎时,博昌城破,朱友宁下令将城中兵民全部屠杀。朱友宁接着挥兵攻到青州城下。

为了与朱全忠的大军作战,王师范调集登、莱二州的兵马在青州城西

构筑两个营栅,一个叫登州栅,一个叫莱州栅。六月七日夜晚,朱友宁开始攻打登州栅。登州栅不堪攻击,向王师范告急。王师范催促王茂章出战,王茂章按兵不动。朱友宁攻克登州栅后,立即攻打莱州栅。

第二天天明,王茂章认为朱友宁兵马一定精疲力竭,于是与王师范合兵出战。朱友宁的士兵确实劳累,无力连续作战。在高处指挥作战的朱友宁看到士兵节节败退,当即从高处纵马冲下,准备到敌阵中杀将一番。岂料战马在下坡时,突然跌倒,朱友宁还未能爬起来,便被王茂章、王师范的将士手起刀落,砍下首级。平卢、淮南两镇兵马乘胜进击,朱友宁所率的一万余人不是被杀就是被俘,随同作战的魏博兵马更是全军覆没。王茂章派人将朱友宁的首级送往淮南,向杨行密呈献。

朱全忠得知朱友宁战死,极为悲痛,传令所部二十万大军昼夜兼程前往青州。七月十四日,朱全忠到达临朐(今山东省临朐县),离青州城只有数十里。朱全忠传令诸将向青州发起全面攻击。王师范派兵出战,惨遭失败。王茂章则坚守营垒不战,以示胆怯。等到朱全忠的兵马攻势稍缓,士兵有所懈怠之时,王茂章则传令毁栅出战。王茂章也与诸将一起杀入阵中,如同迅雷闪电,杀得正酣之时,却又退回营中,与诸将痛饮一番,继而又战。朱全忠当时正在高处观战,看到王茂章杀进杀出,如入无人之境,连忙问此将何人。有平卢的降兵告诉朱全忠,此人乃是淮南将领王茂章。朱全忠叹道:"我要是能够得到此人,天下就不难平定。"两军一直战到下午,朱全忠传令暂撤。

朱全忠虽然不能攻克青州,但前来援助王师范的王茂章看到朱全忠二十万大军,也清醒地认识到自己寡不敌众。当天夜里,王茂章率所部人马悄悄南撤,准备返回淮南。王茂章担心朱全忠派兵追击,于是令"先锋指挥使"李虔裕带领五百名骑兵殿后。朱全忠探知王茂章连夜撤走,派曹州刺史杨师厚率兵追击。杨师厚一直追到辅唐(今山东省安丘市),终于追上李虔裕的殿后骑兵。李虔裕殊死奋战,终因不敌被杀。朱全忠任命杨师厚为齐州刺史。

密州刺史张训获知王茂章南撤,便问诸将道:"朱全忠的兵马就要杀到，我们该当如何御敌？"诸将都说放火烧掉城池，抢掠一番后南归。张训说道："不可！"张训不想为害百姓，既不能烧毁城池，也不能抢掠百姓财物，甚至府库中带不走的物资也不能毁掉。张训派人将府库封好，在城头插上旗帜，以示城中仍有守兵，然后再让老弱士兵先行，自率精兵殿后。朱全忠派"左踏白指挥使"王檀前来收复密州。王檀看到城中旗帜飘飘，不敢入城。数日之后，看到城中并无兵马迹象，王檀才敢率部入城。王檀看到府库中的物资完好，便没有再追张训，张训也得以全军而回。朱全忠得知收复密州，便任命王檀为密州刺史。

八月一日，青州城仍然没有攻克。朱全忠担心李茂贞率兵进逼京城长安，决定暂返大梁，而留杨师厚继续攻打青州。杨师厚在青州城南边的临朐驻屯，等待时机攻打王师范。整整一个多月，王师范仍然不出城作战，杨师厚决定创造战机。杨师厚扬言说准备到南边的密州去，而将粮草就放在临朐。青州城中的王师范终于按捺不住，准备出城夺取粮草。九月六日，王师范派兄弟王师克出城攻打临朐。王师克攻入杨师厚的大营，看到粮草都在，营地确实无人，便命人将粮草装车准备运走。正在这时，埋伏在大营之外的杨师厚大军一齐杀出，王师克毫无防备，被当场擒获。第二天，五千莱州兵前来援救青州，又被杨师厚中途阻截，几乎全军覆没。杨师厚连胜两战，继而率部进抵青州城下，安营扎寨。

青州城虽然没有攻克，但王师范也无力再出城作战。王师范在等待最后的援兵，那便是棣州（今山东省惠民县）刺史邵播。九月十四日，朱全忠的将领刘重霸攻克棣州，擒获刺史邵播，斩首。王师范彻底绝望了。九月二十一日，王师范派平卢节度副使李嗣业及兄弟王师悦出城，向杨师厚请求投降。王师范还让李嗣业、王师悦带话道："我不敢忘记梁王的恩德，只是韩全海、李茂贞用皇上的朱笔御书让我举兵，我不敢违抗。"王师范还愿意送兄弟王师鲁为人质。杨师厚将此事禀报大梁城中的朱全忠。

朱全忠接受王师范投降，让王师范担任平卢留后，同时也挑选将领到平卢境内的登、莱、淄、棣等州驻守。王师范还为其将领刘鄩求情，因为刘鄩当时正率五千兵马占据着朱全忠的兖州。王师范请朱全忠不要怪罪刘

郚,因为那是他王师范所派,不是刘郚自己的主张。王师范同时也派人前往告知刘郚。

十月,朱全忠的大将葛从周正在攻打刘郚据守的孤城兖州。刘郚自知无力坚守,但也不愿投降。城外葛从周的攻势很急,眼看城就要破。刘郚想了一个办法,派人用板车将葛从周的母亲推到城楼之上,葛从周的母亲对城下的儿子说道:"刘将军待我,不比你差。你的妻子儿女也都安好。人各为其主,你可明察。"葛从周听后,不免感动而落泪,传令暂缓攻城。刘郚将城中的妇女、老人全部放出城,而只留下年少力壮的人守城。刘郚与众人同甘共苦、平分衣食,号令严明,兵不扰民。

葛从周虽然没有攻城,但也没有解除包围,城中的刘郚也在苦苦坚守。时日一久,还是有人支撑不住,节度副使王彦温便翻越城墙向葛从周投降,城中不少士兵也随其而出,无法阻止。刘郚略施一计,便不动一兵一卒而加以阻止。刘郚派人出城从容不迫地对王彦温说道:"兵也不要带太多,不是你的兵马,就不要带。"刘郚又派人在城墙上对城外喊道:"不是奉命跟随副使出城而擅自前去的,诛杀全族!"城中士兵听后,都不敢出城。而城外的葛从周将士也怀疑王彦温出城乃是诈降,便将王彦温斩于城下。从此,兖州城中的守兵意志更加坚定。

葛从周看到刘郚守城如此坚定,又不忍心强攻,决定劝降刘郚。刘郚在城上说道:"我受王公之命坚守此城,如果王公失败,我不要他的命令就会向朱公投降。"葛从周也只好边围边等青州的消息。不久,王师范的使者来到兖州,告知刘郚,王师范已经向朱全忠投降。刘郚于是出城向葛从周投降。葛从周非常敬重刘郚,为其准备车马、衣服,让其前往大梁晋见朱全忠。刘郚不肯接受车马、衣物,说道:"身为降将,在没有得到梁王宽恕之前,怎敢乘马衣裘?"刘郚于是身着素色衣服,骑着毛驴前往大梁。

话说葛从周收复兖州之后,经常生病,朱全忠便任命康怀贞为泰宁(治兖州)节度使,代替葛从周。不久,朱全忠又让葛从周以右卫上将军名义致仕,在偃师县亳邑乡别墅养病。后梁末帝时,葛从周为昭义节度使,坐享俸禄。贞明初年,葛从周在家中去世,追赠太尉,此为后话。

刘鄩到了大梁，朱全忠得知其身着素服，便派人给其送去衣帽。刘鄩拒不接受，请求身穿囚服去见朱全忠，朱全忠不准。朱全忠摆酒慰劳，刘鄩说自己酒量小。朱全忠笑问道："你夺取兖州时，量怎么那么大呢?"朱全忠后来任命刘鄩为"元从都押牙"，位在很多功臣、老将之上。这些功臣、老将见到刘鄩也只好下拜，而刘鄩端坐自若，朱全忠更加惊奇。半年后，保大(治鄜州)节度使氏叔琮到京任职，朱全忠任命刘鄩为保大留后。刘鄩镇守有力，但朱全忠考虑到鄜州(今陕西省富县)太远，仍担心李茂贞的侵犯，怕失去刘鄩，便令刘鄩移屯同州(今陕西省大荔县)。保大后来又成了李茂贞的领地，此为后话。

第51章　王建勤王,夺取藩镇

我们暂且将梁王朱全忠的故事搁下,再来讲讲西川(治成都府)节度使王建、镇海(治杭州)、镇东(治越州)节度使钱镠以及淮南(治扬州)节度使杨行密的故事。就在朱全忠入关勤王以及攻打王师范之时,王建不断蚕食李茂贞的领地,而钱镠的两浙以及杨行密的淮南内部都发生了叛乱。我们慢慢道来。

901年(唐昭宗天复元年)十二月,宦官韩全诲派人来到成都(今四川省成都市),请王建派兵勤王。围攻凤翔(今陕西省凤翔县)的朱全忠也派人来请王建与其一同勤王。韩全诲与朱全忠的勤王含义是不一样的。韩全诲认为朱全忠围攻凤翔,唐昭宗在危险之中,因而有勤王之说。而朱全忠认为,他到凤翔正是为了勤王,因为韩全诲将唐昭宗劫持到了凤翔。那么王建会听谁的呢? 王建表面上支持朱全忠,指责韩全诲与李茂贞,暗地里却又让李茂贞坚守城池,承诺将派兵来援。王建于是派出五万勤王大军,由义子王宗涤、王宗播等率领,实际上是为了夺取李茂贞的山南各州。

902年(唐昭宗天复二年)二月底,王宗涤、王宗播率勤王大军到达利州(今四川省广元市)。利州早在六年多前曾被王建义子王宗侃攻占,后来又被李茂贞收复,成为藩镇昭武的治所。昭武节度使是李茂贞的义子李继忠。李继忠不敢迎战,放弃城池,逃回凤翔。

王宗涤、王宗播继续北上,向山南西道(治兴元府)进发。山南西道也是李茂贞的势力范围,节度使是李茂贞的义子李继密。八月,王宗涤、王宗播进入山南西道境内,先派人向李继密借道,以前往凤翔勤王。李继密知道利州已经丢失,王建的大军根本不是去勤王,因而不许借道。李继密还派兵到三泉(今陕西省宁强县西北阳泉关)防守,构筑营寨封锁道路。李继密还亲自坚守马盘寨(今陕西省勉县东北)。

八月二十八日，作为前锋将领，王宗播率先向李继密的营寨发起进攻。岂料这些营寨防守甚严，王宗播不能取胜。亲信柳修业对王宗播说道："公带领全族投奔他人，如不为人拼死力战，如何才能保全自己？"却说王宗播本名许存，原是荆南（治江陵府）节度使成汭的部将，后因成汭不容，投奔王建。王建也忌惮许存的英勇、智略，准备杀掉许存。由于王宗绾的劝说，许存得以幸免，还被王建收为义子，更名王宗播。王宗播听了柳修业的话，对部众说道："我与尔等拼死决战，博取荣华富贵，如果不能取胜，就死在这里。"部众于是个个奋勇当先，一连攻破金牛、黑水、西县、褒城四个营寨。王宗播接着攻打李继密坚守的马盘寨，李继密不敌，逃回兴元（今陕西省汉中市）。

王宗涤率部追击李继密，一直追至兴元城下。王宗涤率众攻城，不多时便攻克城门，李继密请求投降。王宗涤进入兴元城，得到三万步兵，五千骑兵。王宗涤再派人将李继密送往成都，交由王建处置。王建认为李继密已经归降，便不忍诛杀。王建让李继密恢复本名王万弘，也经常召见他。王万弘在成都经常受到别人的嘲笑、戏弄，后来醉酒投水而死。

唐昭宗得知王宗涤占领兴元，便下诏任命王宗涤为山南西道节度使。王宗涤有勇有谋，战功赫赫，是王建帐下第一名将，王建也非常猜忌。王建的节帅府大门，绘成红色，蜀人称之为"画红楼"，王建认为与王宗涤本名"华洪"相似，担心将来应验。王建的其他义子王宗佶等人又嫉妒王宗涤的功劳，多次在王建面前进谗言加害王宗涤。王建于是召王宗涤回成都，任命指挥使王宗贺担任山南西道留后。

王宗涤到了成都，王建对这位同乡大加斥责。王宗涤说道："蜀地大致平定，大王听信谗言，想杀功臣了。"王建让"亲随马军都指挥使"唐道袭请王宗涤喝酒，待王宗涤大醉后，将王宗涤缢死。成都的百姓听闻此事，纷纷落泪，如同自家亲戚死去。

王建占领山南西道，不远处的武定（治洋州）节度使李思敬便非常担忧。九月五日，李思敬献出城池，向王建投降。至此，王建一连夺取李茂贞的昭武、山南西道、武定三个藩镇。有意思的是，就在当月，李茂贞还让

身在凤翔的唐昭宗下诏，任命自己为凤翔、静难、武定、昭武四镇节度使，而武定、昭武已经被王建占领。

四个月后，李茂贞不堪朱全忠围攻，终于让朱全忠迎回唐昭宗。王建看到朱全忠的势力不断壮大，又想与朱全忠结好。王建派出一位使者前往长安进贡，顺便拜见朱全忠。这位使者便是晚唐著名诗人韦庄。897年，韦庄曾与李洵一同到达巴蜀，调解两川冲突。韦庄回到京城后，被唐昭宗任命为右补阙。901年，韦庄再次来到成都，投靠王建，被王建任命为掌书记。值得一提的是，韦庄一生写了很多诗词，而投靠王建之后，几乎没有再写诗词。

903年（唐昭宗天复三年）四月，韦庄先到长安再到大梁（今河南省开封市）拜见朱全忠，朱全忠也派押牙王殷前往成都报聘。王建设宴招待了王殷。宴席之上，王殷说道："蜀中甲兵真的不少，但就是没有战马。"王建听后，很不高兴，脸色都变了，说道："我们这里千山万水，险关重重，骑兵没有什么用处。然而，我这里也不缺少战马，请押牙在此多留几日，我将与押牙一同检阅骑兵。"王建是于调集所辖各州战马，在成都城北的星宿山检阅，共有一万二千匹战马，队伍操练极为齐整。王殷看后，甚为叹服。

904年（唐昭宗天祐元年）七月，诸将劝王建趁李茂贞势力衰退，一举攻克凤翔。王建不能决断，便问节度判官冯涓。冯涓说道："战争是一种凶器，伤害人民、消耗财物，不能穷兵黩武。现在朱全忠与李克用两虎相争，势不两立。如果两者一旦兼并，而向巴蜀用兵，就是诸葛亮再生，也不能抵敌。凤翔的李茂贞就是巴蜀的藩屏，不如与其和亲，互为婚姻。无事时，就务农生产、训练士兵，保卫边疆；有事时，就把握时机，寻找破绽，适时而动，可保万全。"

王建非常赞同冯涓的看法，说道："甚是！李茂贞是个庸才，但有强悍之名，远近之人都很怕他。李茂贞与朱全忠相争则实力不足，但如果自守，则绰绰有余。让李茂贞做我们的藩屏，我们获利更多。"王建于是派使与李茂贞修好。李茂贞的势力正在衰退，也就不再计较王建曾经夺取他多少领地。李茂贞还派判官赵锽前往成都，为其侄、天雄（治秦州）节度使李继勋求婚。王建便将一位女儿嫁给李继勋。李茂贞多次请王建提供货物、兵器，王建全都答应。

一年后，王建竟然想谋取归附朱全忠的昭信军（治金州）。昭信军是何时归附朱全忠的呢？就在朱全忠刚刚入关之时。却说宦官韩全诲为阻止朱全忠入关，曾派二十多名宦官前往江淮一带征调各藩镇兵马，准备驻屯金州（今陕西省安康市），以威胁朱全忠。这二十多名宦官到了金州，全部被昭信节度使冯行袭杀掉。冯行袭再派节度副使鲁从矩拜见朱全忠，请求归附，还将这些宦官所带的诏书全部交给朱全忠。从此昭信军便成了朱全忠的势力范围。

905年八月，王建派王宗贺攻打金州，冯行袭出城迎战，不敌。九月二十日，冯行袭放弃金州，逃往均州（今湖北省十堰市东）。冯行袭的部将全师朗献出城池投降。王建获报后，收全师朗为义子，让全师朗更名为王宗朗，并任命其为金州观察使，再割渠、巴、开三州归其管辖。

十月，朝廷下诏，将昭信军更名为戎昭军。由于冯行袭逃往均州，冯行袭便以均州为治所，继续担任戎昭节度使。冯行袭想夺回金州，便又率兵前去攻打。十二月，王宗朗不敌冯行袭，逃往成都。王宗朗在离开金州时，还放火焚烧金州城。冯行袭收复金州后，看到金州城荒凉残破，于是向朝廷上表，请求将治所正式迁到均州，朝廷准许。

第52章 衣锦还乡,钱镠平叛

顾全武是两浙第一名将,李神福是淮南(治扬州)第一名将,如果两位名将交战,结果会如何呢？史书上说,顾全武向来就轻视李神福,不把李神福放在眼里,那么到底谁更胜一筹呢？

901年(唐昭宗天复元年)八月,有人向淮南节度使杨行密报告说,镇海(已移治杭州)、镇东(治越州)节度使钱镠被强盗杀死,杨行密便想趁机夺取钱镠的领地。杨行密派步军都指挥使李神福率军南下,攻打钱镠的老家临安(今浙江省杭州市临安区)。钱镠获报,立即派大将顾全武率兵迎战。顾全武构筑八个营寨来抵御李神福。李神福与顾全武对峙两个月,一直不能战败顾全武。李神福决定用计。

十月的一天,李神福将之前抓获的几个俘虏安置在自己的大帐之中,然后有意对诸将说道:"镇海的兵马还很强大,一时很难击败,我们今天晚上就撤退吧。"这几个俘虏当晚就逃回顾全武的大营。有人不知情,要追拿这几个俘虏,李神福不让追。当天晚上,李神福让行营都尉吕师造带一支兵马埋伏在临安城东北的青山之下,再命老弱残兵先行,自己殿后。

镇海的几个俘虏逃回顾全武大营,将李神福的计划禀报给顾全武。顾全武马上决定趁机追击。当顾全武的兵马追到青山脚下时,吕师造带领伏兵突然杀出,李神福再掉转马头与吕师造两相夹击。这一战,顾全武大败,五千余人被杀,顾全武也被当场擒获。镇海节度使钱镠获报,大惊失色,哭道:"丧失我一员良将!"

李神福乘胜进攻临安城。然而整整两个月过去了,李神福不能攻克。十二月,李神福得知钱镠并没有死,便真的萌发撤退之意。李神福又担心一旦撤退,钱镠会派兵追击。李神福决定做几件讨好钱镠的事。李神福先派人守卫钱镠家的祖坟,不许人在附近砍柴。李神福又允许顾全武给家人写信。钱镠得知此事，派人来到李神福的大营，向李神福致谢。李神福在几条要道上树起很多旌旗，看起来像是营寨，钱镠以为淮南的援兵又至，于是又派人来到李神福大营，给李神福送来贿赂，请求和解，还犒劳淮南的将士。李神福不久便顺利地北返了，顾全武也被李神福带回了淮南。

顾全武在淮南整整待了四个月。902年（唐昭宗天复二年）四月，杨行密决定用顾全武交换秦裴。钱镠得到消息，大喜，连忙将秦裴送回淮南。数月后，镇海境内出现了一场内乱，回到杭州（今浙江省杭州市）不久的顾全武还得再去一趟淮南。这要从钱镠喜爱衣锦还乡讲起。

话说钱镠出生于平民，从最早的私盐贩到一名士兵，再到指挥使，直到杭州刺史、节度使，不免有点飘飘然。钱镠在临安老家兴建房舍，极其壮丽，过年过节便回乡游玩，车马随从声势浩大，有上万人在前后左右排列。钱镠在家乡宴请父老，连山上的树木都披上锦缎。钱镠还将临安里的那棵大树取名为"衣锦将军"。钱镠的父亲钱宽对此非常反感，总是躲避钱镠不相见。钱镠下马徒步寻找父亲，见着父亲后，问何故躲避他。钱宽说道："我家世世代代以种田捕鱼为业，不曾如此富贵显达。你现在是节度使，三面受敌，与人相争，我怕祸及我家，所以不忍相见。"钱镠听后，也流下眼泪。尽管如此，钱镠仍然时常衣锦还乡，还将家乡单列在所辖州郡之外，由开始的衣锦营，升为衣锦城，直到衣锦军。后来所说的吴越一军十三州中的一军，便是指衣锦军。

八月，刚封越王不久的钱镠再次前往家乡衣锦军，还派武勇都的将士修缮衣锦军的沟渠。武勇都的士兵都是孙儒的残部，这些人非常骁勇、剽悍，钱镠很是喜爱。行军司马杜棱并不看好这支兵马，曾劝谏钱镠道："这群士兵都是狼子野心，他日必将产生祸患。属下恳请用本地人代替。"钱镠不听。

武勇都分为左都与右都，左都指挥使是许再思，右都指挥使是徐绾。当时修缮沟渠的便是右都士兵，由徐绾带领。这些士兵果然不乐意出此苦力，便口出怨言。镇海节度副使成及听闻此事，马上向钱镠禀报，请求停止修缮，以免出现意外。钱镠没有听从。

晚唐八雄

八月十三日，钱镠在家乡设下宴席，款待诸将，徐绾当然也来赴宴。徐绾打算就在宴席之上将钱镠杀害。然而徐绾一直没有得到机会，便没有能够杀成钱镠。徐绾担心钱镠已经怀疑他，便向钱镠称病，先行离开，回到军中。钱镠并没有怀疑徐绾，但对徐绾的举动感到有些怪异。

第二日，钱镠命徐绾率领所部兵马先返杭州。到达杭州外城时，徐绾便放纵士兵烧杀抢掠。左都指挥使许再思看到徐绾返回，干脆与其会合，一起谋反。徐绾、许再思带领兵马很快进逼内城。钱镠的儿子钱传瑛与三城都指挥使马绰紧闭城门抵抗。牙将潘长率兵攻打徐绾，徐绾不敌，屯守龙兴寺。

不久钱镠返回杭州，才到杭州城西边的龙泉，就听报武勇都将士谋反，连忙纵马奔向城北。钱镠命节度副使成及树起自己的大旗，擂起战鼓与徐绾、许再思作战，自己则换上平民服装，乘小船来到内城的东北角。钱镠就从此处翻墙进入内城。当值的士兵正靠着更鼓睡觉，没有发觉钱镠进入，钱镠一怒之下亲手将这名士兵斩首，这时城中兵民才知道钱镠已经进入城中。

杜棱的儿子杜建徽时为武安都指挥使，正驻守在新城（今浙江省杭州市富阳区新登镇）。杜建徽听闻武勇都谋反，也率部前来增援钱镠。徐绾准备了不少木材，正要运到北门，准备焚烧北门。杜建徽探得消息，派人悄悄前往，将这些木材全部烧毁。湖州刺史高彦听闻徐绾谋反，也派其子高渭率兵前来增援钱镠。高渭才到杭州城北的灵隐山时，便被徐绾的伏兵杀害。高渭虽然增援未果，但杜建徽却从北门进入城中，与钱镠会合。

钱镠被徐绾、许再思围困城中将近一个月。有人劝钱镠离开杭州，南渡钱塘江，前往越州（今浙江省绍兴市），以避叛乱。杜建徽手按佩剑，叱责道："如果失败，不过一同死在这里，岂能向东逃走？"钱镠虽然没有逃往越州，但却担心徐绾、许再思攻不下杭州，而去夺取越州。钱镠决定派大将顾全武率一支兵马前往守卫越州。

顾全武有不同看法，说道："越州不值得去，不如前往广陵（今江苏省扬州市）。"钱镠问道："何故？"顾全武答道："听闻徐绾等人谋划，将要把淮

南的大将、宁国（治宣州）节度使田頵请来。一旦田頵到来，淮南必将帮助他，那时我们根本不是对手。"钱镠于是派顾全武前往扬州，向杨行密求救。顾全武说道："空手前往，恐怕不行，还得派一位王子前往为质才行。"钱镠让其子钱传璙假扮成顾全武的奴仆，与顾全武一同前往广陵，同时也向杨行密为钱传璙求婚。

　　顾全武、钱传璙离开杭州，不久便到达润州（今江苏省镇江市）。润州虽然属于镇海的辖区，但一直被杨行密占领着，大将安仁义便在此担任团练使。顾全武、钱传璙二人前往拜见安仁义，准备在润州住上一晚，第二天再渡江北去扬州。安仁义看到钱传璙眉清目秀，非常喜爱，请求用十个奴仆与顾全武交换，顾全武知道无法拒绝，便在当天夜里贿赂守门官，悄悄逃走了。

　　再说围攻杭州城的徐绾、许再思果然派人请宁国节度使田頵前来增援。不久，田頵率兵来到杭州城下。田頵先派亲信何饶对钱镠说道："请大王前往越州，那里府舍已空，不要再坚守杭州城而多伤士卒。"钱镠让何饶给田頵带话道："军中发生叛乱，哪里没有？田公身为节帅，岂能助贼为逆？要战就战，何必多说大话。"田頵下令在杭州城外修筑营垒，把杭州城彻底与外界隔断。钱镠看到自己守着一座孤城，也感到十分忧虑。钱镠发出悬赏，如能摧毁田頵营垒的，就任命他当刺史。衢州制置使陈璋听闻此消息，立即率领三百名士兵前来奋勇拼杀，真的将田頵的营垒攻破。钱镠便任命陈璋为衢州刺史。

　　且说顾全武到达广陵，拜见杨行密，对杨行密说道："如果真的让田頵得到杭州，一定会成为大王（杨行密当年三月已被封为吴王）的灾难。大王如果将田頵召回，钱王愿送其子钱传璙为质，并向大王求婚。"杨行密听从顾全武的劝谏，决定召回田頵，并同意将女儿嫁给钱传璙。

　　从九月到十一月，钱镠仍在紧守城池，而田頵与徐绾、许再思仍在围攻城池。杭州城非常坚固，田頵等人一直不能攻破。十二月，杨行密的使者来到杭州城下，对田頵传达杨行密的话："如果再不返还，我将派人替你镇守宣州（今安徽省宣城市）。"田頵不敢再攻杭州城，但田頵不想就这样

离开杭州。

田頵派人向钱镠索要二十万贯钱,还要钱镠送子为质,田頵愿将女儿嫁给他。钱镠只好答应田頵。钱镠问几位儿子:"谁愿意当田家的女婿?"无人回答。钱镠打算让小儿子钱传球前往。钱传球不肯,钱镠大怒,差点杀了钱传球。这时二儿子钱传璙请求前往。钱镠的夫人吴氏哭泣道:"为何要把孩儿放到虎口中?"钱传璙说道:"为了解救家国危难,怎能爱惜自己的身体。"钱传璙说完向钱镠及吴夫人拜了又拜,然后转身离开。钱镠也感到于心不忍,不禁潸然泪下。

钱传璙带领数人从北门缒城而下,来到田頵军中。田頵于是带着钱传璙以及徐绾、许再思一同返回宣州。史书上说,田頵每次作战失败,总想杀掉钱传璙,但有二人总在保护钱传璙。这二人是田頵的母亲殷氏和宣州都虞候郭师从。郭师从也是田頵夫人郭氏的弟弟。一年后田頵被消灭,郭师从与钱传璙回到杭州,钱镠则任命郭师从为镇东都虞候,此为后话。

武勇都叛乱被平息,杭州的兵民纷纷称赞罗隐的先见之明。却说893年七月时,钱镠曾征调二十万民夫修筑杭州外城,周围长达七十里,百步就修建一个敌楼,钱镠认为必有金汤之固。幕僚罗隐见解独特,认为敌楼应当向着城内。当时众人都不解,认为敌楼乃是防御外敌,必然向着城外。其实罗隐的意思是防止内部出现叛乱。此次武勇都之乱,就是内乱。

第53章　远征武昌,消灭成汭

902年(唐昭宗天复二年)四月,唐昭宗在凤翔(今陕西省凤翔县)下诏,任命淮南(治扬州)节度使杨行密为东面行营都统、中书令,封吴王,并令杨行密讨伐朱全忠。从唐昭宗当时受制于宦官韩全诲及李茂贞来看,这份诏书显然不是唐昭宗的本意。这是韩全诲、李茂贞挟天子以令诸侯而下的圣旨。韩全诲、李茂贞想依靠正在崛起的杨行密来对付朱全忠,那么杨行密会响应这份诏书吗?

杨行密当时正在关注大将田頵攻打升州(今江苏省南京市)的冯弘铎。

升州之前曾称上元,冯弘铎与张雄在十余年前占据在此。张雄去世后,冯弘铎继续割据升州。升州夹在宁国(治宣州)与淮南这两个藩镇之间,冯弘铎感到非常不安。然而冯弘铎认为自己船舰众多、水军强大,因而并不依附杨行密。冯弘铎还曾派牙将尚公迺去拜见杨行密,请杨行密将润州(今江苏省镇江市)割给他,杨行密没有答应。尚公迺放下狠话道:"公不接受我们的请求,就怕敌不过我们的楼船啊。"

杨行密派宁国节度使田頵攻打冯弘铎。田頵也知道冯弘铎的水军强大,于是先派人招募曾经给冯弘铎造战舰的工匠,这些工匠说道:"冯公从很远的地方求得结实的木材,所以所造战舰经久耐用,现在这里没有这样的木材。"田頵说道:"你们只管造,我只用一次就行。"

冯弘铎也觉察出田頵的意图,决定对田頵先发起攻击。六月,冯弘铎率领水军逆江而上,声称攻打洪州(今江西省南昌市),实际是要攻打田頵的宣州(今安徽省宣城市)。田頵早有准备,立即率其新造战舰迎战。两军在宣州城西南的葛山交战,田頵取得大胜。

冯弘铎失败后,不敢再前往升州据守,收拾残余部众沿长江前往东

海。杨行密担心冯弘铎成为其后患,想收降冯弘铎。杨行密派人对冯弘铎说道:"你的部众还很强盛,为何要前往大海。淮南辖区虽小,足可以容纳你们,让将士们都有好的归宿,如何?"冯弘铎左右听闻此言,都愿意从命。冯弘铎于是率领部众前往扬州,投奔杨行密。

当冯弘铎的舟船到达扬州城外的东塘时,杨行密乘小舟亲自前来迎接,侍从只有十余人。杨行密不穿铠甲,不带兵器,只穿便服,登上冯弘铎的舟船,好言抚慰冯弘铎,冯弘铎将士都十分喜悦。杨行密任命冯弘铎为淮南节度副使,待遇非常优厚。杨行密看到与冯弘铎一起来投的尚公酒,对尚公酒说道:"还记得索求润州的事吗?"尚公酒说道:"将吏各为其主,只恨没有成功。"杨行密笑道:"你对待我杨老头如同冯公,就不会有什么忧愁。"

杨行密得到升州后,任命大将李神福为升州刺史。此时的杨行密决定响应唐昭宗的诏书,前往凤翔勤王。然而由于水路难行,粮草供应困难,杨行密最后还是放弃勤王。杨行密并没有罢兵,准备攻打依附朱全忠的武昌(治鄂州)节度使杜洪,同时也为了谋取武昌这个藩镇。杨行密将这个重任交给大将李神福,任命李神福为淮南行军司马、鄂岳行营招讨使,再任命舒州团练使刘存为副使,宦官尹建峰为监军。

903年(唐昭宗天复三年)正月,唐昭宗已被朱全忠迎回长安,而李神福率领的大军已经到达武昌境内的永兴(今湖北省阳新县),离武昌的治所鄂州(今湖北省武汉市)还有两百多里。李神福尚未攻城,杜洪的守将骆殷便弃城而走。李神福高兴地说道:"永兴是个大县,粮草全靠它了,得到永兴,就得到鄂州的一半了。"杜洪获报李神福来攻,担心不敌,立即派人向朱全忠求救。

三月,李神福进抵鄂州城下。李神福登上高处,看到城中堆积不少荻草,对监军尹建峰说道:"今天晚上,我就把这堆荻草给烧掉。"尹建峰不相信。李神福当时已经探得朱全忠的援兵很快就要到来,便派部将秦皋于夜间乘轻舟到达滠口(今湖北省武汉市黄陂区南),在大树上高高举起火把。武昌城中的杜洪以为是朱全忠的救兵来到,随即派人将城中荻草点燃,以呼应城外援军。李神福略施小计便将武昌城中的荻草烧掉,尹建峰很是佩服。

朱全忠派来的援兵直到四月才在将领韩勍率领下到达滠口。韩勍传令暂驻滠口,等待其他援兵。原来朱全忠在派兵增援杜洪的同时,也派使前往拜见荆南(治江陵府)节度使成汭、武安(治潭州)节度使马殷、武贞(治澧州)节度使雷彦威,请三节度使出兵,一同援救杜洪。

荆南节度使成汭,青州人,早年曾因杀人而逃亡,还改名换姓为郭禹。郭禹后来成为荆南节度使张瑰的牙将。郭禹勇敢剽悍,张瑰非常忌惮,准备将其杀掉。郭禹得到消息,带领一千余人逃离荆南,夺取归州,自称刺史。张瑰后来被秦宗权的部将赵德諲杀害,赵德諲的将领王建肇镇守在江陵(今湖北省江陵县)。郭禹听闻此事,便杀回江陵。888年四月,郭禹击败王建肇,夺取江陵。唐昭宗得到消息,连忙下诏,任命郭禹为荆南留后。

饱经战乱的江陵城,此时只剩下十七户人家。郭禹坐镇江陵后,励精图治,招抚流民,通商务农,十余年后,江陵城中百姓达到万户。晚唐时藩镇混战,没有多少节度使注重与民休养生息。但当时仍有二人注重境内治理、劝课农桑,只数年之间,民富军强,确实难能可贵。这二人便是镇守华州的韩建与江陵的郭禹,时人称为"北韩南郭"。后来唐昭宗又下诏,正式任命郭禹为荆南节度使。郭禹向唐昭宗上表,请求恢复本名成汭,唐昭宗准奏。

当接到朱全忠的出兵倡议时,成汭在荆南已经整整十六年。成汭畏惧朱全忠的强盛,同时也想夺取江淮一带的土地城池,于是响应朱全忠,准备率兵攻打淮南。成汭拥有一支水师,还用三年时间造了一艘巨大的舰船。这艘舰船大得如同一座府衙,成汭为其取名为"和舟载"。此外还有"齐山""截海""劈浪"等舰。成汭准备出动十万人马,乘舰船沿江东下。掌书记李珽劝谏道:"每艘舰船装载甲士一千人,还要装载数量众多的粮草。舰船十分沉重,不能运行自如。淮南兵马轻捷,我们很难与其争斗,而马殷、雷彦威又是我们的仇敌,不可不防。不如派骁将驻屯岳州(今湖

南省岳阳市），再将大军驻扎在对岸，坚守壁垒不出战。不用一个月，淮南兵马粮草耗尽，自然会逃走，鄂州之围也就解除。"成汭不听。

李珽的劝谏没有错，马殷、雷彦威就没有立即响应朱全忠，反而趁成汭出征而联合攻打成汭的江陵城。成汭率十万水师浩浩荡荡尚未抵达鄂州，马殷已派大将许德勋率一万水师，跟雷彦威的将领欧阳思率领的三千水师在荆江口会师。五月十日，许德勋、欧阳思攻克了江陵，把城中的百姓及财物掳掠一空。成汭的将士听闻家破人亡，都无心战斗。

再说李神福获报成汭将至，亲自乘轻快小艇前往察看。李神福对诸将说道："成汭的战舰虽然很多，但相互远离，很容易对付，应当立即发起攻击。"五月十二日，李神福派将领秦裴、杨戎带领数千名士兵在洞庭湖中的君山小岛迎头痛击成汭，大破成汭的舰队。李神福又命人顺风放起火来，成汭舰船上的士兵纷纷跳水逃生，大都被淹死，成汭也未能幸免。李神福消灭成汭后，得到成汭的二百艘舰船。朱全忠的将领韩勍获报，不敢再援杜洪，率部北返。

再说马殷的大将许德勋袭击江陵南返，经过岳州时，刺史邓进忠打开城门，奉上牛酒犒赏许德勋将士。许德勋晓以祸福劝说邓进忠，邓进忠决定向马殷归降，还带领全族迁回长沙（今湖南省长沙市）。马殷任命邓进忠为衡州（今湖南省衡阳市）刺史，而任命许德勋为岳州刺史。岳州自此归属马殷。武贞节度使雷彦威则留下兵马驻守江陵。史书记载，雷彦威狡诈、残忍，与其父雷满差不多。雷彦威经常派舟船到领近州县烧杀抢掠，江陵府与鄂州之间，几乎没有人烟。

不久，荆南所辖七州府就被王建与赵匡凝瓜分。

十月，王建任命渝州刺史王宗本为"开道都指挥使"，令其率兵东下三峡，夺取荆南。王宗本一连收复荆南所属的夔、忠、万、施四州。王建为奖赏王宗本，任命王宗本为武泰军留后。武泰军治所本在黔州（今重庆市彭水县），王宗本认为黔州有瘴气、瘟疫，请求将治所迁到涪州（今重庆市涪陵区），王建准许。

就在当月，忠义（治襄州）节度使赵匡凝也派兵来夺取荆南的州县。

江陵城中的守兵不敢迎战，弃城而走。自此，赵匡凝得到荆南剩下的三个州府，即归州、峡州与江陵府。赵匡凝向朝廷上表，推荐其兄弟赵匡明为荆南留后。当时朝廷微弱，很多藩镇不上贡，而赵匡凝兄弟一直贡使不断。

再说李神福消灭成汭后，准备率部继续攻打武昌。岂料就在这时，淮南的另一大将田頵谋反，李神福被调回平叛。这是怎么回事呢？

第54章　平定三将,兼并武昌

宁国(治宣州)节度使田頵击败升州的冯弘铎时,曾前往扬州广陵(今江苏省扬州市)晋见淮南(治扬州)节度使杨行密。田頵向杨行密提出,将池州与歙州划给宁国管辖。虽然这两个州原本属于宁国的辖区,但杨行密没有答应。杨行密担心田頵势力增大后,一定不甘心再当他的将领。田頵没有得到池、歙二州,心中不悦。这时又有人得罪田頵,田頵更是愤怒。田頵在扬州时,杨行密身边的人甚至监狱中的小吏,都向田頵索求贿赂。田頵大怒道:"狱吏也知道我要下狱吗?"田頵离开广陵城,南归宁国,转身指着广陵城南门说道:"我不会再到这里来了。"

田頵回到宣州(今安徽省宣城市)后,依仗兵强马壮、钱粮充足,一心想攻城略地,扩大势力。此时的杨行密则想保境安民,对田頵的所为便加以劝止,但田頵不听。田頵攻打杭州的钱镠时,便被杨行密召回,田頵当时就十分不悦,心中暗生反心。李神福当时就曾提醒杨行密道:"田頵一定会谋反,应当早点加以阻止。"杨行密不赞同,说道:"田頵有大功,且其反状未露,如果将其杀掉,诸将必将人人自危。"

杨行密虽然没有对田頵下手,但也采取了应对措施。岂料这个措施让田頵正式谋反。杨行密得知田頵的将领康儒很有才能,且与田頵意见多有不合,便想起用康儒。903年(唐昭宗天复三年)八月,杨行密提拔康儒担任庐州刺史。田頵认为康儒已经背叛自己,便将康儒及其族人全部诛杀。康儒临死时说道:"我死了,田頵也活不了几天。"

田頵既杀康儒,便公然背叛杨行密。田頵还联络润州团练使安仁义以及奉国节度使朱延寿一同举兵。朱延寿是杨行密的小舅子,田頵为何会联络他一同谋反?原来朱延寿严厉残酷,杨行密一直瞧不起他。杨行密还常常戏弄、侮辱朱延寿,朱延寿一直怨恨、愤怒,暗地里便与田頵往来。

朱延寿当时镇守在寿州（今安徽省寿县），他这个奉国节度使只是一个空头官职。田頵让两位使者装扮成商人前往寿州给朱延寿送信。途中，两位使者被淮南将领尚公迺截获。尚公迺说道："这二人绝不是商人。"二人当然不承认。尚公迺于是杀掉其中一人，另一人才拿出书信，将田頵的密谋告诉尚公迺。尚公迺立即向杨行密禀报。杨行密得知田頵等人谋反，决定将大将李神福从前线调回，以讨伐叛将田頵。

李神福接到杨行密的命令后，只好放弃攻打武昌（治鄂州），准备返回淮南。李神福担心杜洪从背后追杀，于是扬言说接到命令，要去攻打荆南（治江陵府），同时调集兵马，准备舟船。夜晚，兵马全部上船，开始顺江东下，李神福才告诉将士们乃是回师讨伐谋反的田頵。

李神福尚未返回淮南，安仁义已经响应田頵了。八月二十二日，安仁义南下袭击常州（今江苏省常州市）。常州刺史李遇出城迎战，见到安仁义，破口大骂。岂料李遇此举竟让勇猛的安仁义撤兵。部将不解，安仁义说道："他敢侮辱我，一定有所防备。"三日后，杨行密任命王茂章为"润州行营招讨使"，令其前往讨伐安仁义。

王茂章援救王师范未果刚刚返回淮南，便马不停蹄来到润州（今江苏省镇江市）攻打安仁义。王茂章不能攻克润州城，杨行密又派徐温率兵增援。徐温担心增兵后安仁义不敢出城作战，于是让所部将士换上与王茂章士兵一样的衣服，加入到王茂章的队伍中。安仁义不知道王茂章士兵增加，再次出城作战，结果大败。

九月，安仁义坚守城池不战，杨行密又将徐温召回扬州，与徐温策划铲除朱延寿。朱延寿的使者来到扬州，杨行密假装患了眼疾，看不清东西，有时还撞到柱子上，甚至跌倒在地上。杨行密对夫人朱氏说道："想不到我会失明，只是几个儿子年纪尚幼，淮南军政只有依仗三舅延寿了。"朱夫人竟然深信不疑，还多次写信给朱延寿，述及此事。

又过了一些时日，杨行密派人前往寿州，召朱延寿回广陵。朱延寿接到杨行密的召令，竟然毫不怀疑，但朱延寿的夫人王氏就很为担心。王夫人对朱延寿说道："夫君此行吉凶尚未可知，请每天派一人回来告诉我，以

让我安心。"朱延寿离开寿州后,每天都有使者返回。数日后,不再有使者返回寿州,王夫人说道:"所担心的事终于发生了。"王夫人于是命令家奴,手执兵器,守卫院门。不久,骑兵前来搜捕。王夫人带领家人,点燃一百只火把,将府舍、财物全部焚烧。王夫人说道:"我绝不让洁白的身体受到仇人侮辱。"说完与家人投入熊熊大火而死。

再说朱延寿到了广陵,杨行密到寝室门口迎接,朱延寿更是丝毫不防。突然,徐温带人将朱延寿拿下,当场斩首。跟随朱延寿来到广陵的士兵,听闻朱延寿被杀,开始惊扰。徐温亲自前往安抚,士兵们都愿意听从徐温。杨行密又下令将朱延寿的兄弟全部杀掉,还废黜朱夫人。

就在这时,田頵率领兵马攻到升州(今江苏省南京市),俘掳了升州刺史李神福的妻儿,并命人妥加照顾。田頵派使对李神福说道:"你如果抓住如此良机,一同夺取淮南,我便与你平分土地而称王。不然的话,妻子儿女,全部杀掉,一个不留!"李神福对田頵的使者慨然说道:"我从一个小兵开始,就侍奉吴王。如今我已成为一名上将,在大义上决不会因为妻儿而改变我的忠心。田頵上有老母,竟然不顾其生死而去谋反。这样的人连三纲都不知!"李神福下令将田頵的使者斩首,传令继续前进,士兵都感到振奋。

田頵得知李神福没有屈服,只好备战。田頵派将领王坛、汪建率水师迎战,钱镠的武勇都将领徐绾也一同出战。九月十日,李神福到达吉阳矶(今安徽省东至县西北),与王坛、汪建遭遇。王坛、汪建将李神福的儿子李承鼎押到船头,以图李神福不战而降。李神福不仅不降,还下令放箭。王坛、汪建只好传令各船,准备战斗。李神福对诸将说道:"敌人人多,我们人少,应当出奇制胜。"

傍晚,水上大战开始。李神福假装不敌,指挥舰船逆流西去。王坛、汪建传令追击。李神福向西行进不久,即迅速掉转船头,顺流攻向王坛、汪建的舰船。时已夜晚,江面上一片黑暗。王坛、汪建命人在楼船上点起火炬。李神福命令向有火炬的地方放箭。王坛、汪建只好下令灭掉火炬。这时两方舰船混杂在一起,一团乱战。李神福又借着风势纵火,焚烧王坛、汪建的舰船。这一战,王坛、汪建大败,很多士兵投水而死。

第二日,两军又在皖口(今安徽省安庆市西)交战。王坛、汪建再次遭败,丢盔弃甲,一路逃回。李神福在此次交战中,生擒徐绾。李神福派人将徐绾押到扬州,交给杨行密处置。杨行密又派人将徐绾押送到杭州,交给钱镠。钱镠将徐绾的心脏挖出,祭奠湖州刺史高彦的儿子高渭。

且说田頵获报王坛、汪建战败,决定亲率水军逆流而上,迎战李神福。李神福对诸将说道:"田頵放弃城池前来作战,这是上天要他灭亡啊。"李神福传令将舰船依靠江边,构筑营垒,不战。李神福再派人禀报杨行密,请杨行密派步兵切断田頵的归路。杨行密立即派涟水制置使台濛率兵前往。

田頵获报台濛就要到来,决定亲自率步骑兵去会会台濛。田頵当然担心李神福攻其后背,于是留下两万精兵,由郭行惊率领,与王坛、汪建的水军一起驻屯芜湖(今安徽省芜湖市),阻截李神福。田頵率部东进,他的斥候来报说,台濛的军营不大,估计也就两千人马。田頵更认为台濛不堪一击,因而也不调集别部兵马助战。

台濛的军营为何会小? 难道杨行密就给台濛两千人马? 绝对不是。原来台濛到达宁国境内后,传令所部人马高度警惕、随时备战。台濛还将兵马分为几部,轮番前进,各部兵马的营地便相对较小。将领们认为台濛太过谨慎,都说台濛胆小。台濛对众将说道:"田頵是沙场老将,智勇双全,不可不防。"

十月二日,台濛与田頵在广德(今安徽省广德县)遭遇。两军对垒,诸将出马。台濛拿出杨行密的书信,出示给田頵诸将。田頵诸将全部下马拜受,台濛便趁此机,立即发动袭击。田頵没有料到台濛会有此举,惨遭失败,连忙传令向芜湖撤去。台濛一直追到芜湖东边的黄池。两军在黄池再度交战,台濛假装不敌,率部撤退。田頵不知是计,传令追击,不想台濛伏兵四起,田頵再度惨败。田頵不敢再战,连驻屯芜湖的水军也不管了,率残部一路逃回宣州。

台濛两次重创田頵,知道田頵已没有多少兵力了,于是紧追不舍,一

直追到宣州城下。田頵据守城池不战,台濛便将宣州城包围。田頵派人悄悄缒城而出,召芜湖的兵马回援宣州。郭行恸、王坛、汪建等率部返回宣州,岂料台濛又来了个围城打援。郭行恸、王坛、汪建等人最后干脆向台濛投降,连当涂、广德一带的守将也纷纷向台濛投降。

被台濛包围一月之久的田頵决定突围。十一月九日,田頵率数百名敢死之士出城作战。台濛假装撤退,示其以弱。田頵带领士卒越过城外濠沟时,台濛又率部杀了过来。田頵终因人少不敌,传令退回城中,可是濠沟上的木桥已断,田頵突然坠下马来。田頵尚未起身,便被台濛将士砍下首级,其士卒全部溃散,据守宣州十一年有余的田頵至此灭亡。却说田頵与杨行密本是同乡,年少时便很友善,还结为异姓兄弟。当田頵的首级送达广陵时,杨行密也很为悲痛。杨行密赦免田頵的母亲殷氏,从此与诸子以子孙之礼侍奉殷氏。

杨行密消灭田頵之后,任命李神福为宁国节度使。李神福认为武昌杜洪还未平定,坚决辞让此职。杨行密于是将宁国军降为宣州道,任命台濛为宣州道观察使,镇守宣州。宣州长史骆知祥善于管理钱粮,杨行密便任命其为淮南支计官,以掌控钱财。宣州观察牙推沈文昌精通文笔,曾为田頵撰写檄文诟骂杨行密,杨行密也不计前嫌,任命沈文昌为节度牙推。

904年三月,杨行密任命李神福为鄂岳招讨使,令其再次攻打鄂州。岂料李神福此次再攻鄂州,整整五个月,都没有战果。八月,李神福突然生起病来,而且病情越来越重,最后不得不暂停攻打鄂州,返回广陵养病。李神福回到广陵不久,便病逝了。杨行密没有就此罢战,再任命舒州团练使刘存为鄂岳招讨使,代替李神福攻打鄂州。

杜洪坚守城池不战,刘存一时不能取胜,我们再来看看王茂章围攻安仁义。安仁义勇敢果断,深得军心,所以王茂章攻了一年多,仍不能攻克。在淮南,安仁义与米志诚都擅长射箭。安仁义常说:"米志诚的十把弓,抵不上朱瑾的一把槊;而朱瑾的十把槊,也抵不上我安仁义的一把弓。"安仁义每次交战,必先放箭,总是射中敌人后再挥兵掩杀。王茂章的将士不敢靠近安仁义,每次见到他就骂,但只有将领李德诚不骂。

905年正月，王茂章从城外向城内挖掘地道，从地道中攻入城内。安仁义手拿弓箭带领族人登上楼阁，没有人敢靠近。面对重重包围，安仁义没有再战，而是要李德诚过来说话。李德诚来到楼阁下，安仁义对他说道："你很有礼节，从来没有辱骂过我，我今天就让你立功。"安仁义将心爱的小妾赠给李德诚，并让李德诚将其押下楼阁。安仁义及其子最后被斩于广陵街市。

再说刘存攻打鄂州，前后将近半年，杜洪就是不出战。刘存决定采用火攻，以逼迫杜洪突围。二月十一日，熊熊大火肆意焚烧鄂州城，杜洪实在无法固守，只得带领将士拼死突围。不久，城门开启，城中将士冒着大火冲了出来。淮南将士请求攻打这些突围的士兵。刘存说道："如果攻打太猛，他们必定会继续躲在城中坚守。不如让他们离开，然后再追击。"果然，杜洪刚出城不久，便被刘存的大军擒获。刘存派人将杜洪押到广陵，杨行密将其诛杀。杨行密将武昌军降为鄂岳道，任命刘存为鄂岳道观察使。至此，杨行密拥有三个藩镇，即淮南、宁国、武昌，还占领镇海的润、常二州。

第55章　迁都洛阳,杀害昭宗

话说朱全忠离开长安后,将党羽遍布禁卫与京畿。朝中的百官以宰相崔胤为首,宿卫将士则由侄儿朱友伦统领,有这二人在长安,朱全忠当然很为安心。然而不久,朱友伦突然出现意外,这不得不让朱全忠担忧长安之事。903年(唐昭宗天复三年)十月十五日,朱友伦与宾客击球,坠马而亡。朱全忠得知这一消息,非常悲痛,也感到十分怒火,甚至怀疑是崔胤暗中所为。朱全忠下令将与朱友伦一同击球的十余人全部杀死,再派大哥朱全昱之子朱友谅代替朱友伦,担任宿卫都指挥使。

崔胤此时也开始担心,担心朱全忠有篡夺皇位的想法。崔胤虽然在朝中已经掌握大权,但那也是依靠朱全忠的势力才得以实现的。崔胤最担心的便是朱全忠夺位而不再把他当回事。崔胤从此与朱全忠外表友善,而内心已经防范。崔胤开始积极谋划掌握兵权。崔胤对朱全忠说道:"长安城与李茂贞相距很近,不可以没有防备。当前六军十二卫,只有空名,并无实际兵力。我请求招募士兵,让梁王没有西顾之忧。"朱全忠已经怀疑崔胤,听了此言更是怀疑。朱全忠不动声色,口头上答应了崔胤的请求,暗地里派属下壮士前往应招。崔胤对此一无所知。

朱全忠当时还不打算篡位,只想迁都洛阳,以实现"挟天子以令诸侯"。虽然唐昭宗被迎回长安,朱全忠已经掌握天子,但朱全忠觉得,天子远在长安,还是有些鞭长莫及。还有,朱全忠仍然担心李茂贞再次将唐昭宗劫持。为此,朱全忠还于十一月派骑兵进屯河中府(今山东省永济市),以观京城动静。朱全忠觉得长安城不安全,因为外有李茂贞,内有崔胤。朱全忠想把唐昭宗迁到洛阳,而洛阳则完全是朱全忠的势力范围。

　　朱全忠担心以崔胤为首的百官会反对迁都，所以想先向崔胤下手，以除掉这个障碍。904年（唐昭宗天复四年）正月，朱全忠向唐昭宗呈递密奏，指控崔胤专权乱国、离间君臣，请唐昭宗下诏将崔胤及其同党郑元规、陈班等人全部诛杀。唐昭宗不忍诛杀崔胤等人，只想贬降，朱全忠只好自己动手。正月十二日，朱全忠密令侄儿朱友谅带兵包围崔胤等人的宅第，将崔胤、郑元规、陈班等人全部杀掉。

　　洛阳的宫室尚未完工，佑国（治河南府）节度使张全义正奉朱全忠之命在加紧修建。为了尽快完工，朱全忠从河南、河北各藩镇征调了数万名壮丁、工匠。然而朱全忠已等不到完工，便想让唐昭宗东迁了。原来李茂贞真的发兵进逼长安了。却说朱全忠两年多前攻克静难军，收降李茂贞的义子李继徽，将李继徽的妻儿送到河中府作人质。李继徽的妻子很有姿色，朱全忠便与其私通，李继徽得知后非常气愤。后来，朱全忠将李继徽的妻儿送回，李继徽便决定不再归附朱全忠，而重新做李茂贞的义子。李继徽派人对李茂贞说道："唐朝就要灭亡了，父亲为何忍心坐视不管？"李茂贞于是与李继徽一起发兵，进逼长安。

　　正月二十一日，朱全忠派牙将寇彦卿前往长安，向唐昭宗呈上奏表，称凤翔、静难两镇兵马进逼京畿，请求立刻迁都洛阳。唐昭宗并不想迁都，但又不能拒绝朱全忠的奏请。五日后，唐昭宗从长安起程。唐昭宗走后，朱全忠任命将领张廷范为御营使，命张廷范将长安的宫室、百司及百姓房屋全部摧毁。张廷范还把拆下来的木材投入渭水之中，任其顺流而下。长安从此成为废墟。

　　正月二十八日，唐昭宗到达华州（今陕西省渭南市华州区），百姓夹道欢迎，高呼万岁。唐昭宗哭泣道："不要叫万岁，朕不再是你们的君主了。"当天晚上，唐昭宗下榻华州兴德宫。唐昭宗对左右侍臣说道："俗话说，纥干山头冻杀雀，何不飞去生处乐。朕今天漂泊流亡，不知最终落于何处？"说完又流下眼泪，沾满衣襟，左右侍从都不敢抬头。

　　二月十日，唐昭宗到达陕州（今河南省三门峡市）。由于洛阳的宫室

尚未修建完成,唐昭宗暂驻陕州。第二天,朱全忠从河中赶来朝见唐昭宗。朱全忠流着泪对唐昭宗说道:"李茂贞阴谋作乱,想挟持陛下。老臣我无礼了,请陛下东迁洛阳,这也是社稷大计啊。"唐昭宗请朱全忠进入寝室拜见何皇后,何皇后哭着说道:"从今天起,我们夫妇的安危全靠全忠了。"由于洛阳将成为京都,佑国这个藩镇的治所便不能设在洛阳。朱全忠奏请将长安作为佑国军的治所,并任命忠武节度使韩建为佑国节度使,原佑国节度使张全义调任天平节度使,朱全忠则担任宣武、宣义、护国、忠武四镇节度使。

唐昭宗并不想前往洛阳被朱全忠控制,还在作最后的努力。唐昭宗派人带着自己的亲笔御札前往成都,向西川(治成都府)节度使、蜀王王建求救。王建任命邛州刺史王宗祐为北路行营指挥使,令其率兵会同凤翔的兵马一同迎接唐昭宗的车驾。王宗祐到达兴平(今陕西省兴平市)时,遇到朱全忠的守军,不能前进,只好返回。王建从此直接任命境内官员,说等到皇上返回长安,再上表奏报。

三月,唐昭宗又在白绢上写信,秘密派人送给王建、杨行密、李克用等人,令三人号召各藩镇前来勤王。唐昭宗在信中还写道:"朕一旦到了洛阳,就会被幽闭,而与外界隔绝。所有诏书都出自他人之手,朕的本意将无法传达。"

四月十六日,朱全忠向唐昭宗上表,称洛阳的宫室已经修好,请唐昭宗尽快起程。唐昭宗不想动身,还想等人前来勤王。司天监王墀也奏报说:"天上的星象发生变化,现在东行不利,最好在今年秋天再起程。"朱全忠等不了这么久,请求起驾的奏章接连不断。唐昭宗也派宫女给朱全忠传话,说何皇后刚刚生产,不能马上上路,希望在十月再东行。朱全忠也担心唐昭宗拖延时间,是在等待时机,对牙将寇彦卿说道:"你马上就去陕州,催促官家立即上路。"

唐昭宗抗拒不了朱全忠,只得起程东行。闰四月三日,唐昭宗从陕州动身。闰四月八日,唐昭宗到达新安(今河南省新安县),朱全忠已在此迎接。朱全忠得知司天监王墀劝唐昭宗到秋天再动身一事，便让医官许昭远揭发王墀阴谋加害朱全忠，再奏请唐昭宗将王墀诛杀。

闰四月十日，唐昭宗抵达洛阳皇宫，驾临正殿，接受百官朝贺。第二天，唐昭宗驾临光政门，宣布大赦天下，改元天祐。闰四月十四日，朱全忠奏请唐昭宗调整皇宫内机构，只保留宣徽南院使、宣徽北院使、小马坊使、丰德库使、御厨使、客省使、閤门使、飞龙使、庄宅使九使，其余全部废除，不许由内夫人担任各使。朱全忠推荐自己的心腹担任要职：蒋玄晖为宣徽南院使兼枢密使，王殷为宣徽北院使兼皇城使，张廷范为金吾将军、街使，韦震为河南尹兼六军诸卫副使，武宁留后朱友恭为左龙武统军，保大节度使氏叔琮为右龙武统军，典宿卫。

朱全忠准备离开洛阳，返回大梁（今河南省开封市）。唐昭宗在崇勋殿宴请朱全忠与百官。宴席结束，唐昭宗再在内殿宴请朱全忠。朱全忠心中生疑，不敢前往，于是说自己已经喝多了。唐昭宗说道："全忠不想来，可让敬翔来。"朱全忠让敬翔赶紧离开，说道："敬翔也醉了。"五月七日，朱全忠东返。五月十一日，朱全忠回到大梁。

六月，李茂贞、王建、李继徽等发布檄文，讨伐朱全忠。朱全忠任命长子、镇国节度使朱友裕为行营都统，令其率步骑兵前往迎战。六月二十日，朱全忠又亲率兵马从大梁西进，前往讨伐李茂贞等。七月六日，朱全忠经过东都洛阳，晋见唐昭宗。七月十日，朱全忠抵达河中府。

也就在这时，李茂贞、李继徽、李克用、刘仁恭、王建、杨行密、赵匡凝等人檄文不断，声称要迎回唐昭宗，复兴唐朝大业。朱全忠担心英气尚存的唐昭宗给其生出事端。为消除后顾之忧，朱全忠打算重立一位年幼的君主，以后也好谋划禅让之事。朱全忠于是派判官李振前往洛阳，与枢密使蒋玄晖及左龙武统军朱友恭、右龙武统军氏叔琮等一同谋划。蒋玄晖从龙武统军中挑选牙官史太等一百人入宫。

八月十一日，深夜，蒋玄晖、史太前往敲打宫门，声称有紧急军情奏报，必须面见圣上。夫人裴贞一打开宫门，看见蒋玄晖、史太带着士兵，

马上问道:"紧急奏报,为何要带兵前来?"史太根本不作答,一刀将裴贞一杀死。蒋玄晖大声问道:"皇上在哪里?"昭仪李渐荣靠着栏杆大声喊道:"要杀就杀我们,不要伤了陛下。"唐昭宗当天同样喝醉,正在寝宫之中休息,被惊叫声吵醒,赶紧爬了起来,只穿着睡衣绕着梁柱躲避。史太追上唐昭宗,一刀又将唐昭宗杀死。李渐荣冲了过来,用身体挡住唐昭宗,史太又将李渐荣杀死。史太又要杀何皇后,何皇后向蒋玄晖哀求,蒋玄晖将其释放。

第二天,蒋玄晖声称是李渐荣、裴贞一大逆不道,杀死唐昭宗,并假传遗诏,拥立辉王李祚为皇太子,更名为李柷。蒋玄晖再假传何皇后懿旨,让太子李柷在唐昭宗灵柩前即位。八月十五日,李柷登基,是为唐哀帝,时年十三岁。九月八日,唐哀帝尊生母何皇后为皇太后。

再说朱全忠当时正率兵进入关中,西进到达永寿(今陕西省永寿县)。朱全忠在北至永寿、南至骆谷(今陕西省周至县西南)一带,部署了兵马,以阻截凤翔、静难两藩镇兵马。凤翔、静难兵马不敢出战,朱全忠决定东返。

十月,李振向朱全忠禀报唐昭宗被杀一事。朱全忠假装大惊,顿时嚎啕大哭,栽倒在地。朱全忠哭道:"奴才们辜负我,让我承受万代恶名。"痛哭之后,朱全忠问李振如何处置。李振说道:"当年司马昭指使成济诛杀魏帝曹髦,同时也杀掉成济。大王应当将朱友恭、氏叔琮杀掉,因为二人是左右龙武统军。不如此,怎能堵天下人之口?"朱友恭与氏叔琮,一个是义子,一个是大将,朱全忠思虑再三,还是准备对二人下手。朱全忠让朱友恭、氏叔琮来担当罪名,也找了个借口。正巧当时有一些禁卫士兵在大街上抢劫大米,朱全忠便责怪朱友恭、氏叔琮二人治兵不严,以致侵扰市井。

十月三日,朱全忠来到洛阳,在唐昭宗灵柩前痛哭流涕。朱全忠再去叩见唐哀帝,声称谋害唐昭宗绝不是他指使的,请求处罚杀害唐昭宗的凶手。数日后,朱全忠上表,奏请唐哀帝赐死朱友恭、氏叔琮二人。

朱友恭在临刑时，大声喊道："朱全忠出卖我以堵天下人之口，但神明自知。朱全忠如此行事，是要断子绝孙的。"氏叔琮也喊道："出卖我的性命以堵天下人之口，还有天理吗？"十月十五日，朱全忠向唐哀帝辞行东返。五日后，朱全忠刚到大梁，就听报长子朱友裕在黎园（今陕西省淳化县）去世。

第56章　谋害朝士，兼并荆襄

有二人依仗朱全忠的势力，正在加害朝中正直的官员以及一些士大夫。这二人是刚任宰相不久的右谏议大夫柳璨与刚接替王师范担任平卢（治青州）留后的李振。

柳璨是一位轻浮、钻营之人，进士及第不到四年便出任宰相。唐哀帝身边大都是朱全忠的心腹之人，柳璨便一味逢迎。当时朝中的宰相还有裴枢、崔远、独孤损等，都是极有名望之人，他们都看不起柳璨。柳璨便对裴枢、崔远、独孤损等怀恨在心，寻机报复。

李振字兴绪，在唐朝曾任金吾卫将军，后调任台州刺史，由于浙东义军盛行而未能赴任。李振西归时经过汴州，被朱全忠留下，成为朱全忠的一位重要幕僚。李振曾多次参加科举，但一直不能考中进士，从此对那些进士及第的官员非常憎恨。李振有一次对朱全忠说道："裴枢、崔远、独孤损这些人平时总爱称自己为清流，应当将他们投入黄河，让他们变成浊流。"识字不多、对读书人也没有多少好感的朱全忠听后，不禁笑了起来，也很为赞同。

且说朱全忠有一位亲信名叫张廷范，本是一名戏子，由于得到朱全忠的宠信，而被推荐为太常卿。宰相裴枢说道："张廷范是有功之臣，完全可以当一个藩镇节度使，怎么愿意当个太常卿呢？这恐怕不是元帅的想法。"裴枢便将这份奏章搁下不理。朱全忠听闻此事，很是生气，对身边幕僚说道："我一直以为裴十四的器量见识非常纯真，不会是轻浮、浅薄之流。现在听其议论，原形毕露了。"柳璨是何等精明，一闻此言，立即向唐哀帝进谗，加害裴枢，连同另两位宰相崔远、独孤损。905年（唐哀帝天祐二年）三月，唐哀帝贬降独孤损为静海（治交州）节度使，裴枢为左仆射，崔远为右仆射。罢了三位宰相，又起用两位宰相：礼部侍郎张文蔚、吏部侍郎杨涉。

柳璨对裴枢等人被罢相觉得还不够，于是又找机会加害。五月七日，天空出现彗星，长长的尾巴划破长空。卜卦者说道："如此异常天象，君臣必定都有灾难，只有诛杀方可化解。"柳璨便将平时憎恨的人全部列出，交给朱全忠。柳璨对朱全忠说道："这些人经常聚集在一起，妄议朝政，怨恨诽谤，煽风点火，应当用他们解除天象预示的灾难。"平卢留后李振也对朱全忠说道："朝政之所以难以治理，就是这群轻浮浅薄的衣冠之徒在扰乱纲纪。大王准备谋图大事，这些人又难于控制，不如将他们全部铲除。"朱全忠觉得有理。

五月十五日，朱全忠通过唐哀帝下诏，贬独孤损为棣州刺史，裴枢为登州刺史，崔远为莱州刺史。五月十七日，唐哀帝再贬吏部尚书陆扆为濮州司户，工部尚书王溥为淄州司户。五月二十二日，唐哀帝再贬已经致仕的太子太保赵崇为曹州司户，兵部侍郎王赞为潍州司户。五月二十三日，唐哀帝再贬裴枢为泷州司户，独孤损为琼州司户，崔远为白州司户。此外，那些门第高贵的、进士及第的、身居要职的、名望远播的都被指控为轻浮浅薄之徒，每天都有人被贬，朝中士大夫几乎为之一空。由于另一宰相张文蔚的保护，也有十余人得以幸免。

光贬还不够，朱全忠还想要这些人的命。六月一日，唐哀帝下诏，命裴枢、独孤损、崔远、陆扆、王溥、赵崇、王赞等人全部自杀。朱全忠则命人将被贬的三十余人聚集在白马驿（今河南省滑县），一夜之间，全部杀光，并将他们投入黄河。从此，朝中被贬、被杀的官员接连不断。特别是平卢留后李振每次从汴州来到洛阳，朝中一定有人被贬，因而李振被人称为"鸱枭"。李振每次见到朝中官员，也是颐指气使，旁若无人。

故事讲到这里，我们还要讲一件史书上记载的事。这件事不知让我们如何理解史书作者的用意。从前面朱全忠加害官员、士大夫的故事来看，朱全忠可以说是滥杀无辜，因为朱全忠所杀害的士大夫，都是一些正直的官员。然而史书上记载的这件事，似乎让人另有看法。

话说有一次朱全忠与幕僚、部属以及外地宾客在一棵大柳树下闲坐。

朱全忠随口说了一句："这棵柳树可以用来做车毂。"幕僚、部属都没有说话，就听到几位外地宾客起身附和道："确实可以做车毂。"朱全忠听后，脸色马上变了，厉声说道："你们这些书生，就喜欢顺着别人的话来玩弄人，车毂应当用坚硬的榆木来做，柳木柔软怎么可以？"说完转头对左右说道："还等什么？"左右数十人将那几个说可以做车毂的宾客当场打死。这件事说明什么呢？是想说朱全忠杀人之随意，还是想说朱全忠看不惯那些拍马逢迎的人？如果说朱全忠看不惯拍马逢迎的人，那柳璨又是怎样一个人呢？

史书上还说，朱全忠、柳璨、李振等人对朝中官员以及士大夫如此迫害，但仍然需要士大夫到朝中做官。很多士大夫不愿到朝中任职，而到州县避祸。唐哀帝于是又下了一份诏书，令所在州县强行将那些士大夫送到洛阳，不得滞留。

有聪明之人能够避祸的。礼部员外郎、知制诰司空图很早就弃官回乡，隐居在虞乡王官谷（今山西省永济市东南）。司空图也是晚唐诗人，一生有很多诗作。唐昭宗曾多次征召司空图出山为官，但司空图一直拒绝。柳璨又让唐哀帝下诏，征召司空图。司空图仍不想出山，但又不敢拒绝，只好来到洛阳朝见唐哀帝。司空图假装年老体弱，动作失态，连笏板也弄掉在地上。柳璨看到司空图确实不能为官，便不再强迫。司空图最终得以回乡继续隐居。

更有被任命后拒不前来赴任的。谁敢抗拒诏书呢？这便是诗人韩偓。韩偓被贬后，先到湖南，后到江西。韩偓听说被任命为兵部侍郎兼翰林学士承旨时，根本不为所动。韩偓还为此写了一首《乙丑岁九月，在萧滩镇驻泊两月，忽得杨迢员外书，贺予复除戎曹依旧承旨，还缄后因书四十字》："旅寓在江郊，秋风正寂寥。紫泥虚宠奖，白发已渔樵。事往凄凉在，时危志气销。若为将朽质，犹拟杖于朝。"一年后，韩偓到达福州（今福建省福州市），投靠威武（治福州）节度使王审知。韩偓在福建也写了不少诗作，最后终老福建。

柳璨、李振在朝中谋害士大夫，朱全忠正准备到山南境内兼并藩镇。

山南境内的藩镇主要有忠义（治襄州）、荆南（治江陵府）、昭信（治金州）、武定（治洋州）、山南西道（治兴元府）、昭武（治利州）等。武定、山南西道与昭武是王建的领地，昭信已向朱全忠归附。朱全忠决定向没有归附的忠义、荆南用兵。

忠义节度使是赵匡凝，荆南节度使是其兄弟赵匡明。赵匡凝是赵德諲的儿子，而赵德諲早就归附朱全忠，朱全忠为何要攻打赵匡凝？原因之一就是赵匡凝与杨行密通好，还与王建结亲。史书上还讲了一个攻打赵匡凝的原因，说朱全忠想取代唐朝，派人到藩镇去告知，赵匡凝认为不可，所以朱全忠才派兵攻打。其实还有一个原因，那就是赵匡凝与李克用、王建、杨行密等一起声讨朱全忠逼迫唐昭宗迁都。

八月九日，奉命讨伐赵匡凝的武宁（治徐州）节度使杨师厚率部起程。八月十三日，朱全忠也亲率大军随后出发。杨师厚接连攻克忠义军所属的唐、邓、复、郢、随、均、房七州，让赵匡凝所在的襄州（今湖北省襄阳市）成为一座孤城。不数日，杨师厚抵达襄州城北的汉水北岸，朱全忠也率兵抵达。朱全忠亲自在汉水北岸巡视，寻找渡河之处。九月五日，朱全忠命令杨师厚在襄州城西边的阴谷口附近搭建浮桥。两日后，浮桥搭建完毕，朱全忠传令南渡汉水。

且说赵匡凝已经在汉水南岸排兵布阵，共有两万兵马。九月八日，大战开始。遗憾的是，杨师厚与赵匡凝的这一战，史书上记载非常简略。我们可以想象一下，这一战应当非常激烈，特别是杨师厚的兵马打得一定非常勇猛。首先两方兵马数量不算少，光是赵匡凝就有两万人马，杨师厚也不会太少，毕竟朱全忠的大军就在身后。试想，数万人马聚集在汉水南岸激战，场面会如何呢？其次，杨师厚是南渡汉水而战，虽有朱全忠的大军作后盾，但毕竟身后是汉水，可以说是背水一战。当然朱全忠在后面亲自督战，杨师厚的将士打得不可能不猛烈。最后，赵匡凝是以逸待劳，杨师厚虽有朱全忠督战，毕竟是刚过汉水便作战，杨师厚这方打得还是极为困难的，因而这一战特别能检验杨师厚的指挥本领。这一战的结果是杨师厚获胜，赵匡凝大败，但史书上只用三个字"大破之"。

赵匡凝不敌杨师厚，只得退入襄州城中固守。杨师厚乘胜进击，很快便兵临襄州城下。赵匡凝已经没有兵马可以出战，担心襄州城守不住。当天晚上，思来想去的赵匡凝决定弃城而走。赵匡凝在离开之前，还放了一把大火，将城池烧毁。赵匡凝带领残余部众连夜出城，沿汉水一路东下，前往扬州，投靠杨行密。九月九日，杨师厚进入襄州城。九月十日，朱全忠也进入襄州城。至此，朱全忠兼并了忠义军。却说秦宗权的部将赵德諲割据山南东道，传子赵匡凝，至此灭亡，前后二十一年整。

朱全忠兼并忠义军后，决定乘势兼并荆南。然而朱全忠的兵马尚未到达荆南时，荆南节度使赵匡明便准备弃城而走了。九月十一日，赵匡明率领两万人马离开江陵（今湖北省江陵县），向西投奔蜀王王建。第二天，朱全忠任命杨师厚为山南东道留后，并令其率兵南下占领荆南。杨师厚到达乐乡（今湖北省宜城市南）时，荆南的牙将王建武已经派人前来请降。朱全忠获报后，任命部将贺瑰为荆南留后。一年后，朱全忠调颍州防御使高季昌接替贺瑰，不表。

朱全忠在襄州停留了二十天，决定班师返回大梁（今河南省开封市）。大军尚未出动，朱全忠突然改变主意，决定乘胜东进，攻打淮南（治扬州）。谋士敬翔极力劝阻道："此次出兵，不到一个月，便平定两个大藩镇，辟地数千里。远近各镇听闻此事，无不震惊。如此威望应当加以珍惜，暂时息兵班师，等待时机再战。"朱全忠也许被胜利冲昏头脑，这回连敬翔的话也不听了。

十月六日，朱全忠率大军从襄州出发。第二天，朱全忠到达枣阳（今湖北省枣阳市东），老天突然下起大雨。朱全忠传令大军继续前进，不久抵达淮南的光州（今河南省潢川县）。从枣阳到光州这一路，长达五百里，大雨一直没有停，道路狭窄，不少地段又险又陡，而且路面泥泞不堪。朱全忠的大军人困马乏。当时又临冬季，天气已经转冷，大军并没有准备好过冬的衣物。一路上，多次出现士兵逃亡的情况。

尽管一路上出现很多艰难，但面对光州这样的小城，朱全忠仍是志在必得。朱全忠认为大军压境，光州必将不战而降。朱全忠于是派出使者，对光州刺史柴再用说道:"你如果投降,我就任命你为蔡州刺史。如果不投降,我就屠城。"柴再用知道蔡州(今河南省汝南县)是一个大州,同样是刺史,但要比光州强得多,而且蔡州也是柴再用的家乡,但柴再用不愿投降。柴再用先传令加强守备,然后再身穿战袍,登上城楼,看到城外的朱全忠,连忙下拜,极为恭敬。柴再用对朱全忠说道:"光州是个小城,兵马也不多,大王如此动怒,岂不有辱大王。大王如果能够先攻下寿州(今安徽省寿县),我岂敢不从大王号令。"朱全忠听后,也就没有再下令攻城,而在光州城东停留了十余天。

十月二十三日,朱全忠从光州出发,前往寿州。一路上,朱全忠又迷了路,走错了一百多里路。更为倒霉的是,一路上再次遭遇大雨。后来终于到达寿州时,寿州境内又早已坚壁清野。朱全忠想包围寿州城,竟然找不到树木来构筑栅栏。朱全忠只好传令,暂撤到寿州城西南的正阳驻屯。

十一月一日,朱全忠终于决定放弃攻打淮南,传令班师回大梁。让朱全忠怎么也没有想到,就在他北渡淮河之时,柴再用抄其后路兵马,杀死三千余人,缴获辎重数以万计。朱全忠得到消息,对此次不听敬翔的劝阻极为后悔,也感到非常烦躁。十一月十三日,朱全忠抵达大梁。

就在朱全忠攻打淮南的光州、寿州之际,杨行密又抢了钱镠的三个州。我们再来讲讲淮南的故事。

第57章　杨渥继位,兼并江西

话说吴王杨行密与越王钱镠,很早曾有过冲突,但后来已经修好,还结为儿女亲家。然而,杨行密得着机会,还是会抢占钱镠的领地。

钱镠的镇海(治杭州)境内有一个州叫睦州(今浙江省建德市),刺史是陈询,镇东(治越州)境内有一个州叫衢州(今浙江省衢州市),刺史是陈璋。陈询、陈璋都背叛钱镠。钱镠派衢州罗城使叶让刺杀陈璋,不想走漏风声,叶让反被陈璋杀掉。陈璋于是公然宣称归附杨行密。钱镠又派指挥使方永珍讨伐陈询,前后一年半都没有平定陈询。

905年(唐哀帝天祐二年)正月,杨行密派歙州刺史陶雅前往睦州,援救陈询。前往睦州的途中,军中发生夜惊,士兵大都翻越营寨逃走。左右侍从及裨将韩球飞奔前来禀报陶雅,陶雅安睡于床,根本不理,好像什么事也没有发生。不久,营中安定,逃走的士兵也自动返回。钱镠得知陶雅来援陈询,忙派堂弟钱镒、将领王球等前往拦截。陶雅击败援军,生擒钱镒、王球。

杨行密再命陶雅会同衢、睦二州兵马,继续夺取婺州(今浙江省金华市)。四月,陶雅、陈璋兵临婺州城下。直到九月,陶雅、陈璋才攻克婺州,生擒婺州刺史沈夏。至此,杨行密得到镇海、镇东所辖的睦、衢、婺三州。杨行密任命陶雅为江南都招讨使、歙婺衢睦观察使,镇守睦州;陈璋为衢婺副招讨使,掌管衢、婺二州,镇守婺州。

就在这时,一直患病的杨行密已经不能起床。

杨行密是在一年前开始患病的,当时宣州道(治宣州)观察使台濛刚去世不久。节度判官周隐推荐由杨行密的长子、十九岁的牙内诸军使杨渥担任宣州道观察使。周隐此举是有目的的。右牙都指挥使徐温对杨渥说道:"大王卧病在床,却让嫡长子外出镇守,这一定是奸人所谋。有朝一日召你回来，如果不是我徐温的使者及大王的手令，你一定不要返回。"杨渥听后非常感激，流泪而别。

杨渥一向没有好的声名，喜爱击球、饮酒，淮南的官员都看不起他。周隐并不希望杨渥继承杨行密的大位，因而将他外任。现在杨行密自知大去之期不远，便让周隐召回杨渥。周隐对卧病在床的杨行密说道："长公子容易听信谗言，喜欢击球、饮酒，不是保家之主。大王其他诸子年纪幼小，不能驾驭诸将。庐州刺史刘威早年就追随大王，一定不会辜负大王。不如让刘威暂且掌管军府大权，等诸子年长再交给他们。"杨行密没有作答，周隐只好去草拟召回杨渥的文书。左右牙指挥使徐温、张颢也来探病，杨行密将周隐的话告诉二人，二人马上说道："大王一生出生入死，就是为子孙建立基业，怎能拱手送给他人？"杨行密听了二人之言，终于说道："有你们这句话，我死也瞑目了。"

数日后，将领们前来探望杨行密的病情。杨行密用眼神示意幕僚严可求留下。众人都离开后，严可求问杨行密道："大王一旦不测，军府大事将交给谁？"杨行密说道："我已让周隐去召渥儿，我到现在还没有死，就是在等待渥儿到来。"严可求明白杨行密的意图，便与徐温一同去见周隐。周隐没有出现，就见召回杨渥的公文仍放在桌上。严可求与徐温将此公文取走，派人前往宣州，召杨渥速返广陵（今江苏省扬州市）。杨行密再任命润州团练使王茂章担任宣州观察使。杨渥离开宣州时，想把自己的亲兵带走，前来接任的王茂章不肯。杨渥非常生气地离开了。

十月，杨渥抵达广陵。十月十六日，杨行密任命杨渥为淮南留后。十一月二十六日，杨行密去世，年五十四岁。将领们请仍在淮南的宣谕使李俨承制，任命杨渥为淮南节度使、东南诸道行营都统、侍中，封弘农郡王。却说杨行密从883年三月担任家乡庐州的刺史开始，到905年十一月去世，前后将近二十三年。杨行密经过多年奋战，占领淮南、宁国、武昌三个藩镇，还夺取镇海的润、常、睦三州以及镇东的衢、婺二州。杨行密注重境内治理，在晚唐的军阀之中，算是一位有作为的人。杨行密被封为吴王，为五代十国之吴国创立了基础。

杨渥当了淮南节度使才一个月，便打算报复一下宣州观察使王茂章。906年(唐哀帝天祐三年)正月，杨渥派马步都指挥使李简前往宣州，攻打王茂章。王茂章得到消息，立即率部投奔钱镠。

镇守睦州的陶雅听闻王茂章投奔钱镠，担心王茂章断其归路，于是放弃睦州，返回歙州(今安徽省歙县)。陈询则投奔淮南，睦州便又归属钱镠。镇守婺州的陈璋听闻陶雅放弃睦州，也不敢再坚守婺州，便又回到了自己开始据守的衢州，钱镠的将领方永珍随即收复了婺州。方永珍进围衢州。八月，陈璋不堪围困，派人悄悄出城，向杨渥求救。杨渥想放弃衢州，只想救出陈璋，便派左厢马步都虞候周本前往。周本到了衢州，方永珍传令解除包围，只在城外排兵布阵。陈璋带着家人、部众出了城，来到周本大营之中。方永珍并不出战，任由陈璋离去。周本亲自殿后，终于成功地将陈璋救回淮南。

至此，被淮南抢走的睦、衢、婺三州全部被钱镠收复。杨渥虽然失去睦、婺、衢三州，但不久竟然得到一个州以及一个藩镇。

却说杨行密病逝的消息传到潭州(今湖南省长沙市)，一直依附梁王朱全忠的马殷决定攻打淮南的边关城池。杨渥得知后，也非常生气，决定报复。杨渥派先锋指挥使陈知新前往攻打武安所属的岳州(今湖南省岳阳市)。906年三月，陈知新抵达岳州，与马殷的岳州刺史许德勋交战。三月十二日，陈知新攻克岳州，许德勋败走。杨渥任命陈知新为岳州刺史。马殷自知无力与淮南相争，便没有继续发兵。

且说在淮南与武安之间有一个藩镇，本叫江西道，后来升为镇南军(治洪州)。镇南军共辖八个州，即洪州、江州、信州、袁州、抚州、饶州、虔州、吉州。882年七月，高安人钟传被高骈推荐为江西道观察使，不久又升任镇南节度使。钟传虽然掌管江西道，但所辖八州之中的抚、信二州被危全讽、危仔倡兄弟割据。906年四月，钟传去世，其子钟匡时被将士们拥立为镇南留后。钟传的养子、江州刺史钟延规也想当镇南留后，由于没被拥立，便派人前往淮南，向杨渥投降。

杨渥得知钟传已经去世，其子钟匡时又与养子钟延规不和，便想趁机兼并镇南军。杨渥将此重任交给升州刺史秦裴。杨渥先任命秦裴为西南行营都招讨使,再令其率兵攻打钟匡时。

七月下旬,秦裴到达洪州城东的蓼洲扎营。诸将请求面水扎营,秦裴认为不可。这时钟匡时也已派将领刘楚率兵迎战。刘楚占领了秦裴诸将希望驻扎的地势,诸将便开始抱怨秦裴。秦裴却有不同看法,说道:"钟匡时的猛将也就是刘楚一人而已,如果刘楚带领兵马坚守城池,我们一定攻克不了。所以,我故意示弱,以引诱刘楚出城。"秦裴于是率部向刘楚的大营发起进攻,果然击破刘楚,还生擒刘楚。秦裴接着便挥师包围洪州。九月,围困洪州两月之久的秦裴终于攻克了洪州,擒获钟匡时,俘掳镇南军五千多人。至此,割据江西二十余年的钟氏父子灭亡。杨渥决定自己兼任镇南节度使,而任命秦裴为洪州制置使,镇守洪州。

二十一岁的杨渥兼并镇南军,可谓春风得意,也是其人生的顶峰。

杨渥也知道周隐瞧不起他,曾想让刘威来接替节度使,便想报复周隐。907年正月的一天,周隐向杨渥禀报事务,杨渥怒道:"你出卖别人的国家,还有何面目再来相见?"杨渥说完便下令将周隐诛杀。将领们得知杨渥诛杀周隐,都感到惶恐不安。黑云都指挥使吕师周便带着妻儿投奔了马殷。

正如周隐所说,杨渥确实是一位纨绔公子,就是在其父杨行密丧事期间,仍旧饮酒作乐,还不停地击球。杨渥对击球非常痴迷,即使在晚上也不停止。杨渥让人制造一根须十个人才能合抱过来的巨大蜡烛,耗费数万钱。晚上,在这根巨大蜡烛光亮的照耀下,杨渥便开始击球。

兼并镇南军之后,杨渥越发骄傲、奢侈。杨渥的亲信将吏"东院马军",也仗势而骄横,这些人经常欺凌元老旧勋。左、右牙指挥使张颢、徐温对杨渥的所作所为痛心疾首,哭泣劝谏。杨渥不仅没有悔改,反而怒道:"你们认为我没有才能,为何不杀了我自己干?"张颢、徐温二人感到非常害怕,担心成为下一个周隐。二人想来想去,真的决定谋反。

却说杨渥除了"东院马军"外,还有一支亲兵,是其镇守宣州时组建,有三千人,由指挥使朱思勍、范思从、陈璠三将统领。攻打镇南军时,朱思

勖等率这支亲兵跟随秦裴出征。镇南军被兼并后,朱思勖等还在洪州,尚未返回扬州。张颢、徐温并不担心"东院马军",而担心朱思勖等人统领的亲兵。张颢、徐温决定先将朱思勖等将杀掉。二人密派亲信将领陈佑带着数人悄悄前往洪州。

陈佑微服怀揣短刀从小路日夜兼程,只用六天时间便到了洪州。陈佑进入秦裴大帐,秦裴大吃一惊。陈佑告诉秦裴,朱思勖等人谋反已被左右牙指挥使张颢、徐温得知,两指挥使正派其前来诛杀朱思勖等人。秦裴听后,决定响应两指挥使,配合陈佑行动。秦裴命人将朱思勖等请到帐中饮酒,三人并不知情,欣然赴宴。宴席之上,秦裴历数朱思勖等人罪状,陈佑等人拔出短刀当场将朱思勖等人杀死。

张颢、徐温杀了朱思勖等将,决定再向杨渥下手。正月九日早晨,杨渥升堂议事,张颢、徐温带领两百名牙兵,手持兵器一直闯进庭院之中。杨渥见后,大惊道:"你们真的要杀我?"张颢、徐温说道:"我们不敢杀害大王,只想杀掉大王身边乱政之人。"张颢、徐温接着历数杨渥身边十几个亲信的罪状,将这些人从坐垫上拉起,再用铁器当场打死。张颢、徐温还当众宣称,他们这是在施行"兵谏"。从此,淮南的军政大权全部由张颢、徐温二人掌控。

第58章　辞让九锡，谋取帝位

朱全忠还在淮南（治扬州）攻打寿州时，洛阳的朝廷之中已在为其谋划篡夺帝位之事。关于朱全忠篡位一事，史书上的记载非常有史家的感情色彩，我们在讲述这段故事时，必须有所分辨。我们虽然不能完全再现当时的真实情况，但至少可以从几本正史中加以区分。

关于五代的史书主要有薛居正的《旧五代史》、欧阳修的《新五代史》，以及司马光的《资治通鉴》。

薛居正（912—981）生于后梁，卒于北宋，前后经历整个五代。朱全忠创建的后梁灭亡时，薛居正十二岁，还是一位少年。薛居正二十四岁时，考中进士，当时正是李克用之子李存勖创建的后唐时期。薛居正在北宋官至宰相，并开始编修五代史，即《旧五代史》。且不说薛居正有没有丑化朱全忠，单从薛居正的经历来看，薛居正似乎没有必要美化朱全忠。《旧五代史》中关于朱全忠的记述应当比较真实。

欧阳修（1007—1072）生于北宋，卒于北宋，比薛居正晚九十五年。欧阳修对薛居正的五代史可能有些不满，所以才动笔重修，并非是官方的要求。欧阳修重修五代史，以春秋笔法、微言大义著称，好人坏人一定要说清楚。欧阳修定了好人、坏人之后，便开始挑选史料，《旧五代史》中没有，就到别的史书中找，甚至连笔记、小说也采纳一些。欧阳修的《新五代史》成书后，在北宋并没有引起重视，而到了南宋时开始被人关注，这也许就好理解了，因为南宋时更为注重儒学思想。

司马光（1019—1086）比薛居正晚一百零七年，与欧阳修是同时代的人。司马光开始编修《资治通鉴》的第二年，欧阳修去世，《新五代史》也早已重修完成。司马光是儒学的典范，他在选择史料时多少采用了欧阳修的《新五代史》，其修史的观点有点类似欧阳修。

我们再来讲讲三个不同版本的史书是如何记载朱全忠谋篡帝位的。

先说说朱全忠当时是不是很急于取代唐朝。要说不急,那一定有假,朱全忠一定想早点当皇帝。然而取代唐朝也得一步一步进行,朱全忠不会不明白这个道理,一些虚假的礼节还得一个一个去做,这是做给天下人看的。史书在记载这件事时,作者的个人感情非常明显。

《资治通鉴》上说,朱全忠急于代唐,让心腹蒋玄晖等人谋划。蒋玄晖与宰相柳璨商议认为,魏晋以来的禅让,都是有顺序的,先要封一个大国,加九锡,享受特殊礼遇,然后才能受禅。二人商议结果是先给朱全忠授予一个大的官职:诸道兵马元帅。这是905年十月的事。朱全忠当时在外征战,听到这个消息,大怒,根本等不及。宣徽副使王殷、赵殷衡嫉妒蒋玄晖,便趁机加害蒋玄晖,对朱全忠说道:"蒋玄晖、柳璨想延长唐朝国运,故而拖延时日,以待变化。"

蒋玄晖听闻此事,非常害怕,赶紧前往寿州,当面向朱全忠禀报。朱全忠生气地对蒋玄晖说道:"这们这些人花言巧语,弄些无关紧要的事来拖延我。如果我不受九锡,难道就不能当天子了吗?"蒋玄晖说道:"唐朝气数已尽,天命已归大王,愚者智者皆知。玄晖与柳璨不敢背弃大王恩德,只是当今天下,还有李克用、刘仁恭、李茂贞、王建仍与我们为敌。大王如果立即受禅,他们一定不服。是故不得不尽理尽义,然后再取帝位,这也是为大王开创万代之基业。"朱全忠听后,怒叱道:"你们这些奴才,果然反了!"蒋玄晖非常惊恐,赶紧回到洛阳,与柳璨商议给朱全忠加九锡。让人不解的是,朱全忠这么急,还加九锡做什么,干脆禅让得了。

唐哀帝准备在郊外祭祀,百官也在练习礼仪。这时裴迪从大梁返回洛阳,传达朱全忠愤怒的话:"柳璨、蒋玄晖想延长唐朝国运,所以才在郊外祭天。"柳璨、蒋玄晖听后非常害怕,赶紧于十一月十六日让唐哀帝下诏,将郊外祭祀改为下一年正月。这也让人不解,既然说祭祀是为了延长国运,那改为下一个月祭祀就不是延长国运了?干脆取消得了。

柳璨、蒋玄晖商议给朱全忠加九锡,朝中不少官员感到不满,只有礼部尚书苏循扬言道:"梁王功业盛大,天命有归,朝廷应当尽快让贤。"朝中官员便没有人再敢反对。十一月二十七日，唐哀帝下诏，任命朱全忠为相国，总领朝政。再以宣武、宣义、天平、护国、天雄、武顺(即成德)、佑国、河阳、义武、昭义、保义、戎昭、武定(时由王建控制)、泰宁、平卢、忠武、匡国、镇国、武宁、忠义、荆南二十一个藩镇建立魏国，晋封朱全忠为魏王，仍然加九锡。

十二月四日，唐哀帝派枢密使蒋玄晖带着亲笔诏书来到大梁，向朱全忠宣旨。朱全忠得知此事，非常生气，认为步伐太慢，辞让不受。十二月九日，蒋玄晖从大梁返回洛阳，说朱全忠已经怒不可遏。十二月十日，柳璨向唐哀帝奏报道："人望已经归于梁王，陛下可释重负，就在今日了。"当天，唐哀帝派柳璨前往大梁，传达禅让之意，朱全忠却拒绝接受。终于到说出禅让这关键一步了，急不可耐的朱全忠竟然没有接受，最后还等了一年，史书这样编写，无法自圆其说。

朱全忠不仅拒绝禅让，还连上三次奏章，辞让魏王、九锡。十二月十三日，唐哀帝下诏准许朱全忠辞让，同时又任命朱全忠为"天下兵马元帅"。这又令人不解，要知道，朱全忠最想要的可是皇位，现在却任命朱全忠为"天下兵马元帅"，难道不怕朱全忠动怒？如果朱全忠如此急迫地想当皇帝，朝廷还给其授予"天下兵马元帅"做什么？

再说说蒋玄晖、张廷范、柳璨等人被杀的原因是不是未能让朱全忠尽早地登上帝位。朱全忠想杀柳璨，《资治通鉴》上竟然说了一个让人大跌眼镜的原因，那就是"璨陷害朝士过多，全忠亦恶之"。如果说朱全忠也认为陷害朝中官员以及士大夫过多，那朱全忠还算是一位有良心的人。这时再有其他小人来进谗，那蒋玄晖、张廷范、柳璨等人便死得更快。

《资治通鉴》上还讲，柳璨与蒋玄晖、张廷范当时朝夕相聚，为朱全忠禅代一事而谋划，何太后哭着派宫女阿虔、阿秋向蒋玄晖传达意愿，请求禅代之后，能够保全他们母子性命。不想此事被王殷、赵殷衡得知，二人马上对朱全忠说道："蒋玄晖与柳璨、张廷范在积善宫夜宴，对何太后焚香盟誓，以图复兴唐朝。"朱全忠深信不疑。

十二月十一日，朱全忠通过唐哀帝下诏，将蒋玄晖及丰德库使应顼、

御厨使朱建武囚在狱中,任命王殷权知枢密,赵殷衡权判宣徽院事。十二月十三日,蒋玄晖被斩,应项、朱建武被乱棍打死。十二月十六日,撤销枢密使及宣徽南院使,只设置宣徽使一员,由王殷担任,赵殷衡为副使。十二月十七日,唐哀帝再下诏,禁止宫女传诏,也不准宫女随皇帝上朝。唐哀帝又将已经斩首的蒋玄晖追削为"凶逆百姓",令河南府把蒋玄晖的尸首拖到城门外,当众焚烧。

蒋玄晖被杀后,王殷、赵殷衡又诬陷蒋玄晖与何太后私通,由宫女阿秋、阿虔为其联络。十二月二十五日,朱全忠密令王殷、赵殷衡前往积善宫,将何太后杀害。朱全忠再通过唐哀帝下诏,追废何太后为庶人,并将阿秋、阿虔拖到殿前打死。十二月二十六日,因皇太后大丧,唐哀帝罢朝三天。罢朝的三天之中,唐哀帝仍在不停地下诏。十二月二十七日,唐哀帝下诏称,由于宫中内乱,预定次年正月的郊外祭祀作罢。十二月二十八日,唐哀帝下诏,贬宰相柳璨为登州刺史,太常卿张廷范为莱州司户。十二月二十九日,唐哀帝又诏令将柳璨斩于东门外,将张廷范车裂于街市。柳璨在临刑时还高声喊道:"负国贼柳璨,死得活该!"

蒋玄晖、柳璨、张廷范为朱全忠谋划禅让到三人被杀,前后将近三个月。可以说,三人为朱全忠谋划的每一个步骤,朱全忠都不满意,因为朱全忠急不可耐。甚至可以这么认为,三人最后被杀,也是因为不能尽快让朱全忠登上帝位。如果这么分析,那后面的结果必然是朱全忠很快登基,要不然还会有很多人被杀。可是事实并非如此,因为朱全忠并没有马上登基,甚至906年这一个整年,朱全忠也没有登基。难道朱全忠一下子变得如此平静,又不急于登基了吗?这个显然不是,只能说明《资治通鉴》的记述有很多是主观臆断。

我们再看看《新五代史》的记述。《新五代史》上也说唐哀帝准备在郊外祭祀,朱全忠很愤怒,认为是蒋玄晖等人以此来祈求上天保佑唐朝国运。唐哀帝很害怕,便改为在郊外卜卦。十一月,以二十一个藩镇建魏国,为朱全忠加九锡,朱全忠也是大怒而不接受。十二月,加封朱全忠为天下兵马元帅,朱全忠则更怒,便派人诬告蒋玄晖与何太后私通,而杀了蒋玄晖与何太后。唐哀帝因此也停止郊外卜卦。最后柳璨、张廷范被杀掉，原因没有详细记述。从《新五代史》的记述来看，也同样表明了朱全忠对禅让程序的不满。

最后看看《旧五代史》的记述。十月初一，唐哀帝任命朱全忠为诸道兵马元帅，当时朱全忠在外征战。十一月二十七日，唐哀帝下诏，任命朱全忠为相国，以二十一个藩镇设立魏国，封朱全忠为魏王，加九锡，特殊礼遇：入朝不趋、剑履上殿、赞拜不名。十二月初一，朱全忠辞让相国、魏王、九锡这些恩命。唐哀帝又派宰相柳璨前往大梁，向朱全忠传达禅让之意。由于朱全忠仍然上奏推让九锡之命，唐哀帝下诏说："大名难以掩盖，美德更应彰显，暂且顺从陈奏，但不便在典册上行文"。意思就是暂且接受朱全忠因为大名与美德的原因而辞让，只是不能下诏撤销之前相国、魏王、九锡这些任命。唐哀帝随即下诏任命朱全忠为天下兵马元帅，以示更改。这件事到此也就暂且搁下了。

笔者认为，《旧五代史》的记载比较中肯。朱全忠当然想当皇帝，也希望尽快登基，但表面文章还是要做的。对于唐哀帝的这些任命，朱全忠加以拒绝，正是这些表面文章的内容，朱全忠至少在表面上是恭敬的，不然便失去拒绝的意义。所以最后才有唐哀帝的那份诏书，说朱全忠的拒绝是美德，只好暂且顺从其意，不再强加相国、九锡这些高官厚爵给朱全忠。记述这件事的史家如果认为拒绝是不满，甚至说拒绝者已经动怒，是不是臆想的成分多了一些？至于蒋玄晖、柳璨、张廷范这些小人被杀，主要是王殷、赵殷衡的加害，似乎也没有什么可以奇怪的。我们应当清醒地看到，一些史家在丑化朱全忠的时候，真是无所不用其极。

第59章 铲除牙军,讨伐义昌

话说魏博(治魏州)首任节度使田承嗣在任时(763年至779年在任),曾在所辖的六州之中挑选五千名骁勇之士组建"牙军"。田承嗣的"牙军"就是他的卫士,也是他的心腹兵马,所以田承嗣给"牙军"的待遇也极为优厚。一百多年来,"牙军"父子相继,不是亲戚,便是同党。"牙军"也越发骄横,有一点不如意,便发动兵变,杀死节度使全家,重新拥立节度使。从史宪诚以来,所有的节度使都是由"牙军"拥立。

现任节度使罗绍威的父亲罗弘信也是"牙军"拥立。罗绍威对这支"牙军"感到非常痛恨,但苦于没有能力制约。902年朱全忠围攻凤翔时,罗绍威曾派将领杨利言前往朱全忠处,请朱全忠派兵来消灭这支"牙军"。朱全忠当时没有精力帮助罗绍威,只是口头上先答应了下来。905年七月,牙将李公佺与"牙军"谋划作乱,被罗绍威发觉。李公佺纵火焚烧府衙,抢掠一番,然后逃往沧州(今河北省沧州市东南),投奔义昌(治沧州)节度使刘守文。李公佺虽然谋反失败,但罗绍威却感到更加害怕,再次派牙将臧延范前往催促朱全忠尽快发兵。

朱全忠准备帮助罗绍威铲除"牙军",但又不能公然向天雄(魏博已更名为天雄)境内出兵,以免打草惊蛇。朱全忠得找个机会。906年(唐哀帝天祐三年)正月,罗绍威派人来到大梁(今河南省开封市),说朱全忠的爱女同时也是罗绍威儿子罗廷规的妻子去世。朱全忠对女儿的去世倍感伤痛,然而在伤痛之余,朱全忠决定以此为契机,向魏州(今河北省大名县)派兵。为不引起"牙军"的怀疑,朱全忠挑选一千名"长直兵"作为挑夫,将铠甲兵器藏在行李之中,由客将马嗣勋带领前往魏州,声称前来为女儿送葬。朱全忠则率大军紧跟在后,声称前往沧州,讨伐收留叛将李公佺的刘守文。天雄的那支"牙军"果然没有生疑。

马嗣勋带着一千名挑夫到了魏州，罗绍威当即明白朱全忠的计策。罗绍威也采取了一个策略。正月十六日，罗绍威派人悄悄来到兵器库，割断弓弦，砸坏铠甲。当天晚上，罗绍威便带领数百名家奴，与马嗣勋一同向他的那支"牙军"发起袭击。"牙军"到库中拿取兵器，不想兵器已经遭到破坏。最终八千家"牙军"全部被杀，连妇女儿童也没有留下。第二天天明，朱全忠率大军到达魏州城。让朱全忠痛惜的是，马嗣勋身受重伤而死。

罗绍威铲除"牙军"之后，天雄的其他各军也感到恐惧，罗绍威虽然妥加抚慰，但部众仍然猜忌、怨恨，而且越来越强烈。不久，牙将史仁遇发动兵变，集结数万人马，占据高唐（今山东省高唐县），自称天雄留后，天雄境内的很多县都响应史仁遇。史仁遇还派人向河东（治太原府）节度使李克用、义昌节度使刘守文求助。

朱全忠驻屯在魏州城东已经数十天，正打算继续北上，以巡视行营。得到史仁遇叛乱的消息，朱全忠决定暂停北上，准备先讨伐史仁遇。朱全忠到达厉亭（今山东省武成县东）时，军中的天雄兵发生叛乱，宣称响应史仁遇。朱全忠的元帅府左司马李周彝、右司马符道昭率兵攻打这群叛乱的天雄兵，整整将这群天雄兵杀掉一半以上，才将叛乱平息。朱全忠再传令攻打高唐，一战而克，高唐城中的士兵、百姓，无论老少，全部杀死。史仁遇战败被擒，当场被锯杀而死。

却说李克用接到史仁遇的求助信，派李嗣昭率三千骑兵前往攻打朱全忠的邢州（今河北省邢台市），以图缓解史仁遇的压力。邢州的守兵才二百人，由团练使牛存节带领。李嗣昭到了邢州，连攻七天，竟然没有攻克。朱全忠获知李嗣昭攻打邢州的消息，连忙派右长直都将张筠率领数千名骑兵，紧急前往援救邢州。张筠在邢州城西北的马岭设下埋伏，再派少部人马引诱李嗣昭，李嗣昭中了伏击，惨败而走。

朱全忠再将所部各将派出，分别攻打天雄各地叛军。七月，各地叛军全部被平定，朱全忠也传令南返。朱全忠此次帮助罗绍威平定境内叛乱，前后半年。朱全忠的大军在魏州半年中，罗绍威供给的钱粮甚多，所杀的牛羊猪就有七十万头，各种礼物贿赂达到一百万。等到朱全忠率大军南

返,罗绍威的府库已经为之一空。罗绍威的"牙军"威胁虽然没有了,但天雄的兵马从此也变得极为衰弱。罗绍威感到非常后悔,叹息道:"用我天雄六州四十三县的铁,也铸不出这样的大错啊。"

七月二十一日,朱全忠回到大梁,一个月后再度北征。朱全忠认为卢龙(治幽州)的刘仁恭与义昌的刘守文父子首尾相应,一直是天雄军的祸患,决定再次率兵讨伐。朱全忠决定先攻义昌节度使刘守文。八月二十三日,朱全忠率大军从大梁出发。九月十七日,朱全忠抵达沧州境内,在沧州城外安营扎寨。沧州城中的刘守文坚守城池待援。

那位说自己铸成大错的天雄节度使罗绍威得知亲家朱全忠亲率兵马攻打义昌,赶紧再来供应钱粮。史书记载,从魏州到沧州长达五百里,罗绍威的车马不绝于路。由于朱全忠是天下兵马元帅,罗绍威又在魏州修建元帅府,专门给朱全忠居住。从沧州战地行营到魏州的元帅府,一路上所有的驿亭全部供应酒馔、幄幕、什器。

且说卢龙节度使刘仁恭获知朱全忠攻打义昌,连忙派兵前往援救刘守文。让刘仁恭苦恼的是,他所派的兵马到了沧州是屡战屡败。刘仁恭于是在卢龙境内下了一道疯狂地征兵命令:"男子十五岁以上、七十岁以下的,全部自带兵粮前往行营,大军一旦出发,如果还有人留在家里的,杀无赦!"有人劝谏刘仁恭道:"现在老的少的都去当兵了,妇女根本不能运送粮草。这个命令一旦下达,滥杀无辜的人就多了。"刘仁恭这才改命能够拿得动兵器的人全部上战场。刘仁恭还要求在这些人的脸上刺上字:"定霸都",只有读过书的文人,改在手腕或手臂上刺字:"一心事主"。这个命令一下,卢龙境内的男子,除了孩童,没有不被刺上字的。刘仁恭此次征兵,共得十万,不久便进屯瓦桥关(今河北省雄县)。

刘仁恭虽然征集了十万大军,但畏惧朱全忠的强大,不敢发起进击。此时,朱全忠的大军已将沧州城团团包围,连天上的飞鸟、地上的老鼠都不能通过。由于长时间的围困,沧州城中的粮草开始不济,兵民饥饿难耐,开始抓土而食。不久,城中便出现人吃人的惨状。朱全忠觉得围困的时机差不多了,便传令向沧州城发起猛烈的攻击,同时也派人向城中的刘守文喊话道："援兵根本来不了，为何不早点投降？"刘守文登上城楼，回话道："卢龙与义昌，是父子一家。梁王正以大义顺服天下，如果儿子背叛父亲而向梁王投降，梁王要这样的人做什么？"朱全忠听了这句话，也感到惭愧，传令放缓攻势。

再说刘仁恭虽然不敢出战，但也不甘心儿子被困。刘仁恭又向河东节度使、晋王李克用求救。李克用认为刘仁恭是个反复无常的小人，不肯出兵援救。刘仁恭不断地派出使者前往河东，前后有一百多人次，李克用始终不愿出兵。李克用的儿子李存勖说道："纵观当今天下，朱温已经拥有十之七八，即使强大的天雄、义武、成德也已向其依附。黄河以北一带，能够与朱温相抗的，只有我们河东与刘氏父子的卢龙、义昌。现在卢龙、义昌被朱温所困，我们如果不与其一同合力抗拒，将对我们不利。胸怀天下的人应当不计细小恩怨，刘仁恭曾经得罪我们，而我们反而去援救他，这是以德报怨，我们出兵必将名利双收。这也是我们重新振作之时，机不可失。"

李克用听了李存勖的谏言，觉得很有道理。李克用于是召集将领商议援救刘仁恭一事。商议的结果是发兵南下，攻打朱全忠的昭义军（治潞州）。李克用说："这样用兵，对刘仁恭，可以解围，对我们河东，则可以开拓领地。"李克用于是接受刘仁恭的和解，并让刘仁恭从卢龙派出一支兵马与其河东将士一同南下攻打昭义。刘仁恭派都指挥使李溥率三万兵马来到晋阳（今山西省太原市），李克用则派将领周德威、李嗣昭率兵与李溥一同攻打潞州（今山西省长治市）。这已是十月之事。

十二月，朱全忠获报李克用、刘仁恭联军攻打潞州，只好分出数万步骑兵，由行军司马李周彝率领，从河阳（治孟州）北上援救潞州。然而李周彝尚未到达昭义，昭义节度使丁会却主动向李克用投降了。却说当初唐昭宗被杀害的消息传到潞州，丁会带领全体将士身穿缟素，痛哭流涕，很久不停。丁会得知李克用派兵前来攻打，不仅不加抵抗，反而献出城池投降。丁会又前往晋阳，拜见李克用，哭泣道："丁会不是没有能力坚守潞州，而是梁王欺凌唐室，丁会虽得其提拔之恩，但实在不能容忍其所作所

311

为,故而来向大王归命。"李克用接纳丁会投降,对丁会十分厚待,位在诸将之上。李克用再任命李嗣昭为昭义留后。

闰十二月二十四日,围困沧州的朱全忠听闻潞州失守,大将丁会投降李克用,当时便无心攻城。两日后,朱全忠传令撤退。却说朱全忠攻打义昌之时,曾在河南河北广集粮草,水陆并进运至沧州,各营粮草已经堆积如山。现在朱全忠准备南返,下令将这些粮草烧毁,浓烟直冲天际,数里之外都能看到。那些还在船上的粮草,则将船凿沉,弃于河中。早已无粮无草的刘守文在城中看到,便派人给朱全忠送信道:"大王为了百姓而赦免我的罪过,解围而去,这是大王的恩德。沧州城中数万口人已经数月没有粮食可吃。大王与其将粮草焚烧为烟尘,沉于水中为泥土,不如留下一点,以救城中百姓。"朱全忠于是给刘守文留下一些粮草,沧州城中的兵民才得以渡过难关。

第60章 禅代唐朝,建立后梁

907年(唐哀帝天祐四年)正月十日,朱全忠突然生病,便在魏州(今河北省大名县)馆驿下榻。罗绍威非常担心朱全忠袭击魏州,希望朱全忠早点离开魏州。罗绍威便对朱全忠劝进道:"现今各地纷纷起兵,都以拥戴唐室为名,已经成为大王的祸患。大王不如早日消灭唐朝以绝人望。"朱全忠听后,心里非常高兴,但口头上还是加以拒绝。第二天,朱全忠便传令南返。正月二十五日,朱全忠回到大梁(今河南省开封市)。

正月二十七日,唐哀帝派御史大夫薛贻矩前往大梁慰劳朱全忠。薛贻矩请求以臣子的礼节觐见朱全忠,朱全忠不肯。薛贻矩说道:"殿下功德已在人间,天地人心都已归向殿下。皇上正要行舜、禹之事,臣怎敢有违?"薛贻矩说完,在庭院之中,面北向着朱全忠行跪拜之礼,朱全忠侧身避开。薛贻矩返回京都洛阳,对唐哀帝说道:"元帅已有受禅之意了。"唐哀帝于是下诏,定于二月禅位于朱全忠。

二月五日,唐哀帝诏令宰相带领百官到大梁元帅府劝进。朱全忠得到消息,忙派使者前往洛阳阻止。尽管如此,朝中大臣、各地藩镇包括湖南、岭南一带的藩镇都来使向朱全忠劝进。劝进的信笺,前后络绎不绝。

朱全忠没有接受劝进,仍在与部属商议对卢龙(治幽州)用兵之事。三月六日,朱全忠任命亳州刺史李思安为"北路行军都统",令其率兵北上攻打卢龙节度使刘仁恭。

尽管朱全忠还在试图平定不听命于自己的藩镇,但唐哀帝已经迫不及待地要禅让皇位给朱全忠了。三月十三日,唐哀帝再命薛贻矩前往大梁,向朱全忠晓谕禅位之意。唐哀帝又让礼部尚书苏循携带百官书笺前往大梁。三月二十七日,唐哀帝亲笔下诏,将帝位禅让给朱全忠。唐哀帝任命中书令张文蔚为册礼使,礼部尚书苏循为册礼副使,侍中杨涉为押传国宝

使,翰林学士张策为押传国宝副使,御史大夫薛贻矩为押金宝使,尚书左丞赵光逢为押金宝副使。唐哀帝命这些使者带领朝中百官,以及皇帝的法驾前往大梁迎请朱全忠登基即位。

四月十日,册礼使张文蔚等人抵达大梁。朱全忠的兄长朱全昱听说朱全忠要当皇帝,生气地对朱全忠说道:"朱三,你配当天子吗?"四月十八日,张文蔚等人乘金辂大车从上源驿出发,护送玉玺、表册前往金祥殿,各使司都带着仪仗、护卫作为前导,百官则跟随其后。到了金祥殿前,百官列队恭迎朱全忠登基。金祥殿中,朱全忠身穿衮龙皇袍,头戴珠玉皇冠。张文蔚、苏循手捧唐哀帝禅让诏书,进殿宣读,杨涉、张策、薛贻矩、赵光逢也依次进殿呈献印玺等物。读毕册文,张文蔚等再带领百官向朱全忠行三跪九叩大礼。

朱全忠下旨,在玄德殿设下筵席,宴请张文蔚等人。朱全忠非常高兴,高举酒杯对张文蔚等人说道:"朕辅佐朝政时日不长,今日之事,全是诸公拥戴之功。"张文蔚等听后,感到惭愧,也感到害怕,俯伏在地,不能回答。只有苏循、薛贻矩等人极力称颂朱全忠的功德,乃是应天顺人。

朱全忠又与族人、亲戚在宫中宴饮、赌博。酒至正酣,朱全忠的兄长朱全昱突然将骰子扔进盆中,骰子蹦了出来。朱全昱斜着眼睛看着朱全忠道:"朱三,你本是砀山一个平民,跟随黄巢做强盗。天子让你当四镇节度使,富贵之极,为何一夜之间灭了唐朝三百年社稷,自称帝王?你的所作所为将要带来灭族之祸,还赌什么?"朱全忠听了,非常不悦,众人也不欢而散。

四月二十二日,朱全忠大赦,改元开平,定国号为"大梁"。朱全忠所创建的大梁,史称后梁,朱全忠便是后梁太祖。朱全忠从此更名为朱晃,不再用唐朝给他的赐名。朱全忠封唐哀帝李柷为济阴王,朝中官员以及地方官员的职爵如故。朱全忠再改汴州为开封府,称东都,而将唐朝的东都洛阳称为西都,废除唐朝西京,称京兆府(今陕西省西安市)为大安府。

朱全忠即位后,第一个任命的官员便是敬翔。敬翔作为朱全忠的第一谋士,当时已经担任宣武军掌书记、太府卿。那么朱全忠现在给敬翔任命什么样的官职呢?朱全忠专门设立崇政院,任命敬翔为"知崇政院事"。史书上说敬翔担任此职,便是皇帝的顾问,参与谋议,上承皇帝旨意,下达宰相执行。由此可见,敬翔已经是一人之下、万人之上了。

五月十八日,朱全忠又下诏废除枢密院,将枢密院职事全部划到崇政院,同时任命敬翔为崇政院使。自此,敬翔的职权更大,地位也更显赫。敬翔为人深沉,有智慧谋略。敬翔跟随朱全忠三十余年,一直尽心尽职,有时甚至昼夜不寐。敬翔曾说只有在马背上才能得到休息。朱全忠性格凶暴乖戾,很难接近,别人无法猜测其心中所想,只有敬翔能够明白他的想法。朱全忠有的决定不正确,敬翔并不直言,只是略微表示疑惑,朱全忠便知晓其意,也常常有所改变。在禅让帝位一事上,敬翔的谋划也很多,只是史书没有详加记载。朱全忠曾经说敬翔、刘捍、寇彦卿三人就是为其所生。

朱全忠设崇政院并任命敬翔之后,才开始为自己的祖宗追封以及为自己的家人晋爵。朱全忠追认大舜时的司徒朱虎为始祖,朱虎之后第四十二代为高祖朱黯。朱全忠追尊高祖朱黯为宣元皇帝、高祖母范氏为宣僖皇后,曾祖朱茂琳为光献皇帝、曾祖母杨氏为光孝皇后,祖父朱信为昭武皇帝、祖母刘氏为昭懿皇后,父亲朱诚为文穆皇帝、母亲王氏为文惠皇后。朱全忠再封兄长朱全昱为广王,义子朱友文为博王,三子朱友珪为郢王,四子朱友贞为均王,五子朱友璋为福王,六子朱友雍为贺王,七子朱友徽为建王。朱全忠长子朱友裕已经去世,朱全忠追赠其为郴王。朱全忠的第八子朱友孜在朱友贞即位后才封为康王。

朱全忠即位后,曾经无比辉煌的大唐王朝就此灭亡,名义上统一的华夏大地也正式分裂。雄踞中原的后梁在当时是最大最强的。后梁共有十九个藩镇:宣武、宣义、天平、护国、天雄(治魏州)、武顺(即成德)、佑国、河阳、义武、昭义、保义、泰宁、平卢、忠武、奉国、匡国、武宁、忠义、荆南。朱全忠曾经拥有的戎昭、镇国两藩镇已于906年废除,戎昭所辖均、房二州划入忠义军,金、商二州划入佑国军,镇国所辖华州划入匡国军。此外,割据湖南的马殷、割据两浙的钱镠、割据福建的王审知以及清海军、定难军、朔

方军、岭南西道、宁远军、静海军六个藩镇向后梁称臣。马殷拥有两个藩镇：武安、静江，钱镠也拥有两个藩镇：镇海、镇东，王审知只拥有一个藩镇：威武。朱全忠称帝当月便封马殷为楚王，次月封钱镠为吴越王，两年后封王审知为闽王。总的来看，后梁所控制的藩镇共有三十个。

下面简要介绍一下向后梁称臣的六个藩镇。

清海军（治广州）之前称岭南东道，节度使是刘隐。刘隐的父亲刘谦是上蔡（今河南省上蔡县）人，早年在岭南东道当一名小校。883年六月，刘谦升任封州（今广东省封开县）刺史。894年十二月，刘谦去世，其子刘隐任右都押牙，兼贺水镇使，不久又任封州刺史。895年七月，岭南东道升为清海军，次年十二月，刘隐任行军司马。901年十二月，清海节度使徐彦若去世，去世前表荐刘隐为清海留后，朝廷没有采纳。刘隐派人带着重金贿赂已经控制朝廷的朱全忠。904年十二月，朱全忠表荐刘隐为清海节度使，刘隐便一直依附朱全忠，屡次向朱全忠劝进。907年五月，刚刚称帝不久的朱全忠封刘隐为大彭王。

定难军，治夏州（今陕西省靖边县），辖夏州、绥州、银州、宥州，曾短期管辖盐州。881年四月，宥州刺史、党项族人拓跋思恭任夏绥节度使。十二月，夏绥军更名为定难军。因破黄巢有功，唐僖宗给拓跋思恭赐姓，称李思恭。李思恭去世后，其弟李思谏任定难节度使。896年九月，李思谏调任静难节度使，李思恭之子李成庆接任定难节度使。后来李思谏再次担任定难节度使。906年，李茂贞义子李继徽集结五镇兵马攻打李思谏，李思谏向朱全忠求救。朱全忠派刘知俊、康怀贞率兵驰援，大败李继徽。907年，朱全忠建立后梁，任命李思谏为检校太尉、侍中。

朔方军，治灵州（今宁夏灵武市），辖灵州、盐州、威州。晚唐五代之际，朔方节度使是韩逊。后梁时，韩逊官至中书令，晋封颍川王，仍然担任朔方节度使。

岭南西道，治邕州（今广西南宁市）。唐末五代之际，叶广略割据岭南西道，称留后。906年正月，唐哀帝任命叶广略为岭南西道节度使。

宁远军，治容州（今广西容县），早期称容管。897年六月，容管升为宁远军。903年二月，朱全忠的侄子朱友宁遥领宁远军节度使。唐末五代之际，庞巨昭割据宁远军，称留后。906年正月，唐哀帝下诏任命庞巨昭为宁远节度使。

静海军，治交州（今越南河内市）。866年十一月，安南都护府升为静海军，高骈任节度使。朱全忠的兄长朱全昱曾经遥领静海军节度使。唐末五代之际，曲承裕割据静海，任节度使。907年七月，曲承裕去世，朱全忠任命曲承裕之子曲颢为静海节度使。

此外有四个王国、三个藩镇不承认后梁。

李克用的晋国、李茂贞的岐国以及杨渥的弘农国都不承认朱全忠的梁朝，仍然使用唐哀帝的"天祐"年号，王建的蜀国则使用唐昭宗的"天复"年号。李克用共有两个藩镇：河东、振武，还占据着昭义的潞州。李茂贞共有六个藩镇：凤翔、静难、天雄（治秦州）、保大、宁塞、彰义。李茂贞不敢称帝，只开设岐王府，但其妻称为皇后，自己如同皇帝一样。杨渥共有四个藩镇：淮南、宁国、武昌、镇南。王建主要有五个藩镇：西川军、东川军、山南西道、武泰军、镇江军。此外如武定军、昭武军、武信军、利阆军都是从上述藩镇中划出州郡设立，难以尽述。

武贞军辖朗州（今湖南省常德市）、澧州（今湖南省澧县）、溆州（今湖南省洪江市），治朗州。雷满是首任节度使，其子雷彦威、雷彦恭先后任节度使。后梁建立后，雷彦恭多次攻打后梁的荆南军（治江陵府）。朱全忠令荆南节度使高季昌与楚王马殷讨伐雷彦恭。908年五月，马殷派将领秦彦晖消灭雷彦恭，兼并武贞军。

卢龙节度使刘仁恭与义昌节度使刘守文父子，曾被朱全忠攻打，但一直未被攻克。朱全忠称帝前夕曾派将领李思安攻打卢龙。刘仁恭另一子刘守光击败李思安，自称卢龙节度使，还囚禁父亲刘仁恭。刘守光不久又向后梁称臣。907年七月，朱全忠正式任命刘守光为卢龙节度使。十一月，义昌节度使刘守文声讨其弟刘守光，被天雄（治魏州）节度使罗绍威劝降，从此卢龙、义昌均臣服后梁。四年后，刘守光称帝改元，以卢龙、义昌两藩镇建立"桀燕"。

　　随着唐朝的灭亡,五代十国正式开始。所谓五代,就是中原一带前后相继的五个朝代,即后梁、后唐、后晋、后汉与后周。所谓十国,就是中原以外的十个国家,即前蜀、吴越、南楚、闽国、南吴、南汉、荆南及稍后建立的后蜀、南唐与北汉。王建、钱镠、马殷与王审知建立的便是前蜀、吴越、南楚与闽国。杨行密、杨渥父子的淮南便是南吴的前身。刘隐的弟弟刘岩任清海节度使后,兼并了岭南西道、宁远与静海,建立了南汉。荆南便是高季昌的荆南军。此外还有三个国家不在五代十国之列,即李克用的晋国、李茂贞的岐国与刘守光的"桀燕"。晋国是后唐的前身,岐国与"桀燕"均被后唐消灭。五代十国的故事,请看《风起云涌五代十国》。

附录1 晚唐河南道境内的藩镇

宣武军,治汴州,辖汴州(今河南省开封市)、宋州(今河南省商丘市)、亳州(今安徽省亳州市)、颍州(今安徽省阜阳市)。883年三月,朱全忠开始担任宣武节度使,直到907年四月称帝。朱全忠以宣武为根基,四处征战,二十五年间,一共占领了二十一个藩镇,成为最大最强的割据者。

义成军,治滑州,辖滑州(今河南省滑县)、郑州(今河南省郑州市)。886年十一月,朱全忠趁义成内乱,派兵俘虏义成节度使安师儒,兼并义成。890年六月,因避朱全忠父亲朱诚名讳,义成更名宣义。886年十一月到890年六月,朱全忠的将领胡真担任义成节度使,之后由朱全忠兼任节度使。

天平军,治郓州,辖郓州(今山东省东平县)、曹州(今山东省曹县)、濮州(今山东省鄄城县)、齐州(今山东省济南市)。882年十月,魏博节度使韩简攻打天平,天平节度使曹存实战败身亡。天平都将朱瑄收拾残兵坚守城池,韩简不能攻克,最后撤兵,唐僖宗便任命朱瑄为天平留后。897年正月,朱全忠击败朱瑄,兼并天平。

佑国军,888年六月,首度设立佑国军,治河南府,辖河南府(今河南省洛阳市)、汝州(今河南省汝州市)。904年三月,唐昭宗东迁洛阳,朱全忠上表将佑国军迁往关中,治京兆府(今陕西省西安市)。佑国军首任节度使是张全义,张全义一直依附朱全忠。迁往关中后,朱全忠表荐韩建为节度使。906年六月,朱全忠表荐将领王重师任节度使。闰十二月,佑国军增领金、商二州。

河阳军,治孟州,辖孟州(今河南省孟州市)、怀州(今河南省沁阳市)。880年十二月,诸葛爽任河阳节度使。886年十月,诸葛爽去世,大将刘经、张全义拥立诸葛爽之子诸葛仲方为留后。十二月,秦宗权的将领孙儒攻

克孟州,自称河阳节度使。887年六月,李罕之进入孟州,被李克用表荐为河阳节度使。888年二月,张全义赶走李罕之,自称节度使。四月,朱全忠派丁会援救张全义,朱全忠又表荐丁会为河阳留后,从此河阳由朱全忠控制。

保义军,曾称陕虢道,治陕州,辖陕州(今河南省三门峡市)、虢州(今河南省灵宝市)。883年五月,王重盈任陕虢节度使。887年六月,王重盈调任护国节度使,其子王珙为陕虢留后,王珙依附朱全忠。889年四月,陕虢道升为保义军。六月,王珙被部众杀死,大将李璠被拥立为留后。十一月,大将朱简杀掉李璠,自称留后。朱简归附朱全忠,更名为朱友谦,充当朱全忠的义子。

泰宁军,治兖州,辖兖州(今山东省济宁市兖州区)、沂州(今山东省临沂市)、密州(今山东省诸城市)、海州(今江苏省连云港市)。886年十二月,朱瑄的堂弟朱瑾赶走泰宁节度使齐克让,自称留后。897年二月,朱全忠击败朱瑾,兼并泰宁军。

平卢军,治青州,辖青州(今山东省青州市)、淄州(今山东省淄博市)、登州(今山东省蓬莱市)、莱州(今山东省莱州市)、棣州(今山东省惠民县)。882年九月,平卢大将王敬武赶走节度使安师儒,自称留后。889年十月,王敬武病逝,其子王师范被拥立为留后。903年九月,朱全忠讨伐平卢,王师范投降,朱全忠让其继续担任节度使。905年二月,朱全忠的幕僚李振任平卢节度使,王师范任河阳节度使。908年六月,王师范全族被朱全忠杀害。

忠武军,先治许州,889年三月迁陈州,辖许州(今河南省许昌市)、陈州(今河南省淮阳县)、蔡州(今河南省汝南县)。881年,蔡州划出成立奉国军。880年九月,忠武大将周岌杀死忠武节度使薛能,自称留后。884年十一月,鹿晏弘杀回许州,周岌弃城而走,鹿晏弘自称留后。886年七月,秦宗权攻陷许州,杀死鹿晏弘。887年五月,秦宗权惨败边孝村,失去许州。888年十一月,秦宗权擒获忠武留后王蕴,夺回许州。十二月,秦宗权被擒获,忠武从此受朱全忠控制。从889年三月至904年三月,赵犨、赵昶、赵玭兄弟以及韩建先后担任忠武节度使,四人都依附朱全忠。904年闰四月,唐昭宗任命朱全忠兼忠武节度使。

奉国军,治蔡州,881年八月设立,897年增领申州(今河南省信阳市)、和州(今安徽省和县)。蔡州刺史秦宗权为首任奉国节度使。885年八月,陈州刺史赵犨为奉国节度使。秦宗权灭亡后,赵犨调任忠武节度使。崔洪任奉国节度使时暗与杨行密来往。898年十一月,朱全忠派部将张存敬讨伐崔洪,崔洪送兄弟崔贤到汴州为质。899年二月,崔洪将领崔景思发动兵变,劫持崔洪投奔杨行密,朱全忠派其子朱友裕进驻蔡州。

感化军,治徐州,辖徐州(今江苏省徐州市)、宿州(今安徽省宿州市)、濠州(今安徽省凤阳县)、泗州(今江苏省盱眙县淮河北岸),后来濠、泗二州被淮南占领。881年八月,时溥开始担任感化节度使。893年四月,时溥被朱全忠击败,全家自焚而死。894年六月感化军改为武宁军。朱全忠的将领庞师古、朱友恭、杨师厚曾出任武宁节度使。

附录2　晚唐关内道境内的藩镇

　　匡国军,治同州,早期只辖一个同州(今陕西省大荔县)。897年十月,韩建兼任匡国节度使。901年十一月,韩建的幕僚司马邺任匡国节度使。当月,朱全忠前往凤翔勤王经过同州,司马邺出降。十一月九日,朱全忠表荐赵珝为匡国节度使。此后,朱全忠的将领刘知俊、冯行袭先后出任匡国节度使。906年闰十二月,华州划入匡国军。

　　镇国军,治华州,辖华州(今陕西省渭南市华州区)。韩建投奔田令孜时,被田令孜任命为华州刺史,直到镇国节度使。901年十一月,朱全忠入关勤王经过华州时,让韩建回许州任忠武节度使,镇国军被朱全忠兼并。903年二月,朱全忠长子朱友裕任镇国节度使。906年闰十二月,镇国军废除,华州划入匡国军。

　　定难军,治夏州,辖夏州(今陕西省靖边县)、绥州(今陕西省绥德县)、银州(今陕西省榆林市)、宥州(今内蒙古鄂托克旗)。881年四月,宥州刺史、党项族人拓跋思恭任夏绥节度使。十二月,夏绥军更名为定难军。因破黄巢有功,唐僖宗给拓跋思恭赐姓,称李思恭。李思恭去世后,其弟李思谏任定难节度使。896年九月,李思谏调任静难节度使,李思恭之子李成庆接任定难节度使。后来李思谏再次担任定难节度使,依附朱全忠。906年,李茂贞义子李继徽攻打李思谏,朱全忠派兵驰援,大败李继徽。907年,朱全忠建立后梁,任命李思谏为侍中,加检校太尉。

　　朔方军,治灵州,辖灵州(今宁夏灵武市)、盐州(今陕西省定边县)、威州(今宁夏中宁县东北)。晚唐五代之际,朔方节度使是韩逊。906年,吐蕃七千余骑兵在宗高谷(今宁夏银川市西北)扎营,准备攻打凉州(今甘肃省武威市),韩逊击破吐蕃兵马。后梁时,韩逊官至中书令,封颍川王,仍然担任朔方节度使。

　　凤翔军，治凤翔府（今陕西省凤翔县），曾短期辖过乾州（今陕西省乾县）。880年十二月至881年十一月，郑畋任凤翔节度使。881年十一月至884年十二月，李昌言任节度使。884年十二月至887年六月，李昌符任节度使。887年七月，李茂贞开始长期担任凤翔节度使。

　　静难军，治邠州，辖邠州（今陕西省彬县）、宁州（今甘肃省宁县）、庆州（今甘肃省庆阳市）。静难军之前称邠宁军，884年十二月升为静难军。881年七月至886年十二月，朱玫任静难节度使。887年正月至895年十一月，王行瑜任节度使。897年七月，李茂贞的义子李继徽调任静难节度使。901年十一月，朱全忠入关攻打李继徽，李继徽投降，更名杨崇本。不久，杨崇本反朱全忠，再认李茂贞为义父，静难军便又成了李茂贞的势力范围。

　　保大军，原名鄜坊，882年四月升为保大军，治鄜州，辖鄜州（今陕西省富县）、坊州（今陕西省黄陵县）、丹州（今陕西省宜川县）、延州（今陕西省延安市）、翟州（今陕西省洛川县东南）。883年五月，延州、丹州划出设立保塞军。晚唐之际，李孝昌、东方逵、李思孝、李思敬先后担任节度使。899年开始，李茂贞义子李继颜、堂弟李茂勋先后担任节度使。902年十二月，李茂勋向朱全忠投降，更名李周彝。朱全忠的将领氏叔琮、刘鄩先后担任保大节度使。904年六月，朱全忠令刘鄩移屯同州，保大后来又被李茂贞占领。

　　宁塞军，治延州，辖延州、丹州。883年五月，保大军分出延丹二州设立保塞军，898年更名为宁塞军。883年五月，保大行军司马、延州刺史李孝恭任保塞节度使。897年正月，静难节度使李思谏任宁塞节度使。王行瑜灭亡之后，李茂贞任命将领胡敬璋为延州刺史，直到宁塞节度使。908年底，胡敬璋去世，静难节度使李继徽派部将刘万子前往延州接任。

　　彰义军，原名泾原军，891年十二月升为彰义军，治泾州，辖泾州（今甘肃省泾川县）、原州（今宁夏固原市），增领渭州（今甘肃省陇西县）、武州（今甘肃省陇南市）。882年二月，泾原节度使胡公素去世，都都统王铎承制任命泾原大将张均为泾原节度使。894年二月，张均病故，部众拥立张

均兄长张镠为节度使。895年十二月,张镠病故,部众拥立张镠之子张琏为节度使。899年正月,朱全忠表荐张珂为节度使。晚唐末期,彰义成为李茂贞的势力范围。

附录3　晚唐河东道境内的藩镇

河东军，治太原府，辖太原府（今山西省太原市）、岚州（今山西省岚县）、汾州（今山西省汾阳市）、代州（今山西省代县）、忻州（今山西省忻州市）、朔州（今山西省朔州市）、蔚州（今河北省蔚县）、云州（今山西省大同市）、仪州（今山西省左权县）、石州（今山西省吕梁市离石区）、宪州（今山西省静乐县）。晚唐时，曾经在云、蔚、朔等州设立大同军、雁门军、代北军、云中军，最终仍划入河东军。883年七月开始，李克用长期担任河东节度使。

振武军，治安北都护府，辖安北都护府（今内蒙古和林格尔县）、镇北都护府（今内蒙古包头市）、麟州（今陕西省神木县）、胜州（今内蒙古托克托县）。870年十二月，唐懿宗任命李国昌为振武节度使。880年七月，李国昌父子叛唐遭败逃往达靼（今内蒙古阴山以北）。石善友担任振武节度使后，依附李克用，将领契苾让又驱逐石善友，背叛李克用。903年五月，李克用派李嗣昭攻打契苾让，契苾让兵败自焚，李克用兼并振武军。

昭义军，治潞州，辖潞州（今山西省长治市）、泽州（今山西省晋城市）、邢州（今河北省邢台市）、洺州（今河北省邯郸市永年区东南）、磁州（今河北省磁县）。朱全忠与李克用多次争夺昭义，使得昭义一度分为东西两昭义。901年三月，朱全忠全部夺得昭义五州。901年闰六月，朱全忠表荐将领丁会再次出任昭义节度使。906年闰十二月，丁会背叛朱全忠投降李克用，至此朱全忠拥有的昭义只有四州，而潞州则属李克用。

护国军，治河中府，辖河中府（今山西省永济市）、绛州（今山西省新绛县）、隰州（今山西省隰县）、慈州（今山西省吉县）、晋州（今山西省临

汾市）。护国军之前称河中军,885年十二月升为护国军。880年十一月,王重荣担任河中节度使直到护国节度使。887年六月,王重荣去世,兄长王重盈担任节度使。895年正月,王重盈去世,王重荣的养子王珂担任节度使。901年二月,朱全忠兼并护国军,王珂全族迁往汴州,不久被杀。

附录4　晚唐河北道境内的藩镇

魏博军,治魏州,辖魏州(今河北省大名县)、贝州(今河北省清河县)、博州(今山东省聊城市)、澶州(今河南省内黄县东南)、相州(今河南省安阳市)、卫州(今河南省卫辉市),904年闰四月,更名为天雄军。888年二月,罗弘信被拥立为节度使。898年九月,罗弘信病逝,其子罗绍威被拥立为节度使。罗弘信依附朱全忠,罗绍威更是与朱全忠结为儿女亲家。巧合的是,李茂贞控制的藩镇内还有一个天雄军,治所在秦州。

成德军,治镇州,辖镇州(今河北省正定县)、赵州(今河北省赵县)、深州(今河北省饶阳县)、冀州(今河北省冀州市),905年十月,因避朱全忠父亲朱诚名讳更名武顺军。883年正月,成德节度使王景崇病故,其子王镕被拥立为节度使。900年九月,朱全忠攻打河北诸镇,王镕归附。

义武军,治定州,辖定州(今河北省定州市)、易州(今河北省易县)。王处存于879年十一月任义武节度使,895年十月病逝,其子王郜被拥立为节度使。王处存、王郜都依附河东节度使李克用。900年十月,朱全忠攻打义武,王郜逃往河东,王处存兄弟王处直被拥立为节度使,同时向朱全忠归附。

卢龙军,治幽州,辖幽州(今北京市)、涿州(今河北省涿州市)、瀛州(今河北省河间市)、莫州(今河北省任丘市北)、妫州(今河北省怀来县)、檀州(今北京市密云区)、蓟州(今天津市蓟州区)、顺州(今北京市顺义区)、营州(今辽宁省朝阳市)、平州(今河北省卢龙县)、新州(今河北省涿鹿县)、武州(今河北省张家口市宣化区)。885年六月,李全忠杀回幽州,逼死节度使李可举,自任留后直到节度使。886年八月至893年四月,李全忠之子李匡威任卢龙节度使。893年四月至894年十二月,李匡威兄弟李匡筹任节度使。895年二月至907年四月,刘仁恭任卢龙节度使。907年四

月,刘守光任卢龙节度使。四年后,刘守光叛离后梁,称帝建立桀燕。

义昌军,治沧州,辖沧州(今河北省沧州市东南)、德州(今山东省德州市陵城区)、景州(今河北省景县)。885年七月,义昌发生兵变,赶走节度使杨全玫,卢彦威被拥立为留后,朝廷任命的节度使曹诚未能赴任。898年三月,刘仁恭攻打义昌,卢彦威逃往汴州,刘仁恭之子刘守文担任义昌节度使。

附录5　晚唐淮南道境内的藩镇

　　淮南道,治扬州,辖扬州(今江苏省扬州市)、楚州(今江苏省淮安市)、滁州(今安徽省滁州市)、和州(今安徽省和县)、寿州(今安徽省寿县)、庐州(今安徽省合肥市)、舒州(今安徽省潜山县)、光州(今河南省潢川县)、泗州(今江苏省盱眙县淮河北岸)。879年十月,高骈由镇海调任淮南节度使。887年四月,部将毕师铎囚禁高骈,五月,宣歙道观察使秦彦被毕师铎请到淮南,自称淮南节度使。十月,庐州刺史杨行密击败秦彦,自称留后。闰十一月,朝廷任命朱全忠兼淮南节度使,以图借助朱全忠来平息淮南的内乱,但朱全忠一直不能到任。888年四月,秦宗权部将孙儒夺取扬州,自称淮南节度使。890年六月,孙儒与朱全忠和解,朱全忠上表推荐孙儒为淮南节度使,朝廷同时也下诏免去朱全忠淮南节度使之职。892年六月,杨行密击败孙儒,夺取扬州,自称留后。八月,唐昭宗任命杨行密为淮南节度使。905年十一月,杨行密病逝,其子杨渥接任淮南节度使。

附录6 晚唐陇右道境内的藩镇

天雄军,治秦州,辖秦州(今甘肃省秦安县西北)、成州(今甘肃省成县南)、河州(今甘肃省临夏市)、渭州(今甘肃省陇西县)、阶州(今甘肃省武都县东)。888年十二月,成州改隶威戎军。李茂贞的兄弟李茂庄、义子李继徽、侄子李继勋先后担任天雄节度使。在河北道境内也有一个天雄军,也称魏博军。魏博军在晚唐是朱全忠的势力范围。

归义军,851年设立,张议潮为首任节度使,辖瓜州(今甘肃省瓜州县)、沙州(今甘肃省敦煌市)、伊州(今新疆哈密市)、西州(今新疆吐鲁番市)、甘州(今甘肃省张掖市)、肃州(今甘肃省酒泉市)、兰州(今甘肃省兰州市)、鄯州(今青海省海东市乐都区)、河州(今甘肃省临夏市)、岷州(今甘肃省岷县)、廓州(今青海省化隆县)等十一州,治沙州。867年,张议潮入朝为官,其侄张淮深担任节度使。张淮深在任二十三年,抗击回鹘的侵扰,保持了辖区的安定。890年至894年,归义军接连发生内乱,张议潮的儿子张淮鼎、女婿索勋、孙子张承奉先后掌管归义军。900年,唐昭宗正式任命张承奉为归义节度使,此时的归义军能够控制的辖区只有瓜、沙二州。906年,张承奉自称天子,建"西汉金山国",不再奉唐朝为正朔。914年(后梁乾化四年),张承奉去世,沙州人拥立曹议金为主。曹议金废金山国仍称归义军,归附中原王朝。1036年,曹议金后人向李元昊投降,归义军最后被西夏国消灭。

附录7 晚唐江南道境内的藩镇

武安军,曾称湖南道、钦化军,886年七月改为武安军,周岳任节度使。武安军治潭州,辖潭州(今湖南省长沙市)、邵州(今湖南省邵阳市)、衡州(今湖南省衡阳市)、永州(今湖南省永州市)、道州(今湖南省道县)、郴州(今湖南省郴州市)、连州(今广东省连州市)。893年十二月,邵州刺史邓处讷杀死周岳,自称留后,不久被任命为节度使。894年五月,刘建锋杀掉邓处讷,自称留后。896年四月,刘建锋被杀。五月,马殷掌管武安军,直到担任节度使。

武贞军,治澧州,辖澧州(今湖南省澧县)、朗州(今湖南省常德市)、溆州(今湖南省洪江市)。881年十二月,雷满攻克朗州,被任命为朗州留后。898年,置武贞军,雷满任节度使。901年十二月,雷满去世,其子雷彦威自称留后。904年,雷彦恭驱逐兄长雷彦威,自称留后。雷彦恭贪婪、残暴,与其父雷满一样,荆南、武安两镇之间深受其害。后梁建立后,太祖朱晃令荆南节度使高季昌与南楚王马殷派兵讨伐。908年五月,南楚将领秦彦晖攻朗州,雷彦恭逃往淮南,马殷兼并武贞军。

镇海军,曾称浙西道,治润州、杭州,辖杭州(今浙江省杭州市)、睦州(今浙江省建德市)、湖州(今浙江省湖州市)、苏州(今江苏省苏州市)、常州(今江苏省常州市)、润州(今江苏省镇江市)。878年六月,荆南节度使高骈调任镇海节度使。879年十月,高骈调任淮南节度使,泾原节度使周宝接任镇海节度使。887年三月,镇海兵变,周宝逃离润州。之后,钱镠、杨行密、孙儒争夺润州、常州、苏州。893年九月,钱镠出任镇海节度使,将治所迁到杭州,但常州、润州被杨行密占领。

镇东军,曾称浙东道、义胜军、威胜军,治越州,辖越州(今浙江省绍兴市)、衢州(今浙江省衢州市)、婺州(今浙江省金华市)、温州(今浙江省温

州市)、台州(今浙江省临海市)、明州(今浙江省宁波市)、处州(今浙江省丽水市)。880年十一月,刘汉宏任浙东道观察使。886年十一月,杭州刺史董昌派钱镠攻克越州,董昌任义胜节度使。896年五月,钱镠派大将顾全武攻克越州,兼并义胜。十月义胜更名镇东,钱镠为镇海、镇东两镇节度使。

威武军,治福州,辖福州(今福建省福州市)、建州(今福建省建瓯市)、泉州(今福建省泉州市)、汀州(今福建省长汀县)、漳州(今福建省漳州市)。威武军原称福建道,884年十二月,陈岩担任观察使。891年十二月,陈岩病逝,妻弟范晖自称留后。893年五月,泉州刺史王潮击败范晖,自称留后。896年九月,福建道升为威武军。897年十二月,王潮病逝,其弟王审知接任留后直到节度使。

宁国军,原称宣歙道,治宣州,辖宣州(今安徽省宣城市)、歙州(今安徽省歙县)、池州(今安徽省池州市)。882年十二月,黄巢旧将、和州刺史秦彦夺取宣州,自称宣歙道观察使。887年五月,秦彦到淮南任节度使,任命部将赵锽为观察使。889年六月,杨行密攻克宣州,被任命为观察使。890年三月,宣歙道升为宁国军。892年八月,杨行密任命部将田頵为宁国节度使。903年十一月,田頵背叛杨行密被平定,杨行密将宁国军降为宣州道,任命大将台濛为宣州道观察使。904年八月,台濛去世,杨行密之子杨渥任宣州道观察使。905年十月,杨渥返回扬州,接任淮南节度使,将领王茂章接任宣州观察使。

武昌军,曾称鄂岳道,治鄂州,辖鄂州(今湖北省武汉市)、岳州(今湖南省岳阳市)、蕲州(今湖北省蕲春县)、安州(今湖北省安陆市)、黄州(今湖北省武汉市新洲区)、申州(今河南省信阳市)、沔州(今湖北省武汉市汉阳区)。886年十二月,岳州刺史杜洪趁乱夺取鄂州,自称武昌留后,直到担任节度使。杜洪依附宣武节度使朱全忠。905年二月,杨行密兼并武昌军,诛杀杜洪。杨行密将武昌军降为鄂岳道,任命将领刘存为观察使。

镇南军,曾称江西道,治洪州,辖洪州(今江西省南昌市)、江州(今江西省九江市)、信州(今江西省上饶市)、袁州(今江西省宜春市)、抚州(今

江西省抚州市)、饶州(今江西省鄱阳县)、虔州(今江西省赣州市)、吉州
(今江西省吉安市)。882年五月,抚州刺史钟传占领洪州。七月,钟传被
任命为江西道观察使。889年,江西道升为镇南军,钟传任节度使。906年
四月,钟传去世,部将拥立其子钟匡时任镇南留后。九月,淮南节度使杨
渥派将领秦裴攻克洪州。杨渥任命秦裴为洪州制置使,自己则兼任镇南
节度使。

武泰军,曾名黔中道、黔州道,治黔州。890年,黔州道升为武泰军,辖
黔州(今重庆市彭水县)、施州(今湖北省恩施市)、夷州(今贵州省凤冈
县)、辰州(今湖南省沅陵县)、思州(今贵州省沿河县)、费州(今贵州省思
南县)、播州(今贵州省遵义市)、南州(今重庆市綦江区)、溱州(今重庆市
綦江区东南)、珍州(今贵州省正安县)、锦州(今湖南省凤凰县)、奖州(今
湖南省新晃县东北)、溪州(今湖南省永顺县)、涪州(今重庆市涪陵区)。
888年四月,王建肇占据黔州,不久担任节度使。王建肇后来向王建投降,
武泰军便属王建所有。903年十月,王建任命义子王宗本为武泰节度使,
王宗本请求将治所迁到涪州。

附录8 晚唐山南道境内的藩镇

忠义军,又称山南东道,治襄州,辖襄州(今湖北省襄阳市)、复州(今湖北省天门市)、郢州(今湖北省京山市)、房州(今湖北省房县)、均州(今湖北省十堰市东)、唐州(今河南省泌阳县)、随州(今湖北省随州市)、邓州(今湖北省邓州市)。884年九月,秦宗权的部将赵德諲进入襄州,割据山南东道。892年二月,赵德諲去世,其子赵匡凝接任。905年九月,朱全忠派将领杨师厚击败赵匡凝,兼并忠义军,杨师厚任忠义留后。

荆南军,治江陵府,辖江陵府(今湖北省江陵县)、峡州(今湖北省宜昌市)、归州(今湖北省秭归县)、夔州(今重庆市奉节县)、忠州(今重庆市忠县)、万州(今重庆市万州区)、施州(今湖北省恩施市)。888年四月,归州刺史郭禹进入江陵,赶走赵德諲的将领王建肇,开始担任荆南节度使,恢复本名成汭。903年五月,成汭进攻淮南,兵败身亡,荆南所属的七个州府被西川节度使王建、忠义节度使赵匡凝瓜分,荆南只有江陵府、峡州与归州。905年九月,朱全忠兼并荆南,任命都将贺瓌为荆南留后。906年十月,朱全忠调颍州(今安徽省阜阳市)防御使高季昌接替贺瓌。

戎昭军,先后称为金商、昭信、戎昭,先治金州,后治均州,曾辖金州(今陕西省安康市)、商州(今陕西省商洛市)、均州、房州。886年六月,杨复恭义子杨守亮出任金商节度使。后来李茂贞占领金商,义子李继瑧镇守金州。891年十二月,均州刺史冯行袭攻克金州,被任命为昭信防御使直到节度使,一直依附朱全忠。905年八月,王建派王宗贺攻打冯行袭,冯行袭不敌,逃往均州。十月,昭信更名戎昭,以均州为治所。十二月,冯行袭收复金州,仍以均州为治所。906年五月,戎昭军废除,所辖均、房二州划入山南东道,闰十二月,金、商二州划入佑国军。

山南西道,治梁州(后升兴元府,今陕西省汉中市)。山南西道早期共辖十三州：梁州、洋州（今陕西省洋县）、集州（今四川省南江县）、壁州（今四川省通江县）、通州（今四川省达州市）、巴州（今四川省巴中市）、兴州（今陕西省略阳县）、凤州（今陕西省凤县）、利州（今四川省广元市）、开州（今重庆市开州区）、渠州（今四川省渠县）、蓬州（今四川省仪陇县南）、文州（今甘肃省文县）。784年六月，山南西道增领果州（今四川省南充市）、阆州（今四川省阆中市）。886年正月，兴、凤二州划出设立感义军。888年七月，利州划入感义军，十二月，文州划入威戎军。891年八月，果州划入武定军，阆州划入龙剑军。898年，蓬、壁二州划入武定军。905年、906年，巴、渠、开、通、兴、集六州划出。880年四月，唐僖宗任命牛勖为山南西道节度使。883年十二月，牛勖被忠武大将鹿晏弘驱逐，鹿晏弘自称留后。朝廷派兵讨伐，鹿晏弘弃城而走。887年正月，唐僖宗任命杨守亮为山南西道节度使。892年八月，李茂贞义子李继密攻克兴元府，任山南西道节度使。902年八月，王建派义子王宗涤攻打兴元府，李继密兵败投降，恢复本名王万弘。从此，山南西道归王建所有。

武定军，治洋州，曾增领果、蓬、壁等州。887年正月，扈跸都头李茂贞任武定节度使。之后，杨守忠、李继密、李思敬等先后担任武定节度使。902年九月，李思敬献出城池，向王建投降，从此，武定军属王建所有。

昭武军，886年正月设立感义军，辖兴、凤二州，治所未定。888年七月，增领利州，治凤州。897年三月，感义军更名为昭武军，治利州。杨晟、满存、李茂贞先后担任感义节度使。感义军更名为昭武军后，苏文建、李继忠先后担任节度使。李继忠是李茂贞的义子。902年二月，王建派兵到达利州，李继忠弃城而走。王建任命王宗伟为利州制置使。六月，朱全忠派将领孔勍攻克凤州。十月，王建的兵马攻克兴州，王建任命王宗浩为兴州刺史。朱全忠东返后，凤州被王建占领。最终，昭武所辖的利、兴、凤三州均归王建所有。

附录9 晚唐剑南道境内的藩镇

　　西川军,治益州(后升成都府,今四川省成都市)。767年正月,剑南道正式分为东西两川,西川辖二十七州,即益州、彭州(今四川省彭州市)、蜀州(今四川省崇州市)、汉州(今四川省广汉市)、眉州(今四川省眉山市)、邛州(今四川省邛崃市)、嘉州(今四川省乐山市)、巂州(今四川省西昌市)、黎州(今四川省汉源县)、戎州(今四川省宜宾市)、维州(今四川省理县)、茂州(今四川省茂县)、雅州(今四川省雅安市)、合州(今重庆市合川区)、扶州(今四川省九寨沟县)、姚州(今云南省姚安县)、奉州(今四川省理县西北)、霸州(今四川省理县东北)、松州(今四川省松潘县)、当州(今四川省黑水县)、悉州(今四川省黑水县东南)、柘州(今四川省黑水县西南)、翼州(今四川省茂县西北)、恭州(今四川省红原县)、静州(今四川省黑水县南)、环州(今地不详)、真州(今四川省茂县西北)。晚唐五代之际,王建所拥有的西川只有一府十一州:成都府、彭州、蜀州、汉州、嘉州、眉州、邛州、简州(今四川省简阳市)、资州(今四川省资中县)、雅州、黎州、茂州。高骈、崔安潜曾担任西川节度使。880年三月,大宦官田令孜的兄长陈敬瑄出任西川节度使。891年八月,王建击败陈敬瑄,夺取西川,开始担任节度使。

　　东川军,治梓州(今四川省三台县)。767年正月,剑南道正式分为东西两川,东川共辖十五州,即梓州、遂州(今四川省遂宁市)、绵州(今四川省绵阳市)、剑州(今四川省剑阁县)、龙州(今四川省平武县东南)、阆州(今四川省阆中市)、普州(今四川省安岳县)、陵州(今四川省仁寿县)、泸州(今四川省泸州市)、荣州(今四川省荣县)、资州、简州、昌州(今重庆市大足区)、渝州(今重庆市)、合州。784年,阆州划入山南西道。809年,资、简二州划入西川军。888年十二月,龙州划入威戎军。891年八月,剑州划入龙剑军。887年正月,唐僖宗任命右卫大将顾彦朗为东川节度使。891年九月,顾彦朗病逝,其弟顾彦晖接任东川节度使。897年十月,王建派兵攻克梓州,兼并东川,任命义子王宗涤为东川节度使,从此东川为王建所有。898年九月,王宗涤认为东川疆域太大,建议将遂、合、泸、渝、昌五州分设藩镇。899年五月,朝廷接纳王建奏请,将上述五州分设武信军,治遂州,王建义子王宗佶任节度使。

附录 10　晚唐岭南道境内的藩镇

　　静江军,原称桂管,治桂州(今广西桂林市),曾辖十五州。895年十二月,安州(今湖北省安陆市)防御使家晟与朱全忠亲信蒋玄晖有隙,担心遭到祸患,便与指挥使刘士攻、兵马监押陈可璠率三千兵马南下,攻打桂州,杀死桂管经略使周元静,家晟自称桂管经略使。家晟一次醉酒,侮辱陈可璠,陈可璠将家晟杀死,推举刘士政为"知军府事",自己担任副使。唐昭宗后来下诏任命刘士政为桂管经略使。900年九月,桂管升为静江军,刘士政担任节度使。十月,武安节度使马殷派将领李琼击败刘士政,兼并静江军,得到桂州、宜州(今广西宜州市)、严州(今广西来宾市)、柳州(今广西柳州市)、象州(今广西象州县)。

　　清海军,原称岭南东道,895年七月升为清海军,共辖二十二州,治广州(今广东省广州市),薛王李知柔、大臣徐彦若先后任清海节度使。晚唐藩镇大都拥兵自重,只有清海军一直听命朝廷。901年十二月,徐彦若去世,去世前表荐行军司马刘隐为清海留后。朝廷没有采纳,刘隐便贿赂已经控制朝廷的朱全忠。904年十二月,朱全忠表荐刘隐为清海节度使,刘隐便一直依附朱全忠。907年五月,后梁建立,朱全忠封刘隐为大彭王。

　　岭南西道,治邕州,辖邕州(今广西南宁市)、贵州(今广西贵港市)、横州(今广西横州市)、钦州(今广西钦州市)、澄州(今广西上林县)、宾州(今广西宾阳县)、淳州(今广西宾阳县东南)、笼州(今广西扶绥县)、浔州(今广西桂平市)、龚州(今广西平南县)、象州、藤州(今广西藤县)、严州(今广西来宾市)。882年九月,岭南西道发生兵变,节度使张从训被赶走,容管经略使崔焯接任岭南西道节度使。唐末五代之际,叶广略割据岭南西道,担任留后。906年正月,唐哀帝任命叶广略为岭南西道节度使。

　　宁远军,治容州(今广西容县),早期称容管,曾辖十四州。895年十二月,李克用的谋士盖寓遥领容管观察使。897年六月,容管升为宁远军,辖区不详。903年二月,朱全忠的侄子朱友宁遥领宁远军节度使。唐末五代之际,庞巨昭割据宁远军,担任留后。906年正月,唐哀帝任命庞巨昭为宁远节度使。

　　静海军,治交州,辖交州(今越南河内市)、陆州(今广西合浦县西)、峰州(今越南永安县)、爱州(今越南清化市)、骥州(今越南荣市)、长州(今越南南定县)、福禄州(今越南山西县)、芝州(今广西忻城县)、武莪州(今越南太原县)、演州(今越南演州县)、武安州(今越南海防市)。866年十一月,安南都护府升为静海军,高骈任节度使。朱全忠的兄长朱全昱曾经遥领静海军节度使,于905年二月致仕。唐末五代之际,曲承裕割据静海,任节度使。907年七月,曲承裕去世,后梁太祖朱晃任命曲承裕之子曲颢为静海节度使。

附录11 朱全忠及其文官武将

朱全忠(852—912),本名朱温,宋州砀山人,是五代十国后梁的创建者。朱温早年参加黄巢义军,跟随黄巢南征北战,一直攻入长安。882年九月,朱温背叛黄巢,归降唐朝,被赐名为朱全忠。883年,黄巢败撤长安后,朱全忠回到汴州任宣武节度使。经过二十多年的藩镇混战,朱全忠兼并了二十一个藩镇,使得马殷、钱镠、王审知、刘隐等人控制下的十一个藩镇称臣。907年四月,朱全忠禅代唐朝,建立后梁,开启五代,从此更名朱晃。朱全忠即位后,仍在继续兼并藩镇,却接连败给李克用之子李存勖。912年六月,朱全忠被其子朱友珪杀害。

朱全忠帐下幕僚主要有敬翔、李振、裴迪等。朱全忠的将领很多,随其到达宣武的有朱珍、庞师古、丁会、徐怀玉、邓季筠,胡真、张存敬、郭言、刘康义等;后来从黄巢义军中投降过来的有李唐宾、葛从周、霍存、张归霸、张归厚、张归弁、李谠、黄文靖、李重胤等;宣武旧将有刘捍、寇彦卿、李思安、王檀等;从其他藩镇、州郡投降或投奔而来的有河阳的王虔裕、牛存节,忠武的王重师,感化的刘知俊,泰宁的康怀贞、胡规,平卢的刘鄩,李罕之的部将杨师厚等。此外将领还有朱全忠的长子朱友裕,义子朱友恭,侄子朱友宁、朱友伦以及后来入伍的氏叔琮等。

敬翔(?—923),字子振,同州冯翊人,朱全忠第一谋士。敬翔喜爱读书,文思敏捷,擅长刀笔,但未能考中进士。黄巢攻入长安后,敬翔前往关东,客居大梁。经同乡王发推荐,敬翔任朱全忠的馆驿巡官,专管檄文奉告。朱全忠性格凶暴乖戾,很难接近,只有敬翔能够明白其心思,也能劝谏朱全忠。907年四月,朱全忠称帝后,任命敬翔为崇政院使,位在宰相之上。朱友珪杀父夺位后,猜忌敬翔,敬翔常常称病不朝。后梁末帝朱友贞也不重用敬翔,直到后梁快灭亡时,才请敬翔出山,但已无力回天。后梁灭亡后,敬翔自缢于家中,不向后唐称臣。

李振(?—923),字兴绪,祖父李抱真曾任昭义节度使。晚唐时,李振被任命为台州刺史,因浙东义军盛行而未能到任。李振西归经过汴州时,被朱全忠留下,担任幕僚。宦官刘季述废黜唐昭宗,李振为朱全忠谋划,得到朱全忠的赞赏。朱全忠派氏叔琮、朱友恭杀掉唐昭宗,李振建言将二人诛杀以堵天下人之口。李振屡试不中,对士大夫没有好感,谋害不少士大夫,被人称为"鸱枭"。朱全忠即位后,李振任户部尚书。朱友珪即位后,李振任崇政院使,代替敬翔。李存勖灭后梁,李振失节而降,不久被杀。

裴迪(?—?),字升之,河东闻喜人。裴迪聪明机敏,善治财赋,精于簿书,曾任出使巡官、供军院使、租庸招纳使。朱全忠任宣武节度使后,用裴迪为节度判官。朱全忠征战四方,常留裴迪在汴州调拨军需钱赋。朱全忠把军中事务留给自己,而把财物、狱讼之事交给裴迪。朱全忠即位,任裴迪为右仆射,一年后告老回乡,以司空致仕,卒于家中。

刘捍(?—909),汴州开封人,初为宣武牙军。朱全忠到宣武后,看到刘捍聪明敏捷,熟悉宾礼,便擢升其为副典客,担任客将。朱全忠即位后,刘捍历任左龙虎统军、元从亲军马步都虞候、侍卫亲军都指挥使、检校太保、佑国军留后。刘知俊据同州背叛,擒获刘捍并送到凤翔,被李茂贞杀害。刘捍虽无征战之功,但奉命奔走,陈告命令,亦有功劳。朱全忠曾说,敬翔、刘捍、寇彦卿,是为其而生。

寇彦卿(862—918),字俊臣,大梁人,身高八尺,高鼻梁、四方脸,声如洪钟,善骑射,喜爱看书读史,聪明机敏。朱全忠到达宣武时,因寇彦卿是将家子,便提拔在身边。寇彦卿善于揣测朱全忠的想法,深得朱全忠赞赏。寇彦卿历任洺州刺史、邢州刺史、亳州团练使、检校司徒。朱全忠即位后,寇彦卿任感化节度史、检校太保。寇彦卿仗恃受宠而作威作福,多忌好杀,曾因误杀一老人而被贬。朱全忠被杀后,寇彦卿追念旧恩,谈起前朝之事,总是泪流满面。梁末帝即位后,寇彦卿遥领山南西道节度使等职。918年,寇彦卿卒于任上,赠侍中。

　　朱珍（？—889），徐州丰县人，早年便跟随朱全忠。朱珍善于治军，刚到宣武时，就负责训练兵马、制定纲纪。885年，朱珍担任宣武都指挥使。886年十一月，朱珍与李唐宾兼并义成军。887年二月至四月，朱珍奉命到平卢招兵一万余人，还抢夺一千匹战马。887年八月，朱珍与葛从周奉命攻打天平，在刘桥大败朱瑄、朱瑾，一连攻克曹州、濮州。888年三月，朱珍援救魏博乐从训，大名威震河朔。八月，朱珍跟随朱全忠攻打秦宗权。十月至十一月，朱珍攻打感化节度使时溥，接连获胜。889年六月，朱珍与李唐宾发生冲突，杀死李唐宾。七月，朱全忠怒杀朱珍。

　　李唐宾（？—889），陕州人，初为黄巢将领，骁勇过人。李唐宾担任宣武都押牙，与朱珍威名相当。886年十一月，朱珍与李唐宾兼并义成军。888年八月，李唐宾随朱全忠攻打秦宗权。889年六月，李唐宾与朱珍一同攻打时溥，发生冲突，被朱珍杀掉。

　　庞师古（？—897），曹州南华县人。庞师古早年便与朱全忠相识，性格忠正，常侍朱全忠左右。朱珍被杀后，庞师古任都指挥使。890年十二月至次年正月，庞师古随朱全忠攻打魏博，魏博节度使罗弘信不敌而降。893年二月，庞师古接替朱友裕，攻打时溥，四月，攻克彭城。897年正月，庞师古与葛从周兼并天平军。十一月，庞师古在清口之战中阵亡。

　　丁会（？—910），字道隐，寿州寿春人，年轻时擅长挽丧之歌。888年三月，丁会奉命增援张全义，四月，击败康君立，任河阳留后。890年十二月至次年正月，丁会随朱全忠攻打魏博，罗弘信不敌投降。891年八月至十月，丁会奉命攻打宿州，刺史张筠投降。901年六月，丁会任昭义节度使。906年十二月，丁会献出潞州向李克用投降。910年，丁会在太原去世，追赠太师。

　　葛从周（？—?），字通美，濮州鄄城人，豁达有智谋。在与秦宗权的一次战斗中，葛从周舍命保卫朱全忠，深得朱全忠的信赖与重用。896年六月，葛从周奉命增援罗弘信，在洹水大败李克用，擒获李克用爱子李落落。897年正月，葛从周与庞师古兼并天平、泰宁。十一月，葛从周参与清口之战。898年四月，葛从周一连夺取邢洺磁三州，被朱全忠任命为昭义留后。

899年三月，葛从周北上增援魏博，击退卢龙兵，接着与氏叔琮一攻河东。十月，葛从周任昭义节度使，镇守潞州。900年五月，葛从周与氏叔琮、张存敬攻打义昌。901年三月，朱全忠二攻河东，葛从周为六路兵马之一。903年十月，葛从周收复兖州，从此经常生病，以右卫上将军致仕。后梁末帝时，葛从周坐享俸禄，直到去世，追赠太尉。

牛存节（？—915），本名牛礼，青州博昌人，为人淳朴、忠心、谨慎，朱全忠非常喜欢，为其改名为存节。887年四月，朱全忠攻打秦宗权将领张晊，牛存节攻破了两个营寨。八月，牛存节随朱珍攻打濮州，战功居多。888年四月，牛存节随丁会、葛从周到河阳援救张全义。897年十一月，清口之战，牛存节随葛从周在西路军作战，成功断后。牛存节历任昭义都指挥使、邢州团练使、元帅府左都押衙。朱全忠称帝后，牛存节历任右千牛卫上将军、保大留后、匡国节度使。后梁末帝时，牛存节任天平节度使、同平章事。915年五月，李存勖的大军与刘鄩对峙，身患重病的牛存节奉命增援，当月病逝。

朱友裕（？—904），朱全忠长子，年少时便善于射箭，常跟随朱全忠出战，宽厚爱人，深得军心，任牙内都指挥使。890年四月，时溥攻打砀山，朱友裕大败时溥及河东援兵。893年二月，朱友裕在徐州与时溥、朱瑾作战，先胜后败。朱友恭告发朱友裕纵敌不战，朱全忠便命庞师古接替朱友裕，并要查处朱友裕。由于张夫人的帮助，朱全忠宽恕了朱友裕，还让朱友裕镇守许州。897年三月，朱友裕任天平留后。903年二月，朱友裕任镇国节度使。904年十月，朱友裕在黎园去世。

张存敬（？—901），亳州人，刚直有胆量，因甘居人下而受人亲近。张存敬早年担任宣武右骑都将，参与平定秦宗权。898年十一月，张存敬攻打背叛的奉国节度使崔洪，崔洪再次归附朱全忠。899年正月，张存敬与李思安奉命增援魏博。900年五月，张存敬跟随葛从周、氏叔琮攻打义昌刘守文。十月，朱全忠征服河北诸镇时，张存敬领兵出战，战功赫赫。901年正月至二月，张存敬率兵兼并护国军，担任留后。数月后，张存敬改任宋州刺史，尚未起程，即卧病不起，在河中去世。后梁建立后，追赠张存敬

为太保、太傅。

氏叔琮（？—904），尉氏人，勇猛沉毅，胆识过人，中和末年应招为骑兵，隶属庞师古。氏叔琮跟随朱全忠在陈州、蔡州攻打黄巢、秦宗权，奋力杀敌，冲锋在前，被朱全忠提拔为"后院马军都将"。朱全忠攻打感化、天平时，氏叔琮冒着矢石，奋不顾身，被朱全忠任命为宿州刺史、检校右仆射。898年七月至八月，氏叔琮与康怀贞讨伐背叛的赵匡凝，赵匡凝再次归附朱全忠。899年三月，氏叔琮与葛从周兵分两路一攻河东。900年五月，氏叔琮跟随葛从周、张存敬攻打义昌刘守文。901年三月，朱全忠二度攻打河东，氏叔琮为六路兵马之一。902年三月，氏叔琮与朱友宁大败李嗣昭、周德威，擒获李克用之子李廷鸾。当月，氏叔琮三攻河东，不胜而返。903年，氏叔琮担任保大节度使、检校司徒。904年四月，氏叔琮到京都洛阳担任右龙武统军，典宿卫。八月，氏叔琮奉命杀掉唐昭宗，两月后被朱全忠杀害。

张归霸（？—908），清河人。张归霸早年与兄弟张归厚、张归弁参加黄巢义军。884年五月，黄巢兵败王满渡，张归霸三兄弟投降朱全忠。887年四月，朱全忠攻打秦宗权将领张晊，张师霸作战英勇，朱全忠将坐骑赏给张归霸。896年四月，张归霸跟随葛从周援救魏州，生擒李克用之子李落落。899年三月，张归霸跟随李思安、张存敬在内黄攻打刘仁恭，功在诸将之上。张归霸历任邢州、莱州、曹州刺史，拜左卫上将军。朱全忠称帝后，拜张归霸为右龙虎统军、左骁卫上将军。908年，张归霸任河阳节度使，病逝于任上。张归霸女儿嫁于后梁末帝朱友贞，其子张汉杰因此而掌控朝政。后梁灭亡后，张汉杰等被灭族。

杨师厚（？—915），颍州人，勇敢果断，善于骑射。杨师厚起初为李罕之部将，后主动来降朱全忠，被任命为牙将，直到检校右仆射、曹州刺史。903年七月，朱全忠攻打平卢王师范，杨师厚奉命追击淮南将领王茂章，被朱全忠任命为齐州刺史。八月至九月，杨师厚击败王师范，兼并平卢军。904年三月，杨师厚任武宁留后。905年八月至九月，杨师厚攻打忠义节度使赵匡凝，兼并忠义军，任山南东道节度使。朱友珪夺位后，杨师厚任魏博节度使,后帮朱友贞夺位。杨师厚晚年居功自傲,恢复魏博亲军牙兵,去世后,亲军叛乱,开启了后梁灭亡的祸端。

李思安(861—912),陈留张亭里人,爱好拳术,善使飞矛,早年是宣武旧将杨彦洪帐下骑兵。883年朱全忠镇守宣武,阅兵时看到李思安,甚为赞赏,为其取名思安。李思安每次出征,总是勇猛向前,如入无人之境。李思安历任踏白将、诸军都指挥使、检校左仆射、亳州刺史。899年三月,李思安与张存敬援救魏博罗绍威,击败卢龙刘守文,杀死卢龙大将单可及。907年四月,李思安奉命攻打卢龙,兵败而返。912年秋,李思安任相州刺史,非常不悦。李思安认为应当出任节度使,每天苟且偷安,最后被朱全忠赐死。

附录12　李克用及其文官武将

李克用(856—908),本姓朱邪,沙陀族,神武川新城人,是五代十国后唐的奠基人。878年二月,李克用占据云州叛唐。880年六月,李克用兵败,逃往达靼部。882年十一月至883年四月,李克用入关勤王,将黄巢赶出长安。884年二月至五月,李克用再度重创黄巢义军。890年五月至十一月,李克用击败唐昭宗的讨伐。895年七月至十一月,李克用二次入关勤王,消灭王行瑜,十二月被封为晋王。李克用与朱全忠势同水火,在藩镇兼并战中不及朱全忠。朱全忠还三次攻打晋阳,使得李克用只有防守之力。朱全忠挟天子以令诸侯时,李克用已经无力勤王。907年四月,朱全忠代唐建后梁,李克用仍然使用唐哀帝的"天祐"年号。908年正月,李克用病逝,其子李存勖继任晋王。李存勖历经十五年的奋战,消灭后梁建立后唐。

李克用的幕僚主要为盖寓、李袭吉等。李克用帐下将领很多,不少将领还被李克用收为义子,组成义儿军。本书提及较多的将领有李克修、康君立、薛志勤、李嗣昭、周德威、符存审、李存信、李存孝、李嗣源等。

盖寓(?—905),蔚州人,世代为蔚州牙将。878年正月,盖寓与康君立等人一起拥戴李克用起兵云州。盖寓通达、狡黠,有智谋,善于揣测人主的心思,为李克用第一谋士。李克用与盖寓议事,无不听从,李克用出征,盖寓也总是跟随。886年五月,盖寓建议李克用讨伐朱玫。895年七月至十一月,盖寓随同李克用入关勤王,消灭王行瑜。盖寓历任容管观察使,加检校太保、检校太傅,封成阳郡公。905年三月,盖寓病重,李克用亲自为其侍奉汤药。李克用对盖寓的恩宠,无人能比,盖寓病逝,李克用极为悲痛。

李袭吉(?—906),洛阳人,自称是左丞相李林甫的后代,父亲李图任洛阳县令。乾符末年,李袭吉进京赶考,适逢战乱,逃到河中,依附节度使李都,任盐铁判官。880年十一月,李袭吉来到太原,被李克用任命为榆社县令。884年,李克用任用李袭吉为掌书记直到节度副使。李袭吉学问广博,擅长写作,起草檄文军书,文采浑厚雄健,很多妙句流传。李袭吉在李克用幕府十五年,裁决事务,力求公平,不行贿受贿,有高风亮节。公务之暇,李袭吉读书习文,手不释卷,生性淡泊名利,从不恃才傲物。906年六月,李袭吉病逝于太原,赠礼部尚书。

李克修(859—890),字崇远,李克用的堂兄弟,年少时便能骑马射箭,崇尚节俭。882年十二月,李克用南下攻打黄巢,李克修任前锋,破黄揆、败尚让、困黄巢,每战都胜,勇慑诸军。883年十月,李克修攻占西昭义。884年八月,李克修任昭义节度使。890年三月,因过于节俭,李克修被李克用气死。

康君立(847—894),蔚州兴唐人,世代为边地豪强。878年正月,康君立、薛志勤等拥戴李克用起兵云州。883年三月,康君立跟随李克用入关勤王。885年三月,卢龙、成德攻打义武,李克用派康君立率兵援救义武。888年三月至四月,李克用任命康君立为南面招讨使,帮助李罕之收复河阳,不敌朱全忠将领丁会等。890年九月,李克用收复西昭义,康君立任留后。894年八月,康君立因说了李存孝坏话,被李克用怒杀。后唐明宗李嗣源即位后,追赠康君立为太傅。

薛志勤(837—898),蔚州奉诚人,小字铁山,勇猛绝伦。878年正月,与康君立等拥立李克用起兵云州。883年三月,薛志勤跟随李克用入关勤王。李克用担任河东节度使后,薛志勤担任河东右都押牙。884年五月,李克用上源驿遇险时,薛志勤拼死保护李克用。890年,唐昭宗派张浚讨伐李克用时,薛志勤等击败韩建,因功授忻州刺史。王晖占据云州背叛李克用,薛志勤讨伐平定,被任命为大同防御使。894年九月,康君立去世时,薛志勤接任昭义留后。898年十二月,薛志勤病逝于任上。

李嗣昭(? —922),是汾州太谷县农家子,李克柔义子。李嗣昭身材矮小,但胆识、勇猛过人,精通军机,为人谨慎、忠厚。李嗣昭喜爱饮酒,李

克用曾经略加劝诚,李嗣昭便终身不饮。898年十二月,李嗣昭奉命攻打李罕之,占领泽州。899年八月,李嗣昭夺回西昭义。901年四月,朱全忠六路大军再次攻打河东,李嗣昭等奋力御敌。十一月,朱全忠入关西进凤翔勤王,李嗣昭攻打护国军所属的晋州,以援助李茂贞。906年十月,李嗣昭、周德威攻打昭义,以增援义昌刘守文。十月,昭义节度使丁会投降,李克用任李嗣昭为昭义留后。922年四月,李嗣昭奉命攻打镇州,中箭而死。李嗣昭官至司徒、太保、侍中、中书令,后唐庄宗李存勖追赠其为太师、陇西郡王。后唐天成年间,李嗣昭与周德威、符存审一同配飨庄宗庙廷。

周德威(? —918),字镇远,小字阳五,朔州马邑人。周德威身材高大,面黑,为人严肃,让人畏惧。周德威足智多谋,骁勇善骑射,善使铁挝,看到烟尘就能算出敌军人数。周德威跟随李克用进京勤王,消灭王行瑜,因功担任衙内指挥使,加检校左仆射。899年三月,氏叔琮与葛从周兵分两路攻打河东,周德威退敌。901年四月,朱全忠六路大军再次攻打河东,周德威等将奋力御敌。906年十月,李克用派周德威、李嗣昭攻打昭义,以增援义昌刘守文。周德威辅佐李克用、李存勖两代君王,历任骑督、铁林军使、代州刺史、振武节度使、卢龙节度使等职,领蕃汉马步总管,加检校侍中。周德威在梁晋争霸战中屡破梁军,以骁勇著称。913年,周德威攻灭桀燕,镇守幽州,抵御契丹。918年,李存勖大举伐梁,周德威率幽州军参战,于十二月战死于胡柳陂。后唐天成年间,周德威与李嗣昭、符存审一同配飨庄宗庙廷。

符存审(862—924),原名符存,字德祥,陈州宛丘人。符存审年少豪侠,多智谋,爱谈兵,原为李罕之部将,后被李克用收为义子,统领义儿军,史书又称李存审。894年十二月,符存审跟随李克用攻打卢龙。895年八月,符存审跟随李克用入关讨伐王行瑜。符存审为人谨慎厚道,辅佐李克用、李存勖两代君王,累破后梁,驱逐契丹,大小百余战,未尝败绩,官至蕃汉马步总管、中书令、卢龙节度使、检校太师。924年四月,符存审调任宣武军节度使,还未接到诏命便在幽州病逝。符存审与周德威齐名,与周德威、李嗣昭一同配飨庄宗庙廷。

李存信（862—902），李克用义子，本名张污落，回鹘族人，机智、狡猾，懂四夷语言、通六蕃文字。李存信早年为李国昌亲信，李克用在代北起兵时跟随李克用。李克用入关攻打黄巢，李存信多次立功，被任命为马步军都指挥使。李克用宠爱李存信，李存孝很为嫉妒。892年十月，李存信诬告李存孝勾结王镕，致使李存孝背叛李克用被杀。895年八月，李存信跟随李克用入关讨伐王行瑜。896年闰正月，李存信率一万骑兵向魏博借道，前往增援二朱，遭罗弘信夜袭而败。897年八月，李存信随同李克用讨伐卢龙刘仁恭。902年三月，朱全忠三攻河东，李存信不敢迎战，还劝李克用弃城而走。李存信后来经常称病，李克用便将兵权授给李嗣昭，只让李存信担任右校。十月，李存信在晋阳病逝。

李存孝（858—894），代州人，沙陀族，本名安敬思，李克用代北起兵时收为义子，是河东第一猛将。884年，李存孝跟随李克用南下解围陈州，在上源驿护卫李克用脱险。888年三月，李存孝与康君立增援李罕之，不敌朱全忠将领丁会等而撤退。889年五月至890年正月，李存孝奉命攻打东昭义孟方立、孟迁。890年八月，李存孝俘掳前来昭义赴任节度使的孙揆。九月，李存孝又在泽州大败朱全忠的将领。这一战，李存孝功劳比康君立大，但李克用任命康君立为昭义留后，而任命李存孝为汾州刺史，李存孝心生怨恨。十月，李存孝又在晋州大败张浚率领的朝廷大军。891年三月，李存孝任邢洺节度使。七月，李存孝向李克用建议攻打成德节度使王镕，想以战功压倒李存信。十月，李存信诬告李存孝勾结王镕，致使李存孝背叛李克用。894年三月，李克用在邢州计俘李存孝，将李存孝带回晋阳，车裂而死。

李嗣源（867—933），沙陀人，本名邈佶烈，姓氏不明，李克用的养子，善骑射。884年五月，李克用上源驿遇险时，李嗣源拼死护卫李克用。李克用镇守河东，命李嗣源掌管亲军骑兵。李嗣源谦和下士，立下战功，从不夸耀。890年九月，李匡威、赫连铎率兵攻打河东北部州郡。李克用派李存信迎战，不胜，再派李嗣源助战，终将李匡威、赫连铎击退。898年十月，李克用派李嗣昭、周德威攻打邢洺，与葛从周战于青山。李嗣昭等不

敌,李嗣源前来助战。青山之战,李嗣源名闻天下。李嗣源所率五百骑兵称为"横冲都",李嗣源被称为"李横冲"。李克用去世后,李嗣源官至成德节度使、蕃汉内外马步军总管,兼中书令。926年,李嗣源奉命镇压兵变,却与变兵合流,夺了李存勖的皇位,是为后唐明宗。

附录13　杨行密及其文官武将

　　杨行密（852—905），原名杨行愍，字化源，庐州合肥人，是五代十国南吴的奠基人。杨行愍小时成了孤儿，生活贫困，长大后，膂力过人，日行三百里。杨行愍参军入伍，多次立功，升为队长，直到庐州牙将、八营都知兵马使。883年三月，杨行愍任庐州刺史。886年十二月，高骈命杨行愍改名为杨行密。887年十月，杨行密趁淮南内乱，占领扬州，自称淮南留后。888年四月，杨行密不敌孙儒，失去扬州。889年六月，杨行密占领宣州，被任命为宣歙道观察使。892年六月，杨行密消灭孙儒。八月，杨行密被唐昭宗任命为淮南节度使，从此掌管淮南。杨行密注重境内治理，也积极开拓，一连占领镇海军的润、常二州以及武昌军。902年三月，杨行密被唐昭宗封为吴王。唐哀帝天祐二年十一月，杨行密病逝。

　　杨行密帐下幕僚有谋士袁袭、掌书记高勖、宾客戴友规、节度判官周隐等，将领有"三十六英雄"。三十六英雄已经无法考证，这里列举本书提及较多的十人：李神福、安仁义、田頵、台濛、张训、陶雅、朱延寿、秦裴、刘存、徐温。

　　袁袭（? —889），庐州庐江人。杨行密为庐州刺史时，袁袭便是其心腹谋士。袁袭谋划多有成效，史称其"运筹帷幄、举无遗算"，如同古之张良、陈平。杨行密与秦彦、毕师铎争夺淮南时，袁袭进献不少计策。孙儒大军南下与杨行密争夺淮南时，袁袭建议退回庐州躲避兵锋，并越江夺取宣州作为根本。889年六月，杨行密夺取宣州不久，袁袭病卒，杨行密非常痛惜。

　　李神福（? —904），洺州人，有勇有略，为淮南第一名将。884年三月，陈儒围攻高澞驻守的舒州，李神福用计解围舒州。891年正月，孙儒的前锋兵马抵达溧水，杨行密派李神福前往阻截，李神福用计击败敌军。五

月,李神福收复孙儒占领的和州、滁州。892年十一月,李神福奉命攻打庐州刺史蔡俦。901年十月,李神福南下攻打杭州,生擒两浙名将顾全武。李神福历任都指挥使、升州刺史、淮南行军司马。903年正月,李神福奉命攻打武昌节度使杜洪。五月,李神福在君山消灭荆南节度使成汭。八月,宁国节度使田頵谋反,李神福奉命平叛。九月,李神福与田頵的水军接连在吉阳矶、皖口激战,大获全胜。904年三月,李神福再度领兵攻打武昌。八月,李神福患病返回扬州,不久去世。

田頵(858—903),字德臣,庐州合肥人,通晓经史,性格深沉有大志,与杨行密是同乡好友,情同兄弟。884年,秦宗权派其弟攻打庐州,田頵将其击退。888年八月,杨行密围困赵锽据守的宣州,赵锽不堪围困,弃城而走,田頵将其擒获。889年十一月,田頵俘获钱镠将领杜棱,占领常州。次月,田頵败于孙儒,丢失常州。892年六月,杨行密与孙儒决战广德,田頵阵前擒获了孙儒,当场将孙儒斩首。七月,田頵任宁国节度使,镇守宣州。893年八月,田頵奉命攻打歙州。902年八月,钱镠的武勇都谋反,请田頵前来助战。钱镠送子为质与杨行密结好,杨行密命田頵撤军,田頵心有不甘。903年八月,田頵背叛杨行密。九月,田頵的水军两次败于李神福。十月,田頵又两次败于台濛。十一月,田頵不敌台濛被杀。

安仁义(?—905),沙陀将领,善骑射。887年十一月,安仁义跟随秦宗衡、孙儒到扬州与杨行密争夺淮南,孙儒杀死秦宗衡自立,安仁义投奔杨行密。杨行密将骑兵交给安仁义统领,位在田頵之上。892年六月,杨行密与孙儒决战广德时,安仁义一连攻破孙儒五十多个营寨。七月,杨行密派安仁义镇守润州。896年十一月至次年正月,安仁义奉命攻打镇东所属的婺州、镇海所属的睦州,未能攻克两州便撤兵返回淮南。安仁义后来一直镇守润州,担任团练使。903年八月,安仁义响应田頵,背叛杨行密。905年正月,王茂章攻克润州,安仁义被押至广陵斩首。

张训(?—?),滁州清流人,勇敢强悍,用兵果断,有胆略,人称"大口张"。891年七月,孙儒离开扬州攻打宣州,杨行密派张训、李德诚悄悄进入扬州,得到数十万斛粮食,赈灾饥民。892年二月,张训攻克常州。四月,张训、李德诚夺取楚州。五月,张训南下安吉,切断孙儒的粮草运送线。895年四月,杨行密攻克涟水后,派张训镇守。897年十一月,清口之战时,张训为先锋。903年四月,张训调任密州刺史。七月,朱全忠派王檀攻打密州,张训巧妙部署,顺利南撤。张训历任常州刺史、黄州刺史,授检校左仆射、司徒。杨行密病逝,张训称病告老,直到去世。

陶雅(857—913),庐州合肥人,寡言,善用兵。884年三月,陶雅攻克舒州,任舒州刺史。886年十二月,滁州刺史许勍袭击舒州,陶雅不敌,逃回庐州。888年八月,陶雅击败赵乾之,任池州制置使。陶雅在池州宽厚爱民,很得民心。893年八月,陶雅出任歙州刺史。905年正月,陶雅奉命援救睦州刺史陈询,击败钱镠堂弟钱镒、指挥使顾全武、王球,生擒钱镒、王球。九月,陶雅攻克婺州,被杨行密任命为江南都招讨使、歙婺衢睦观察使,镇守睦州。906年正月,陶雅放弃睦州,返回歙州。913年,陶雅在歙州去世。

台濛(?—904),庐州合肥人,骁勇善战,跟随杨行密起兵。891年正月,孙儒的将领李从立到达宣州,台濛带领五百人出战,计退李从立。894年十一月,台濛任泗州防御使。895年九月,台濛奉命攻打钱镠的苏州。896年五月,占领苏州,台濛开始镇守苏州。898年九月,台濛不堪顾全武的围困,放弃苏州城。903年九月,台濛奉命参与讨伐田頵。十月,台濛与田頵在广德、黄池交战,取得大胜。十一月,田頵兵败被杀,台濛担任宣州观察使,镇守宣州。904年八月,台濛病逝于任上。

朱延寿(?—903),庐州舒城人,杨行密的小舅子。朱延寿严厉残酷,爱用极少的人攻打多数兵马。杨行密看不起朱延寿,常常戏弄侮辱朱延寿。895年四月,朱延寿攻克寿州,任寿州团练使。朱延寿在寿州抵挡了朱全忠兵马的攻打。896年五月,朱延寿奉命攻克蕲州、光州。897年十一月,清口之战时,朱延寿击退葛从周。903年八月,朱延寿响应田頵,背叛杨行密。九月,杨行密计杀朱延寿。

秦裴(856—914),庐州慎县人,早年便跟随杨行密,骁勇,好猎,喜爱鹰隼。898年三月,秦裴率三千士兵攻克昆山。九月,两浙名将顾全武攻

克昆山,秦裴出降。四年后,秦裴回到淮南,不久出任升州刺史。906年五月,秦裴任西南行营都招讨使,奉命攻打镇南节度使钟匡时。九月,秦裴攻克洪州,擒获钟匡时,担任洪州制置使。907年正月,张颢、徐温夺取杨渥大权,派人前往洪州刺杀朱思勍、范思从、陈璠三将。秦裴协助杀死三将,从此郁郁而终。

刘存(? —906),泌阳人,骁勇剽悍,善用兵,因功担任舒州团练使。903年正月,杨行密任命李神福为鄂岳行营招讨使,刘存为副使,令二将攻打武昌节度使杜洪。904年三月,李神福、刘存奉命再次攻打武昌。八月,李神福病逝,刘存担任鄂岳招讨使,继续攻打鄂州。905年二月,刘存攻克鄂州,被任命为鄂岳道观察使。906年,刘存与岳州刺史陈知新攻打南楚遭败被俘。马殷想收降刘存与陈知新,二人大骂不止,被杀。

徐温(862—927),海州朐山人,青年时曾贩私盐。杨行密在合肥起兵时,徐温隶属其帐下。徐温虽然位列三十六英雄,但独独未曾有战功。889年六月,杨行密占领宣州,徐温找来大米,煮成粥,分给城中饥饿的百姓。902年六月,杨行密前往凤翔勤王,不听徐温采用小艇运输的建议。到达宿州时,大船不能前行,士兵粮草不济,杨行密这才认为徐温很有才能,从此便与其商议军事。903年九月,徐温协助杨行密计杀朱延寿。904年八月,杨行密患病,外调长子杨渥到宣州担任观察使,徐温感到不安,劝杨渥提高警惕。905年九月,杨行密病重,周隐压着召回杨渥的文书,徐温与严可求将公文派人送达宣州。907年正月,徐温与张颢实行"兵谏",夺去杨渥的大权。后来张颢被杀,徐温独揽淮南大权。

附录14 王建及其文官武将

王建(847—918),字光图,许州舞阳县人,是五代十国前蜀的创建者。蔡州刺史秦宗权招募兵马时,王建开始从军。881年五月,王建成为忠武监军杨复光帐下八都头之一,随杨复光入关勤王,攻打黄巢义军。884年十一月,王建到达成都,投奔大宦官田令孜,被收为义子,担任神策军将领。885年十二月,唐僖宗二次流亡,王建一路护卫。886年四月,王建受扬复恭排挤,外任利州刺史。887年三月,王建夺取阆州。889年闰九月,王建攻克邛州。891年八月,王建占领成都,被任命为西川节度使。894年五月,王建占领彭州。897年十月,王建兼并东川。902年八月至九月,王建趁朱全忠围攻凤翔李茂贞之际,一连夺取李茂贞的领地昭武军、山南西道与武定军。王建后来又占领武泰军与镇江军。903年八月,唐昭宗封王建为蜀王。907年九月,王建称帝建立前蜀,918年六月病逝。王建在位时期,励精图治,也与岐国发生七年之久的战争,占领岐国六个州。

王建的幕僚主要有周庠、冯涓、韦庄等,将领主要有王宗涤、王宗侃、王宗弼、王宗本、王宗播等。在王建开拓巴蜀的战斗中,有功之将大都被王建认作义子。王建的义子有一百多位,知名的就有四十多位,其中王宗涤是其帐下第一名将。

周庠(? —?),字博雅,许州人,官至前蜀司徒、宰相,为前蜀建立屡出奇谋。周庠曾任龙州司仓,王建任利州刺史时,投靠王建。887年三月,周庠劝王建夺取阆州作为根基。888年五月,周庠又劝王建夺取邛州。891年四月,朝廷下诏要攻打陈敬瑄三年之久的韦昭度、王建罢兵。周庠劝王建让韦昭度罢兵回朝,而由王建一人攻打成都。在王建统一两川的战斗中,周庠出谋划策最多,累官成都尹、御史中丞。910年,周庠任前蜀中书侍郎、同平章事。前蜀后主王衍嗣位,佞臣王廷绍等用事,不听周庠之谏。

周庠后任司徒、同平章事,领武平军节度使,病卒。

冯涓(?—?),字信之,祖上是婺州东阳人,唐朝大中年间进士,授京兆府参军,后隐商山数年。王建担任西川节度使,用冯涓为节度判官。冯涓以敢谏著称,官至御史大夫。王建的财税很重,没有人敢劝谏,冯涓便寻找机会巧妙劝谏。王建生日那天,冯涓先献上一番颂辞,然后说到百姓生活之艰苦。王建感到十分惭愧,从此赋税确实轻了不少。904年七月,诸将劝王建攻打李茂贞,冯涓则建议将李茂贞当作巴蜀的藩屏。907年五月,王建谋划称帝,冯涓劝谏未果,于是闭门不出。

韦庄(约836—910),字端己,京兆杜陵人,早年屡试不第,晚唐著名诗人、词人,代表作有长诗《秦妇吟》,被称为"秦妇吟秀才"。韦庄曾游历江南,投靠镇海节度使周宝。894年,韦庄进士及第。王建攻打东川顾彦晖时,韦庄与李询奉使入蜀,调解两川冲突,归朝后升任左补阙。901年,韦庄入蜀投靠王建,王建用其为掌书记,自此终生仕蜀。907年,韦庄劝王建称帝,任左散骑常侍,判中书门下事,定开国制度,官至前蜀宰相。

王宗涤(?—902),本名华洪,许州人,早年便跟随王建,有勇有谋,深得将士之心。891年十二月,华洪等奉命救援东川。892年二月,华洪等奉命攻打彭州。895年十二月,华洪等攻打东川,在楸林寨杀俘东川数万人。897年二月,华洪与王宗祐率五万兵马二度攻打东川。五月,王建收华洪为义子,更名王宗涤。十月,顾彦晖自杀,王建占领梓州,任命王宗涤为东川留后。902年二月,王宗涤与王宗播以勤王之名,北上占领利州。八月,王宗涤攻克兴元,占领山南西道,被任命为山南西道节度使。王宗涤功劳很大,王宗佶等又加害于他,王建也很猜忌,后将其缢死。

王宗侃(857—923),雅州人,王建义子,本名田师侃。王建夺取西川不久,王宗侃出任雅州刺史。891年十二月,王宗侃援救东川,连破杨守厚七个营寨。892年二月,王宗侃等奉命攻打彭州。王宗侃在王先成建言下,招安彭州百姓,最后收复彭州。895年十一月,王建派王宗侃攻克利州。897年二月,王建派王宗侃攻打渝州,打通三峡水道。王建称帝后,任王宗侃为太保、侍中、中书令。前蜀后主王衍晋封王宗侃为魏王,923年七月,卒于家中。

王宗弼(?—925),王建义子,本名魏弘夫。891年十二月,王宗弼等奉命援救东川。王建命诸将破敌后,杀了顾彦晖,夺取东川,由于王宗弼泄密,未能杀成顾彦晖。895年十二月,攻打东川的王宗弼被俘,被顾彦朗收为义子。897年十月,顾彦晖自杀前将王宗弼释放。王建病逝前,王宗弼与宋光嗣等接受遗诏,辅佐朝政。王宗弼在前蜀官至守太师、中书令,封齐王。王衍荒废国政,王宗弼更是收受贿赂,前蜀开始衰退。925年,后唐攻打前蜀之际,王宗弼出卖前蜀,最终国灭被杀。

王宗本(?—?),本名谢从本。谢从本原为陈敬瑄部将,任"资简都制置应援使"。890年六月,谢从本杀死雅州刺史张承简,向王建投降。891年八月,王建攻克成都,收谢从本为义子,更名王宗本。903年八月,王宗本向王建建言攻取荆南,王建便任命王宗本为"开道都指挥使",令其率兵东下三峡。十月,王宗本一连占领荆南所属的夔、忠、万、施四州。为奖赏王宗本,王建任命王宗本为武泰军留后。

王宗播(?—?),本名许存,原为荆南节度使成汭部将。896年四月,因成汭不容,许存投奔王建。王建也忌惮许存的英勇、智略,准备杀掉许存。在王宗绾的劝说下,许存得以幸免,还被王建收为义子,更名王宗播。902年二月,王宗播与王宗涤奉命北上勤王,先占领利州。八月,作为前锋,王宗播向李继密的兵马发起攻击,一连攻克数个营寨,李继密败回兴元城中。孔目官柳修业一直提醒王宗播谨慎,以避免灾祸。王宗播在遇强敌时,总是挺身而出,在论功行赏时,则声称有病,从不夸耀,最终得以保全。

附录15 马殷及其文官武将

马殷(852—930),字霸图,许州鄢陵人,是五代十国南楚的创建者。马殷早年是个木匠,蔡州刺史秦宗权招兵时入伍,在龙骧指挥使刘建锋手下当差。887年十一月,马殷与刘建锋、张佶跟随孙儒进入淮南,与杨行密作战。892年六月,孙儒兵败被杀,马殷又跟随刘建锋、张佶前往湖南。895年四月,唐昭宗任命刘建锋为武安节度使,刘建锋任命马殷为内外马步军都指挥使。896年五月,刘建锋被杀,张佶力荐马殷为主。马殷先夺取整个武安军,再兼并静江军。907年四月,后梁太祖朱全忠封马殷为楚王。908年五月,马殷又兼并武贞军。927年八月,后唐明宗李嗣源封马殷为楚国王,马殷正式建立楚国。马殷历后梁、后唐两朝,在位期间,只称王不称帝,一直向中原朝廷称臣,注重境内治理。

马殷的谋士主要为高郁,将领有张佶、姚彦章、许德勋、李琼、秦彦晖、李唐等。

张佶(?—911),长安人,本为宣歙道观察使秦彦的幕僚,因看不起秦彦的为人而弃官离去。张佶经过蔡州时,被刺史秦宗权留下,担任行军司马。张佶与蔡州人、龙骧指挥使刘建锋非常友善。887年十一月,刘建锋、张佶、马殷跟随孙儒到达淮南,与杨行密混战。892年六月,孙儒被杨行密消灭,刘建锋、张佶、马殷带领余部七千人向西南方向撤去,一年多后,进入武安军境内。894年五月,刘建锋等攻入潭州,刘建锋自称武安留后。896年四月,刘建锋被部将杀害,张佶被拥立为武安留后,张佶派人调回马殷任留后,自己则以行军司马身份接替马殷讨伐蒋勋。897年二月,张佶攻克邵州,擒获蒋勋。朱全忠建后梁不久,马殷以朗州设置永顺军,表荐张佶为节度使,加检校太傅、同平章事。911年四月,张佶卒于任上。

高郁(?—929),扬州人,很有才能,但也贪婪奢侈。896年九月,马殷以高郁为谋主,任高郁为都军判官。马殷采纳高郁的建议,上尊天子,下爱士民,操练兵马,以成霸业。高郁还建言与邻国通商旅,使得南楚国富民强。929年八月,在荆南节度使高季昌的挑拨下,马殷子马希声诬告高郁谋反,高郁被马殷贬为行军司马。高郁不悦,说了马希声坏话,马希声假传马殷之令将高郁处死。

姚彦章(？—?),汝南人,少沉勇,有智略,起初为湖南听直军将。896年四月,武安军节度使刘建锋被杀,姚彦章受行军司马张佶之遣,迎立马殷。898年五月,姚彦章向马殷建议攻取衡、永、道、连、郴五州。姚彦章历任澧州刺史、静江行军司马。927年八月,马殷建楚国,姚彦章任左丞相。

许德勋(？—?),蔡州朗山人。903年四月,荆南节度使成汭攻打淮南,许德勋奉命袭击空虚的江陵,五月,攻克江陵。许德勋南返经过岳州,劝岳州刺史邓进忠归降马殷,许德勋从此担任岳州刺史。906年三月,淮南节度使杨渥派先锋指挥使陈知新攻打岳州,许德勋不敌而走。907年六月,秦彦晖收复岳州,许德勋再任岳州刺史。九月,后梁太祖朱全忠命高季昌、马殷出兵讨伐武贞节度使雷彦恭,雷彦恭派人向杨渥求救,杨渥派冷业、李饶率兵前往增援。马殷派许德勋率部迎战,许德勋击败并擒获冷业、李饶。927年八月,马殷建楚国,许德勋任右丞相。

李琼(？—905),骁勇有胆略,冠绝一时,食量大,一顿能吃十多斤肉,军中称为"李老虎"。李琼原为孙儒部将,孙儒死后,跟随马殷担任亲从都副指挥使。895年十一月,李琼跟随马殷讨伐蒋勋。898年五月,李琼与秦彦晖攻占衡、永二州。899年十一月,李琼收复郴、连二州。900年十月,李琼与秦彦晖南下攻打静江节度使刘士政。李琼先攻打秦城,生擒守将王建武,然后进围桂州,刘士政出降。马殷任命李琼为桂州刺史,不久升任静江节度使。

秦彦晖(？—?),秦宗权族弟,跟随孙儒入淮南。孙儒败亡后,秦彦晖与马殷一起到达湖南。898年五月,秦彦晖与李琼攻占衡、永二州。900年十月,秦彦晖与李琼南下攻打静江节度使刘士政,兼并静江军。907年五月,弘农王杨渥派刘存、陈知新、刘威率三万水军攻打南楚,秦彦晖也率三

万水军迎战。六月,秦彦晖取得大胜,收复岳州,擒获刘存、陈知新,刘威逃走。908年六月,秦彦晖攻克朗州,兼并武贞军,武贞节度使雷彦恭逃往淮南。《十国春秋》称,"湖南略平,彦晖功为最"。

　　李唐(?—?),早年为马殷帐下牙将。898年五月,李唐跟随李琼、秦彦晖一同攻打衡、永二州。收复永州后,李唐出任永州刺史。899年七月,马殷派李唐攻道州,李唐又收复道州。《十国春秋》称,李唐为南楚建立霸业,与许德勋、李琼齐名。

附录16　钱镠及其文官武将

钱镠（852—932），字具美，小名婆留，杭州临安人，是五代十国吴越国的创建者。钱镠早年曾贩卖私盐，后来投军入伍，在石境镇镇将董昌帐下，因功升都知兵马使。董昌担任杭州刺史后，钱镠任八都兵都指挥使。钱镠多次带领兵马，为董昌出战，兼并浙东道。董昌担任浙东道观察使，让钱镠担任杭州刺史。钱镠趁镇海军内乱，发兵北上，基本控制镇海。896年五月，钱镠又趁董昌称帝谋反之机，兼并浙东，从此拥有两个藩镇。902年五月，钱镠被唐昭宗封为越王。907年五月，钱镠被后梁太祖朱全忠封为吴越王。钱镠历后梁、后唐两朝，在位期间，有自己的年号，但只称王不称帝，一直向中原朝廷称臣。

钱镠的幕僚主要有罗隐、沈崧、皮光业、林鼎等，将领主要有顾全武，杜棱，成及，阮结，马绰等。

罗隐（833—909），字昭谏，杭州新城人，以诗闻名，容貌丑陋。罗隐本名罗横，因十试不第，才更名罗隐。887年，钱镠担任杭州刺史时，罗隐回乡投奔钱镠，担任钱镠幕僚。罗隐不喜军旅，但料事多中，在钱镠处历任钱塘县令、掌书记、节度判官。907年，朱全忠称帝建后梁时，罗隐劝钱镠称帝，钱镠不纳。909年十一月，罗隐在杭州去世。

顾全武（866—930），杭州余姚人，两浙第一名将。顾全武早年当过和尚，人称顾和尚。896年五月，顾全武攻打越州，俘虏董昌。897年四月，顾全武攻打围攻嘉兴的淮南将领魏约，俘虏魏约及其三千兵马。九月，顾全武击败淮南将领台濛、秦裴，收复苏州、昆山。901年八月，顾全武不敌淮南名将李神福被俘。902年四月，杨行密释放顾全武，以交换秦裴。902年九月，武勇都叛乱时，顾全武建言与杨行密结盟，并出使淮南。后唐长兴元年，顾全武病逝。

杜棱（？—？），字腾云，新城人，杭州八都将之一。887年六月，杜棱与成及、阮结攻克常州，被钱镠任命为常州制置使。889年十一月，淮南将领田頵攻占常州，俘掳杜棱，后被释放回杭州。891年，钱镠命杜棱修筑杭州东安城。钱镠担任镇海节度使不久，杜棱担任节度副使。钱镠消灭董昌后，杜棱任两浙行军司马。896年十一月，淮南将领安仁义攻打婺州，杜棱将其击退。902年八月，武勇都叛乱，杜棱、杜建徽父子参与平叛。杜棱三个儿子杜建思、杜建孚、杜建徽都有功名，杜建徽更为卓著，官至吴越国左丞相，封郧国公。

成及（847—913），字宏济，钱塘人，杭州八都将之一，为人笃实淳厚，受人敬重。钱镠攻打刘汉宏时，成及随同出征，策略谋划都是成及所出。成及与钱镠是儿女亲家，其子娶钱镠女为妻。887年六月，成及与杜棱、阮结攻克常州，十二月，成及与阮结攻克润州。889年五月，成及担任润州制置使。十二月，刘建锋攻克润州，成及败走。896年，成及担任苏州刺史。五月，成及被部将擒获，献给杨行密。两年后，钱镠用淮南将领魏约换回成及。成及回到杭州，担任节度副使。902年，成及参与平定武勇都之叛。后梁时，成及为避梁太祖父亲名讳，更姓为咸，其子孙仍以成为姓。成及去世后，赠太师、侍中。

阮结（843—889），字韬文，钱塘人，杭州八都将之一。阮结跟随钱镠攻打刘汉宏，因战功而授散骑常侍。887年六月，阮结与成及、杜棱攻克常州，十二月，阮结与成及攻克润州。888年正月，阮结任润州制置使。889年五月十三日，阮结在润州病逝。

马绰（852—922），余杭人，为人淳厚、正直，以忠节自许。马绰与钱镠早年便跟随董昌，二人关系甚密。钱镠将堂妹嫁与马绰，二人也是儿女亲家。董昌称帝时，马绰回到杭州投奔钱镠。902年，马绰参与平定武勇都之叛。马绰历任睦州刺史、行军司马、节度副使、雄武节度使、检校太尉、同平章事等。

附录 17　王审知及其文官武将

王审知(862—925),字信通,光州固始人,是五代十国闽国的创建者。

王审知的兄长王潮为闽国的建立打下了基础。885年正月,王潮、王审邽、王审知三兄弟随光州刺史王绪来到福建。王绪猜忌有能之人,杀了不少将领,被王潮夺了大权。886年八月,王潮攻占泉州,自任刺史。893年五月,王潮派王审知攻克福州,王潮自称福建道留后。十月,唐昭宗任命王潮为福建道观察使,王潮任命王审知为观察副使,王审邽为泉州刺史。王潮注重境内治理,劝课农桑,百姓生活逐渐安定。王潮与邻近藩镇结好,保境安民。896年九月,福建道升为威武军,王潮任节度使。

897年十二月,王潮病逝,遗命王审知继位。在唐末,王审知官至检校太保,封琅琊郡王。王审知选贤任能,轻徭薄赋,让百姓休养生息。909年四月,后梁封王审知为闽王。王审知历后梁、后唐两朝,在位期间,一直向中原国家称臣、进贡,不称帝不改元。

王审知的幕僚主要有陈峤、黄滔、徐寅、张睦、刘山甫等,将领有孟威、章仔钧等。陈峤任大理司直,黄滔任节度推官,徐寅任掌书记,张睦领权货务,刘山甫任节度判官,孟威任都押牙,章仔钧任西北面行营招讨制置使。

陈峤(826—900),字延封,泉州莆田人,唐僖宗光启三年进士及第,任京兆府参军。陈峤回到福建,被王潮、王审知兄弟任命为大从事,直到大理评事兼监察御史。陈峤为人谨慎、守信,对继母孝顺。

黄滔(840—911),字文江,泉州莆田人,文学家,唐昭宗乾宁二年进士及第,授"四门博士"。901年,黄滔回闽,得到王审知的重用,官至监察御史里行、威武军节度推官。黄滔辅佐王审知治理闽地,境内百姓安宁。北方战乱不断,中原名士李洵、韩偓等人纷纷来闽,黄滔奉命与文士以礼相

待、和诗论文,使闽地文风大振。

徐寅(? —?),字昭梦,泉州莆田人,文学家,唐昭宗乾宁年间进士及第,授秘书省正字。徐寅曾游历大梁,得罪梁王朱全忠,一时无法脱身。徐寅再作一赋献给朱全忠,内有"千金汉将,感精魄以神交;一眼伧夫,望英风而胆落"之句,朱全忠大喜。徐寅回到福建,投奔王审知,被任命为掌书记。后唐时,李存勖对闽国使者说,徐寅曾侮辱其父李克用,要王审知杀掉徐寅。王审知从此不再任用徐寅,徐寅归隐,以诗文为娱。

张睦(850—926),光州固始人,随王审知入闽。王审知被唐朝封为琅琊郡王,表荐张睦为三品官,领榷货务。张睦雍容下士,招徕内外商贾,大力发展贸易,使得国库充实,因功封梁国公。张睦去世后,由小人薛文杰接替其职,国人思念张睦。

孟威(? —?),王审知任节度使,孟威担任都押牙,后改任建州刺史,有才能。北宋时,吴越忠懿王钱弘俶在福州为王审知立祠,以孟威、张睦等二十六人配享庙廷。史书认为,王审知的功臣,当以张睦、孟威为首。

刘山甫(? —?),彭城人。王审知任威武节度使,刘山甫为节度判官,官至殿中侍御史。

章仔钧(868—941),字仲举,浦城人,深沉大度,过了四十还没有入仕。唐昭宗乾宁年间,章仔钧入闽投奔王审知,向王审知呈献战攻守三策。王审知任命章仔钧为高州刺史、西北面行营招讨制置使,加检校太傅,令章仔钧率五千名步骑兵,驻屯浦城西岩山。章仔钧镇守有功,有战绩,官至持节高州诸军事。941年,章仔钧去世,赠金紫光禄大夫。北宋仁宗追封章仔钧为琅琊王。

附录18　李茂贞及其文官武将

李茂贞(856—924),原名宋文通,深州博野人,是岐国的建立者。宋文通早年是博野军中的一名士兵,因功升为队长。881年三月,宋文通在龙尾坡与黄巢义军作战英勇,被升为神策军指挥使,直到神策军扈跸都都将。886年七月,宋文通率兵在大唐峰抵御王行瑜的兵马,护卫唐僖宗,因功被赐姓更名为李茂贞。887年正月,李茂贞兼任武定节度使。八月,李茂贞奉命平定李昌符,被任命为凤翔节度使。李茂贞当了凤翔节度使后,开始骄横、跋扈,占领山南,还多次率兵进京逼宫。901年正月,唐昭宗封李茂贞为岐王。十一月,宦官韩全诲等人将唐昭宗劫持到凤翔,依靠李茂贞。朱全忠入关勤王,围攻凤翔。903年正月,李茂贞与朱全忠讲和,放回唐昭宗。

907年四月,唐朝灭亡、后梁建立,李茂贞仍然使用唐哀帝的"天祐"年号。李茂贞不敢称帝,只开设岐王府,但称之为宫殿,其妻称为皇后,自己如同皇帝。岐国曾辖有六个藩镇,即凤翔、静难、天雄、保大、宁塞与彰义。923年十月,李存勖消灭后梁,李茂贞向后唐称臣,开始使用后唐年号。924年二月,李茂贞被后唐封为秦王,岐国灭亡。四月,李茂贞病逝。

李茂贞的幕僚、将领记载甚略,知名的不多。本书中提及较多的将领有李继密、符道昭、李继徽、李茂勋、胡敬璋等,此外如义子李继鹏、李继筠曾宿卫京师,后被李茂贞杀害;义子李继瑭曾任匡国节度使、李继忠曾任昭武节度使,最后都丢掉藩镇逃回;李茂庄、李继勋曾任天雄节度使,但事迹不详。

李继密(? —902),本名王万弘,李茂贞义子。892年八月,李茂贞攻克兴元,推荐李继密为山南西道节度使。902年八月,王建以勤王为名,派兵击败李继密,占领山南西道。李继密投降王建,恢复本名王万弘。王万

弘在成都经常受到嘲笑、戏弄,后来醉酒投水而死。

符道昭(?—908),蔡州人,最早为秦宗权部将,刚强机敏有武艺。秦宗权败亡后,符道昭投靠李茂贞。李茂贞十分喜爱符道昭,收其为义子,更名为李继远(《资治通鉴》上称为李继昭)。901年十一月,朱全忠西进凤翔勤王,李茂贞派符道昭在武功阻截,被朱全忠的将领康怀贞击败。902年十二月,符道昭投降朱全忠,恢复本名。903年二月,朱全忠表荐符道昭为天雄(治秦州)节度使,但无法赴任。朱全忠为兵马元帅时,符道昭为右司马。906年四月,魏博牙将史仁遇兵变,符道昭跟随朱全忠平定史仁遇。朱全忠称帝不久,派符道昭攻打晋国占据的潞州,战死。

李继徽(?—914),本名杨崇本,李茂贞义子。896年三月,李继徽由天雄(治秦州)留后升任节度使。唐昭宗光化年间(898年至901年),李继徽调任静难节度使。901年十一月,朱全忠攻打静难,李继徽投降,恢复本名杨崇本。904年正月,杨崇本背叛朱全忠,再认李茂贞为义父,请李茂贞一同讨伐朱全忠。906年九月,李继徽集结五镇兵马,攻打依附朱全忠的定难节度使李思谏。十月,朱全忠派刘知俊、康怀贞击败李继徽,李茂贞所控制的西方各藩镇,从此一蹶不振。914年十二月,李继徽被其子杨彦鲁杀死。

李茂勋(?—?),李茂贞的堂兄弟,初任凤翔都将,后任保大节度使。902年八月,李茂勋援救被朱全忠围困的李茂贞,在三原被朱全忠的将领康怀贞、孔勍击退。十一月,李茂勋再援凤翔,朱全忠派孔勍、李晖攻打保大的鄜、坊二州,李茂勋返回保大,投降朱全忠,更名为李周彝。李周彝后来被朱全忠任命为元帅府左司马。后梁时,李周彝任河阳节度使。后唐庄宗时,李周彝恢复本名。后唐明宗时,李茂勋在洛阳病逝。

胡敬璋(?—908),李茂贞将领。895年十二月,静难节度使王行瑜败亡后,李茂贞占领其河西一带的州县,任命胡敬璋为延州刺史,后又任宁塞节度使。908年底,胡敬璋在延州去世,静难节度使李继徽派其部将刘万子前往接任。